将洒下的光藏进故事的土壤里

光粒

"❤"

每次都会折服于他带给自己
的仿佛似乎到月球的浪漫

|————————————————————|
0:00   5:20

↻   ❤   ⏮ ⏸ ⏭ ⋮ ☰

梨火

•

心跳之上

木梨灯 著

台海出版社

心跳之上

目录

第一章
001

第二章
027

第三章
055

第四章
081

第五章
106

第六章
131

第七章
155

第八章
178

第九章
197

第十章
222

第十一章
245

第十二章
264

第十三章

——— 287 ∿

第十四章

——— 311 ∿

尾　声

——— 335 ∿

番　外

——— 336 ∿

十二月的 S 城，凛冬正盛。

温梨从书房回到卧室，抬头看了一眼时间，下午两点半。

这天是周日，她和闺密莫籁约好了三点在市中心的电影院见面。还有半个小时，她打算换套衣服就出发。

落地窗外寒意正浓，温梨把暖气调到最大，然后走进衣帽间。衣帽间里的衣服不多，只有几件陆敛舟的衬衣西裤，其余都是她的。

温梨低头看见陆敛舟的领带，眼神不自觉地顿了顿。她换上一件米白色针织长裙，又伸手取下挂在一旁的驼色大衣。

镜子里倒映着她的模样，暖黄色灯光映衬着细腻白皙的肌肤。

温梨长了一张极清纯可人的初恋脸。黛眉下一双圆圆的鹿眼，脸颊连带小巧的鼻头都漾着红，樱桃色的唇瓣下是纤细匀称的脖颈，那楚楚动人的气质丝毫挡不住她精致的、令人艳羡的五官。

从衣帽间出来，温梨拿起床头柜上的手机，这才发现有好几通莫籁的未接来电。她调了静音，所以一时没有接到。

温梨有些疑惑，明明等下就见面了，莫籁怎么忽然着急找她。

还没来得及细想，手机屏幕突然间亮了起来，又一个电话打来，温梨按下了接听键。

电话刚一接通，就传来莫籁激昂的声音："喂，梨梨，我可算等到你接电话了！你看到那条娱乐新闻了吗？都爆了！"

闻言，温梨眉间蹙起，问："什么娱乐新闻？"

"就是和你老公有关的！狗仔队爆出他和当红新晋小花吴夏旎的恋情了！你快去看看！快！"莫籁一口气说完，声音愈加激动。

温梨愣愣地站在原地，一时没有反应过来。

"喂？你还在吗？你怎么那么冷静啊！你被劈腿了！"

不怪温梨无动于衷，只是事情发生得太突然，完全没有给她反应的时间。

片刻过后，她敛了敛眸子，如往常般理性地开口："好，我先看看。"

温梨把手机从耳旁移开，摁下免提键，然后点开网页。

"你们才结婚三个月，陆敛舟就搞这种事，真够恶心人的！"话筒扬声器里传来莫簌低低咒骂的声音。

温梨没有说话，手指一划切换到娱乐榜，排名第一的新闻标题是"陆敛舟吴夏旎恋情"，旁边挂着一个格外醒目的深红色小字"爆"。

温梨抿了抿唇点了进去，词条里的页面清一色都是营销号争相发布的偷拍图片，还有配文："陆廷总裁恋上当红'小白花'，二人甜蜜约会，车库被拍，恋情曝光。"

温梨无意识地屏住了呼吸，点开图片放大。

陆敛舟肩上搭着西装外套，懒散地靠在车边，低头看着美艳的女星。图片虽不清晰，但光是这朦胧的氛围感就勾足了人心。

只一眼，温梨就认出了陆敛舟。就是他，即使照片中只有一个侧影，但他骨子里的矜傲和眉眼间的冷冽是藏不住的。

"梨梨，你看到了吗？"莫簌问她。

温梨轻轻地"嗯"了一声，随即点开文案下的评论区，底下不断有新的留言涌现，不过短短数秒就多出了几千条评论，可见这件事已经引发全网疯狂讨论了。

电话那头传来莫簌的声音："这陆敛舟怎么回事呀？放着你这么好的老婆不管，跑去勾搭女明星！"

温梨划动屏幕的指尖突然顿住，垂眸思考了片刻，才说："我也不清楚这是怎么回事……不过你知道的，我们之间没有感情。"

"就算没有感情也不能这么渣呀，要不然当初就别结婚。现在这算什么？"说着，莫簌放缓了语气，轻声问她，"梨梨，那你现在打算怎么办？"

温梨没有回答。她也在思考这个问题。

话筒里突然陷入短暂的沉默。

"梨梨，你别难过……"莫簌安慰道。

温梨的思绪被牵回，她淡淡地开口道："我还好。簌簌，我今天不能陪你去看电影了，我要去一趟陆廷总部。"

"好，你去吧。去找他摊牌，我支持你！这种臭男人就不能惯着。"莫簌明显愤愤不平。

结束通话后，温梨从别墅出来，冷风呼呼地往她身上吹，冷得她直打寒战。

耳边满是呼啸的风声，温梨轻轻地拉紧了自己脖颈上的围巾，直接打车去陆廷总部。

相较于窗外冷风呼啸，车内显得很温暖安逸，只是这舒适的氛围并没有让她心安，颇有点儿像暴风雨前的宁静。

温梨扭头看向窗外，陷入沉思。

三个月前，她和陆廷集团的总裁陆敛舟登记结婚了。

两个人结婚的消息只有极少人知道，外界则完全不知。

因着双方父母相识，温梨小时候就见过陆敛舟。长大后二人交集不多，不怎么熟。不知怎的，三个多月前，父母忽然问温梨要不要和陆敛舟试着相处看看。温梨同意了。两个人只见了两三次，就决定登记结婚。

温梨自幼就不是一个感性的人，天生对感情迟钝。也许正因为如此，她才选择从事偏重理性的科学研究——气象学。

她曾经罗列出许多因素分析思考婚姻是不是需要有感情，但没有得出结论，因为她不知道什么是动心。在她看来，试图理解感情和婚姻，还不如研究气象模拟算法来得容易。

或许她一辈子都不懂动心的滋味，但面对内敛沉稳的陆敛舟，她觉得与他和和睦睦地相处一辈子应该不难。

所以当他提出结婚时，她没有拒绝。婚后二人也是冷冷淡淡地相处，她不过问他的行程安排，他也不会主动找她。

温梨以为他和自己是同一类人，感情上迟钝冷淡。

而今，他和新晋当红小花的恋情传得沸沸扬扬，这段关系已然变味。

温梨无法接受这种畸形的婚姻关系，即使两个人没有感情。

她决定结束这段婚姻，让两人重新归位，如此，他再去追求其他女人才合适。

S市中心最繁华的中央商务地带。

陆廷集团总部的接待处。

温梨走进大楼便看见前台小姐端庄地立在桌前，朝自己微笑。

"您好，我想见陆总，请问能安排吗？"温梨温和地开口。

"小姐，不好意思，请问您有预约吗？"

温梨顿了顿，说："没有。"

"那不好意思，我们陆总很忙，恕不接待突然到访的客人。您下次可以先预约，然后再过来。"前台小姐话说得客气和煦，话语间却丝毫没有商量的余地。

温梨轻轻地点点头，语气酸涩道："好。"

她从未想过，见自己的丈夫一面，竟然还要预约。温梨转身走出大楼，拿出手机给陆敛舟拨了一个电话。等待了一分钟后，语音提示无人接听。

　　她只好点开微信聊天界面，找到与陆敛舟的聊天对话框发送："你有空的话我们聊一聊，我就在你公司楼下。"

　　等待消息的过程中，温梨轻轻地滑动聊天记录，才发现结婚三个月了，他们几乎没有什么互动，聊天记录短得可怜。看着清冷的聊天界面，温梨无奈地轻叹了一口气，回想起上一次见到他还是一个星期前。

　　那天刚回到别墅，她倒了一杯水，沿着楼梯往上走。她低着头没注意看前面，结果在踏上最后一级阶梯时不小心撞上了陆敛舟，杯中的水倾洒而出，尽数落在他纯白的衬衫和黑色领带上。

　　因不曾想到会有人突然从书房出来，温梨当下被吓住了，脚下没站稳，径直往后倒。下一秒，她的腰被一双结实有力的手臂轻轻地搂住，人也被拽了回去。

　　察觉到从他掌心传来的炙热的温度，温梨仰头看清了陆敛舟的脸。他的表情很淡，眼神清冷自持，高深莫测。由于两人距离极近，她甚至能清晰地看见他低头时眼睑处半垂的睫毛。

　　温梨的脑海里突然闪过一个念头：长长的睫毛竟然给他这张禁欲系脸庞增添了些许"苏感"？

　　温梨回过神，陆敛舟刚好把她松开。她站直，目光移向他身上的那片水渍，心下暗叹，还好只是温水，不是果汁……

　　"你要不……去换套衣服？"温梨垂眸看见他手里攥着的文件，小心翼翼地问他。

　　"嗯。"陆敛舟的声音极淡，简单地应了一声就转身往卧室里的衣帽间走去。

　　温梨咬了咬唇，想到是自己的失误，也抬腿往衣帽间走去，看看能帮上什么忙。

　　落地衣柜前，陆敛舟动作随意地扯松领带，略微仰头，露出凸起的喉结。

　　温梨站在他身后看得一清二楚，默默转过身准备往外走，却听见男人沉稳的声音："来帮我找一下衬衣。"

　　温梨走上前，从衣柜里抽出一件白衬衣递给他，垂眸间，她看到他扯下来的领带就放在她的驼色大衣旁。

　　陆敛舟接过衬衣道："谢谢。"

　　温梨听见他的道谢，略微有些意外，但也只是一瞬，毕竟……他们不太熟，有点儿陌生的客套。

愣怔间，温梨听见陆敛舟的手机响起。他单手整理衬衣上的那排扣子，另一只手接通了电话。

"陆总，您拿到文件了吗？再不出发就赶不上了。"是徐特助的声音。

"我知道了，马上下来。"

温梨听到他这么说，立刻给他让开路。

陆敛舟扣上手腕处的袖扣，然后转身出门。

大楼外的瑟瑟寒风卷起了温梨的围巾，令她回过神来。她看了一眼手机，没有等到陆敛舟的回复，只好往对面的咖啡厅走去。

咖啡厅内比室外暖和，温梨点了一杯美式咖啡。

"好的，您要中杯、大杯还是超大杯？"服务生一边按着触摸屏点单，一边问她。

"中杯，谢谢。"

付款完毕，温梨接过小票站在一旁等候，身侧忽然传来说话声："我刚从陆廷总部出来，你等我一下，我点个单……你好，一杯热拿铁。"

温梨听到声音扭过头去，看见一身职业装干练打扮的女人正举着手机说："陆廷集团应该是确定投资了，但是具体的细节还需要进一步敲定。"

由于两个人之间距离极近，温梨听到了电话那头的说话声："是因为吴夏旎陆廷集团才投资的吗？"

"别和我提吴夏旎，空有一副皮囊，脑袋空空。给她排了两部戏，从不给我好好拍摄，一天到晚都在抱怨，连拍个跑步的镜头都要用替身，要不是公司看她最近火安排到我手下，我才不愿意带这种假模假样的'小白花'。"

"哎，没办法，现在的粉丝就是喜欢这种类型，娇娇柔柔的，大众才心疼。"

温梨无意去听别人聊电话，更何况他们的对话好像还和自己有些许联系，内心就更排斥了。接过咖啡，温梨扭头往里环顾了一周，径直往靠窗处的一个空座位走去，在桌子前坐下。从三点一直等到五点，两个小时过去了，陆敛舟一直没有回复她。

冬天的 S 城天总是黑得比较早，下午五点，外面的天色便已经暗了下来。霓灯初上，温梨默默地收拾了一下，然后打车回陆曳江岭。车内很是温暖，温梨轻轻地褪下围巾放在双腿上，露出白皙的颈部和锁骨。她伸手按了按手机屏幕，依旧没有陆敛舟的消息，只得轻叹一口气，把头轻轻地靠在车窗上。

这时，出租车内响起电台的音乐声，极有节奏感的鼓点作为前奏，令温梨觉得有些熟悉。歌声唱响时，她一下子反应过来，原来是纪丛的歌，难怪她觉得熟悉。纪丛是温梨自小的玩伴，二人年纪相同，又是邻居，青梅竹马，一起长大。虽然自幼一起玩耍，但是纪丛和她的脾性却天差地别，一个温顺，一个桀骜。

桀骜少年三年前出道便爆红，瞬间成为圈内的顶级流量。他以帅气逼人的五官轮廓、不羁迷人的个性和出类拔萃的才华收获女粉丝无数，成为万千少女的偶像。

低沉而富有磁性的嗓音伴随着旋律环绕车厢，温梨安静地听着，目光落在夜色中的万家灯火上。

手机忽然振了一下，屏幕亮起，温梨以为是陆敛舟回消息了，点开一看，才发现是语音通话邀请。不过不是陆敛舟发来的，而是纪丛。

温梨抿了抿唇，摁下了接听键。

男人痞气的声音响起："在哪儿呢？"

"回家的路上。"温梨柔柔的嗓音伴随着车内的歌曲声传入话筒。

电话那头沉默了片刻。两秒后，那声音仿佛带着笑意："你在听我的歌？"

"嗯……算，又不算。"温梨回道。

"什么叫算又不算？"纪丛哽了一下。

"我在出租车上，电台在播。"温梨看向窗外跟他解释。

"声音听起来闷闷的。"纪丛察觉她情绪不高，问，"怎么？听我的歌心情还能这么糟糕？"

"心情没有不好，就是有点儿累。"温梨收回视线。

"就因为陆敛舟那家伙的事？"

温梨没有接话。

"我这几天闭关拍摄，刚刚才得知这件事。"说话间纪丛放柔了声音，"阿梨，你打算怎么办？"

温梨垂下眼帘，依旧静默。话筒里安静得只剩下吱吱的电流声叫嚣，纪丛耐心地等着她。

温梨咬了咬唇说："我打算结束这段婚姻。"

"那你和他说了吗？"纪丛问。

温梨的指尖在米白的羊毛围巾上划了划，低声道："还没，不过这几天我会找他说。"

"我明天回S市，下午四点半到机场，晚上一起吃个饭？"

温梨想了想道："明晚不行，明晚和同事们约好了，研究组聚餐。"

"那你什么时候有空？"

"再看吧。"

纪丛听见她的回答，轻笑了一声，调侃道："阿梨比大明星还要忙。"

温梨撇了撇嘴，说："那还不是因为和你吃饭要偷偷摸摸的。"

说话间，温梨注意到出租车司机从后视镜瞄了她一眼。

师傅好像误会了，她有些无奈。

"谁说和我吃饭要偷偷摸摸的？"纪丛似乎对她这种说法很不满意。

温梨压低声音道："和顶流一起吃饭压力多大呀，万一不小心被拍到了，那八卦媒体就该乱写了，会连累你们做公关。"

纪丛顿时笑了，说："阿梨，我都不怕，你还怕这个？"

"姑娘，陆曳江岭到了，门卫拦住了，不让进。"这时，出租车司机摇下车窗回身和温梨说。

温梨听见师傅的话，连忙对着电话说了一句："我先不和你说了，我到家了。有点儿事，先挂了。"

"好，早点儿休息。"纪丛语气很轻。

挂断电话，温梨摇下了车窗，保安大哥看见是她，连忙操纵起落杆放行。

"谢谢。"温梨轻声道谢，又向他挥了挥手。

保安大哥看她温婉精致的脸颊上挂着浅浅的笑意，也举起手回应她。他是真的没有碰到过比温梨还没有架子的豪门住户了。

车辆驶入江畔别墅区，沿着蜿蜒的道路而上，两旁是低调奢华的独栋别墅。

出租车司机在 8 号门牌前停下，提醒道："姑娘，到了。"

"好，谢谢师傅。"温梨付完钱，转身往别墅的卧室和书房方向看去。

只有一楼亮着灯，楼上黑灯瞎火，陆敛舟还没有回来。

温梨走进小花园，罗婶刚好过来给她开门，招呼道："太太回来了。"

"罗婶，晚上好。"温梨笑着回应她。

"我看见大门外有亮光就知道是太太回来了。"罗婶脸上挂着可掬的笑意，说，"太太，我给您准备好晚饭了。"

"谢谢罗婶。你吃过了吗？"

罗婶点头接过她的大衣和围巾，应声道："是的。"

"好。"温梨进门，放下包便往饭厅走去。

迎面而来一股扑鼻香气，长条饭桌上菜肴不少，却只放着一套碗筷。

温梨忽地想起了明晚的聚餐，于是说："对了，罗婶，我明晚有约，不用准备我的晚饭。"

"好的，太太。"

吃过晚饭，温梨问罗姆陆敛舟有没有回来过，果然得到了否定的答案。

往楼上卧室走去，按下灯开关，房内瞬间亮堂起来。

虽然房内的一切都是按双人住的标准摆设的，但给人感觉冷冷清清的，像是只属于她的单身公寓。站在空荡宽敞的卧室里，温梨的内心也说不上失望，只是觉得回到家都不能见上陆敛舟一面，真是太难了。

温梨猜想陆敛舟应该是在金融中心附近的公寓住。结婚三个月以来，陆敛舟几乎没怎么来过陆曳江岭，偶尔回来几次好像都是因为取文件。

温梨没去过那套公寓，也没有那里的钥匙。当初她以为他工作忙，为了工作方便才住在离公司近的地方。直到这天网上传出他和吴夏旎的恋情，曝出来的照片中，他们就是在那个公寓楼下的地下车库。

温梨摇了摇头，从思绪中抽离出来，把手机放下，往浴室走去。

洗漱完出来，已经过去了二十多分钟。温梨下楼倒了一杯水，回到卧室，拿起床头柜上的手机，这才发现二十分钟前有一个未接来电。是陆敛舟打来的。应该是在她洗澡时打过来的，她现在才看到。

温梨轻轻地吸了一口气，点开微信，发现聊天记录还是停留在自己发的那句"你有空的话我们聊一聊，我就在你公司楼下"。

他没有回复她的消息，只是打了一个电话，没有人接听就没下文了。

温梨沉默了一会儿。夜深了，她也不想再回电话过去了，于是点了点对话框，犹豫了一会儿还是输入："我们离婚吧。"

简短的五个字，还有一个句号。温梨发过去后，也没等他回复，径直放下手机，掀开被子睡了。

这一觉，温梨睡得很安稳。早上醒来，晨光熹微，透过澄澈透明的落地窗照射进来，仿若铺砌了满地的薄纱。

温梨伸手抓起手机，看了一眼时间，早上七点三十分整。她随手掀起被子，走到浴室洗漱。

简单地梳洗打扮过后，她点开手机微信。一夜过去，陆敛舟并没有回复她昨夜的消息。温梨看着那五个字，抿了抿唇，退出微信，把手机放进口袋，收拾了一下，出门上班去。

清晨的空气中流淌着几许凉意。温梨迎着日光出发，不到半小时就到了 T 大。

T 大作为国内顶尖学府，以理工科著称，温梨从国外进修回来后就一直在T 大任职。她最近的工作是负责冬奥会的气象监测与气候建模。

因冬奥会的比赛项目多在户外与山地进行，所以她的工作不是在台前，而是在幕后精准预测模拟气候变化。

温梨走进实验室。她上午需要对山地赛区及周边山谷局地尺度和赛道微尺度的立体加密气象观测资料进行分类总结和初步模拟。

上午处理完工作，温梨简单地吃了一顿午饭，就往会议楼走去。

她要和气象小组的其他研究员开会探讨"三维、秒级、多要素"冬奥气象监测网络建设的实施方案。

五点多，会议结束。

温梨和其他研究员从会议室出来，大家一起商量着打车去"美越小馆"。这家餐馆主打偏西式的小众私房菜，通常是他们课题组聚餐的首选。

一行人来到淮峪街，餐馆里的客人不多，看见他们进来，服务员连忙上前招待他们到小包间入座。

美越小馆的整体装潢虽然是中欧复古哥特式风格，但设计得很温馨。

温梨轻轻地捏着菜单，上面罗列着琳琅满目的菜品，好不诱人。

同事们商量着要不要点一瓶开胃酒 Cava（卡瓦酒，西班牙发泡白葡萄酒），温梨想起自己也很久没喝过 Cava 了，上次喝好像还是在欧洲留学时，便点头附议。

菜肴很快上桌，大家用起餐来。酒足饭饱后，聚餐也接近尾声了，同事间的聊天内容开始从工作转移到轻松娱乐的话题。

忽然，有个人提了一句："你们有看最近网上的那条娱乐新闻吗？"

"什么娱乐新闻？"

"你是不是想说那个新晋小花吴夏旎和陆廷集团总裁的恋情？"

听到这两个熟悉的名字时，温梨捏着香槟杯的手微微颤了一下，指尖也不自觉地收紧。

"我看了，那个女明星吴夏旎还挺漂亮的，果然大佬就喜欢这种类型的。"

"你别说，我看那照片里陆总裁西装笔挺，一表人才，还真挺英俊的。"

"一个是商界赫赫有名的豪门总裁，另一个是娱乐圈的当红小花，是挺有看头。"

"确实，我看他们还挺般配的。"

温梨只安静地听着，没有搭话，漫不经心地把杯中的酒一饮而尽。

忽然，一直放在驼色大衣口袋里的手机振动起来，温梨拿出手机，屏幕上的来电显示是——纪丛。

温梨移开椅子，和同事轻声说："抱歉，我到外面接个电话。"

走廊外亮着两盏浅黄色的暖灯，温梨握着手机站在灯下，纤细修长的身材倒映出长长的影子。

"还没结束吗？"纪丛的声音顺着手机听筒传来。

"嗯。"温梨低低地应了一声。

电话那端沉默了半晌，问："你喝酒了？"

温梨嘴角轻扬，似是有些无奈，又有些哭笑不得。"竹马"真的太了解她了，她的一句话，一个呼吸，一个沉默，他都能读懂。

也许这就是二十年来的默契吧。

"嗯。"温梨应他。

"等着我，我来接你。"

温梨低头看了一眼时间，想着聚餐也快结束了，于是就同意了："好。"

"地址发我。"

"嗯。"

挂断电话，温梨给他发了一个定位，然后越过右前方的小平台往洗手间走去。

洗手池的水流温温的，带着暖意，她简单地洗了一下手，又抬手拍了拍脸颊，试图让脸颊的温度下降一些。

烘干手后，她拉开门走出，回到小包间，刚一进门就听见同事们喊她："温梨，我们准备走了。"

"好，我朋友等下来接我，我在这儿等一下他。"温梨说。

同事一边收拾一边问她："那我们先走了？"

温梨点了点头。

另一个同事看向她，关心地说："温梨，你的脸好红，是不是喝多了？一个人待在这儿没问题吧？"

温梨笑了笑，道："没事，放心。"

同事们都离开后，温梨看了一眼消息。

纪丛发来的："还有十分钟到。"

温梨静静地坐在餐桌前，目光扫视了一圈，最终落在一旁还剩小半瓶的酒瓶上。

于是她伸手拿起酒瓶，把剩下的酒往自己的高脚杯里倒，杯子很快满了。

透明的葡萄酒泛着圈圈点点的气泡，她一只手托着下巴，另一只手举起杯子小口小口地抿着。

十分钟后。

纪丛戴着口罩和黑色鸭舌帽全副武装地走进包间，一眼就看到半趴在桌上的温梨。

她两手交叠在一起，下巴轻巧地搁在小臂上，额前两绺发丝不经意间垂落在脸颊两旁。

光线氤氲，照在她脖颈处一片光洁细腻的肌肤上，耳根隐隐约约泛着红。

纪丛的眉梢难以察觉地跳了跳，呼吸骤然加重。他往前走去，在她身边喊了一声："阿梨。"

温梨愣愣地抬头，脸颊两侧的红晕宣告着她的醉意。

"你来了？"温梨声音轻柔地问他。

她的这句问句听似清醒，纪丛却知道她是醉了。

陆曳江岭。

晚上七点。

陆敛舟穿着纯白衬衫端坐在客厅中央，脸色低沉压抑得可怕，周身散发着一股生人勿近的气息。

"温梨还没回来吗？"陆敛舟烦躁地问。

"太太昨天说今晚有约，大概得晚些才回。"罗婶温和地回他。

"她有没有说几点回来？"

"没有。"罗婶确实不清楚。

"她和谁有约？"陆敛舟继续问。

"太太没说。"罗婶摇了摇头，问，"先生，要不您先用餐？"

陆敛舟下午五点多从机场赶回来，便一直等温梨等到现在，此刻他的不耐烦到了极点。

他摆了摆手转身上楼，丢下一句话："不吃了。"

罗婶闻言没有再说话，默默地退了出去。

美越小馆。

纪丛扶起温梨，眼前之人一直用软绵绵的语气重复喊着："好好喝哟。好好喝哟……嗯……继续……"

纪丛看她这副模样，有些气，又有些无奈，喃喃自语道："你究竟喝了多少……"

"一点点……"温梨用粉嫩的指尖比了一个手势。

纪丛气笑了，把她扶正，板着脸佯作严肃地问她："还喝不喝了？"

温梨盯着他，晃晃悠悠却又分外认真地点了点头，说："不喝了。"

"真不喝了？"

"真不喝了。"

纪丛拿温梨没办法，轻叹了一口气，然后压低帽檐，一把将她抱了起来。

往外走时，纪丛把她的脸颊往自己怀里藏了藏，然后才走出包间。

温梨很轻，纪丛毫不费力地抱着她往外走。

车早已等候在饭馆外，纪丛两步就把她抱上车，然后将她轻轻地放在座位上。

纪丛伸手整理了一下她的发丝，朝司机说："去我的公寓。"

温梨听见声音，迷迷糊糊地睁开眼睛，只觉得眼前的纪丛分出了好几个重影。她甩了甩头，说："我要回家！"

纪丛无奈，自然知道她指的"家"是陆曳江岭。

"那载你回温家好不好？"纪丛又耐心地问她。

温梨只是摇头，带着哭腔跺脚道："我要回家！"

纪丛虽然气，却又不得不顺着她的意思问："为什么一定要回那里？"

温梨忽地坐直身子，用力地睁着迷离的双眼，煞有介事地说："因为……罗婶在等我。"说完又倒回座椅上。

纪丛无奈地摇了摇头，朝司机说："不去我公寓了，去陆曳江岭8号。"

"好的。"

纪丛回过头定定地看着温梨，她正歪着身子窝在后座，窗外路灯的光线透过车窗玻璃勾勒出她的侧颜。

她闭眼时黛眉微蹙，似是睡得不安稳，眼皮轻轻地颤动，浓密的睫毛在她精致的脸颊上投下两道扇形的阴影。

纪丛垂眸掩下眼底的情绪。

真是便宜陆敛舟了。

三个多月前，纪丛正在国外拍摄黎尉导演的电影，杀青回国后，才得知温梨和陆敛舟登记结婚了。

他和温梨虽然小时候就认识陆敛舟，但是一直都不熟，他从来没有想过温梨会和陆敛舟结婚。

温梨向来迟钝，一直没有发觉他的爱意，所以他也从不担心温梨会对别人动心。

直到三个月前，陆敛舟不费一丝一毫的力气，就把温梨的名字写进了自家的户口本。

纪丛想起这件事就忍不住咬牙，真是卑劣。

二十分钟后，车到达陆曳江岭。

纪丛下车前把温梨的衣服裹了裹，然后才抱她下车。

刚按了一下门铃，里面的门就打开了，罗姗快步走出来替他们开门。

纪丛抱着温梨往里走，罗姗跟在他身后，轻声对他说："纪先生，您把陆太太放在客厅的沙发上就好。"

听了罗姗的话，纪丛敛眸顿了半晌。

纪丛看了一眼怀中的人，默默地把她放到柔软的沙发上，然后沉声说："她喝醉了，好好照顾她。"

罗姗闻言，悄悄地松了一口气，应道："好的，好的，放心吧。"

纪丛回头看了温梨一眼，然后转身出门，罗姗跟在他身后送他出去。

路过小花园时，纪丛回身看向楼上灯光通明处，和站立在卧室落地窗前的那人对上了眼神。片刻后，他转身离开。

罗姗在他身后瞄了一眼。此刻剑拔弩张，她在心底暗暗冒冷汗。

她知道自家太太和纪先生自幼青梅竹马，但自己毕竟是陆先生的用人，位置得站对。

罗姗回到屋里时，陆敛舟已经下楼了，正满脸冰霜地站在沙发前看着沉睡中的温梨，脸色阴沉得像是密布的乌云。

罗姗轻手轻脚地走上前，问："先生？"

陆敛舟摆了摆手，没有说什么，只是俯身把沙发上的女人抱起。

罗姗赶紧给他让开道，目送他上楼。

陆敛舟抱着温梨往楼上走，这才发现怀中的女人体重轻得过分。

回到卧室，他小心翼翼地把她放在床上。虽然很是不满，但一时之间他也不知道该拿她怎么办……

温梨翻了一个身，露出小半截雪白细腻的肌肤，后脊骨线条匀称，像蝴蝶般轻薄。

陆敛舟喉结微动，顺手抓起丝绒被子的一角给她盖上。然后他转身去往衣帽间，随手抽了一件衣服就往浴室走去。

简单洗漱后，陆敛舟看向温梨，发现她还安安静静地睡着，垂眸思考了片刻要不要上床。

虽然他们是名正言顺的夫妻，但从来没有一起睡在同一张床上。

陆敛舟敛了敛神色，还是掀起了另一侧的被子往里钻。

既然已经是夫妻，那睡在同一张床上也很正常。虽然他心里是这么想的，但动作上终究有些谨小慎微。

只是，就算他的动作再轻柔，还是被身旁敏锐的女人给捕捉到了。

温梨睁着迷蒙的眼睛，举起手就向他捶来。

陆敛舟一动不动，任她捶打。

虽然他毫无防备，但她毕竟力气小，他并不觉得痛。

他想抓住她的手，却听见她吐字不清地喊："快……下去……快下去！"

陆敛舟往前凑了凑才听清楚她在说什么："这个床……是我一个人的，每天……都是我一个人……的，怎么今晚……这么挤……"

她呼吸间都是葡萄酒的香气，陆敛舟想起她是和纪从一起出去喝酒，这么晚才回来，一下又来气了，但又无处发作。

身旁的人又开始捣乱，含混不清地说："呜呜……是谁霸占了我的床……"

陆敛舟皱着眉头瞪了她一眼，无奈地冷哼一声，翻身起床，顺手捞起床上的枕头，憋着一股闷气走出房门。

走进书房，陆敛舟把枕头用力扔在书桌前的座椅上，然后没好气地坐了下来。

为了温梨提前结束出差回来，从下午五点多等到九点多，回到家，她居然还醉醺醺地赶自己走，陆敛舟越想越气。

陆敛舟眉头紧锁，冷静了片刻，才打开笔记本电脑里的文件，处理起公务来。

二十分钟后。

正当陆敛舟专注地比对着密密麻麻的数据文件时，书房的门忽然发出了声响。

陆敛舟循声看去，发现那个刚刚惹他生气的女人竟光着脚丫子半伏在门上看他。

他本来就没关书房门，但她这会儿本应该好好地睡在卧室的大床上，不知怎么又跑到书房来了。

陆敛舟扫了她一眼，只见她晃晃悠悠地朝他奔来。他生怕她摔着，正想喊她慢点儿时，她便一个跟跄直直地摔在了他的身上。

陆敛舟勉强压住火气，沉声问她："干吗？"

温梨用甜糯的语气附在他的耳边说："我的脑袋嗡嗡……嗡嗡嗡地叫，我睡不着……想找个人陪我玩。"

陆敛舟眯了眯眼，抿紧唇想把她推开。

温梨也挣扎着想起身，陆敛舟的嘴角一勾，顿时改变了想法。他把她紧紧地圈在怀中，问她："还离不离婚了？"

温梨醉意未消，脑袋依旧不清醒，直勾勾地盯着他重复："还离不离婚了？"

陆敛舟无语，又重复了一遍："我问你还离不离婚了？"

温梨有样学样："我问你还离不离婚了？"

陆敛舟转念一想，说："我不离婚。"

说完，陆敛舟盯着她，等待她继续重复自己的话，却没料到她竟然说："你不离婚。"

陆敛舟顿觉哑然。

这时候就懂得转换人称了？

"对呀，我说我不离婚，你离婚吗？"陆敛舟试着放缓语气又问了她一遍。

温梨睁着一双鹿眼，鼻头、脸颊泛着绯色，一脸无辜地说："我都没有结过婚，怎么离婚呢？"

陆敛舟被气笑了，摇了摇头道："算了，和一只小醉猫计较什么呢。"

他轻叹了一口气，轻轻把她的身子摆正，抬起手把她的脚丫子包住，然后一把抱起她往卧室走去。

温梨不断地扭动身子。陆敛舟轻声哄她："别闹，回去穿衣服，容易着凉。"

陆敛舟抱着她，不疾不徐地往回走。却不料行走的过程中她移了移脸蛋儿，呼吸均匀地喷洒在他的下颔锁骨处，酥酥麻麻的，惹得他脖颈发痒。他又没办法动弹，只得硬着头皮抱紧她继续走。

回到卧室。

陆敛舟把温梨放回床上，伸手扯了扯被子将她裹好，手腕处无意间被她散落的乌黑长发蹭过，柔顺的触感撩得他的眉心不可抑制地跳了跳。

他转身想回书房。

只是，刚走出没几步，就听见身后的女人用柔软轻细的声音喊他："你不陪我玩了吗？"

陆敛舟扭过头，就看见温梨那张小脸黛眉轻蹙，努着小嘴的模样委屈极了。

她娇怯的神色落在陆敛舟眼中，令他的面容不自觉松动了，他收回视线答她："去拿枕头。"

回到书房，陆敛舟估计自己这晚也处理不成公务了，于是合上笔记本，拿起枕头往回走。

刚步入卧室，就看见床上的女人裹着被子抱成一团，像只温顺的小猫咪，陆敛舟的嘴角勾了勾，朝她走去。

只是他刚在她身旁坐下，就被她推了推，说："你……嗯……不许上来。"

陆敛舟重新站起。

果然，刚刚觉得她乖巧温顺都是错觉。

"你不是要我陪你吗，那不坐这里我怎么陪你？"陆敛舟指了指床边，问她。

温梨澄澈的琥珀色瞳孔一转，似在思考。

片刻后，她伸手指了指床边……的地板。

陆敛舟轻笑了一声。

陆敛舟虽无奈但又没办法，只能微弓着身子和温梨解释："地板太硬，睡得不舒服。没被子，地上太凉，会感冒。"说完，他伸手摸了摸她的小脑袋。

温梨只比他小五岁，而此刻他却像是在认认真真地哄小孩。

一本正经地解释完，陆敛舟挑着眉等待温梨的反应。结果，她一股脑儿地把自己的枕头和被子都推了过来，还说："喏，给你。"

大半条被子沿着床榻散落在铺设的地毯上，一片凌乱……

陆敛舟摇了摇头放弃挣扎，帮温梨把被子重新放好，径直往卧室侧柜走去，打开柜门抽出一床被子，随意地往地板上铺了铺。

温梨眨着眼睛看他铺好，然后心满意足地指挥他："关灯。"

陆敛舟照做不误。

灯光熄灭。

卧室瞬间暗了下来，只余稀薄的月光从窗外弥散进来。

第二日清晨。

温梨在床上醒来，抬手按了按眉心，脑袋中还残留着宿醉的影响。

温梨往落地窗边看去，窗帘被拉得严丝合缝，房间里的光线暗淡，对比往常晨光大亮的卧室，她一时有些不习惯。

她眯了眯眼，掀开被子起床准备去把窗帘拉开，只是脚丫子刚触及地毯就碰到了阻碍。

那障碍物的触感不仅有些柔软，还带了些许温度……

温梨立刻收回脚，低头往下看去，冷不丁地和那双隐在暗色里的眼睛对视了。

陆敛舟枕着枕头、裹着被子躺在地板上，一双冷漠且幽怨的眼眸直勾勾地盯着她。

四目相对间，温梨注意到他的下眼眶透着乌青，明显是没休息好。

"对不起！我不知道你在这儿……对不起！"温梨赶紧道歉。

"你没事吧？"温梨有些不好意思地说，"我没踢疼你吧？你怎么睡在这儿？"

陆敛舟盯着她，没有说话。半秒过后，他坐起来，心里想，这女人就是来整他的。

他的目光带着寒意，温梨瑟缩了一下，小心翼翼地问他："那个……我先扶你起来？"

"不用。"男人站起来，把地上的被子、枕头都搬到了床上。

二人面对面站着，卧室内突然陷入了沉默，安静得只剩下窗外清脆的鸟叫声。

氛围有些尴尬，温梨手指微蜷，轻轻地说了一句："我去拉窗帘。"

窗帘拉开的刹那，房间变得亮堂起来，温梨下意识地用手挡了挡。这时，身后响起低沉的声音："为什么要离婚？"

温梨背对着陆敛舟，听见他的话，一下子愣在了原地，没有回过身。

短暂的沉默后，温梨咬了咬唇，说："你可以和其他人谈恋爱，但是不要在婚内，我们离婚之后，你可以光明正大地谈。"她停顿了半刻，又补充道，"这种存在第三者的婚姻关系我接受不了，这对于我和你喜欢的女人而言都是一种伤害，你懂吗？"

没有得到陆敛舟的回应，温梨转过身看向他。

斑驳的晨光勾勒出他高大的轮廓，宽肩窄腰，比例极好。只是逆着光线，她看不清他的眉眼与神情。

"什么恋爱？"陆敛舟突然问。

温梨道："你和吴夏旎的恋情不是曝光了吗？你不知道？"

陆敛舟的眉头皱了一下，继续问："吴夏旎是谁？"

温梨深吸了一口气，难以置信道："你没收到消息吗？不可能吧？"

"我不知道。"

温梨哽了一下，有些好笑地问："那你这两天在干吗？"

"我上周就去欧洲出差了，昨天一上午都在开会。会议结束时才发现你八点多给我打了一个电话，还发了一条微信消息说你在公司楼下，要找我聊，然后我就给你回电话了，你不是没接吗？"陆敛舟和她解释。

"那我不接，你就不管了？"温梨也不知怎的忽然变得有些激动。

也许他们之间的相处早就出现了问题，没有感情的婚姻终究还是不容易维持的。

陆敛舟不知道该怎么回答她。

温梨继续问他："那你后来看见我发的消息说'我们离婚吧'，你怎么也不回复？"

陆敛舟敛了敛眸子，朝她走去，认真地说："我看到这条消息就提前结束行程，连夜回国来找你了。"

温梨看了他半晌，垂下眼眸。好像昨天晚上确实见过他，但是她脑海里只模模糊糊地出现了他半个身影，其他的怎么都想不起来。

陆敛舟朝她靠近，声音柔和道："温梨，都是误会。"

温梨的眼睫毛轻颤，静默了半晌，抬起头看向他，专注地说："陆敛舟，我们还是离婚吧。"

陆敛舟眸中闪过一丝震惊，忍不住问："为什么？"

温梨轻笑了一声，反问他："陆敛舟，你喜欢我吗？你爱我吗？"

陆敛舟直直地盯着她，试图看透她眼底的情绪。

没等他回应，温梨又轻笑了一声，说："没事，我也不喜欢你，我对你没有心动的感觉。这段婚姻……好像没有维持下去的必要。"

反正婚前婚后他们都近乎是陌生人，温梨心想。

二人静静地僵持着，空气中颇有种剑拔弩张的架势。

陆敛舟看起来淡漠得没有丝毫情绪，却首先开口打破沉默："我不同意离婚。"

"不是……为什么？"温梨想追问。这时，陆敛舟的手机突然响了，那句问话便如同一拳打在棉花上，无处着力。

铃声在安静的卧室里盘旋，一声接一声地叫嚣。

陆敛舟紧锁着眉头上前，垂眸瞥见手机屏幕上显示是徐特助来电。

"喂？"陆敛舟不耐烦地接通。

温梨距离他有点儿远，听不清他是在和谁聊，只能站在原地等他。

"这件事在网络上闹得这么大，你现在才报告给我？"陆敛舟的声音明显带着怒气。

温梨从没见过他生气的样子。这是她第一次目睹满身怒气的他。

陆敛舟在温梨面前向来是沉稳自持的，她一直以为他是一个理性且情绪鲜有波澜的人，而当下的他隐隐给人十足的压迫感。

"召集公关部，我现在回公司。"陆敛舟斩钉截铁地发布命令，然后挂断了电话。

温梨感觉到他周身多了些凌厉的气息。

临出门前，陆敛舟扔下一句话："我不离婚。这件事我会给你一个交代。"

他的声音冷冽得像是冬日雪原上的一阵寒风，猝不及防地扑进温梨的耳郭。

陆敛舟走后，温梨静静地坐在床沿边。身后是两床凌乱的被子，一如她当下的思绪，纷乱繁杂。

虽然陆敛舟和吴夏旎只是一场误会，但是他们之间早已出现了问题。如果不是双方都沉默寡言，理性过头，也许这一场误会也不会发生。

更何况，她不懂为什么陆敛舟要坚持这段婚姻。

这次的误会虽然是他们婚后第一次发生，但是有第一次就会有第二次，出现了第一个吴夏旎，就会接二连三地出现更多的吴夏旎。

归根结底还是他们之间的问题，如果不想以后再面对同样的处境，那么当下最好的解决办法就是结束这段婚姻。

温梨摇了摇头，从床上站起来，往洗漱间走去。

刷牙时，手机铃声响起，温梨吐掉牙膏沫往床头柜走去。

手机屏幕显示：妈妈。

是陆夫人。

温梨压下情绪，接听电话，声音清甜地问候："妈妈，早上好。"

陆母慈爱地说："梨梨，没有吵醒你们吧？"

温梨顿了顿，回道："没有呢，已经起床了。"

"那就好。梨梨，是这样的，我打电话给敛舟，他没接，他在你身边吗？"陆母声音亲切地问她。

"敛舟他……刚上班去了。"温梨心底不知为什么闪过一丝心虚。

也许是因为她刚刚才跟陆敛舟提离婚。

双方父母是多年的好友，如果他们知道她和陆敛舟结婚才三个月就闹离婚，心里得有多难过。

"好，没事，也没什么大事。"陆母笑了笑，又道，"就是想问问你们今晚要不要回家来吃饭。"

温梨的神色有些纠结，磨蹭了片刻还是回道："好……妈妈，我等会儿和敛舟说一声。"

"好，等你们。"陆母笑吟吟地说，"那不打扰你上班了。今晚见。"

温梨道："好，晚上见。"

挂断电话，温梨继续回去洗漱，出来后收拾好就出发去了 T 大。

来到实验室，她点开手机，发现莫簌给她发了一条消息："没想到这陆敛舟还挺不留情面的。"

温梨看着这条消息有点儿疑惑，回了一个问号。

莫簌回道："你去看他发的声明。"

两秒后又弹出一句。

"难道我真错怪他了？陆敛舟好像也没有那么可恶。"

温梨抿了抿唇，点开网页，话题"陆廷集团声明""监控证据图"后同时出现"爆"字。

温梨点开"陆廷集团声明"。

页面正中央是十分钟前发布的一张白纸黑字正式文件，右下角盖着一个深红印章，文字内容不多，只突出三个重点，简短却坚决：

一、经调查，网络上流传的关于陆敛舟先生与吴夏旎小姐的图片皆为错位拍摄。

时间：一个月前（即十一月二日下午四点二十四分）。

地点：陆曳豪庭地下车库 2 层。

证据：由多处监控画面可见，当时陆敛舟先生与吴夏旎小姐两个人相距数米且从无互动交流。另外从 C 监控画面可见，偷拍者与吴夏旎小姐在偷拍成功过后接头，两个人一同低头查看照片。

二、陆敛舟先生并不认识吴夏旎小姐，未曾见过面，也从未甜蜜约会。

三、陆敛舟先生以后也无意于吴夏旎小姐，请吴夏旎小姐以及其幕后团队慎重，日后切勿再以此等方式营销，相关诉讼已交由陆廷集团法务部进行后续跟进。

温梨轻点屏幕收起图片，继续往下翻，发现这份声明底下的评论区又一次沦陷了。

"没等到公开承认居然就反转了？"

"这陆廷集团的声明好不留情面哪，陆总这么霸气的吗？"

"还是不敢相信，我才'嗑'上的霸道总裁与美颜女明星的配对就这么华丽丽地以悲剧收尾了？"

"吴夏旎这是公开得罪陆廷集团了吧？以后应该没有好果子吃了……"

"但是经过这一次，吴夏旎的知名度也有了，谁还管过程呢？"

"也不是这么说吧，这约等于业内封杀了，以后谁敢用她？"

"对呀，还没有人敢和陆廷集团对着干吧？"

"只能说这次吴夏旎打错如意算盘了。陆廷还投资了蔚星娱乐吗？"

"这陆总不会是不近女色吧？"

温梨随意地翻了几条。她确实没有想到陆敛舟的效率这么高，不到一个小时就处理好了。

但她稍微有些不理解，明明利用团队悄悄控制舆论、平息流言才是对陆廷最稳妥的一种处理方法。

现在发声明澄清无异于火上浇油，虽然告诉了大众真相，却再度激起了网友的情绪，有八卦，有不屑，有猜测。

温梨心情有些郁结。在她心里，陆敛舟在外界看来向来是神秘且高不可攀的，难以想象此刻他竟容许自己身陷风口浪尖。

不过她也不是专业人士，也许这是陆敛舟与公司公关部门商讨出的最佳方案吧。

温梨退出网页，忽然想起答应了陆母要问陆敛舟晚上一起回老宅吃饭的事，于是点开手机通讯录。

只是看着屏幕上陆敛舟的那串电话号码，她脑海中就浮现出了陆敛舟离开前的冷冽的眼神。

他是不是还在气头上？

他这个工作狂现在是不是还因为这件事忙得焦头烂额？

沉思了半晌，温梨还是不想打扰他，决定给他发消息。

"妈妈问我们今晚要不要回老宅吃饭，我答应了，你回吗？"

温梨发完消息也没等他回复，把手机放在桌面上就打开了电脑里的Python编程。

不同于往常，这次陆敛舟只隔了两分钟就回复了她，有点儿出乎她的意料。

"回。"

温梨看着这简短的一个字，扯了扯嘴角。

"好，六点老宅见。"

发送过去后，温梨深吸了一口气。

也许晚上他们可以再聊一次看看。

半分钟后，温梨的手机界面又弹出了陆敛舟发来的信息："下午去T大接你，然后一起回。"

温梨问："为什么？"

他们平常并不一起回老宅，怎么这次他突然要来接自己。

陆敛舟回道："顺路。"

温梨抿了抿唇，没有回他。

上午吃过午饭，温梨接到一个电话，是昼域网游公司程序员打来的。

"温小姐，我们根据游戏内的场景重设了雷暴天气模型，可能与您之前发过来的数据有些出入，您方便今天下午检查一下吗？"

温梨听明白了程序员的意思，回复他："好的，我检查一下，之后给您回复。"

"好，麻烦温小姐了。"

三个月前，昼域网游开发了一款野外求生类的手机端游——生存者。

这款游戏是把玩家随机掉落在地图的不同方位上，让他们在野外寻找资源存活下来，具体包括狩猎、觅食和搭房等探索模拟在荒岛生存的行为。

而这款游戏的背景涉及晴天、雨天、阴天、雷暴和冰雪等各种天气情况，所以昼域找到温梨研究组，希望他们能为"生存者"这款手游构建一个全面模拟野外天气的模型。

半个多月前，"生存者"这款手游一经上线便火爆全网，尤其受到年轻人的欢迎，不到一周便跃居游戏榜下载量第一。

但是两周前，有一小部分用户反映说游戏中的雷暴天气"雷声大雨点小"，导致游戏体验缺少了些趣味性，因此昼域网游重新找到温梨，希望再次改进雷暴的天气模型。

温梨对着数据库里的模型重新核对完，再给对接程序员回复时已将近下午五点了。

简单地收拾了一下，温梨接到徐特助的电话，他说："太太，陆总现在从公司总部出发去T大，将在二十分钟后到。"

"好，你让他到T大前面的苏淮路口等我吧。"

虽然陆敛舟的车都很低调，但也都是高档豪车，温梨不想太引人注目。也正是因为这样，当初他要安排司机接送她上下班时，她没有答应。

"好的，太太。"徐特助应下了。

挂断电话后，温梨穿上大衣，套上围巾，走出校门。

入夜后，气温有些下降，温梨不疾不徐地走着，并不觉得冷。

走到苏淮路口时，还没到二十分钟，但是她一抬头就看见不远处的一辆车子安静地停在夜色中。

陆敛舟提前到了？

温梨不由加快了步子，当距离车子两米远时，司机从驾驶座走出来替她拉开了后座的车门，恭敬地叫了声："太太。"

温梨探身入内，目光一扫，就看见陆敛舟半合着眼，姿态懒散地靠坐着，一双长腿随意地伸展。

当她坐上车时，他偏头朝她看来，光影交错，勾勒出他的脸庞，棱角分明，清俊的眼眸在灯光下明灭不定。

温梨呼吸一室，有些紧张。清晨的对峙还历历在目，现在她不知该怎么和他相处，一切又重回那种陌生却又熟悉的疏离。

司机缓缓发动汽车，空气很安静且带着暖意。

温梨取下围巾，咬了咬嘴唇，犹豫了一会儿还是开口问他："妈妈打电话给你，你没接？"

陆敛舟抬手摁了摁眉心，漫不经心地回她："嗯，那时在忙。"

温梨问："那你现在不忙了？"

陆敛舟说："忙完了。"

还是一如既往地惜字如金。

"那个……离婚……的事……"温梨还是想和他聊聊。

陆敛舟想也没想就拒绝："不离。"

温梨捏着指尖沉默了一会儿，才道："陆敛舟……我们的相处好像出现了问题……"

温梨还在思考着措辞，身旁的男人突然俯身过来，低声说："有问题就解决问题，不要逃避。"

他的嗓音虽低沉但穿透力太强，仿佛贴着耳畔传来。

二人之间的距离蓦地变得极近，温梨甚至能嗅到陆敛舟身上有一阵极淡的冷冽的松香味，就如同他冷冷的外在。

他说完转过身，温梨不自觉地握起了拳，指尖抵住掌心。

半晌，陆敛舟又淡淡开口："半年。"

"什么半年？"温梨疑惑地看向他。

"从今晚开始，半年以后如果你还想离，我答应你。"

陆敛舟的面容隐在夜色中，温梨看不清他说话时的神态。但她猜想，他现在的表情应该一如往常般冷淡。

温梨缓缓地收回目光，手掌收紧，开始思考他的话。

柔软的羊毛围巾在她的指尖下形成了几道皱褶，她没想好该怎么回答他，车内的空气再次陷入安静。

两分钟后，温梨放在大衣口袋里的手机一振。即使振动的声音很微弱，但在极其安静的环境中，再细小的声响都会被放大。

温梨侧头翻口袋时，看了一眼身旁的陆敛舟。他低垂着眼眸，像是在休息。

他似乎没打算等她的回答。温梨默了默，掏出手机，没再纠结下去。

屏幕在暗淡的车内发出亮光，消息提示：您有一封新邮件，请查收。

解锁屏幕，温梨点开邮箱，收件箱的最顶端有一个带有红点的未读邮件，是下午昼域网游公司的那个程序员发来的。

温梨点开邮件，在页面上扫了一眼。程序员在邮件中说他已经根据她提供的数据重新修改了游戏内的设置，让她明天上班后登录游戏确认并回复反馈意见。

温梨浏览完，勾选邮件标注为明天的待办事项，然后退出邮箱，点开了"生存者"。

温梨之前并没有玩游戏的习惯，但自从与昼域合作后，她有空时就会玩一玩"生存者"。毕竟作为游戏的小半个开发者，她也希望参与到游戏当中。

陆续玩了两周，她还真的逐渐喜欢上了这款游戏。

进入游戏的初始界面是"生存者"极具辨识度的 logo（标志），独特的暗绿色双三角图标。

两秒后进入游戏，主页的左上角显示了她的 ID（账号名）和等级：一颗小梨子，3 级。

虽然温梨搞科研很厉害，但玩手游还是不擅长。游戏统共可以进阶到 188 级，两周过去，大部分玩家都已经进阶到 10 级以上了，而她玩了两周，等级依旧停留在"新手村"。

温梨抬头看了一眼窗外，距离老宅还有一小段路程。她想趁着空闲进入游戏看看雷暴天气模式修改得怎么样，于是点击了匹配按钮。

奈何她的等级太低，等了三分钟还是没有匹配到人，大概是已经没有玩家在这么低的等级了。

温梨看了一眼自己的好友列表，空空如也。最初和她匹配上的玩家，没有一个和她互加好友的，她已经很清楚自己的实力有多能拖别人后腿了……

迟迟匹配不到人，温梨努了努嘴儿，点开了孤独的练习模式，开始了做任务赚积分的漫漫升级路……

低调奢华的车子沿着道路旁两排古老的梧桐树驶进，缓缓停在了陆家老宅的庭院前。

车辆停稳，温梨看了一眼窗外，明亮的路灯下是具有历史感的独栋别墅。背靠湖泊的花园洋房设计和安静优雅的环境十分符合老一辈的口味，陆敛舟的父母就一直住在这栋近郊别墅里。

温梨回眸，退出"生存者"的游戏界面，收起手机，转头看向一旁刚好醒来的陆敛舟。

他们下车后就看见管家秦伯笑嘻嘻地出门来迎接他们，他亲切地喊："少爷和太太回来了。"

温梨正想往里走，却被身旁的男人挡住。

陆敛舟站在她身前，面无表情地抬起手臂，示意她挽上。

温梨撇了撇嘴挽了上去，陆敛舟却顺势扣住她不盈一握的腰肢，将她往自己怀里带。

温梨瞪了他一眼，下一秒紧接着看见秦伯，表情立刻转变成温顺的笑容，温声道："秦伯好，我们回来了。"

他们相互依偎，沿着由鹅卵石铺就的小路往里走。因着从未有过的亲密，温梨流露出一丝别扭。

秦伯见状，挑起眉毛，担忧地问："太太，你的脚受伤了吗？"

温梨干笑了一声，一时不知道该怎么回答他。

陆敛舟加大力度搂紧她，声音难得地带着笑意："秦伯，她工作累着了，我让她靠在我身上休息会儿。"

秦伯笑了起来，打趣道："太太工作累了就别去上班了，少爷养得起你。"

"听到没有，我养得起你。"陆敛舟语气宠溺，说话间还轻轻地刮了刮她的鼻尖。

温梨微眯着眼，笑了笑。

虽然她脸上挂着配合的笑容，内心却在想，她才不需要他养。

穿过庭院，等秦伯走远后，温梨收起笑容，咬牙切齿般无声地用口型说："陆总好演技！"

陆敛舟低下头，薄唇似有若无地蹭过她的耳朵，在她耳畔低声道："夫人也不差。"

陆母从楼梯下来时，陆敛舟正搂着气鼓鼓的温梨进门。

看见陆母的一瞬间，温梨嘴角扬起，露出笑意，乖巧地喊："妈妈好。"

陆母抬眼看见他们亲密地靠在一起，笑盈盈地说："回来了？"

陆敛舟淡淡地应了一声。

待陆母走近，温梨问她："爸爸呢？"

"他呀，在书房。"说完，陆母戳了戳陆敛舟，道，"你去喊你爸下来。"

陆敛舟看了温梨一眼，松开箍在她腰间的手，然后不紧不慢地抬步上楼。

温梨笑呵呵地挽起陆母的手臂，二人一起往饭厅走去。

"梨梨，你最近工作忙不忙啊？"陆母问。

"还行，不是特别忙。"温梨回她。

"那就好，别太累了。"陆母话语间充满疼爱。

说话间，父子俩从楼上下来了。

陆父迈着稳健的步子，走路带风，温梨不禁想起小时候第一次见到他的情形。

年轻时的陆父雷霆万钧，不怒自威，那日陆父陆母带着陆敛舟来温家做客时，她就被陆父吓到了，还躲了起来。

父母从角落里把温梨逮出来抱在怀里，她哭着嚷着，却见陆父弯着腰，压着嗓音轻声哄她："小梨子，我不是吓人的怪叔叔。"

陆父说话时，身旁突然传来了一声极轻的嗤笑。

他们转头看向声音的来源，只见旁边那个小小少年漂亮的眼睛里带了一丝不符合年纪的成熟，正站在那里看着他们。

温梨从记忆中回过神，看了一眼此刻站在自己身侧的陆敛舟。

他眉眼间的神色略淡，一如当年。反倒是如今早已放权的陆父语气亲和，看起来像是一位和蔼可亲的长辈。

温梨突然觉得陆父比陆敛舟要好相处。比起小时候，此刻的陆敛舟才是那个吓人的"怪叔叔"。

陆父看见温梨，脸上满是慈祥的笑意，招呼道："小温好。"

"爸爸好。"温梨笑着朝陆父问好。

用人已经把饭菜摆好，四人往饭厅走去。

第二章

Chapter 02

陆父坐在长桌的主位上，温梨和陆敛舟一起坐在陆母对面，一家人其乐融融地吃饭。饭桌上温梨和陆母有一搭没一搭地说着话，胜似亲母女。陆父偶尔也会应两句，而陆敛舟本来就沉默寡言，吃饭的过程中几乎没怎么说话。

突然，陆父问陆敛舟："蔚星娱乐你还准备投资吗？"

面对陆父突如其来的询问，三人皆是一愣。温梨握着筷子的手顿了顿，隐隐觉得陆父陆母应该是知道了这两天的绯闻。

毕竟自从陆敛舟接管陆廷集团以后，陆父就鲜少过问集团方面的事情。他这么突然地在饭桌上提起投资蔚星娱乐的事，估计与吴夏旎的事情脱不了干系。

"终止了。"陆敛舟淡淡地回应。

说完，又是一阵静默。

陆父的语气变得有点儿严肃："你这两天的新闻我们看到了，你和那个女人有关系吗？"

陆敛舟的眉宇间似乎有些不耐烦，不快地说："没有，我不认识她。"

陆母接话道："我们看到新闻时都被吓住了，梨梨听见那些非议得多难受哇。"

听到陆母提到自己，温梨赶紧放下碗筷澄清："妈妈，都是误会，敛舟跟我也解释了，这件事不能怪他。"

陆母轻轻地摁了摁温梨的手心，看向陆敛舟，叮嘱道："梨梨这么好，这么理解你，你可不能辜负了她。"

陆父看向陆敛舟，告诫道："我们就借着这次的事情提醒你。你现在掌管陆廷，你自己也清楚你在这个位置会有多少双眼睛盯着你。你手上的资源和权力都是顶级的，但背负的名声利益越多，你越是要谨慎小心。"

陆敛舟周身紧绷，蹙着眉头没说话。

两分钟后，气氛稍微缓和。

温梨给陆父陆母各盛了一碗汤，然后就听见陆母话题一转，笑着说："梨梨，你们今晚要不就在这里休息吧？别回陆曳江岭了。"

温梨双手一顿，下意识地先看向陆敛舟。他表情冷漠，仿佛全然没听到这句话似的。如果在老宅住，那他们必定要睡在同一间房里，温梨已经能预想到那种窘迫了。

"妈妈，那个……我落了一份文件在家里，明天上班要用到，所以今晚可能不能留在这儿。"因为有点儿心虚，温梨说话的声音都小了些。

"没事，让司机回去取一下就可以了。"陆母提议道。

温梨一时有些为难，正想再找个理由，就听见陆敛舟不咸不淡地出声："我们回陆曳江岭。"

温梨闻言看了他一眼。果然，他也不想和她一起住在同一个房间。

陆父听见陆敛舟的话，没好气地说："别以为我不知道你经常住在市区的那套公寓，结婚了就应该多回家。"

陆父的声音透着威严，温梨觉得这件事情她没办法帮陆敛舟解释，只好悄悄看了他一眼。

"工作忙。"陆敛舟回答得极其简单。

陆母也道："工作再忙也不能不顾家呀，我们就想抱个孙子孙女，什么时候能等到呢？"

温梨听见陆母的话，不小心呛了一下。他们从没在一起睡过，又何谈生孩子……似乎是她的反应有些大，陆敛舟看了她一眼，目光有些意味不明。二人短暂地对视了一下，温梨顿觉有点儿尴尬。

在陆父陆母的旁敲侧击下，这顿饭颇有点儿鸿门宴的意味。

饭后，陆敛舟和温梨并肩走出庭院，站在门前等待司机把车开过来。

冬日的夜晚裹着寒意，刚从温暖的屋内出来，温梨一下子没适应温度的骤变，不自觉地打了一个寒战。

很细微的动作，却被陆敛舟捕捉到了。他侧头看了她一眼，转而脱下自己的西服外套，披在她身上。他收回手时，掌心无意间蹭过她的肩头，轻得像错觉。虽然只是短暂的触碰，但她觉得像是被烫到了一样。

温梨的红唇动了动，轻声说："谢谢。"

陆敛舟的嘴角微微地勾了勾，双手插兜从容地立着。

温梨站在他侧后方看他。陆敛舟安静地站着，袖口挽着，衬衫在月光下泛着浅白。即使脱掉了西服外套，他骨子里的那份高贵依旧。

司机驾驶车子慢慢靠近，温梨轻声问陆敛舟："你是回陆曳豪庭的公寓吧？"

听见她的问话，陆敛舟抬头看向她，说："不是。"

他的回答一如既往地简洁。温梨挑了挑眉，脸上流露出几分疑惑。她刚想问些什么，车刚好驶到了他们身前。

司机下车，正准备替他们拉开车门时，陆敛舟已亲自替温梨拉开了后座的车门。他半扶着门，手掌虚靠在黑色的车门内侧，冷白的肌肤与车身的暗黑形成鲜明的对比。

温梨没料到他会亲自替自己扶门，她短暂地愣了一瞬，然后忙不迭地弯腰钻入了车里。

轿车平稳地行驶在夜色中，二人坐在后座俱是沉默。温梨还在斟酌陆敛舟的话。他说他不回，是指他今晚要和她一起回陆曳江岭住吗？温梨蜷着指头，明显有些紧张。他不会是听了父母的话，要回家和她造个孩子吧……

几分钟过后，不知是这个想法太过令人羞赧，还是车内温度太高，温梨感觉双颊发烫。她伸手捂了捂脸颊，肩头上的西服缓缓地往后滑落，她这才反应过来原来自己在车上还一直披着陆敛舟的西服。

温梨轻轻地把陆敛舟的西服取下，正准备递还给他，转身却发现他正闭目靠坐着，眉头微蹙，似乎有些疲惫。她没敢打扰他，只好把他的外套置于自己双膝之上，转而掏出放在大衣口袋里的手机。

点开微信，温梨找到和莫簌的对话框，打字："簌簌，在吗，在吗？"

两分钟过去，没有回应，温梨又点了点她的头像双击"拍一拍"，屏幕上马上显示出一行字："你拍了拍'簌簌的小脸蛋儿，说：恭喜发财'。"

两秒后。

莫簌有了回复："咱们梨梨大美女这么急着找我做什么？"

看见莫簌的回复，温梨赶紧打字："你在干吗呢？"

"我在看综艺呀，大晚上的，我可不像你们已婚人士，生活多姿多彩。"

"什么综艺？"

"《失恋阵线联盟》。"

"这不是一首歌吗？"

"你这就落伍了吧，这是最近爆火的失恋综艺。你'竹马'还在里面当观察评论嘉宾呢……"

"还有这种综艺……"

观察评论的嘉宾？温梨睁大了眼睛，打字："纪丛？"

"不然呢，除了他，你还有哪个'竹马'？"

莫籁很快又发了一条来："对了，他好像没谈过恋爱吧？"

温梨看着莫籁发来的消息，认真地思考了一下才回复："应该没有。"

"那他一个单身至今的人去参加什么失恋的综艺？"

"等等，你这么急着找我就为了问我在干什么？"

"以我对你的了解，事情没那么简单。"

莫籁又连发了三条来。温梨的指尖停顿片刻，才输入："我今晚想去你那里过夜……"

莫籁连发一串问号，又问："陆总怎么你了？把你赶出家门了？"

"不是，我就想躲一躲，不想回陆曳江岭，可不可以？"

"当然可以，你过来。不过到底发生了什么？"

"等我到了和你说。"

放下手机，温梨往前移了移身子，轻声和司机说："在木桐路前面的十字路口放下我就可以了，我不回陆曳江岭。"

"好的，太太。"

温梨说完，回过身就发现旁边的陆敛舟已经醒来，正目光沉沉地看着她。

对上他的双眸，温梨抬手把叠好的西服递还给他。陆敛舟不为所动，她举着的手僵在了半空中。

"你不回陆曳江岭要去哪里？"陆敛舟的声音冷冷的，一双黑眸同夜色一样深沉。

"我去亭坪小区，莫籁家。"温梨收回手，声音颤了颤，"我今晚在她那儿过夜……"

"你的文件呢？"

温梨没想到陆敛舟竟然还记得她在饭桌上编的说辞，打哈哈说："我想起来了，我手机里有备份……"

陆敛舟没有应她，只默默地看着她。他的视线太过灼人，温梨不自觉地低头避开了他的目光。

"躲我！"陆敛舟肯定地说。

这话让温梨始料不及。她几乎本能地摆了摆手，辩解道："不是，不是，当然不是，那个……莫籁……她……"半秒后，她鬼使神差地说出了一句，"她失恋了。"

从陆敛舟的神情上看不出他信了没有。

"对……所以……我要去陪她。"温梨越说越没底气，几乎把脑袋都埋进了他的西服外套里。

他的衣服上有一股独特的冷冽的松香味，淡淡的，很好闻。温梨收紧手心，挺括的西服面料与肌肤接触，带着轻微的摩挲感，但布料的质感很好，并不扎人。

温梨的直觉告诉她，陆敛舟已经识破她了，便安静地等待着他戳破自己的谎言。

但空气再次陷入凝滞。

温梨本以为对话到此结束，却在车辆到达路口前听见陆敛舟低沉磁性的嗓音："把外套穿上吧，外面冷。"

亭坪小区。

莫簌抱着平板电脑给温梨开门后，一眼就瞧见了她身上披着的男式西服外套。

纯黑西服套在温梨的大衣上明显偏大，莫簌轻"啧"了一声，道："看这情况，你们也不像是闹翻了呀。"

温梨踏进门，动作轻柔地把身上的西装外套脱下，抬手挂在门廊边的置衣架上。

莫簌看了一眼，挑了挑眉，问她："所以你们今晚究竟发生什么事了？搞得你还要往我家躲？"

温梨迈开步子朝客厅走去，往沙发上一窝，柔柔地说："陆敛舟今晚不回陆曳豪庭住……"

莫簌丢下平板电脑，凑到她身前，说："不回就不回呗，你怕啥？"

温梨的眉头皱了皱，把自己的担心说出来："我们今晚回老宅吃饭。听他爸妈的意思，好像是想催我们生小孩……"

莫簌惊讶地"啊"了一声，然后摆出一副了然的样子，说："难怪你躲我这儿来了。"说完，她朝温梨挤了挤眉眼，问，"那陆总有那意思吗？"

"我管他有没有那意思呢，我这不就躲你这儿来了吗……"

"啧啧，咱们温大美女在工作上又帅又飒，理性果敢，现在居然也会败在一个男人手上。"

温梨撇了撇嘴，似是有些无奈，但又好像没法儿反驳莫簌的话。她在陆敛舟面前确实有点儿胆小。也不知道为什么，在他面前，她好像变得不能再理性地思考。

"所以你为什么躲他？前段时间也没见你这么反常啊？"莫簌疑惑道。

温梨侧头思考了一下，说出了自己的想法："当我误以为他出轨时，我可以很理直气壮地提出离婚。发现自己误会他后，坚持提离婚是因为我想通过离婚逃避我们两个人之间的问题。但他不同意，并且他好像改变了，他变得和以前不太一样了，我不敢面对这样的他。"

"感情的事情真的太难解了，还真不如气象算法来得容易……"温梨叹了一口气，认真地总结了一下自己这几天的心路历程。

"果然是你，你什么都可以处理得很好，唯独对感情，你真的太一窍不通了。"莫籁的嘴角压了压，低声嘀咕道，"不过我这种从没恋爱过的人哪能给你分析呀。"

温梨耸了耸肩，笑着接话："也许我也该看看你说的那些恋爱综艺和失恋综艺。"

莫籁听到她的话，扑哧笑了一声，说："别，你没见我看了这么多还是单身吗？"

温梨摇了摇头，准备起身倒杯水，就听见莫籁问："对了，你用什么理由说服陆总让你来我家过夜的？"

闻言，温梨后脊一僵，干笑了一声，低声说："我说……我要陪你看综艺。"

说完，她径直走到茶桌前，躲开了莫籁的视线。

莫籁坐在沙发上，撑着脑袋问："这陆总那么好说话？"

温梨没应她，偷偷地舒了一口气，默默地往杯子里倒水。

莫籁从沙发上站起，朝她走去，好奇地问："哎，那你准备躲多久呀？躲得过初一，躲不过十五。"

温梨举起玻璃杯慢条斯理地喝了一口水，道："先躲上几天吧。"

"你这……"莫籁揶揄道，"陆总有点儿惨哪。"

温梨疑惑地看着她。

"向来运筹帷幄的陆总也会有追不上的妻……你们都被对方拿捏住了，挺配的。"莫籁笑嘻嘻地总结。

温梨差点儿呛住了，扯了扯嘴角，回她："你想多了。"

第二天早晨。

温梨从洗漱间回到卧室，就看见莫籁还赖在床上玩手机，单手支着下巴托着脑袋，脸上挂着一副专业"吃瓜群众"的表情。

"在看什么呢？"温梨有些好奇地凑上前去。

"笑死，才发现这吴夏旋表面上是清纯无污染'小白花'，背地里居然那么多黑料。"莫籁把自己的手机举到温梨身前，说，"你看。"

温梨疑惑地接过，莫簌的手机屏幕上是一个页面，网友的关注点已经从陆廷的声明转移到吴夏旎的"黑历史"。

各大营销号争相爆料，都是什么吴夏旎片场耍大牌，因不满拍摄条件现场破口大骂，吴夏旎学历造假，吴夏旎低级炒作买水军，吴夏旎整容……评论区里有调侃的，有讽刺的，有"吃瓜"的，也有一些粉丝不离不弃地维护她。但为数不多的粉丝发言都被网友的冷嘲热讽淹没了。

温梨随意地划了划手机，对大家的讨论并没有多少兴趣，把手机递还给了莫簌。

"吴夏旎创造了有史以来最快的'翻车'速度……"莫簌接过手机，突然道，"你说会不会是出自你家陆总的手笔？"

温梨耸耸肩，摇了摇头，表示她也不知道。

从公寓里出来，温梨和莫簌并肩往咖啡店走去。清早的百货商场人流量不大，有几位工人正在卸除入口处的巨幅海报。买完咖啡出来，莫簌转头看见耷拉下来的海报一角，立刻戳了戳身旁的温梨，提醒道："梨梨！你快看！"

温梨顺着她的目光看去，那是一幅吴夏旎的服装代言海报。画报中的吴夏旎妆容精致，一袭银白镶钻的长礼裙，层叠的薄纱上用珍珠和钻石勾勒出一朵朵绽放的玫瑰，水晶折射出的色彩在灯光下交织。

不可否认，那是一张极吸引人眼球的代言海报，梦幻且高贵，满足了少女们的一切幻想，只可惜当下却被人弃之如敝屣。

莫簌特别激动，说："我真的觉得吴夏旎之所以这么快'翻车'，是陆总的手笔，你快问问看！"

温梨抿了一口咖啡，轻挑眉头，道："我问什么？"

"问陆总是不是他……我瞬间觉得陆总是为了挽回你，好有心哟。"莫簌眨着眼看她。

温梨一脸的难以置信。她和陆敛舟之间没有感情，又谈何挽回不挽回的。

莫簌一直在旁边摇着她的手臂，撒娇道："梨梨，你就证实一下我的想法吧。"

温梨无奈地拿出手机，点开微信翻出和陆敛舟的聊天对话框。因为左手拿着咖啡不好打字，于是她按下语音键，问："吴夏旎后续的事和你有关吗？"

陆廷总部，总裁办公室。

陆敛舟开完早会后，倚靠在办公桌前批阅文件，徐特助站在他身旁举着平板电脑汇报接下来的工作行程。

突然，放在桌面上的手机一振，屏幕亮了起来。

陆敛舟拿起，微信消息提示：梨子给你发来一条语音消息。看见提示，陆敛舟的嘴角勾了勾，抬手示意徐特助暂停一下，然后解锁手机。

微信页面最顶端的置顶聊天的图标上显示有个红点，点开对话框，是一条三秒钟的语音消息。陆敛舟修长的手指稍稍顿了顿，然后按下了播放。

"吴夏旎后续的事和你有关吗？"温梨的声音从扬声器中传出。语音不长，但她说话的语气糯糯的，勾得陆敛舟眉头一挑。

徐特助站在安静而空旷的办公室，冷不防听见太太的声音，从行程表中抬起头，看向自家总裁。

只见自家陆总脸上挂着一抹意味不明的神色，抬起修长的食指按下了语音键，懒散地说："你觉得我这么闲？"

闻言，徐特助哽了哽，收紧手中的平板电脑，内心暗自吐槽：你是没那么闲，但要我们那么做可是你的意思。

露天广场前。

温梨按下扬声器，对着莫簌重复播放了一遍陆敛舟发来的语音消息。

"你觉得我这么闲？"男人疏离清朗的声音消散在清晨的日光中。

莫簌听完，讪讪地吐了吐舌，有些不太相信地说："不可能吧？也只有陆总能做到呀……难道我猜错了？"

温梨挑了挑眉头，樱唇微动："不然呢？"

陆敛舟放下手机，似乎想起了什么，拾起一旁的钢笔，垂首在白纸上画下了一个双三角标志。画完，陆敛舟轻压着纸张的一角，修长的指骨稍加用力一推，问："你知道这是什么游戏吗？"

他的力度适中，纸张正巧滑至徐特助身前。

陆敛舟看向徐特助，补充了一句："它的图标是暗绿色的。"

徐特助闻言走近，在纸面上扫了一眼，立刻就认出来了，说："是'生存者'，一款野外生存类的手游。"

"野外求生？"

陆敛舟的生活几乎都被工作占据，平常休闲娱乐都极少，就更加不可能了解这是什么游戏了。

"对，玩家在里面需要收集资源，建造房屋，抵御恶劣天气以及野兽的伤害，从而存活下来，这款游戏最近在年轻人当中很火爆。"徐特助回答他。

陆敛舟轻轻地"嗯"了一声，把桌面上签署好的文件递给他，问："还有什么要汇报的吗？"

徐特助接过，看了一眼平板电脑，提醒道："陆总，顾邺邀请您周六晚上出席一场非公开的电影首映礼。"

"什么电影？"陆敛舟垂眸。

"是顾邺投资的电影，由黎尉导演执导，纪丛主演的剧情片。"

听见"纪丛"这两个字，陆敛舟的眉头挑了挑，神色变得晦暗不明。

徐特助看着陆敛舟的脸色变化，语气变得更加小心谨慎："六点半在琴域江畔举行，晚宴结束过后才是电影的首映礼。"

陆敛舟把弄着手机，漫不经心道："嗯，我知道了。"

随后又补了一句："你先出去吧。"

"是。"徐特助捧着一叠文件走出总裁办公室。

陆敛舟看了一眼他离开时带上的门，垂眸拿起手机，指腹敲击着桌面，若有所思地点开软件商店。正准备搜索"生存者"，就看见应用商城游戏榜排行第一的就是它，便点下下载。不过半分钟，便安装成功。

陆敛舟点进游戏界面，软件弹出登录的方框。他点击右下角的"注册"按钮，页面跳转，提示：请填写您的"玩家昵称ID"。

他眼眸微眯，想起了昨晚在车上瞄见温梨的用户ID是"一颗小梨子"。

陆敛舟思索了半晌，指尖轻点屏幕输入：冰糖。

设置密码成功后进入下一步，画面跳转至选择游戏内的"角色性别"。

左边是女性，右边是男性。陆敛舟点了右边的男性角色，系统自动跳转至选择角色发色、发型、五官，然后是选择上衣、下装、帽子、配饰还有鞋子……

陆敛舟蹙起眉头，有些不耐烦。

光是玩家角色的外形就有数十项选择，陆敛舟没再继续往后做选择，直接点了屏幕左上角的"系统随机"按钮。

页面跳转提示：您已成功创建角色，马上为您跳转至游戏界面。

两秒后，进入游戏大厅，画面右侧的人物形象竟然随机成了女性的角色。

看着系统为他随机设置的那个身穿短裙套装、长腿细腰的女性角色，陆敛舟向来从容淡定的俊容难得有一丝局促。

陆敛舟沉着脸把系统设置翻了一遍，终于找出更改性别的地方，却发现系统提示：新用户24小时内不能更改，请于明日再试。

陆敛舟有些无奈。

返回主界面，菜单栏左侧就是搜索以及添加好友。

陆敛舟点击搜索栏，输入"一颗小梨子"。

他点击确定，页面跳转，弹出一个用户，用户图标是灰色的，表明玩家不在线。打开资料页面对了一遍，确认是温梨后，陆敛舟的嘴角勾起，选择"申请添加好友"。

T大。

温梨回到办公室后，打开邮箱的待办事项，就看见昨晚程序员发来的邮件，让她登录游戏确认一遍雷暴模式的修改情况。于是她拿起手机，点开"生存者"。

进入游戏，界面左上角出现了一个小红点。

温梨点开，发现有一个未读通知："冰糖"用户请求添加您为好友。

下方是"同意"和"拒绝"两个按钮。

温梨有些意外，也有些兴奋。以往她也会主动请求添加匹配到的玩家为好友，然而大家在目睹了她的技术后都无情地点了拒绝。

这是第一次有人主动添加她为好友！

她点击申请人的主页查看，个人资料上显示对方是女性玩家，等级1级。虽然对方的头像是灰色的，并不在线，但温梨还是满意地勾了勾嘴角，指尖轻触屏幕选择了"同意"按钮。

难得找到一个比她等级还低的玩家，她承认自己膨胀了，有些跃跃欲试，也想体验一下"带妹上分"的感觉。同意了好友申请后，温梨切换到非竞技类模式，选择了自定义模式中的雷暴天气，进入游戏界面测试。

经过昨天的参数修改，雷暴天气明显变得更加优化，温梨操纵人物在雷电交加的原始森林里行走，大量的雨水从天而降，没一会儿人物便浑身湿透了。

系统提示：请尽快躲雨，以及更换湿衣。

为了继续测试，温梨选择忽略系统提示，继续操控人物在暴雨中行走。

两分钟后，一道闪电从天而降，明晃晃地直直击中了她。

页面弹出提示：由于未能成功躲避雷电，您死了！

温梨抿了抿唇，点击确定，选择重新开始。

这次地图切换到了东南亚海岛，温梨依旧操纵人物在雷电天气下行走。随着雨势越来越大，她选择在一块巨大的礁石背后躲雨。很幸运的是，没一会儿便雨过天晴，上下滑动屏幕可以看见天际挂了一道彩虹。这道彩虹的参数也是她昨天添加上去的，既增加了游戏场景的观赏性，也增加了玩家的趣味性。

从礁石后面走出来，温梨继续向前探索，但很快，游戏的场景暗了下来。

温梨以为是黑夜来临，没想到半分钟后，系统弹出：由于未及时更换湿衣，您受凉后也未采食草药，您死了！

温梨返回游戏界面，感觉她昨天增设的内容基本上都已经被程序员添加进来了，于是退出了"生存者"。

又重新仔细核对了一遍设置参数与数据库模型后，温梨认为没什么问题，然后点开邮箱给程序员回复邮件。

发完邮件后，温梨又重新整理了一下最近收集的冬奥气象模拟数据点图，吃过午饭后要向其他研究员进行汇报。等汇报结束，已经下午五点了。

回到办公室，温梨拿出手机，发现一个多小时前纪丛给她发了一条消息："下班后电话聊聊？"

不清楚是什么事，温梨放下东西，给他拨了电话过去。电话不过响了两秒就接通了。

"阿梨……"纪丛含笑低缓的嗓音传入温梨的耳畔，"下班了吗？"

"嗯……刚好下班。"温梨将手机靠在耳边，一边收拾东西一边应他。

纪丛说："周六晚上我有一场电影首映礼，你来吗？"

"电影首映礼？"闻言，温梨的动作一顿，问，"就是你三个月前在国外拍摄的那部《余烬》吗？"

"嗯。"纪丛回她，"周六晚上在琴域江畔举行，晚宴过后是电影首映礼。"

温梨思考了一下，周六那天她应该有空，于是答应他："应该可以，晚宴是几点开始呢？"

"晚上六点半，能来吗？"

"可以呀，"温梨笑了笑，说，"我去给你捧场。"

"那到时候我来接你？"

"不用，我自己过去就可以了。"

温梨说完，电话那端沉默了半晌。没有听见纪丛的回复，她还以为通话断了，刚准备拿下手机看一眼，就听见他很轻地应了一声："那周六见。"

"嗯，好嘞。"

温梨挂断电话，就打车回了亭坪小区。回到公寓，温梨脱下大衣和围巾，环顾了一圈，发现莫簌还没回来，于是给她发了一条微信消息："你什么时候回来？一起吃晚饭？"

两秒后，手机上弹出莫簌的回复："要加班，我可能晚上八点才能下班，你自己先吃吧。"

给莫簌回复完消息，温梨也不想做饭，于是窝在沙发上点开了外卖软件。

结完账，订单显示还有三十分钟送达。等待外卖的过程中，温梨倒了一杯水，然后悠闲地点开了"生存者"，准备玩游戏。登录游戏界面后，系统弹出提示：您的好友"冰糖"在线。

温梨刚端起玻璃杯，就看到系统又弹出了一条提示：您的好友"冰糖"邀请您共同游戏。屏幕正中央是"同意"和"拒绝"两个选项。

温梨抿了一口水，把手中的玻璃杯放到矮几上，然后点了"同意"。

页面跳转到一个房间，屏幕里是两名女性角色，温梨的游戏人物是最普通的野外求生探险用的冲锋装打扮，而"冰糖"的游戏角色则是一个大眼睛萌妹子，身穿粉色小短裙套装。

温梨眉头一挑，明显有些被萌到了。基于"冰糖"的萌妹形象，温梨本能地猜测对方是个"00后"小女生，于是特意用年轻人的语气跟对方打招呼："Hello，小可爱。"

半分钟没有得到回应，温梨又发送了几条"颜文字"，但对方都没回应。

正当温梨疑惑对方是不是下线了时，聊天框弹出来了。

是冰糖："在的。"

看到对方回复，温梨继续打字。

"我们开始游戏吗？"

"好。"

温梨有些疑惑，这个"冰糖"怎么看起来有点儿惜字如金。她发了五句话，对方才回复几个字。

愣怔间，对方发起了游戏，温梨点击进入。

两个人被随机掉落到了地图的亚马孙丛林中，游戏画面里是高耸入云的参天树木，旁边有一条蜿蜒曲折的河流。

温梨提议："我们先分头探索一下附近的环境，好吗？"

冰糖回道："好。"

看到对方的回复，温梨操纵起自己的人物向西南方向出发，结果刚走了两步，发现对方也跟着往自己的方向过来了。

温梨想也许对方是想走这边，于是操纵人物掉头往东北方向去。奇怪的是，她刚掉头没走几步，对方也跟着自己掉头往东北方向来了。

温梨有些疑惑，重新掉头往河流边走去，准备蹚水过河。她心想：这下你应该不会再和我同路了吧？

下一秒，她刚跑到河边，就发现"冰糖"又朝她跑过来了。

温梨疑惑地想：怎么我走到哪里，你就跟到哪里？

"我们不是分头行动？"

刚发送过去，温梨就看见河流对岸突然跃出来一只美洲豹，她心下一惊，她之前无数次死在了美洲豹的爪下。

温梨想着打不过就跑，操作人物准备掉头，结果发现"冰糖"在她身后来来回回地原地转圈，把她逃跑的路完全堵死了。

她这下总算切身体会到，为什么她之前主动添加别人为好友没有一个同意的了……

没办法，温梨只好选择迎面而上，点击地面的石块，拾取，然后对着冲过来的美洲豹就是一顿狂砸。

令温梨欣慰的是，"冰糖"也有样学样地跟着她拾起了地上的石块，准备与美洲豹对抗。

只是令温梨无语的是，"冰糖"攻击的准头也太偏了，不偏不倚地对着她的游戏人物狂砸是怎么回事……

温梨眼巴巴地看着自己左下角的血条在"冰糖"的石头狂击下，从满格飞快地降低直至"0"……

画面转成灰色，系统提示：您被队友"冰糖"打死了！

温梨无奈。

她盯着屏幕上的那一行字，最后得出一个结论："冰糖"妹子是比亚马孙美洲豹还要凶猛的角色……

才进入游戏不到三分钟，便在队友的"贡献"下光荣阵亡了，温梨正想观战"冰糖"与美洲豹的世纪对抗，却没想到刚举好手机，"冰糖"也没了……

屏幕弹出：您的队友"冰糖"被野兽袭击而亡。

温梨摇了摇头，也是，对才1级的玩家能寄予什么厚望呢？

系统重新退回房间，温梨点了点对话框开始打字。

"小可爱，我们能不能商量一下，下次咱瞄准一点儿，别袭击我了好吗？"

又加上一条："还有就是，我觉得等下咱们可以先建一下庇护所，这样起码遇到紧急情况还能往里躲一下，你觉得呢？"

温梨想了想，继续输入文字。

"如果你不懂的话，那等下就像刚刚那样跟着我，然后和我一起收集东西建房子就行啦！"

冰糖回复："好。"

温梨看见回复，扬起嘴角。她心想，这"冰糖"虽然有点儿高冷还有点儿笨，但挺听话的，极大地满足了她这种菜鸟指导"小萌新"的欲望。

于是温梨点击重新开始游戏。这一次，二人被随机分配到了一处偏僻的废旧工厂附近。

温梨观察了一下四周的情况，有点儿窃喜，觉得应该可以从这所废弃厂房收集到很多搭建房子用的工具和物资，于是在聊天栏敲下文字。

"你跟着我一起去前面的废旧厂房收集物资吧。"

"好。"

温梨操纵人物往前，没走几步就发现了一把废弃的锥子和锤子，于是弯腰点击拾取。她继续往前，进入几排破烂不堪的茅屋。

"你去左边，我去右边捡些东西。"她吩咐。

发送完，温梨操纵人物往右边一间一间地探索，没一会儿就收集了不少工具和材料，于是给"冰糖"发消息。

"我好了，我们在前面那片空旷的平地上集合，然后开始建造住所吧。"

温梨清点了一下物资，然后操纵人物往外走，沿途又收集了一些木材和石头。两分钟后，温梨刚在平地上建完第一层地基，就见"冰糖"直接跑到她旁边，径直把自己收集到的物资一键卸除。

温梨看着屏幕里从"冰糖"身上掉落下来的满满一地的泡沫、折扇、平底锅、破抹布、裂开的洗衣盆和海绵胶等乱七八糟的物品，额头上隐隐约约飘过两条黑线。

她忍不住想，这捡的都是些什么垃圾……"冰糖"妹子就不能干点儿正事？

正当温梨因不知道怎么处理这堆垃圾而犯愁时，公寓的门铃响了。

温梨放下手机，往大门走去，通过猫眼看清是外卖小哥后，她开门把外卖取了进来。把外卖放在桌面上，温梨重新拿起手机，却发现屏幕里的自己正被一位突然出现的玩家"头文字D"攻击。

由于她一直站着没动，那位"头文字D"就一直对着她砸石头。

虽然"冰糖"也一直在攻击他，但奈何"冰糖"的实力实在不怎么样，所以"头文字D"几乎没流一滴血。

正当温梨重新拿起手机准备操纵人物时，人物血条里仅剩的最后一滴血也被打掉了……

游戏画面再次转成灰色，系统提示：您被玩家"头文字D"打死了！

温梨紧紧攥着手机，看见"冰糖"拾取地面的石块，冲到玩家"头文字D"跟前，却被"头文字D"一招毙命……

屏幕弹出：您的队友"冰糖"被玩家"头文字D"打死了！

温梨看了一眼时间，已经将近七点半了，还有半个小时莫簌就下班了。于是她返回游戏大厅，在聊天框里输入："小可爱，我今天先玩到这里啦，下次有时间再玩吧。"

片刻弹出"冰糖"的回复："好。"

温梨正想退出，却看见"冰糖"又发来一条消息。

"你下次什么时候玩？"

这个"冰糖"全程没回复过超过两个字的消息，现在居然主动问自己下次什么时候玩，这让温梨有些膨胀，自信满满地觉得自己凭实力收获了一枚小迷妹。

"看情况吧，我也不太确定。"

"好。"

温梨退出了"求生者"，把手机放下，打开外卖的包装。

其实外卖的味道不差，但吃了两口后，温梨便怀念起罗婶做的菜了。这三个月来，她好像已经习惯了从 T 大回陆曳江岭后都有罗婶在等她，这让她觉得自己没有那么孤独。

八点过一刻。

温梨窝在沙发上看"生存者"的游戏视频教程，突然听见门把转动的声音。她扭头，就看见莫簌疲惫地走进来。

"回来啦？辛苦了。"温梨安慰她，起身去给她倒了一杯水。

"嗯，临到年末就很忙。"莫簌叹了一口气。

温梨起身时并没有暂停播放中的游戏视频，因此手机扬声器传出了解说的声音。

莫簌挑起眉毛，问她："怎么有男人的声音，你在干吗呢？"

温梨把水递给她，笑了笑，说："在看'生存者'的通关视频呢。"

莫簌疑惑道："之前也没见你这么上心。怎么，不用应付你家陆总，现在就闲得开始刷游戏视频了？"

"不是啦，我加了一个妹子，想要带她上分。"

"就你那实力，还能带妹子上分？"莫簌对于温梨的实力实在太过了解。

"所以这不是在刷视频，准备提升一下嘛。"温梨委屈巴巴地看向她。

莫簌闻言，瘫坐在沙发上，饶有兴致地问："说说看，加了一个什么妹子，值得你这么认真？"

温梨兴致勃勃地打开"生存者"，点开好友列表，坐到莫簌身旁指给她看。

"她的 ID 叫'冰糖'，看，她的游戏角色穿着一套小粉裙，一看就是可可爱爱的软妹。"

"冰糖？"

"嗯。"温梨回她，"但是小萌妹说话竟然有点儿酷酷的，怎么形容呢？就是……有点儿高冷范儿。"

"那人家都叫'冰糖'了，肯定冷冰冰啊。"莫籁指了指她屏幕上的 ID。

"那人家叫'冰糖'，就不能像蜜糖那样甜甜腻腻的？"

莫籁思索了片刻，启唇道："那这就很矛盾哪，不存在那种既冰冷又娇甜的人设呀。"

温梨蹙起眉头，澄澈的琥珀色眼睛一转，似在思考。两秒后，她说了一句："我知道了！"

温梨看着莫籁，极其认真地一字一板道："她是御姐！"

第二日下午。

温梨正处理气象点图，院长吴槐过来敲了敲她办公室的门，叫她："小温，来我办公室一趟。"

"哎，好。"温梨点了一下数据保存，然后拿起桌上的记事本和笔往院长办公室走去。

一进门，温梨就看见院长办公室里面还坐着一个陌生面孔。他看起来年纪不大，约莫三十五岁。

"温小姐，您好。"那人站起来朝她打招呼，"我是 S 电视台节目运营部的，我叫罗森。"

温梨礼貌地上前，也自我介绍道："罗先生，您好，我是温梨。"

吴槐院长朝二人摆手道："都坐下聊。"

刚落座，温梨微笑着点了点头，便听见罗森直奔主题："温小姐，是这样的。我们 S 电视台准备筹划一档关于冬奥会的节目。这档节目主要聚焦冬奥会幕后工作人员，而我负责对接气象学的环节。吴院长刚刚给我推荐了您，请问您可以配合参与我们的节目录制吗？"

说完，罗森给她递了一份资料，解释道："温小姐，您看看，这是我们的方案计划书，里面有具体的细节和情况。"

温梨接过，翻开第一页粗略地看了一下，里面的内容主要是说明这个节目旨在介绍冬奥会背后的工作，以让更多人了解筹办幕后的故事。

快速地翻阅过后，温梨抬起头对上二人期盼的目光，应道："好，我大概了解了，我没问题。况且节目很有意义，我很荣幸能参与其中。"

听见她的答复，吴槐院长笑着拍了拍罗森的肩膀，说："温梨是我们院最出色的气象学家，她不会令你们失望的。"

听到院长的夸赞，温梨连忙了摆了摆手道："吴院长过誉了。"

简单地了解情况后，温梨和罗森从院长办公室转移至小会议室，详细地讨论了一下 T 大气象研究组与 S 电视台的合作。

交流结束时已经将近五点了。

临出门前，罗森问："温小姐，我们留个联系方式？"

"好的。"

留过联系方式后，温梨和罗森走出会议室。

天已完全暗了下来，会议室外的走廊里亮着两盏浅黄色的暖灯。

推门而出时，温梨的身影被灯光倒映出长长的影子。她的目光顺着出口看去，一眼就看到了尽头处那个熟悉的身影。

纪丛站在走廊上，靠着墙，戴了一个黑口罩，鸭舌帽帽檐压得极低，像是怕被认出来。

似乎是开门的动静惊到了纪丛，他不紧不慢地把名贵的头戴式耳机摘下，挂在浮起淡淡青筋的脖颈上，随后抬起了头。

温梨顿住脚步，身后传来罗森的疑问："温小姐不走吗？"

温梨收回视线，回过头朝他说："罗先生先走吧，我好像落了东西，要回去取一下。"

罗森提着公务包回道："好，温小姐，那关于节目的相关事宜之后再通知您。"

"好，下次见。"

"再见。"

温梨目送罗森进入电梯后，朝纪丛走去。

从她出门的那一瞬间，纪丛藏于帽檐下的那双黑眸便一直紧紧追随着她。

温梨走近，冷不丁和纪丛那双隐在暗里的眼睛对视，有些愣怔。

她刚刚开了很久的会，嗓子有些干涩，没主动开口。走廊的感应灯熄灭，周围重归于黑暗。

温梨眼神微动，看见纪丛的身影从黑暗中朝她靠近。

"阿梨。"纪丛的声音低哑磁性，在她身前低声地唤她。

温梨有些意外，面对他突如其来的接近，脱口而出："纪哥哥，你怎么来了？"

只是刚问出口，温梨就察觉到一丝窘意。她已经好久没喊过他纪哥哥了，刚刚一急，下意识地就用从小喊到大的称呼叫他了。

纪丛听见她那声久违的"纪哥哥"，眉梢不可抑制地挑了挑。

盯了温梨月光下莹白的脸颊两秒，纪丛才缓缓开口："来给你邀请函。"

温梨看着他顿住的脚步，也不知为何心尖一松，转而皱起眉头问他："邀请函？"

"嗯。周六晚上的邀请函。"纪丛从口袋里掏出一个白色信封，递给她。

温梨顺他的动作低头看去。

纪丛双指之间夹着一个印着暗红火漆蜡的高级信封，修长的指骨与信封在月光下泛着冷白。

"因为这场晚宴和首映礼不是对外开放的，需要邀请函才能进场。"纪丛补充道。

温梨轻吸了一口气，伸手接过。指腹触碰，瓷白的信封纸质带着淡淡的粗糙感，不是想象中的光滑。

"走吧，和我去吃个饭。"纪丛扯了扯嘴角，嗓音带着浅浅的笑意。

晚上七点，陆廷总裁办公室。

陆廷总部位于 S 市中心最繁华的中央商务地带，总裁办公室在顶层，透过玻璃往下能清晰地俯瞰整个城市的夜景。

灯火霓虹在夜色中泛起星星点点的光芒，陆敛舟身着笔挺的纯黑西服，背对落地窗坐在办公桌前，指腹有一下没一下地敲击着桌面。

手机屏幕亮着光，是"生存者"的游戏好友列表。

陆敛舟不到七点就登录进了游戏，然后就一直等待着"一颗小梨子"的用户头像亮起。

屏幕快熄灭了，陆敛舟用指尖轻触了一下，继续刷新界面，依旧未见温梨上线。

陆敛舟眉梢轻拧。他昨天还特意留意了一下她上线的时间，这天相较她昨天的上线时间已经过去将近二十分钟了。

他点开温梨的资料页面，记录显示她上次登录时间为昨天晚上八点二十。

又继续等了二十分钟，陆敛舟目光微敛，从好友列表退出。

返回游戏大厅时，陆敛舟扫过自己的游戏人物身上那套粉嫩的小短裙，眉头一皱，抿直了唇线。

陆敛舟点进系统设置，找到更改性别的地方，干脆利落地改回了男性玩家。设置成功后，返回主菜单。

当看见性别更改之后的人物形象，他的眉头再次皱起，表情变得一言难尽。

虽然游戏人物改回了男性，但人物身上穿的依旧还是那套粉嫩的小短裙，显得不伦不类，令人不忍直视。

陆敛舟垂眸，想起了昨天在游戏里温梨的人物身穿一套探险标配的女式冲锋装，于是轻触屏幕双击人物装束栏。

里面有各种各样风格的游戏皮肤以及配饰，他划动屏幕翻了翻，找出了和温梨同样款式和颜色的男式冲锋装，点击"更换"按钮。

系统弹出提示：购买此装扮需要花费 20 点生存值，您当前生存值为 0。

消息下方有一行小字。

温馨提示：生存值可通过游戏升级获得，也可充值立即获得，点击此处在线充值。

陆敛舟扫了一眼自己左上角的等级：1 级。他几乎没有犹豫，直接点进了温馨提示里的充值链接。

进入充值界面，系统分别提供了十元、五十元、一百元以及一千元的推荐充值金额。除了特定金额外，顶端还可以自定义输入自己想要充值的数额。

陆敛舟点了点自定义数额的充值框，输入：十万元，支付。

系统提示：您充值的数额较大，请再次确认。如需返回，请点击"取消"，如需继续，请点击"确认"。

陆敛舟点下"确认"。

两秒后，游戏界面提示：您的十万元已成功支付，您的游戏生存值为一亿。

充值完毕，陆敛舟首先购买了温梨游戏里的同款冲锋装，然后进入商城，点击商城里面的物品，选择"一键购买全部"，接着赠送给好友"一颗小梨子"。

消息信箱被无数条购买提示填满。

您已赠送"黄色降落伞"给您的好友"一颗小梨子"。

您已赠送"高级背包"给您的好友"一颗小梨子"。

您已赠送"一把手枪"给您的好友"一颗小梨子"。

您已赠送"百宝箱"给您的好友"一颗小梨子"。

您已赠送"护目镜"给您的好友"一颗小梨子"。

看着系统自动发送的满屏消息，陆敛舟薄唇轻启，满意地勾了勾嘴角。

其他玩家所在的世界频道弹窗区也被疯狂刷屏。

"冰糖"向"一颗小梨子"赠送了 LOVE 气球。

"冰糖"向"一颗小梨子"赠送了九十九朵玫瑰。

"冰糖"向"一颗小梨子"赠送了生存者高级装扮。

"冰糖"向"一颗小梨子"赠送了丘比特之箭。

起个 ID 真费劲："今晚是哪个大佬空降？"

神秘人 2 号："震惊我全家，第一次看见这种盛况。"

老玩家就是我："弹幕整整刷了十分钟还没完，是把整个商城都送掉了？"

我是 MVP："我来打个游戏也能被喂上满满一口狗粮？"

小萌新求带飞："羡慕了，我什么时候也能收到成山成堆的礼物……"

…………

陆敛舟转眸一想，退出了"生存者"，点开手机微信，找到跟徐特助的聊天界面，留言："明天给我提供一份'昼域网游'的公司资料，做一下投资风险评估。"

信息发过去后，徐特助立刻回复道："好的，陆总。"

T 大前面的苏淮路口，徽韵。

温梨和纪丛没走多远，出了 T 大校门就往这家徽菜馆走。

温梨一路走来都生怕纪丛被认出来。虽然他全副武装了，但他的身形和气质过于优越，掩盖不住。

二人并肩走在一起，俊男美女的组合一路吸引了许多行人艳羡的目光。

"徽韵"距离 T 大不远，是一家高档餐厅，内设 VIP 小包间，就餐的私密性很好。当纪丛提议要一起吃晚饭时，温梨一下子就想到了这里。

与纪丛不同，温梨的脸没用口罩和帽子遮挡，精致的五官完全外露。

相较于街上漆黑的夜幕，"徽韵"里面的灯光明亮柔和，二人一进门便吸引了不少食客驻留的目光。

"您好，请问楼上还有小包间吗？"温梨朝收银台处站着的服务员询问。

"有的，几位？"服务员轻触操作屏问她。

"两位。"

"好的，楼上'麓苑'，这边请。"

纪丛一路都没有说话，双手插在裤兜里，跟在温梨身后。

服务员给他们带路，不时把好奇的目光偷投在纪丛脸上。

二人沿着楼梯上去，在服务员的带领下来到一间挂着"麓苑"二字的小包间内落座。

"麓苑"是地道典雅的江南徽式装潢，镂空木质雕窗，黑白色的古典屏风矗立，隔绝了包间的木门。

服务员递上菜单，温梨道谢："我们先看，等下决定好了我就去外面下单。"

"好的。"服务员也是识时务、会看眼色的人，应声过后就绕过屏风走出包间，还带上了门。

等服务员走远了，温梨轻挑眉头，浅笑道："你就说，和你吃顿饭是不是像在当间谍搞特务。"

纪丛在她说话时摘下了口罩。

当他的整张脸完全暴露出来，温梨的目光一滞，瞬间就懂了为什么她这位"竹马"能勾得万千少女疯狂。

这张自带电影感的脸，简直就是老天爷赏饭吃。

纪丛好像读懂了她眼神中的意味，勾着唇看她。

温梨收回视线，推了推桌面上的菜单，调侃道："看看要吃什么，大明星。"

纪丛勾唇笑道："不喊我纪哥哥了？"

闻言，温梨的太阳穴没来由地一跳，努了努嘴，没好气道："你也才比我大两个月。"

"两个月就不是哥哥了？"纪丛明显没打算放过她。

温梨想起小时候纪丛逮着她就让她喊他"纪哥哥"，一直到成年后她才渐渐不这么喊他。

纪丛一脸认真地看着她。

许是这晚久违的一声"纪哥哥"，令他仿佛回到了温梨婚前，她还是他的小"青梅"的日子。

"好啦，纪哥哥，你想吃什么？"温梨话题一转，没有继续纠结这个，翻开菜单给他递过去。

纪丛接过，收回停留在她脸上的目光，问："有什么推荐的吗？"

"徽州臭鳜鱼咯，传统名菜。"温梨随手指了指，说，"这个黄山毛豆腐，还有胡适一品锅。"

"嗯……就这些吧。"纪丛合上菜单。

温梨看他干脆利落的动作，咋了咋舌，说："那我去点单了。"

温梨点完单回来，服务员进来倒茶、上小菜，纪丛重新戴上了口罩。

等服务员退出房间合上门后，包间重归平静。

温梨先开口："我听簌簌说你上了一档节目，叫《失恋阵线联盟》？"

纪丛低低地应了，从喉咙处逸出一个"嗯"字。

"你这都还没谈过恋爱，怎么就当上失恋的观察点评员了？"温梨的语气里带了些许调侃。

"你还不是没谈过恋爱，也结婚了吗？"纪丛几乎是脱口而出。

温梨听见他的反问，脑海中骤然闪现陆敛舟的身影，心间下意识地绷紧，一时不知道应该回他什么。

空气瞬间凝滞。

片刻后，纪丛扯了扯嘴角，倏地笑了一声，反问："谁说一定要谈过恋爱才能失恋的？"

温梨被他的这句话弄得有些不解。

"在这个世界上，失恋这件事，除了是分手的人，还有可能是暗恋的人。"纪丛薄唇一撇，笑意放大。

温梨实在是不懂。感情太难理解，她还从未暗恋过人。

温梨想起纪丛演过的角色，猜测他也许是在剧里饰演过暗恋者，对角色揣摩得细致入微，所以才会有这种深刻的感触。

温梨愣怔间，服务员敲了敲门。她反应过来，转头看去。

三个服务员端着三道菜相继放在二人面前，其中一位说了一句"用餐愉快"，然后三人一同走出了"麓苑"。

臭鳜鱼摆放在桌面正中央，散发出似臭非臭的气味，纪丛似是有些不习惯，往后仰了仰。

温梨瞧见他的小动作，抿了抿嘴，藏起笑意。她握起筷子夹了一小块儿鳜鱼肉，故意凑到他高挺的鼻尖前，说："很好吃的！不臭，不信你再仔细闻闻！"

纪丛本能地往后躲，视线却从眼前的鱼肉转移到握筷之人葱白如玉般的五指上。

正当温梨想要收回恶作剧的手时，纪丛目光一转，顿时改变了想法，凑上前把她夹着的鱼肉吃掉了。

温梨眼睁睁地看着自己的鱼肉被他消灭，嘴角无奈地抽了抽。

温梨放下筷子，咬咬牙压低声音道："好你个纪丛，虎口夺食。"

"哎，是纪哥哥。"纪丛笑意盈盈，低头把面前的鳜鱼肉一一从脊刺上剔下来，挑去鱼皮后夹进自己碗里。

温梨眼睁睁看他夹了满满一碗。

"给你。"纪丛把自己的碗筷递给她。他见桌子对面的人气鼓鼓地托着下巴，又补充道，"去掉了鱼皮的，给你的。"

温梨收回脸上的不服，笑意重回脸上，笑眯眯地接过并道谢。

待温梨接过后，纪丛把她的碗筷拿过来，然后轻轻地摇了摇头。他觉得她似乎很久没像小时候那样展露她的淘气了。

二人安静地吃了没一会儿，纪丛顿了顿握筷的手，踌躇了半晌还是喊了温梨一声："阿梨。"

对着又辣又臭的臭鳜鱼，温梨正吃得上头。闻言，她忙抽起一旁的纸巾擦了擦嘴，然后抬起头。

对上纪丛欲言又止的神色，她疑惑地问："怎么了？"

总不会是嫌弃她吃相太难看吧。温梨心想。

"你和陆敛舟的事后来怎么样了？"纪丛的嗓音低哑，问得有些别扭。

温梨的手停在半空中，没料到他想说的是这个，垂眸思考了两秒。

纪丛的黑眸静静地注视着她，将她的神情尽收眼底。

"你知道'离婚冷静期'吗？"温梨突兀地说出了这个名词。

没等纪丛回应，温梨又兀自说："陆敛舟说半年，半年后如果我还想离就答应我。"她深吸了一口气，有些怅然地说，"我猜这就是离婚冷静期吧。"

纪丛默了默，没说话。

空气一时陷入了沉寂。

"在这件事上，你好像有点儿拖延症，不像你的行事风格。"纪丛还是把心里话说了出来。

"我也不知道。"温梨很轻地叹了一口气，有些无奈地说，"这件事他没有做错，是我误会了他，没了解清楚事情真相就提出离婚。严格来说，我还欠他一个道歉。"

"阿梨，你怎么那么好？"温梨越温良，纪丛就越认为陆敛舟不值得她的好。

"离婚的事情总需要两个人商量，现在我们各退一步其实也挺好的。"说罢，温梨自嘲了一句，"我太不适合经营感情和婚姻了，不过才开始三个月，我就缴械投降了。"

纪丛给她斟满茶水，淡淡地说："你不过是没有遇上对的人。"

温梨拿起茶杯，轻啜了一口，而后扯了扯嘴角，道："谁知道呢。"

二人吃过晚饭结完账，站在"徽韵"的门口。

冬日的晚风裹着寒意从北边袭来，温梨拉紧了围在脖颈上的米白色围巾。

"要不你还是等我的司机来，然后送你回家。"纪丛轻轻地拉了拉她的手腕，问她。

"不了，你的公寓在 S 城的另一端，我们不顺路，一来一回需要的时间太久啦。"温梨回他。

当初纪丛为了坐飞机赶通告方便，在机场附近购置了一间公寓，距离 T 大有将近五十分钟的路程，温梨不想麻烦他。

说话间，一旁刚好有一辆空的出租车经过，温梨抬手示意了一下，司机转了转方向盘掉头驶来。

纪丛松开她，一边走上前伸手替她拉开车门，一边嘱咐道："回到家给我发个消息。"

温梨弯腰钻进车厢，坐下来后探出身子应他："好，放心吧。"

纪丛"嗯"了一声，抬手把车门合上。

出租车缓缓驶离"徽韵"，温梨跟司机报了地址，然后透过窗户玻璃朝纪丛挥了挥手。

夜色中，纪丛一身全黑打扮站在街边，低调得完全看不出一点儿顶流明星的样子。

道完别后，温梨转回身子，拿起手机，按了按屏幕想看一下时间，发现微信弹出了一条提示。是陆敛舟。

"在忙吗？"

温梨看着陆敛舟发来的消息，不自觉地皱起了眉头。

平时也没见他找自己或者问自己是不是在忙，这天这是怎么了？

带着疑惑，温梨回复他："你有什么事吗？"

温梨正准备锁屏时，手机振了一下，陆敛舟居然秒回了。只是看清他的回复后，她顿觉无语。

"没什么。"

看了一眼陆敛舟的回复，温梨干脆地收起手机，自动忽略他今晚莫名其妙的行为。

出租车开了不到十五分钟便到了亭坪小区，莫籁的公寓。

"回来啦？"温梨刚一开门，就听见莫籁懒洋洋的声音从客厅沙发那儿传来。

"嗯，回来了。"

温梨轻声应她，然后把身上的大衣脱下挂在门廊边的置物架上。她的视线扫过，锁定在一旁陆敛舟的那件西服外套上。

莫簌拿着平板电脑走到玄关处，看温梨呆呆站着，忍不住问："愣什么神呢？"

"没。"温梨想了想，说，"周六我要回一趟陆曳江岭。"

"哟，你终于不躲了？"莫簌挑眉，一脸不可思议地看着她。

"我周六晚上要出席一场电影首映礼，要回去取衣服。"说话间，温梨看了一眼挂着的那件黑色西装，补充道，"顺便把他这件西服拿回去。"

"那你不打算和他说一声？"

"再看吧，他呀，大人物，哪里会管我这些小事。"温梨耸了耸肩，澄澈的琥珀色眼睛一转，似乎想起了什么，又继续跟莫簌说，"对了，我还没告诉你。今天早上吴院长找我，让我去录制 S 台筹办的一档节目，地点在帝都，是关于冬奥会幕后的故事。"

听见她的话，莫簌瞬间来了精神，看向她问："帝都？出差吗？"

"算是吧。"

"那你什么时候出发？"

"下周。"

"你在这儿还没住几天，我又要一个人孤孤单单了。"莫簌叹了一口气，惆怅道，"我当初还觉得你最后会是被陆总追回家的，没想到你竟然是因为工作而离开。"

温梨听见她的话，伸手捏了捏她的脸颊，安慰道："出差完回来还住你这儿。"

"那时候谁知道呢？"莫簌愤愤地撇了撇嘴，用调侃的语气说，"万一到时你被陆总追到手了，有超豪华奢侈的江景大别墅住，还有帅气又有钱的老公暖被窝，怎么可能还会愿意来我这简陋又狭小的公寓……"

温梨看她戏瘾上来，无奈地摇了摇头，一边往房间走一边回她："嗯……你继续。"

第二天是周五，温梨的工作任务不算重。

相比于这几天连续的会议和汇报，她这天只需要分析冬奥会的数条赛道的风、气温、降雪和能见度等数据，总结出规律，然后发送给气象团队。

下午，不到五点，温梨就整理完毕了，把数据发送过去后，她打开手机微信给莫簌发了一条消息："今晚一起吃晚饭？"

温梨把东西收拾好，然后背起包走出实验楼，没多久就收到莫簌的回复："又要加班，周五晚上加班是常规操作了。今晚你自己吃吧，乖乖。"

温梨蹙起眉头，指尖快速地敲下回复："这几天我们好像都没有凑到一起吃过晚饭。"

"那还不是你昨晚'重竹马轻友'，哼！"

"我先不说啦，忙。"

莫簌连回了两条。

"好，你先忙。"

吃过晚饭后，温梨回到莫簌的公寓，然后打开笔记本电脑，点开收藏的学术文献，认真地阅读起来。

每周五晚上浏览学科领域里最新发表的前沿刊物，已然成为温梨的固定习惯。经过这么多年的磨炼，即使面对再高深难懂的全英文文献，她阅读起来都没有障碍。

窗外是漆黑夜景和浮星点点，温梨被屋内暖黄的灯光笼罩着，偶尔摘写一些要点笔记，或者记录将来课题上可能会用到的想法，时间过得很快。

不知不觉，将近两个小时过去了。

温梨在书桌前伸了个懒腰，合上电脑，重新倒了一杯水，坐到客厅沙发上，轻抿了一口水，然后点开了"生存者"。

温梨已经两天没登录游戏了，也不知道"冰糖"妹子怎么样了。带着一丝好奇，她进入了游戏界面。

页面刚跳转成功，她的界面立刻被无数条弹幕刷屏了。

温梨紧紧盯着快速闪过的弹幕，终于看清了上面的内容：

玩家"冰糖"向用户"一颗小梨子"赠送了生存者高级装扮。

玩家"冰糖"向用户"一颗小梨子"赠送了黄色降落伞。

玩家"冰糖"向用户"一颗小梨子"赠送了一把手枪。

玩家"冰糖"向用户"一颗小梨子"赠送了丘比特之箭。

玩家"冰糖"向用户"一颗小梨子"赠送了 LOVE 气球。

…………

温梨第一次见到这种场面，一下子蒙了，挑眉点进了游戏界面上的信箱。

果然，信箱的图标上挂着一个深红的小圆点，显示有超过九十九条未读消息。

温梨点进去，上面一条条都是系统自动发送的消息，提示玩家"冰糖"向用户"一颗小梨子"赠送的游戏物资和礼物。

看着自己物品库那满满当当的礼品，温梨的第一反应是被冰糖的"钞能力"给震撼到了，这也太秀了吧，她哪来这么多钱？

温梨赶紧退出物品库，点进好友列表找到"冰糖"，点进主页却发现对方用户资料的性别一栏居然更改成了男性。

之前不是女生吗？怎么变成男性玩家了？

而且，头像上显示该用户正在游戏中。

下方有一条系统提示：您是否观战好友对战？点击"此处"进入好友观战模式。

温梨点进他的游戏界面。当看清眼前的场景后，她的脸上闪过一丝不解。

"冰糖"蹲在别人的房子门前是要干吗？

而且，"冰糖"的游戏角色形象不再是她当初添加好友时的粉嫩短裙小萌妹，而是改成了和她的角色穿着十分相似的男款冲锋装。

温梨看着屏幕里"冰糖"的游戏角色，脑海里闪过了一个念头——他们在游戏里看起来竟然有点儿像"情侣搭档"……

就在她一脸困惑时，"冰糖"蹲着的那间房子开了门，从里面走出了一个玩家。

温梨定睛一看，那玩家头顶上的 ID 好熟悉！

这不是那晚在游戏里把她打死的玩家"头文字 D"吗！

温梨盯着屏幕，看见"头文字 D"一只脚刚踏出房门，"冰糖"立刻站起来，上去就是对他一顿暴揍。

两天不见，"冰糖"的实力怎么变得这么强了？温梨不自觉地想。这简直把玩家"头文字 D"虐得毫无还手之力……

"头文字 D"打不过"冰糖"，只能又缩回自己家里。

二人来来回回又重复了这个场景几次，只要玩家"头文字 D"一探出头，"冰糖"就上去揍他。

温梨似有所悟。

所以，"冰糖"这是在给她报仇？

"头文字 D"之所以躲在房间里，是因为游戏设置未经主人邀请，其他玩家不得进入他们的家里。

而"冰糖"是因为不能闯进去，才一直蹲在"头文字 D"的家门口，然后见他出来一次就上前揍他一次？

温梨看着这一幕，一时不知道该说"冰糖"幼稚还是该夸赞"冰糖"仗义……

没一会儿，玩家"头文字 D"实在忍受不了"冰糖"的变态操作，选择了退出游戏。

紧接着，没多久，"冰糖"也退出了游戏。

回到游戏大厅，温梨想起了她是要问"冰糖"为什么给她送这么多礼物的，于是点开好友列表找到聊天对话框。

"那个……小可爱。"

温梨打出"小可爱"这三个字后，突然想起"冰糖"的玩家性别已经更改成了男性，顿觉喊他小可爱有点儿怪怪的，于是删除后重新输入。

"那个……冰糖，你为什么给我送这么多礼物？"

她斟酌了一下，继续输入。

"我们只是游戏好友，不值得你花这么多钱为我买礼物。"

"而且，这么多礼物，花费不少吧？赚钱也不易，你要理性消费。"

发送过去后，温梨握着手机等待着他的回复。

半分钟后，弹出他的回复。

"你值得。"

"赚钱很容易。"

"是我。"

温梨突然反应过来，是陆敛舟！

对上号后，温梨没有半秒的犹豫和耽搁，干脆利落地删除了好友，然后退出游戏，紧接着卸载了"生存者"。

看着游戏卸载后屏幕里空出来的区域，温梨深深地舒了一口气，仿佛劫后余生。

她愣愣地呆坐了两分钟，反应过来后，俯下身子把整个脑袋都深深地埋在了沙发里。

想起那晚，温梨尴尬得手指都紧紧地蜷了起来，恨不得找个地缝钻进去。她不仅认错人了，还跟他撒娇了！

跟陆敛舟撒娇了！

撒……娇……了！

当事人很后悔，非常后悔，无比后悔。

Chapter 03

莫籁刚好下班回家，一开门就看见温梨一副蔫蔫的模样，半伏在沙发上，巴掌大的小脸涨得通红，似乎受了天大的委屈。

"你怎么啦？"莫籁一边换鞋子一边问她。

温梨的声音弱得像蚊子哼似的："呜呜呜，我打游戏碰上陆敛舟了……"

莫籁没听清，走到她身前，又问了一遍："你说什么？"

温梨坐直身子，眨着一双鹿眼，可怜兮兮地说："'冰糖'妹子是陆敛舟……"

莫籁听见她的话，没忍住，扑哧一声笑了出来，乐呵呵道："陆总人前看起来高冷，不食人间烟火，原来还有这癖好？"

温梨翻身打了一个滚，闷闷道："不是，他今天在游戏里把性别改回来了，之前应该是搞错了……"

"那你怎么这副模样？"

"我之前把他当成萌妹，跟他撒娇了。好尴尬，我不知道以后该怎么面对他……"温梨抱着抱枕，垂首玩着手指头。

"嗯……挺好，让他也见识见识你真实的性格。"莫籁挑了挑眉，安慰道，"你们平时相处都太端着了，说不定这次是一个契机。"

"啊啊啊……"温梨用力地甩了甩头，认真地说，"我明天要悄悄地回陆曳江岭，千万不能被他逮住了。"

莫籁被她的模样逗笑，问："明天要我载你回去吗？"

"好哇。"温梨用力地点了点头，连忙应下来，"果然闺密最靠谱了。"

"那当然了。"

第二天下午五点，莫籁载着温梨回到陆曳江岭，然后坐在车里等她。

温梨往里走，手腕上搭着陆敛舟的黑色西服外套，一进门就悄悄问罗姨："陆敛舟在家吗？"

"没呢，先生今天一大清早就出门了。"

听见罗婶的回答，温梨在心底悄悄地舒了一口气，下意识地想，周六也不休息倒是很符合他一贯的行事风格。

"那他这几晚都住在这里吗？"

"是的。"罗婶点了点头。

他竟然没回市区的陆曳豪庭，温梨有些意外。

看她小心翼翼的模样，罗婶忍不住问："太太三天没回家了，是不是和先生吵架了？"

温梨平时对待用人没有任何架子，和罗婶相处起来就像是半个家人。罗婶这么问，她并不觉得冒犯。

"没有，我们没有吵架，我这几天住在学校附近。"温梨微笑着解释，忽然想起了录节目的事，又说，"对了，罗婶，我下周要去帝都出差，所以到时也不在这儿住。"

"好的，我知道了。"罗婶察觉到温梨的脸颊像是瘦了些，于是关切地说，"太太瘦了些，这几天没好好吃饭吧，要注意休息，工作别太辛苦了。"

"谢谢罗婶的关心，我会的。"温梨握了握罗婶的手，然后说，"那我先上楼收拾一下出差的行李。"

罗婶应声问："需要帮忙吗？"

"不用，我自己可以。"

"好的，缺了什么可以问我。"

"嗯。"

回到卧室。温梨径直走到床前把西服外套放下，扫视了一圈。房间里的摆设和之前一模一样，井然有序。温梨甚至有些怀疑陆敛舟这几晚是不是真的在这儿睡。温梨转身走进衣帽间，从衣柜里取出一条高定渐变的暗纹绸缎长裙，作为今晚出席晚宴的晚礼裙。

毕竟晚宴的地点是在琴域江畔，S城最有名气的地标性建筑，届时必定是名流云集。

她收拾了一下出差要用到的生活用品，整理完之后把晚礼服也装进了行李箱里。提着行李下楼时，温梨突然觉得等会儿再找地方换裙子可能不太方便，于是又转身回了衣帽间。

温梨换好裙子，套了一件小香风外套，然后提着行李下楼。行李并不多，她提着很轻松，因此没有找其他人帮忙。和罗婶道别后，温梨出了别墅，直奔莫簌的车。因为脚上穿的是一双细高跟，所以她走路时腰肢随着惯性微微扭动。

莫簌坐在驾驶座上，抬眼朝温梨看去。

她披散着一头蓬松的长鬈发，搭配一袭流光溢彩的高定长裙。自然的收腰设计完美地勾勒出她纤细的腰肢，裙摆上的羽毛流苏随着她的步伐摇曳生姿，远远看去，美人的氛围感十足。

"梨梨，你美爆了。"

温梨刚钻进副驾驶座，就听见莫簌激动的嗓音。

"你就天天给我吹'彩虹屁'吧。"温梨对她弯起嘴角，挂着一抹"你很捧场，我谢谢你"的微笑。

莫簌摇了摇头，认真道："我说真的。"

她承认，刚刚一瞬间她词穷了。看着温梨缓缓走来，恍然间她还以为是哪个清纯明媚的"小花"在走红毯，氛围感完全拉满。

"好啦，是真的，开车吧。"温梨一边系安全带一边应和她，然后从包里掏出了一支口红。

莫簌缓缓地发动汽车，然后瞄了旁边的温梨一眼。只见她拉开副驾驶座头顶上方的镜子，旋出口红，随意地在嘴唇上涂了涂。樱红唇色更衬得她的肌肤瓷白，莫簌咋舌感慨："果然，美人化妆就是省事，只需要抹抹口红，提一下气色就完事了。"

"哎，那我喷个香水吧，增加点儿仪式感。"温梨收起唇膏，从化妆包里找出一瓶香水，拔开盖子，喷了少许在手腕内侧，然后往耳后和脖颈处蹭了蹭。

莫簌收回视线，继续开车，却嗅到一股淡而清甜的梨子香气。她仔细地想了想，似乎从未闻到过这么特殊的香水味，于是开口问温梨："这香水好特别，我好像从来没有闻过这种味道的香水。"

闻言，温梨看向她，说："这瓶香水是陆敛舟送的新婚礼物。我一直没怎么用，所以你可能没闻过。"

"不是，我的意思是这香水很特别，是梨子香气。市面上没有这款味道的香水，应该是专门定制的。"莫簌转动方向盘拐了一个弯，若有所思地点评，"新婚礼物送这个，陆总还挺有品位的。"

温梨重新拿起香水瓶子端详起来。瓶身的触感冰冰凉凉，整体造型是精致且充满设计感的不规则形状。瓶颈处束了一圈浅金色的铂金，正面以六爪镶嵌着一颗水滴形宝石，瓶身底部印着一行复古的花体英文：ONLY FOR WL，BLACKSAWAN（只为温梨，黑天鹅）。

温梨记得 BLACKSAWAN 是一个优雅浪漫的高奢品牌，它只为全球少数的顶级 VIP 客户服务，是时尚界的殿堂级品牌。

宝石在自然光线下折射出耀眼的光芒，夺目而绮丽，如与星河交映生辉。

最右侧刻有一行小字：1.578ct（克拉）。

温梨的心尖颤了一下，这不会是嵌入了一整颗钻石吧？温梨又认真地观察了一下，低声自语："这香水瓶上好像镶嵌了一颗雨滴形状的钻石？"

莫簌闻言，转头看了一眼，当看清上面那颗钻石的形状时，她不由得反驳温梨："你研究天气研究多了吧，这哪是雨滴，分明是心形！"

温梨翻转瓶子又仔细地瞧了瞧，觉得莫簌说的好像有点儿道理，确实有点儿像桃心。

莫簌见她没说话，又说了一句："陆总居然还会搞这些小浪漫。"

温梨转眸想起陆敛舟送她香水的那日，就是她上楼梯时把杯子里的水溅到他身上的那日。

那天他换好衬衣下楼后，温梨走出衣帽间回到卧室，才看见床头柜上摆放着一个精致的丝绒礼盒，盒子外表的色调是极具高级感的雾霾蓝。温梨走近一看，发现了一张米黄色硬质卡片，上面写着简短的几个字：新婚礼物，陆。

温梨没想到，结婚都两个多月了，他居然还会给自己送新婚礼物。她沉思了半晌，把礼盒打开，发现里面是一瓶设计得极为梦幻的香水。

陆敛舟刚下楼没两分钟，温梨连忙转身想追上去，却在楼梯口透过玻璃看见陆敛舟的座驾缓缓驶离别墅。

站在楼梯间，温梨有些默然。陆敛舟每次都是默默地把礼物放在她的床头柜上，也不和她说一声，仿佛只是在例行公事。

温梨回到卧室，拿起手机给他发了一句："谢谢。"

没多久，屏幕弹出了陆敛舟的回复："嗯。"

见温梨失神，莫簌喊了她一声，然后说："你今晚几点结束？我来接你。"

温梨蓦地反应过来，一边收起香水瓶一边应她："应该十点就能结束了。"

莫簌点了点头道："好，那我十点过去接你。"

温梨在琴域江畔前下车时，还不到六点半，但周围已经停放了不少豪车。

作为S城中轴线的地标性建筑，琴域江畔坐落在江边，楼高五百八十八米，与陆廷总部隔江相望，沿江两岸风景一览无遗。

晚风席卷着凉意掠过漆黑如墨的江面，吹起了温梨行走时摇曳的裙摆。

夜幕下，建筑内灯火通明，晚宴设在最顶层的多功能厅，而电影《余烬》的首映礼则在空中影城举行。

在门口出示了邀请函后，温梨走进大堂，发现电梯前已经聚集了不少名流。这些人盛装打扮，三五成群，或交头接耳相互寒暄，或奉承恭维商业互捧。

温梨的目光在四周扫视了一圈，然后默默寻了一个角落给纪丛拨电话。

手机里嘟嘟了两声，没打通，纪丛许是出于什么原因没有接。

温梨只好点开手机微信，给他发了一条消息说自己到了，发送过去后她没有着急上前乘坐电梯，又安静地站在角落里等待了五分钟。

一批又一批的宾客纷纷乘坐电梯去往顶层，大堂里的人群逐渐散去，原本略显拥挤的大堂此刻显得有些宽阔且空荡。

温梨低头整理了一下自己的衣裙，刚抬脚准备往直通顶层的电梯走去，就看见电梯门缓缓开启。

纪丛双手插兜站在电梯轿厢里。门打开的一瞬间，他的视线就立刻锁定在站在角落里的温梨身上。

不同于以往的高冷范儿，他这晚穿了一套剪裁得体的纯白色西装，显得斯文又绅士。

温梨脚步一顿，高跟鞋与大理石地面相触时擦出细微的碰撞声。

对上温梨的视线，纪丛嘴角扬起，从裤兜里抽出双手，步伐从容地朝她走去。

"我刚和黎尉导演聊了会儿，所以没接到你的电话。"纪丛走到她身前解释道，又垂眸看了一眼她的长裙，柔声问，"冷吗？"

温梨轻轻地摇了摇头，答道："不冷。"

纪丛说："走吧，在顶层。"

二人并肩走进电梯，纪丛伸手按下了顶层的按钮，电梯缓缓上行，很快就到达了多功能宴会厅。

宴会厅内场布置得很用心，场地中央摆放了四张带自动旋转盘的大理石圆桌，奢华的暗纹桌布上围簇着娇艳的鲜花，井然林列了一圈雪白的圆盘瓷碟、刀叉以及高脚红酒杯。

场面四周由全透明落地玻璃环绕，由于距离晚宴开始还有些时间，不少宾客都站在窗前聊天，俯瞰璀璨夜景。

纪丛带着温梨没走几步，就被不远处的黎尉导演喊住："小纪，这就是你说要下楼去接的那位朋友吗？"

温梨久闻黎尉导演大名。黎尉毕业于电影学院的导演专业，与大众眼中那些匠气的学院派不同，他的电影充满个人特色。他毕业后执导的第一部作品就轰动国际影坛，因极具天赋而被媒体誉为"鬼才级导演"，之后又陆续斩获了国内外著名电影节的"最佳影片奖"和"最佳导演奖"。

从黎尉说话的语气就能看出，他没有自恃才华的傲气，相反，还颇有些慈眉善目，但骨子里仍透着艺术家的大师范儿。温梨远远看去，觉得他流露出来的气质就如同他导演的作品那般，具有故事感。

纪丛应声说："对。"

他带着温梨上前，走到黎尉身边。纪丛跟黎尉介绍道："她是温梨。我们从小一起长大。"

黎尉闻言，把视线投落在温梨身上，嘴角挂着笑意。

对上黎尉的目光，温梨连忙微笑着打招呼："黎导好，久慕盛名。"

"好，好，小温，你好。"

黎尉说完，瞥见纪丛落在温梨身上的目光有种难得的柔和，当下心知肚明。他笑着拍了拍纪丛的肩膀，调侃道："是朋友还是女朋友哇？"

听见黎尉的调侃，温梨的耳尖一红，正思考应该怎么打消他的误会，就听见纪丛接话了："不是女朋友。"紧接着，他又说道，"黎导，我和您拍戏拍了半年多，是不是单身您不知道吗？"

黎尉转头看见温梨窘迫的模样，轻笑了一声，然后神色自若地转移话题："小温从事哪一行？"

"我是气象工作者，最近主要负责冬奥会赛道的天气模拟监控。"温梨掩下窘然，落落大方地回答。

"原来是科学家。"黎尉导演扬了扬眉，有些意外地说，"我这个人最敬佩科学家了，我以前念书时理科不好，怎么都学不会，所以现在就只能拍拍片子。"

黎尉对于学历分外看重，能被他起用的电影演员，文化水平都不低。他曾在媒体采访中多次强调："如果一名演员连剧本都理解不透，还谈何塑造角色？"

顾邺投资《余烬》参展欧洲四大电影节。无数当红明星辗转找到黎尉，希望能出演，因为即使只在黎导的影片里出现一个短镜头，也能成为演员生涯的经典片段。但他们大多都因文化水平不高被拒之门外。

而纪丛出道前就是欧洲顶级学府圣罗德大学的高才生，这在娱乐圈本身就极为罕见，更何况他还是顶流。黎尉导演对纪丛从外形到内在都非常满意，最终敲定了他作为《余烬》的主演。

温梨见黎尉谦虚，连忙摆手说道："黎导，您执导的片子蜚声海内外，这些影片在艺术领域是独一份的，是瑰宝。"

黎尉轻笑了一声。他看了一眼站在一旁的纪丛，似是想起了什么，然后问温梨："纪丛是圣罗德毕业的，你也是吗？"

"是的，我们大学都在圣罗德就读。只不过他学的专业是地理，而我学的是气象。"

黎尉点了点头，了然道："挺巧哇，在同一所学校念书，一个研究天上，一个研究地下。"

纪丛闻言，敛了神色，勾了勾嘴角。不巧，都是蓄意靠近。

与此同时，琴域江畔顶层，宴会厅内侧的茶室。

作为这次晚宴的筹备方以及电影《余烬》的投资人，顾邺在暗红色的檀木屏风后来回踱步，难掩烦躁。

他还不到三十五岁，因不修边幅，两鬓已泛了一层花白，走动时，身上那件剪裁得极不贴身的西装松松垮垮地晃荡着。

高中毕业后，顾邺从导演助理做起。那时的他吃苦耐劳，颇得赏识，后来和人合伙投资赚得第一桶金，然后一路摸爬滚打，现在手握几家娱乐公司，地位极高。

蔚星娱乐是他手下发展得最好的一家，本来陆廷的投资已经敲定，但由于出了吴夏旎的事，不仅投资黄了，还直接得罪了陆廷。

他深知以后的日子不好混，费尽心思把陆敛舟邀请到了这晚的晚宴，不求陆廷能重新投资蔚星，只求陆敛舟能放他一条生路。

对比外面的宾客盈门，这一小方茶室显得尤为私密和隐蔽。

突然间，屏风外传来推门声，顾邺快步绕过屏风，探头看去，见小跟班华子偷偷摸摸地从门缝里钻了进来。华子蹑手蹑脚地关上门后，堆着一脸谄媚的笑意，一路小跑来到顾邺身边，笑嘻嘻道："顾总。"

"怎么样了？那个女艺人准备好了吗？"顾邺直入正题，说话间一脸精明计算的模样。

华子微弓着腰，一脸狗腿样儿地回他："放心吧，顾总，一切都准备好了。她现在就在化妆间里坐着呢，您就等着陆总到就成。"

"嗯，你千万给我安排妥当了，放机灵点儿。这次我好不容易才把那陆敛舟给邀请过来，今晚是我最后一次机会，我以后还能不能在这行混就看这次了。"

"但是，顾总，"华子凑近顾邺的耳朵，压低了声音，"您才刚把这女的签下来，她白纸一张，什么都不懂，陆总能喜欢吗？"

顾邺听见华子的担忧，给他递了一个眼神，意味深长道："越是白纸一张就越听话讨喜。吴夏旎入行久了，野心大了，我才说要把她介绍给陆总，她就自作主张搞出这档子事，这蠢货不仅坏我好事，还搞得我现在饭碗都不保。"

听见顾邺发火，小跟班大气都不敢出，只好连声附和："是，是，顾总。"

顾邺一副世俗做派，道："这个女人是我们精挑细选出来的，样貌身材都好，除非陆敛舟不是个男人，不然能不喜欢？"

"也是。"华子一脸油腻地坏笑，低声迎合。

华子话音刚落，顾邺的手机铃声响了起来。他从内侧口袋里掏出手机，是他派去楼下盯梢的人打来的，他按下接听键，电话那头的人说："顾总，陆廷集团的陆总到了。"

"嗯，我知道了，我马上下来。"顾邺挂断电话，转头跟华子嘱咐道，"把那个女人带到宴会厅前面等着。"

华子"哎"了一声，笑嘻嘻地应下："没问题。"

一辆黑色的豪车从夜幕中驶来，稳稳停在琴域江畔靠江边的一盏浅黄路灯前。司机在一旁恭敬地扶着门，陆敛舟伸出一条长腿弯腰下车，笔直微收的西裤刚好与名贵的皮鞋相接，弯身时带起一截裤腿勾勒出脚踝。

他在夜色里站直，随手整理着手腕处的袖扣，眉眼间透着一股云淡风轻。

徐特助从副驾驶座下车，走到他身边，说："陆总，宴会在顶层。"

陆敛舟微微颔首，然后抬脚向着琴域江畔走去，经过大厅门口时，正巧电梯门缓缓开启。是顾邺从电梯轿厢里出来了。

看到陆敛舟后，顾邺的脸上立刻堆起殷勤的笑容，疾步走上前去迎接道："欢迎陆总，感谢陆总赏脸来参加今晚的晚宴和电影首映礼。"

陆敛舟短暂地给了他一个正眼，声音冷淡地应了一声："嗯。"

顾邺"哎"了一声，见陆敛舟没有给他好脸色，不免有些狼狈。他悄悄地瞥了一眼一旁的徐特助，连忙主动上前按下了电梯的按钮。

电梯叮的一声响，缓缓开启。

顾邺伸手挡住一侧电梯门，微躬着腰，说："陆总请。"

三人一同站在电梯里。虽然轿厢里的空间格外宽敞，但气氛却分外紧张。琴域江畔采用的是圆环形复古观光梯，乘坐电梯缓缓上行的过程中，透过透明的玻璃能够看见江景两岸的风光。陆敛舟立在正中央，上方投射灯的光线勾勒着他疏离而寡淡的面容，周身散发着独属于上位者的气场。

不过一分钟，电梯抵达顶层。

电梯门开启，门外站着一男一女。

男的正是顾邺手下的小跟班，华子。女人则穿着深V低领的包臀长裙，媚眼如丝，眼波流转。似乎是深知自己的魅力，她全身上下每一处毛孔都流露出性感妖艳的气息。

陆敛舟漫不经心地扫了二人一眼，迈开长腿径直走出了轿厢。

徐特助跟在他身后也走出了电梯。

顾邺见状，飞快地给华子使了一个眼色，并喊住了陆敛舟："陆总。"

陆敛舟闻言，脚步一顿，略微侧身朝他看去，眉头不自觉地蹙起。

徐特助也跟着转头。

"陆总，这位是卢笛。"顾邺指着身边的女艺人笑眯眯地给他介绍，顺势观察他的眼神变化。

出乎他意料的是，陆敛舟的目光一刻也没在卢笛身上停留，他既没有应声，也没有任何表示，像是没有听见似的，径直转身，连一个表情都不屑于给予。

是卢笛不够吸引人？顾邺摇了摇头，不至于吧。

卢笛站在一旁，她自觉在男人面前从未失过手，此时却被眼前的男人忽视，心里瞬间充满了不甘。她的表情几近扭曲，但碍于局面又不得不稳住心神，只好悄悄攥紧拳头，任由指甲嵌入掌心。

顾邺又拉着卢笛上前喊了陆敛舟一声："陆总，这是我们公司的女艺人，卢笛。"

这次陆敛舟头也没回，连步子都未停过一瞬，只轻轻地扯了扯嘴角，丢下一句："没兴趣了解。"

他的声音冰冷且透着不耐烦。

顾邺眼睁睁地看着陆敛舟走远，收起脸上讨好的笑容，低低地咒骂了一声。

对于今晚的安排，他本来自认为十分完美，毕竟卢笛的外貌和身材都是他旗下女艺人里最好的，万万没想到到头来都是白费功夫，吃力不讨好。

顾邺用力扯掉领带，低着头在原地踌躇，一腔怒火无处发泄。

华子见状，躬着腰凑到他身前说："这陆总好像不领情。"

顾邺甩了一个怨愤的眼神，怒斥："还用你说？"

华子这才意识到自己撞枪口上了，只好更加低声下气地问顾邺："那我们现在该怎么办？"

顾邺狠狠推了他一把，说："先把卢笛带下去！"

突然被顾邺迁怒，华子又气又怕，但也只能小心翼翼地"哎"了一声，说："好。"然后他连忙拉着卢笛转身就走，飞快地消失在顾邺的面前。

正当温梨和纪丛还有黎尉导演谈话的时候，不知道是哪一位大人物姗姗来迟，宴会厅内突然传出一阵骚动。

聊天被迫打断，温梨扭头看向躁动的人群。

现场的宾客纷纷上前打招呼，温梨看不到是哪位大佬被团团围住簇拥在中心位，只能透过晃动的人影缝隙瞥见那人一闪而过的背影。

温梨觉得这人高挑的身形和轮廓有点儿熟悉。她和入口处的人群还隔着一段距离，看不清楚，只凭借直觉认为她好像见过。

正当她愣怔间，纪丛轻喊了她一声："阿梨。"

温梨回过头，黛眉颦蹙，疑惑地看向他。

"和我们坐在一起吧？"纪丛指了指不远处的一张大理石圆桌，柔声问她。

温梨顺着他示意的方向看去，只见那张桌子中央写着"《余烬》剧组"，且已经有一些电影的工作人员和演员落座。

温梨下意识地转头看了黎尉导演一眼，发现他也对自己轻轻地点了点头，于是应声说："好。"

三人一起走到圆桌前，纪丛动作自然地替温梨拉开了椅子。

桌上的其他人从没见过纪丛对一个女生这般上心，纷纷投来耐人寻味的目光。

"谢谢。"温梨轻轻地捋了捋裙子上的羽毛流苏，然后坐了下来。

刚坐好，就有工作人员好奇地问她是谁。

温梨很有礼貌地一一回应，介绍自己和纪丛的关系。

没聊多久，晚宴就正式开始了，陆续有服务员过来上菜。

菜品都摆好后，又有服务员过来打开窖藏了许久的波尔多红酒，醒酒过后，逐一给桌上宾客的高脚杯里倒入红酒。

服务员过来时，温梨摆手示意不用给自己倒，服务员见此，提着长颈醒酒器走向下一位宾客。

想起上次醉酒，温梨有些窘然。虽然她不记得那次之后发生了什么，但是醉酒的滋味确实不太好受。

服务员离开时，温梨的目光朝前面的圆桌看了一眼。这无意间的一眼，让她看到了那个熟悉无比的男人，她整个人一下子紧张起来，脑海里仿佛有根弦瞬间绷紧。

陆敛舟正目光灼灼地盯着她。

目光相接的一瞬，温梨像被烫到了似的，移开视线后眼皮还抑不住地轻颤，灯光下，纤长的睫毛在眼睑下投入一道弧形阴影。

二人坐的桌子相隔不远，只是温梨这一桌坐的是电影圈的，而陆敛舟那桌坐的都是商业大佬和投资人。

陆敛舟正襟危坐，眼睛一眨不眨地看着她。

他的目光过于灼人，看得温梨眼神慌乱，连忙把视线从他身上移开。

她快速地往那张桌子看了一圈，只见其他位子上坐的都是非富则贵的人物，而陆敛舟的地位和声望摆在那里，因此理所当然地被顾邺安排在了最中央的主位上。

当初温梨答应纪丛参加这晚的晚宴，是为了给他的新电影捧场，但是她怎么也没想到会在这里碰见陆敛舟。

温梨低头逃避陆敛舟的视线，不自觉地伸手握了握摆在一旁的高脚杯。许是用力了些，她的指尖处泛着冷白。

她早该想到的，能被众多数得上名号的人簇拥着进场，这身份名望，放眼整个 S 城，除了陆敛舟，再没有第二人。

温梨轻叹了一口气，回想起他们上一次见面还是在老宅。不过几天的时间，她却觉得和他许久未见。

那种陌生而又熟悉的感觉就这么奇妙地杂糅在这一刻。

吃饭的过程中，温梨一直尽力地忽视男人那充满压迫感的目光。直到纪丛在她耳旁问："怎么吃饭都不专心？在想什么呢？"

温梨收回注意力，弯起唇笑了一下，随后轻轻地摇了摇头，低声说："没什么。"

等她说完，纪丛瞥了一眼对桌的陆敛舟，扯了扯嘴角，若无其事地往温梨身边凑近，然后扬起嘴角问她："新年跨年有什么打算吗？"

陆敛舟的目光一直落在温梨身上，没有挪开，纪丛的小动作被他尽收眼底。

温梨听到纪丛问起跨年，这才想起不久后就是新年了。但是她下周要出差，于是撇了撇嘴，对他说："我要去帝都出差。"

因为隔着一段距离，陆敛舟只能看见温梨樱桃色的红唇动了动，听不清她和纪丛说了什么。

陆敛舟脸色一沉，伸手举起高脚杯，将红酒一饮而尽。

很快就有服务员捧着长颈醒酒器上前，给他的高脚杯里重新倒上了红酒。

陆敛舟蹙着眉头，心情是肉眼可见的烦闷。他单手握着高脚杯，若有所思地摇晃着。

杯子里的暗红色液体绕着杯壁一圈一圈地晃着，像是风雨骤来时暗涌的云层。

"出差？"纪丛挑眉道，"去参加学术会议吗，还是冬奥户外的考察？"

温梨摇了摇头，说："都不是，是去录一档节目。"

纪丛一听，有些奇怪，问："什么节目？"

"是一档冬奥会的节目，他们邀请了我做嘉宾。"

"是 S 台最近筹备的那档节目吗？"纪丛问。

"嗯。"温梨点点头，琥珀色的眼珠转了转，问，"你知道？"

纪丛想起经纪人前天和他提起过，公司最近在和 S 台对接这个项目，节目组找到他们公司，希望他们能安排一个艺人参与录制。但由于这档节目的投资不多，规模不大，因此开会时公司首先就把他从名单里排除了，想着安排一个小艺人去当嘉宾。

"我知道，S 台的这档冬奥节目和我们公司有对接。"

温梨"哦"了一声，说："所以我新年那天应该会在帝都过。"

纪丛漫不经心地"嗯"了一声，没有接话，似乎在暗自沉思些什么。

陆敛舟的余光再次扫到了二人亲密交谈的一幕。从他的角度看去，刚好能看到二人凑得极近，像是依偎在一起低声耳语。

他还捕捉到了温梨不时弯起的唇，一张小脸满是笑意地看向纪丛。

"砰"的一下，陆敛舟把高脚杯重重地搁在了桌子上，脸色阴沉得可怕。

玻璃酒杯与大理石桌面碰撞出极其清脆的声音。

顾邺坐在陆敛舟旁边，距离他最近，一下就听到了声响。

他偷偷观察陆敛舟很久了，早就发现陆敛舟一直盯着坐在纪丛身边的那个女人看。

而且陆敛舟看那个女人的眼神，占有欲强得可怕。

作为陆廷集团的总裁，陆敛舟的年纪不过二十六岁，做事却雷厉风行，直接掌控着行业的生杀大权。

顾邺看陆敛舟一贯高深莫测的模样，知道他早就学会了藏锋芒而不露。没想到今天的他居然会流露出这种眼神，像一头凌厉的狼，虎视眈眈，迫不及待地想要扑向草原上温顺的小绵羊。

顾邺又重新打量了一眼纪丛身边的那个女人，长相清纯，相貌丝毫不逊于他旗下的任何一个女艺人。甚至可以说，比他旗下的任何一个女艺人都要更漂亮迷人。

就连他精挑细选出来的卢笛都不如她，也难怪陆敛舟在电梯门口正眼都没瞧卢笛一眼。

顾邺旗下的女艺人都太知道自己的美丽了，为了经营自己的魅力，她们全身上下时时刻刻都绷得紧紧的，而那个女人不会。

美而不自知，最能把男人迷得神魂颠倒。

顾邺"啧"了一声，心想，陆敛舟眼光真高，还以为他真有多清心寡欲，不还是个男人？

温梨看了纪丛一眼，见他没有说话，于是准备重新握起刀叉用餐。就在这时，她身后放在包里的手机忽然振动起来。

温梨微微挪动身子，翻开包，掏出放在夹层里的手机。

屏幕亮着，来电显示是陆敛舟。

温梨抿了抿唇，不理解陆敛舟的行为。

他们隔得并不远，而且还很默契地假装不认识对方，那他给她打这通电话是什么意思？

温梨握着手机，没接。她犹豫了两秒，指尖轻划了一下，按下拒听键。

刚把手机放回包里，振动便再次传来，温梨忍不住抬头朝陆敛舟的方向看去，带着一丝探究的意味。

只见他单手举着手机，一双黑眸如墨般深沉，一眨不眨地紧紧盯着她，眼里翻涌着她看不透的情绪。

片刻之后，他抿紧了唇，显出一丝冷峻。

温梨默了默，犹豫了一会儿还是从包里拿出手机，按下了接听键。

电话接通，温梨将听筒贴近耳朵。

二人隔着一段距离四目相对，陆敛舟没说话，她也没开口。

就这么静静地僵持了一会儿，温梨忍不住先开口问道："你是哑巴吗？"

这男人连续打两个电话过来却不说一个字，仿佛是在戏弄她。

两秒后，温梨听见陆敛舟语气认真地说："想听听你的声音。"

他说得很慢，嗓音低沉喑哑，语调克制而隐忍，像是在竭力掩饰着某种情绪。

温梨没有接话。

没来由地，温梨隐约间从他的话语里听出了一丝委屈。

但陆敛舟心思深沉，向来给人压迫感十足，"委屈"这一形容词不可能出现在他身上。温梨摇了摇头，否定了自己这一突兀的想法。

凶巴巴的陆敛舟怎么会是"大狗狗"呢。

温梨说："你没什么事的话，那我挂了。"

温梨的声音很轻，但陆敛舟却听得入神。

陆敛舟没回应，听筒里安静得只能听见他沉缓的呼吸声，温梨眼睫毛一动，挂断了电话。

温梨挂断电话没多久，就陆续有宾客走到陆敛舟身边敬酒。

陆敛舟只能压着眉心耐着性子一一回敬。

觥筹交错间，温梨没再感觉到那道存在感十足的目光，她偷偷看了一眼，陆敛舟正忙着交际，被团团围住没入了人群里。

一番推杯换盏后，晚宴进入尾声，有工作人员过来让大家移步前往七十二层的空中影院。

琴域江畔有一整层是影院，也是 S 市最豪华的空中影院，《余烬》的电影首映礼就在那儿举行。

陆续有人退场，在工作人员的带领下前往空中影院。

"走吗？"纪丛问了温梨一声。

温梨看了一眼人流的方向，点了点头。

温梨跟着纪丛和黎尉导演搭载电梯来到影厅。

影院里安装了数盏探射灯，把场地照得通明。一排排座椅呈圆弧形围绕着处于中央的巨幕银屏，并逐排呈梯形递减。

阶梯上铺着深红色地毯，即使温梨穿着高跟鞋踩在上面，也只余细微的脚步声。

纪丛指了指前排的一个座椅，问："坐这儿可以吗？"

温梨微微颔首，提起裙摆上前。

由于地面有些坡度，她行走时绸缎长裙摇曳，暖黄的光线将她的影子倒映在过道上。

银幕上投映着电影的海报，是一团熊熊燃烧的火焰，把纪丛那抹孤独的剪影包裹在中心，传递着一种悲悯的气息。

海报最底下两行写的是：

余烬，黎尉导演作品

一腔孤勇，与你相逢

"余烬"两个字，字迹洒脱，笔触粗实。

影厅里的暖气很足，温梨觉得有些热，于是脱下了外套，只着贴身长裙。她往后倚靠在暗红色的座椅上，更衬得天鹅颈下那片肌肤细腻瓷白。

过道上人来人往，电影还没开始，温梨轻轻地戳了戳纪丛，说："我先去一下洗手间。"

纪丛问："认识路吗？"

温梨点了点头，答："当然。"然后从座位上离开。

走出影院后门时，由于太过匆忙，温梨不小心与迎面走来的顾邺碰了个正着。

"抱歉。"温梨侧身给他让了让，示意他先行，却发现他紧紧地盯了自己一眼，然后才转身离开。

那一眼很复杂，透着深意，令人捉摸不透。

温梨心头闪过一丝不解。她不认识他，不明白他为什么会用这种眼神盯着自己看。

愣了两秒，温梨才压下心底的疑问抬步前往洗手间，忽略这个小插曲。

顾邺离开后没走远，他在过道的拐角处回头看了一眼温梨。看到她独自往洗手间的方向走去后，他沧桑的脸庞爬上了一抹诡秘的笑容。

很明显，他动了歪心思。

顾邺走到影厅后台一处不起眼的角落里，拨了一个电话给华子。

"顾总。"华子接通电话，奉承地叫道。

"你来影厅后门候着，给我等一个女人。"顾邺命令道。

"好的，哪个女人？"

"穿着渐变色暗纹绸缎长裙，黑色长鬓发，银色高跟鞋，身材苗条，长相很漂亮。"顾邺想了想，又补充道，"她刚去了洗手间，你赶紧过来盯着。"

华子"哎"了一声。

顾邺隐在幕布后，压低声音继续指示他："等她回来，你就扮成工作人员跟她说电影已经开始了，为了不影响其他人观片，这个门关闭了，得从楼上进，然后你再偷偷把她引到陆敛舟的 VIP 包间里。"

"顾总，为什么要这样做？"

"你照做就行了，问这么多！"顾邺斥了他一句。

"好。"华子应下，又多问了一句，"那要把卢笛也带去陆总的包间吗？"

突然，影院里的影音系统响起，是电影片头的前奏。

顾邺伸手捂住另一边的耳朵，扔下一句："不用，你让她回去吧！"然后挂断了电话。

走出影厅后，地面不再是厚实的地毯，而是光滑的大理石瓷砖。

行走时，温梨的高跟鞋与大理石地面擦出悦耳清脆的碰撞声。

"啧，"温梨刚推门走进洗手间，就听见里面传来一声极不屑的嗤笑声，"我看他就是个同性恋，不然不会正眼都不看我一眼。"

"哪个男人能不拜倒在我的石榴裙下？"话语间伴随着一丝冷笑。

温梨扶着门，看清了说话的人。

那人身着大红色低领深V包臀长裙，动作妖娆地站在洗手台前，左手举着电话贴在耳旁，右手捏着一支口红正对着镜子补妆。

听到温梨推门的动静，卢笛停下手里的动作，转头朝她看了一眼，眼神极淡，透着不耐烦。

温梨没有理她，朝洗手台走去。

卢笛先是被温梨的脸吸引。

即使那是一张未施粉黛的脸，卢笛也觉得已经对自己构成了十足的威胁。

卢笛的目光继续往下扫，当看清温梨身上穿着的那件贴身绸缎长裙是当季最新款的品牌高定后，脸上浮现的敌意更甚了。

她认出了这条裙子，在最新的时尚周刊里见过，里面专门有一页描写了它的制作过程有多烦琐，匠心工艺，一条裙子堪称一件艺术品。

而且她当时被裙子的价格惊到了，高达四百五十万美金，是她这种刚出道的小艺人高攀不起的。

温梨能感受到卢笛的视线一直落在自己身上，且眼神放肆，一点儿都不顾忌，把自己从头到脚打量了一番。

察觉出她的无礼，温梨皱着眉头看了她一眼，问："请问你有事吗？"

卢笛眉头一挑，轻飘飘地甩出一句："怎么，看你两眼犯法了吗？"

说完，她收回视线，继续打电话。

温梨见她那副嘴脸，也没打算和她纠缠。

温梨打湿了手后，用掌心接住洗手液里按压出的泡沫。

卢笛凑近镜子抿了抿唇，合上口红盖后从镜子里瞥了温梨一眼，眼神里是不甘和轻蔑。

温梨低着头，没注意看她。

她聊电话时说话的声音实在太大，而且声线尖锐，温梨双手揉搓泡沫时，总能听到她嘴里不时蹦出一两句脏话，格外刺耳。

温梨打开水龙头，想快点儿洗完然后离开。

就在这时，卢笛刚好也挂断了电话，她打开身前的水龙头，把水流放到最大，紧接着故意用手指堵住了水龙头。

由于受到阻力，出水口的水花四处乱溅。

温梨离她不远，毫无疑问地遭了殃。

她的长裙侧腰处被四溅的水花打湿了一大片，右手手臂也被溅湿了，一颗颗水珠沿着她光滑细腻的肌肤往下滴落到地面上。

"你干什么！"温梨一惊，立刻后退了一步看向她。

虽然她早就察觉到了这个女人的不善，但她完全不懂这份敌意从何而来。

"哦，不小心。"卢笛松开手，抽动了一下嘴角，话里话外完全没有一丝内疚和歉意。

即使面对她失礼的举动，温梨依旧保持着骨子里的教养。

"麻烦你道歉。"温梨看着她，神色认真地说。

卢笛似乎觉得很可笑，一把按停了水龙头，语气轻蔑道："凭什么！"

温梨正等着她道歉，却没想到她突然一下子转过身来，眼神像刀锋般锐利地瞥了自己一眼，然后伸手狠狠地推了自己一把，恶狠狠道："让开！"

温梨穿着高跟鞋，毫无防备地被她用力推了一把，整个人重心不稳，重重地跌倒在地。

卢笛冷哼了一声，头也不回趾高气扬地走出了洗手间。

她推搡的动作又快又狠，完全没有给温梨反应的时间。

温梨蹙起眉头，扭头看了一眼缓缓合上的门，摇了摇头，心想，就不该与这种人过多纠缠。

她的脚踝处传来钻心的痛，脚可能崴到了。

温梨双手撑地想坐起来，却发现后脚跟也被鞋面划破了，鲜红的血顺着那道口子流了出来。

温梨轻吸了一口气，从地上爬起来，然后挪到洗手台旁抽了两张纸巾，在伤口处按压了一会儿，把血止住，紧接着又抽了两张纸巾擦了擦自己身上的水渍。

因为怕扯到伤口，温梨回影院时走得很小心，高跟鞋成了拖慢步调的"罪魁祸首"。

穿过一条窄长的过道，温梨在影院后门处被人拦住了。

"电影开始了，您不能从这里进，会影响到别人观影。"华子在那扇紧闭的门前伸手挡住了她。

"那我还能进去吗？"温梨有些无奈地问。

"可以，但是要绕个路，我带你去。"华子穿着工作人员的衣服，一本正经地和她解释。

温梨不疑有他，说："好的，麻烦你了。"

华子点了一下头，然后向前走去。

他走得很快，温梨跟不上他的速度，只得喊了他一声："请问能慢些吗？"

华子听见她的话，转身回头看她，注意到她脚上的异样，不得不配合她放慢了步伐。

温梨慢慢地跟着他，但是越往里走，里面的光线就越暗。

在过道里摸黑向前走了没一会儿，温梨顿住脚步问了一句："是这个方向吗？"

见她质疑，华子不耐烦地皱眉道："是，这是影院，电影开场后所有灯光都要关掉的。"

他解释的确实是那么回事，温梨只好继续在黑暗中摸索着向前。

华子回头确认温梨跟上来了后，才又径直朝里走。

两分钟后，他停下脚步，指了指不远处的那扇门说："您从那里进去就可以了。"

周围一片昏暗，温梨定睛细看了一会儿才隐约瞧见那扇门。

"好的，谢谢。"温梨说完，走上前把门打开。

华子站在原地确认她进去后才离开。

琴域江畔的空中影城只有一个包间，陆敛舟作为今天晚上最尊贵的客人，顾邺理所当然地把他安排在这儿。

温梨轻轻地推开门，因为生怕影响到其他人观影，她只悄悄地开了一条门缝。

门轴转动时发出细微的声响，温梨扶着门站定，探头往里看去。

门后还是漆黑一片，只有银幕上画面闪烁，发出微弱的光。

银幕上正一帧帧地投映着电影画面，这个位子的视野极好，温梨一下就捕捉到了画面里纪丛那张极具辨识度的脸。

漆黑的包间里，陆敛舟半靠在沙发上，右手胳膊随意地搭在沙发背上，左手放在修长的双腿上，袖口处银砂色机芯腕表在银幕的亮光下泛着冷光。

他的坐姿闲散慵懒，西装裤腿却撑得笔挺微收。

尽管温梨开门的动作很轻，但他还是敏锐地察觉到了动静，一双幽深如潭的黑眸朝门口处扫去。

影院里的光线过于晦暗，温梨只能凭借直觉判断自己座位的方向。

她小心翼翼地从门缝钻了进去，在黑暗中低头摸索着前行，完全不知道正前方一双隐在暗色里的双眸正紧紧地注视着她。

温梨走近沙发，顿了顿，慢了一拍后才看见前面端坐着的人。

那熟悉的身影在隐隐约约的光线下逐渐明晰。

不过半秒，温梨的后脊绷紧，将身前高冷的男人与陆敛舟画上了等号。

包间空间不大，光影朦胧，局促暧昧弥散。

陆敛舟敛眸，原本冷漠疏离的眉宇随着她的靠近缓缓舒展开，薄唇也勾起一抹笑意。

没预料到他会在这儿，温梨心头一惊，匆促地转身想离开。

陆敛舟蓦地从沙发上站起，那股清淡的甜梨香气调动起了他本能的欲望。

下一秒，温梨纤细的手腕被轻轻地拉住，紧接着整个人被陆敛舟用力带入了怀里。

陆敛舟拥着她，动作虽然霸道，但力道却很轻，似乎生怕弄疼她。

温梨猝不及防地撞进他怀中，一张小脸没入他的胸腔，隔着衬衣，她能清楚地感知到他的体温。他结实的胸膛下心脏正有力地跳动着，在黑暗中有着难以言喻的踏实感和安全感。

短暂地失神过后，温梨挣扎着要推开他，却被男人紧紧地扣住了腰。陆敛舟宽大的掌心与她的后背紧紧相贴，炙热的温度隔着单薄的衣裙源源不断地传递至她后腰娇嫩的肌肤上。

温梨像被烫到了似的，又伸手推了推他，但没推动。被他紧紧抱住，温梨的手肘一时不知道应该怎么放，胡乱摇晃间蹭过他腕上的机芯表盘，冰冰凉凉的，与后背上他掌心的炙热形成了强烈的反差，激得温梨一个轻微的战栗。

逼仄的环境里，空气中弥漫着二人之间独有的气息，冷冽松香混杂着清甜的梨子香气，就像夏日缱绻的晚风吻过脸颊。

陆敛舟微微躬身，把头埋在她的颈窝间，语气里满是惊喜："你怎么来了？"

他的呼吸均匀地喷洒在温梨的锁骨上。她无意识地咽了咽口水，放弃挣扎道："我不知道，是别人指引我到这里的。"

陆敛舟微微松开她，双手搂住她两侧的肩膀，眼神透着关切，问："有人指引你来的？是谁？"

温梨道："我不认识他。他留着寸头，瘦瘦黑黑的，不高，很年轻，二十来岁，像是工作人员。"

陆敛舟的眉头蹙起，将她描述的与在电梯口碰见的顾郦的那个小弟对应起来，立马意识到这可能是顾郦的某种诡计。

"他跟踪你了！"说着，陆敛舟的目光落在她身上，仔细地检查了一番。

温梨摇了摇头，说："我在电影院门口碰见他的。"

"你的裙子怎么湿了？"陆敛舟注意到温梨侧腰处那一片水渍，声音有些低沉紧绷。

温梨咬了咬下唇，垂下眸子避开他的目光，说："不小心在洗手间里溅湿了。"

温梨低头，将整张脸隐没在暗色中。

陆敛舟紧紧地盯着她，只能看见她浓密的睫毛纤长卷翘得像两片翩飞的蝴蝶翅膀。

陆敛舟打量她的神色，半晌过后，才语气缓和道："我带你去换衣服。"

说完，陆敛舟伸手抬起搭在一旁的西装外套轻轻地抖了抖，动作轻柔地把它披在温梨的肩头，将她娇小的上半身完全笼罩住。

温梨肩头一重。陆敛舟的西装外套很大，把她罩得严严实实。衣服上除了他身上独有的冷冽松香，还有一股淡淡的酒气，若有似无地萦绕在温梨的鼻间。

陆敛舟弯下腰，牵起温梨的手，宽大的掌心将她的整只手都牢牢握住。

"走吧。"

陆敛舟话音刚落，温梨就倒抽了一口气，发出"嗞"的一声。

她忘了脚上的伤，突然迈开步子，扯到了脚踝处的伤口，钻心的疼惹得她痛呼。温梨抬起受伤的那只脚，勾着柔软的裙摆单腿站着。

陆敛舟立刻停下脚步，探究的视线落在温梨异样的肢体动作上。他的目光下移，看向她的脚踝，然后屈膝慢慢在温梨身前半蹲下来。

陆敛舟的手轻柔地撩起贴在温梨小腿肚上的绸缎裙。

温梨吓了一跳，想躲开却已经来不及了。

陆敛舟的指尖无意间轻擦过温梨的脚踝，略带灼人的触感在她的肌肤表面游走。她瑟缩了一下，下意识地绷直了脚尖。

包间里的光线很弱，温梨的双脚在昏暗里依旧显得白皙细腻，只是那道半指长的伤痕还渗着鲜血，与周围细腻的肌肤显得格格不入。

陆敛舟细细地看了看，眼中掠过一丝心疼。他重新站直，然后拿出裤兜里的手机给徐特助拨了一个电话。

两秒后，徐特助接了电话："陆总。"

陆敛舟说："取个药箱送到顶层的酒店房间里。"

徐特助应道："好的，陆总。"

"还有，"陆敛舟想了一下，说，"让司机去取一套干净的衣裙。"

徐特助回道："好的。"

陆敛舟挂断电话，把手机放进披在温梨身上的西服口袋里，然后一把将她抱了起来，手臂收得紧紧的，仿佛抱在怀里的是谁都不能从他这里抢走的珍宝。

温梨"呀"地低呼了一声，突然的失重感让她下意识地抱紧了陆敛舟的脖子。

半秒后，她反应过来自己的动作，脸颊一烫，觉得有些羞恼。这是她第一次主动对陆敛舟做出这种状似亲密的动作，实在是有点儿难为情。

陆敛舟抱着温梨从包间里出来，一路往顶层的酒店总统套房走去。

华子一直躲在走廊尽头的暗处观察，当看见陆敛舟连电影都等不及看完就抱着温梨上楼，他的脸上立刻露出一抹坏笑。

华子从马甲口袋里掏出手机，给顾邺打了一个电话。电话接通，华子看着二人消失在电梯里，楼层数字极快地闪动，没多久便定格在最高的楼层数。

"顾总，陆敛舟抱着那个女人上楼了。"华子如实向顾邺汇报。

顾邺举着手机坐在影院前排的座椅上，巨幕银屏投射的光影打在他脸上。他偏头往陆敛舟私人包间的方向看了一眼，压低声音道："做得好。"

"但是顾总，那个女人的脚好像受伤了。"

顾邺一愣，问："怎么回事？"

"不知道，我看她从卫生间出来就这样了。"

"那不管她。"

挂断电话后，顾邺乐了一下，终于开始安心看电影。

酒店过道铺着地毯，陆敛舟抱着温梨，即使是穿着漆面皮鞋，踩在上面也几乎没有声响。

陆敛舟在总统套房的门前站定，低头看向怀里的温梨。他隐约瞧见她耳后根泛着红，于是轻笑了一下，说："能不能帮我个忙？"

温梨的脸颊染着绯色，问："什么？"

陆敛舟的嘴角勾起一抹淡淡的坏笑，好整以暇地说："帮忙伸个手，从我的裤兜里拿出房卡。"

温梨躺在陆敛舟的怀里，微微扭动身子。不小心蹭过他温热结实的腹肌，她的眼睫一颤，整个人再不敢动弹半分。

"要不你放我下来吧？"温梨双颊泛红，有些难为情。

陆敛舟眼眸微眯，道："嗯？"

陆敛舟抱着温梨，一双黑眸紧紧地盯着她那张小脸，不放过她任何细微的神色变化。半响后，他低下头贴近她的耳畔，尾音绵长道："帮个小忙。"

二人离得极近，温梨甚至能看到他瞳孔里倒映着她的模样。她翻身避开他的视线，腾出一只手往他西裤侧边的口袋伸去。

温梨蜷着指头，顺着他的裤管侧缝探向他的裤兜，动作僵硬而谨慎。她的那只紧张的小手在他的侧兜处摸索了一会儿，却迟迟没有摸到房卡。

陆敛舟被她的动作蹭得有些酥痒，于是有些无奈地看着她，说："你是来折磨我的？"

温梨不解："嗯？"

她的耳朵瞬间竖了起来，像一只小猫似的。

陆敛舟的喉结滚了滚，一步步指引她："再往里点儿。"

闻言，温梨只好伸直指尖继续往里深入，在他的裤兜里仔细地找了一遍，男人的体温透过西裤布料传至她的指尖。

没一会儿，温梨摸到了一张薄薄的卡片，她指尖微勾，捏住其中一角抽了出来。温梨把房卡举在半空看了一眼，黑金色的卡，上面的烫金字样赫然印着：琴域江畔顶层总统套房。

陆敛舟靠前一步，温梨伸手把房卡放在门把的金属感应上，"嘀"的一声，门开启。二人配合得很好。

温梨略一伸手推开了房门，陆敛舟抱着她入内。

房间内暖气很足，温暖舒适。进门就是宽阔敞亮的客餐厅，低调却奢华的现代感沙发桌椅，最中央的米色天花板上垂落着一盏造型别致的浅金色水晶吊灯，将套房内照得一片通明。

最外面是整面透明的落地玻璃窗，窗外，是 S 城繁华璀璨的夜幕，万家灯火在这高度下都微缩成星星点点的萤火。

陆敛舟径直穿过会客厅走进主卧，动作轻柔地在正中央的大床前把怀里的温梨放下。她的体重很轻，柔软的床铺也只是略微下陷了少许。

温梨在床上坐直，宽大的西服外套在她纤瘦的肩头斜斜地挂着，隐约间露出半截精致分明的锁骨。

陆敛舟抬手把她身上的西服外套重新拉好，然后屈膝在她面前半蹲下来，一只手轻握她左脚的脚后跟，另一只手把她那只高跟鞋脱下。

温梨没想到他会主动给自己脱鞋子，收起脚尖躲了躲，谁知他却干脆利落地把她另一只脚上的也取了下来。

温梨垂下眼皮看他。即使做的是脱鞋的动作，他骨子里的优雅高贵依旧没有被掩去半分。

陆敛舟把高跟鞋在地毯上摆正，拧眉看着她，问："在卫生间里发生了什么？"

他的目光透着深意。

温梨摇了摇头，避开他的视线，说："没什么，跟你没有关系。"

"温梨，你和我结婚了，我们就是夫妻。你的事情怎么会和我没有关系？"陆敛舟的语气很认真。

温梨没说话。

结婚三个多月来，她在他面前似乎已经习惯了把自己完全包裹起来。他走不进她的心，而她也很默契地忽略他是自己的丈夫。

今晚的互动已经是他们结婚以来最亲密的接触了。

就在这时，套房门被敲响了，温梨回过神。

陆敛舟仰头又细细地看了她一眼，才站起身，往卧室外走去。

套房的门没有关，徐特助站在门旁安静地等待。

陆敛舟从主卧出来，见是他，微微颔首，示意他进门。

徐特助提着药箱入内，在他身边停住脚步，说："陆总，太太的裙子还要再等一会儿才到。"

"嗯。"陆敛舟低应一声，然后朝他小声地吩咐道，"你去查查剧院那层楼洗手间外面的监控，看看是谁在温梨前后脚出来。"

徐特助点头道："好的，陆总。"

徐特助刚应下，陆敛舟像是突然想起了什么，脸色一沉，又说："还有，等下让顾郦来找我。"

"好的，陆总，这药箱？"

"放下吧。"

徐特助闻言，走到大理石矮桌前把药箱放下，然后把门带上，退出了房间。

与此同时，主卧内，温梨披着陆敛舟的西服外套，正低头专心地看着手机屏幕，纪丛发消息来问她怎么去了这么久。

温梨握着手机，思考了两秒，指尖轻触九宫格键盘回复他："我在顶层套房。"

纪丛连发了一串问号过来。

"我不小心摔倒了，陆敛舟把我带上来擦药。"

温梨刚把这一句发送过去，就看见陆敛舟提着药箱走进来，便把手机放在了一旁。

陆敛舟来到她身前，再次躬身屈膝蹲了下来。

主卧的地面铺着柔软的暗色地毯，他右膝跪贴在地毯上，修长的影子被暖黄色的灯光刚好延伸至那双高跟鞋摆放的位置。

面对陆敛舟的靠近，温梨往后移了移，无意识地蹬了蹬腿，脚尖在他面前晃荡了一圈。

陆敛舟随手把药箱放在旁边的地毯上，扫过温梨那双几乎能被他的大手握住的细嫩白净的脚丫子。

温梨往后半撑在被子上，葱白如玉的手指收拢，松软的被子被她攥出了几条褶皱。

陆敛舟收回视线，打开药箱，从里面挑出一瓶止血消炎的药水，然后抽出一根医用棉棒，打开瓶盖，空气中瞬间弥漫着一股淡淡的药水气味。

他捏着棉棒蘸了蘸红色的药水，然后捧起温梨的后脚跟，轻声说："忍着点儿，会疼。"

温梨很轻地"嗯"了一声，垂眸看着他骨节匀称修长的手指。

药水触碰到伤口的刹那，一股凉意夹杂着密密麻麻的痛感从伤口处传来，温梨忍着疼，咬了咬唇看向陆敛舟。他右手拿着棉棒，小心翼翼地给她的伤口上药，动作柔和。

这样的他，与平日里一贯雷厉风行的他不太一样。

没一会儿就处理好了伤口，陆敛舟撕下创可贴的贴纸，把它轻轻地覆盖在温梨的后脚跟上，然后又仔细地检查了一遍。

二人都没有说话，卧室里安静得只剩陆敛舟发出的细微声响。

就在这时，一阵振动声突然响起，是从温梨身上披着的那件西服口袋里传出的。

温梨怔了一下，在西装外套上摸索了一会儿，然后掏出了陆敛舟的手机。她看了一眼，把手机递给他，说："是徐特助。"

陆敛舟点了点头，接过温梨递过来的电话，然后起身往卧室的落地窗前走去。

电话接通，听筒里传来徐特助的声音："陆总，查到监控了，是顾郁旗下的那个女艺人卢笛。"

听到这个名字，陆敛舟眉头皱起，脸色明显带着不悦，说："我知道了。让顾郁把她找过来。"

"好的，陆总。"

挂断电话后，徐特助走出监控室，往影厅走去。

进入昏暗的电影院，徐特助的目光往一排排座椅扫去，在第一排靠左的位置发现了顾郁的身影。

时长三小时的影片，到现在不过才播映了三分之一。

徐特助刚走到第一排，顾郁就注意到了他，立马从座椅上站起来朝他走去。

徐特助道："顾总，麻烦出来一下。"

顾邺跟着徐特助走出了影厅，心中思忖着陆敛舟找他是有什么好事。

走道上灯光如昼，不像影院里那般晦暗。

顾邺笑吟吟地问："陆总有什么吩咐？"

徐特助瞥了他一眼，声音严肃："陆总要您把卢笛小姐叫过去。"

"陆总要找卢笛？"顾邺很是震惊，心里盘算着陆敛舟刚抱着那个女人上楼，现在又要找一个。

顾邺咧嘴偷笑了一下，男人嘛。

"好，那我现在打个电话？"

徐特助将他的情绪尽收眼底，应了一声："嗯。"

顾邺看了他一眼，从衣服内衬掏出手机，走远两步，给华子打了一个电话。

等待电话接通的过程中，顾邺发现徐特助一脸严肃地看着自己，于是朝他笑了笑才移开视线。

电话接通，响起华子的声音："顾总。"

顾邺握着电话半捂着嘴说："你赶紧让卢笛过来一趟。"

电话那端，华子挠着头，疑惑道："啊？可我已经让她先回去了。"

"那就赶紧把她叫回来，陆总要找她，赶快，耽误了你可得罪不起。"

华子连连答应："哦，哦，好。我马上给她打个电话，她应该还没走远。"

"嗯。"顾邺挂断电话，走回徐特助身边，切换成笑脸道，"我已经喊她回来了，马上到。"

徐特助道："好，那麻烦您跟我走一趟，陆总有请。"

"行。"顾邺点头跟着他走。

陆敛舟挂断电话，从落地窗前走回温梨身边。

他在温梨旁边寻了一个位子坐下，举起双臂将她的身子扳正，然后抱起她的腿放在自己的大腿上。

温梨惊了一下，想抽回来，却被陆敛舟制止了。

"我给你揉一下腿。"他的语气很真诚，温梨抿了抿唇，也就由他去了。

陆敛舟的手很温暖，许是因为长期握笔的原因，他的指腹覆着一层薄薄的茧，略微粗糙的摩挲感擦过温梨细嫩的肌肤，但并不硌人。

温梨的视线上移，落在他那张棱角分明的脸庞上。

从这个角度，她只能看见他的侧颜。他的神情专注，眉眼间透着清俊，从额骨、眼窝到高挺的鼻梁都像是雕刻过的一般。

看见他低头时眼睑处半垂的睫毛，温梨一下又想起了之前脑海里闪过的一个念头：长长的睫毛给他这张高冷脸庞增添了些许温柔感。

"陆廷不是撤资蔚星娱乐了吗？你今天怎么还会来？"温梨问他。

今晚是顾邺主办的晚宴，而蔚星娱乐是顾邺旗下的公司，如果陆廷已经撤资，那陆敛舟怎么会出现在这里？

"给其他投资人一个面子。"陆敛舟挑了一下眉，从容自若地回答她。

他没有说自己是因为知道纪丛会出席，想着也许能见上她一面才来的。

"那你为什么会有一张这里的房……"

本来想问他为什么有这里的房卡，但是"卡"字还没说出口，温梨才惊觉自己为什么要问他这个问题，于是闭上了嘴。

陆敛舟唇边勾起一抹淡淡的坏笑，说："你是想问房卡？"

"是，我好奇……"温梨有些懊恼，只能硬着头皮回答他。

陆敛舟轻笑了一声，然后盯着她羞红的脸颊解释道："房卡是夹在邀请函里一起送来的，是顾邺放的。"

"邀请函里为什么有房卡？"温梨低着头沉吟了一句，"我的邀请函里就没有。"

温梨并不知道顾邺为了讨好陆敛舟给他安排了旗下的一个女艺人。

但是陆敛舟早就熟知生意场上的这种情况，顾邺为什么要给他介绍卢笛，个中的含义他其实很清楚，这些肮脏的交易手段，他一向不屑。如果今晚不是温梨受伤了，他是不可能会用到这张房卡的。

见温梨天真地看着他，陆敛舟勾起嘴角，微微俯下身，朝她耳畔靠近，温热的气息打在她的耳边，一字一板地说："你觉得，顾邺给我开一间酒店房间，是为了让我干什么？"

　　不知是陆敛舟温热的气息太过灼人，还是听懂了他的言下之意，温梨的耳朵瞬间爬上红晕，她伸手推了推他，拉开了二人之间的距离。

　　陆敛舟见她这样，慢条斯理地说："我本来没打算用。"

　　说着，陆敛舟又伸手把她搂进自己的怀里，一双手紧紧地箍着她的细腰，微垂着头哄她："别动，乖乖揉个脚。"

　　陆敛舟的声音很柔和，一如他手上的动作。

　　温梨这次再不敢乱动半分，生怕无意间又蹭到他任何的肢体部位。

　　陆敛舟见她安静地坐着，勾了勾嘴角，把头略略垂在她香软的脖颈后，然后闻到了一股熟悉的香水味。

　　半晌后，他轻挑了一下眉，问："你今晚喷了我送你的香水？"

　　男人的语气似乎有些惊喜。

　　温梨的脸上再次闪过一抹娇丽的绯色，她一动也不动，一副被他当场抓包的窘迫模样。正当她再三思考着自己应该回他什么时，耳畔传来了男人喑哑磁性的声音："希望你喜欢。"

　　温梨稍愣了片刻，抬头看了他一眼，猝不及防地与他对视了。他的眼睛漆黑如寒星，她甚至能清晰地从里面看见自己被一圈暖黄色的光影包裹着。

　　就在这时，套房的门再次被敲响。

　　温梨连忙收回视线，很自觉地把自己的脚从陆敛舟的大腿上移开，然后抱膝蹲坐在大床上。

　　陆敛舟也听到了敲门声，收回落在温梨身上的目光，然后从床上起身。

　　知道是顾邺到了，陆敛舟走出主卧后还贴心地把房门关上了，以防待在里面的温梨被窥探到。

　　穿过会客厅，陆敛舟来到玄关处把门打开。

　　徐特助和顾邺站在门外。

　　陆敛舟的目光短暂地在顾邺身上停留了一下，然后转身走回会客厅，在一张真皮沙发上落座。

顾邺站在外面走廊的过道上，看见陆敛舟面色阴沉，那淡漠的目光寒冷瘆人，心里直打鼓，暗想情况不妙。于是他又偷偷瞥了一眼徐特助，压低声音问："徐特助，陆总找我什么事呀？"

徐特助面无表情地回他："进去就知道了。"

顾邺没有立刻踏进去，而是急忙在脑海里思考应对之策。

徐特助伸了伸手，催促道："请吧，顾总。"

顾邺只好紧了紧松松垮垮的领带，硬着头皮走了进去。路过玄关，他用余光偷偷地朝主卧的方向打量了一下，但是因为房门是关着的，他只好收回视线往陆敛舟坐着的方向看去。

来到陆敛舟跟前，顾邺毕恭毕敬地喊了一声："陆总。"

陆敛舟瞥了他一眼，冷笑了一声，道："顾老板，是谁教你用女人谈生意的？"

陆敛舟虽然喊他顾老板，但因为说话的语气极尽嘲讽，那个尊称就显得格外刺耳。

顾邺听见他的话，浑身哆嗦了一下，急忙解释道："陆，陆总……"

温梨原本安静地坐在主卧里，突然听见陆敛舟似笑非笑的声音，愣了一下。

即使不知道外面发生了什么，但光从他说话的语气，温梨就已经感受到他那股压迫感十足的气息，仿佛带着威严穿墙而来。

正当温梨思忖的时候，放在一旁的手机突然振动了起来。她收回注意力，拿起手机，来电显示是纪丛。

面容解锁的同时，温梨才发现纪丛发了好几条消息询问她的情况。许是因为她一直没有回复他，所以他才打了过来。

"阿梨，你现在怎么样？"温梨刚按下接听键，就听见纪丛急切的声音。

温梨把手机举在耳边回他："我没事，我刚上过药了。"

"用不用我陪你去医院？伤是怎么弄的？"纪丛的声线明显有些发紧。

"不严重，不用去医院。"温梨先是回答了他，然后轻轻地笑了一下，说，"因为地上有一摊水，我穿着高跟鞋，没站稳，所以就滑倒了。"

温梨并不打算告诉他自己是被人推倒的。

纪丛似乎在思考，电话里半晌没有回应。过了十来秒后，听筒里才传来纪丛隐忍的声音："陆敛舟现在陪着你吗？"

温梨细眉微挑，竖起耳朵去听外面会客厅的情况，但什么也没听见。

"嗯。他在。"她说。

温梨举着电话，半秒后听见纪丛叮嘱道："好，如果你需要我，随时打给我，我一直都在。"

他的语气难辨情绪，温梨轻轻地应了一声："嗯。"

"那我挂了？"

"好。"

温梨刚挂断电话，就听见了门把转动的声响，于是抬头朝房门方向看去。

陆敛舟捧着一个暗红色盒子走进来，在她面前站定，把盒子放在她身旁，柔声说："把身上湿了的裙子换了吧。"

温梨闻言打开了那个精致的盒子，里面放着一件木质玫瑰色的纱裙。不是那种芭比浅粉色，而是一种带着莫兰迪色调的高级粉棕色。

"就在这里换吧，你的脚不方便，别去衣帽间了。"说完，陆敛舟抬步往落地窗前走去，伸手把主卧里的窗帘拉得严严实实的。

温梨看了他一眼，手指捏着盒子边缘，没有动。

陆敛舟转过身，看她直勾勾地盯着自己，瞬间读懂了她内心的想法，于是微笑了一下，说："放心，我这就出去。"

温梨的视线追随着他离开的身影，直到他出了房间把门带上。

主卧里又归于宁静，温梨伸手把盒子里的裙子取了出来，抚摸了一下。纱裙的面料并不扎人，反而带着一种天鹅绒般的柔软。

长长的裙摆曳地落在暗色的地毯上，朦胧梦幻的雾霾粉在暖黄色的灯光下泛着细微的闪烁。

陆敛舟把门带上后，脸色一秒切换为阴森冷冽，一双寒眸扫过会客厅前站着的顾邺。

"你手下那个女艺人还没到吗？"陆敛舟一边往真皮沙发走去，一边问他，声音明显不耐烦到了极点。

"陆总息怒，我以为您不想再见到她，所以早早就把她打发回家了。"顾邺说话间偷偷瞥了陆敛舟一眼，立刻又补充了一句，"她马上就到，华子已经带她上来了。"

陆敛舟并没有给顾邺一个正眼，房内的空气瞬间陷入了死寂。

就在这时，房门被敲响了，徐特助转身上前把门打开。华子带着卢笛站在门外。应该是赶过来时太匆忙，二人上气不接下气地喘息着。

卢笛看见一脸正经严肃的徐特助把房门打开，忙平复了一下呼吸，伸手扯了扯自己的裙子，默默地整理了一下自己的仪容。

徐特助往后退了半步让二人进门，然后把房门合上。

卢笛跟在华子身后，进门时偷偷打量了一下套房内的环境。

宽敞开阔的客餐厅，奢华低调的内饰，她在心里暗暗地惊叹了一声，如果能在这顶层的豪华公寓住一个晚上该多好。

四人在会客厅内站定，纷纷抬眼看向一脸冷然端坐着的陆敛舟。

卢笛红唇微张，一双媚眼直勾勾地盯着陆敛舟。

见他身材如男模一般，比例极好，宽肩窄腰将剪裁利落的衣物衬得极其有型，这样的身材样貌已经是男人中的极品，更别说他的地位、财富和权势，卢笛心下不禁暗暗期待今晚与他的交集。

陆敛舟支着手半撑在真皮沙发的扶手上，大拇指和食指的指腹不紧不慢地摩挲着，他没有看任何人一眼，冷不丁地说："我夫人脚上的伤是你干的好事吧？"

没来由的一句话，也没有指名道姓，在场的三人面面相觑。更令他们意外的是，陆敛舟什么时候结婚了？

还是顾邺先反应过来，问："陆总，您夫人是？"

陆敛舟停下手上的动作，眼神冷冷地朝卢笛身上扫去。

徐特助站在一旁，开口解释道："卢小姐，我们太太在你之后进的洗手间，但是出来之后就受伤了。"

卢笛闻言，立刻就想起了洗手间里发生的事。她因为陆敛舟没正眼看自己一眼而气不过，在洗手间里乱发脾气。那时刚好走进来一个比她长得好看，还穿着当季最贵的高定裙子的女人。那个女人的出现就像一根导火索，打击到了她那高傲的自尊心，因为受不了自己被比下去，她向对方释放了敌意。

卢笛看向徐特助，慌慌张张地回答："我……我没……我只是让她让开……我就轻轻地推了她一下，是她自己没站稳的。"

卢笛声音颤抖，全然不知自己的回答已经将自己做的事完全暴露了。

脸上一直冷酷无情的陆敛舟突然开口："还有呢？"

卢笛被陆敛舟的气势吓到，咽了一下口水，吞吞吐吐地回答道："还……还有……我洗手时不小心溅了一点点水在她身上……"说完，卢笛又立刻补充了一句，"我不是故意的！而且……我不知道她是您的夫人……我……如果我知道……我……"

"够了。"陆敛舟打断她，没兴趣继续听她辩解。

"顾老板，我叫你一声顾老板，结果你公司签约的艺人就是这样的品行？上次吴夏旎的教训你还没吃够？"

"陆……陆总，给我一次机会。"顾邺颤抖着说了一句。

随后，他转头看向卢笛，脸色凶狠地拉起卢笛的手臂，怒斥道："快！给陆总道歉！"

卢笛先是看了顾邺一眼，像是想求助，却发现顾邺的眼神恨不得杀了她，只好扭扭捏捏地夹着嗓子说："陆总，我真的不是故意的……"

顾邺看了一眼陆敛舟的眼色，见他依旧没有表示，连忙端起老板的架子，转身看着卢笛义正词严地问："那你当时为什么要这样做？"

"我就是气不过……"卢笛想起自己内心真实的想法，霎时羞红了脸。因为想引诱陆敛舟，没有成功就乱发脾气，这种话她根本说不出口。

"我……我……"卢笛磨蹭了半天也没说出自己为什么这样做。

陆敛舟端坐在沙发上，半合着眼。即使卢笛没说出来个所以然，他的心里也早已如明镜般了然。

见陆敛舟没有点头，顾邺又对着卢笛喊了一句："快道歉哪！"

"陆总，我真的没有想到她是您夫人哪……如果我知道，我……我那时候就……"

"啪"的一声，极其清脆响亮的巴掌声在会客厅响起。卢笛话还没说完，就被顾邺狠狠地打了一个耳光。

顾邺吼道："我让你道歉！没让你解释！"

看顾邺甩了卢笛一个响亮的巴掌，站在一旁的华子大气也不敢出，浑身直冒冷汗。

卢笛的左脸火辣辣地疼，泪水瞬间溢出，但又不敢顶撞回去，只好偷偷捂着脸颊乖乖地道歉："陆总，对不起。"

陆敛舟终于厌倦了这一出戏，冷声道："顾老板，要教训员工，你自己回去教训。"

他站起身，终于赏赐了一个眼神给卢笛，一字一板地跟她说："萤火岂可与日月争辉。"

卢笛半捂着脸，一双泪眼茫然地看着他，不解地问："陆总，这是……什么意思？"

"无论哪个方面，你都比我夫人差了不止一星半点。卢小姐还是要少说话多读书。"

说完，陆敛舟也不等众人反应，径直朝徐特助吩咐道："送客。"

顾邺看到陆敛舟头也不回地往落地窗的方向走去，急急地朝他喊了一声："陆总！"

陆敛舟站在落地窗前，背对着众人，透过玻璃往底下俯瞰，整个人与夜色融为一体，更显得周身气息肃穆。

顾邺想上前求他再给自己一次机会，却被徐特助拦住。

"顾总，请吧。"徐特助做出逐客的动作。

顾邺抿了抿嘴，只好作罢，转身往房外走去。

卢笛愣在原地，被华子拉出了套房。

三人刚步出房间，就听见徐特助"砰"的一声把门关上了。

顾邺看了一眼紧闭的房门，怒气瞬间涌了上来，转身又甩了卢笛一个耳光，狠戾地说："你算什么东西！什么人都敢得罪！不长眼的东西！"

卢笛的左右脸都被顾邺狠狠地甩了耳光，心下顿时委屈得不行，鼻头一酸就哭出了声。

"早点儿收拾东西滚！"顾邺生平最烦女人在他面前哭，抬起左脚朝卢笛狠狠地踹了过去，这一脚正好踹在她的小腿上。

作为一个中年男人，这一脚的力气可不小，卢笛又穿着细跟的高跟鞋，被他用力一踹，整个人直接向后倒去，重重地摔倒在了地上。

踹完这一脚，顾邺面无表情，头也不回地走了。华子见状，连忙跟上。

卢笛卧躺在地上，只觉得脚上传来钻心的疼。她的脚踝崴了，小腿也好似肿了一般。

卢笛看了一眼顾邺和华子离开的身影，只能默默把眼中的泪水憋回去，强忍着疼痛艰难地从地上爬起来。她抬起胳膊检查伤口时，发现手肘处也擦破了皮，正在往外渗血。

徐特助把门关上后，从玄关处走到落地窗前，在陆敛舟身旁低声请示："陆总。"

"顾邺你知道怎么处理吧？"陆敛舟声音沉缓。

徐特助答道："知道，他旗下三家娱乐公司的相关证据都已经收集整理好了，明天就可以交给税务部门。"

"嗯。"陆敛舟低低地应了一声，然后语气冰冷不带一丝感情地说，"让他一辈子都记住这次的教训。"

徐特助问："那个卢笛呢？"

听到卢笛的名字，陆敛舟皱起眉头，转念想起温梨后脚跟处的那道半指长的伤口，突然间感到一阵心疼。

徐特助距离陆敛舟仅两步之遥，抬头打量着他的脸色，看他面容阴沉沉的，明显透着不悦。

半晌后，陆敛舟的语气冷如寒霜："把她也封杀了。"

徐特助闻言默了默，心里很清楚，伤害温梨的人如果能被轻易地放过，那就不是陆总了。

徐特助离开后，陆敛舟收回看向夜幕的目光，抬步向主卧走去。

他以前觉得自己从无软肋，而现在，温梨不仅是他的软肋，更是他的逆鳞。

温梨换好衣裙坐在主卧的大床上，完全不知仅一墙之隔的会客厅发生了怎样的事情。她动作轻柔地把刚换下来的绸缎长裙叠好，拿起放在一旁的手机看了一眼时间，马上就九点了。

温梨点开微信，翻出与莫簌的聊天对话框，给她发了一条消息。

"你出发了吗？"

"还没呢，这才几点，我在看综艺呢。"

"你不是晚上十点才结束吗？现在还早呀。"莫簌又发了一条。

温梨本来准备告诉她自己这晚有多倒霉，结果听见咚咚的两声敲门声。

陆敛舟站在主卧门外，轻轻地叩响房门。

温梨握着手机对门外说："我换好了，你进来吧。"

温梨伸手抚平自己的裙摆，对推门进来的陆敛舟问："我能回去了吗？"

陆敛舟在她身前站定，眉梢微挑，反问："回去哪里？"

"回空中影城，把电影看完。"

陆敛舟闻言，抬起腕表看了一眼时间，说："已经九点了，电影都播完三分之二了，你现在下去还能看什么？"

温梨琥珀色的瞳孔转了转，说："那我总不能一直待在这里吧？"

陆敛舟没有说话。

温梨直直地盯着陆敛舟，见他一副完全听不懂自己在说什么的模样，于是继续补充道："莫簌等下会来接我，我要回她那儿。"

陆敛舟双手插兜，不慌不忙地说："你有脚伤不方便，今晚就在这里休息。"

"不行！"温梨突然有点儿激动，"她答应来接我了，而且我的行李还在她那儿。"

陆敛舟扬眉问："什么行李？"

温梨抿了抿唇，才发现自己一直没有告诉他出差的事。不过她想，他应该对她的行程不感兴趣，于是无所谓道："我明天傍晚的飞机，要去帝都出差。"

陆敛舟眯了眯眼眸，说："什么出差？你没有和我提起过。"

温梨扭头避开他的视线，说："就是去录制一档冬奥的节目……"

空气凝滞了半晌，陆敛舟的目光锁定在她的脸上，似乎是在思考什么。

然后，温梨听见陆敛舟缓缓开口："你给莫籁发个消息让她不用过来了，还有，你的行李我会让司机去拿，明天我送你去机场。"

温梨琢磨了他的话片刻，拧眉问："那我今晚在哪里休息？"

陆敛舟微抬下巴："你现在坐着的不是床？"

温梨垂下眼帘看了一眼身后那张大床，床头摆着双人枕，床铺又大又软，四个人都能睡得下。她沉默了半晌，咬了咬唇，还想说些什么。可刚一抬头，就发现陆敛舟正伸手解胸前的蓝灰斜纹领带。

"你要干什么？"温梨惊讶地问。

陆敛舟简洁地回她："洗澡。"

温梨被他的回答惊得瞪圆了眼睛，只能目送他扯掉领带往主卧旁边的洗漱间走去。

没一会儿，浴室里传出淅淅沥沥的水流声。

温梨挠了挠脑袋，做了好一会儿的思想斗争，才拿起手机给莫籁发了一条微信消息："籁籁……"

"你怎么啦？"

"陆敛舟让我告诉你今晚不用过来了……"

"陆总今晚怎么会在那里？"

"你和陆总又是什么情况？"

"你今晚要和他一起回陆曳江岭吗？"

似乎是被温梨的话震惊到了，莫籁连发了好几条消息。

温梨的心情有点儿复杂，在手机屏幕上快速敲击，把今晚发生的事情一五一十地给她描述了一遍，从晚宴上怎么碰到陆敛舟，到怎么在洗手间被人推倒导致脚受伤了，再到被陆敛舟带来了顶层的房间。

"我就说嘛！躲得过初一躲不过十五！"

"感觉你对此有点儿兴奋是怎么回事？"

"嘿嘿，你们突然有了破镜重圆的倾向，我当然激动啦！"

"真无语。"

"你不懂！我可以单身，但我嗑的CP（配对）一定要结婚！"

莫籁激动得手速飞快，仔细地看了一遍发送过去的话，才反应过来温梨和陆敛舟早已经结婚了，于是又编辑了一句："不对！你们结婚了，先婚后爱给我搞起来！"

温梨轻叹了一口气，默默地在对话框里输入："答应我，少刷点儿综艺，少上网。"

把消息发送过去后，温梨把手机丢在一边，躺倒在大床上，闭上眼睛，翻身把脸埋进被子里。她现在最纠结的是，如果陆敛舟要和她睡在一张床上，该有多尴尬！

浴室里的淋浴声传来，温梨盖着被子捂住耳朵摇了摇脑袋。

纠结了两分钟后，温梨听见水声骤然停了。她如惊弓之鸟般极其迅速地翻身钻进了被窝，紧闭双眼，装出一副已经熟睡的模样。

温梨藏在被窝里，竖起耳朵听外面的动静。大约两分钟后，终于听到男人朝她靠近的脚步声。

温梨紧闭双眼，因为紧张，心脏加速跳动，像是要跳出胸腔一般。

突然，头顶的被子被掀起，四周瞬间亮起来，温梨依旧闭着双眼，但她能感觉到有一道视线正不偏不倚地锁定着她的脸。

空气凝滞了半晌。

陆敛舟一只手抓着毛巾擦拭发丝，另一只手提着被子，好整以暇地看着温梨呼吸急促的模样。

下一秒，温梨终于按捺不住，倏地睁开了眼睛。四目相对，温梨揪着衣角，看清了陆敛舟的脸。他嘴角带笑，冷白的手腕旁搭着一条暗色毛巾，浑身上下仿佛披上了一层潮湿的氤氲，一双黑眸定定地看向她。

"你干什么？"温梨有些嗔怪他掀开自己的被子。

陆敛舟不急不缓地说："怕你闷着了。"

温梨不说话了。

陆敛舟问："你不去洗漱吗？"

温梨的小脸瞬间泛起绯红色，暗自蜷着手指头。

陆敛舟见她没说话，又补充了一句："你的脚受伤了，今晚就别洗澡了，我抱你去浴室简单洗漱一下就可以休息了。"

温梨还没反应过来，下一秒他就丢下半湿的毛巾，轻轻地从她的腰侧一捞，把她打横抱起往浴室走去。

走动的过程中，温梨能嗅到他身上清冽的薄荷味沐浴液香气，把他身上原本那股极淡的酒气覆盖掉了。

陆敛舟在洗手台前把她放下，二人短暂地对视了几秒。

"我在这儿等着你。"说完他便斜斜地半倚在门框上，抱着双臂泰然自若地看着她。

因为是五星级酒店的豪华套房，浴室里的东西一应俱全，从护手霜、护肤品、卸妆用品到男士电动剃须刀都有。

温梨收回视线，紧张兮兮地从盒子里抽出一片化妆棉，倒了些眼唇卸妆液在上面，然后慢吞吞地抹着自己的红唇。卸口红时，温梨从镜子里瞄向一旁的陆敛舟。他还是一副慵懒的姿态，好整以暇地盯着她。

温梨收回目光，懒得矫情了，深吸了一口气后忽略他的存在，干脆利落地洗漱完毕。

"我好了。"温梨转身看他。

陆敛舟挑了挑眉，低低地应了一声："嗯。"然后重新把她抱起向床边走去。

温梨窝在他怀里，肢体明显有些僵硬。

陆敛舟动作轻柔地把她放下，然后为她盖好被子。行动间，手似乎擦过了她头顶柔顺的发丝。

"你先休息。"陆敛舟的语气很轻，"我还要忙会儿。"

"嗯？"温梨略有些意外。

"你不乐意？"陆敛舟将她的表情尽收眼底，语气浮起一抹淡淡的戏谑。

温梨瞬间卸去警惕，立刻跟他解释道："不是，不是，你赶紧去忙。"

陆敛舟应了她一声，抬手把她头顶处的两盏床头灯熄灭，然后往落地窗前的书桌走去，打开笔记本电脑开始处理公务。

房间的光线暗了下来，温梨躺在床上，视线追随着他的身影。光影朦胧间，陆敛舟认真地坐着办公，眼神专注，修长的手指不时敲击着键盘。但他的动作很轻，不会影响到温梨休息。

收回视线后，温梨拉了拉被子，翻身背对着他，轻轻地闭上了眼睛。本来她的心头很凌乱，但房间里很安静，她的心绪也被逐渐抚平了。没一会儿，温梨就迷迷糊糊地睡着了。

第二天清晨，阳光透过落地窗不经意地洒落在主卧的地毯上。

温梨翻过身，揉了揉眼睛。这一夜她睡得很安稳。睁开眼睛，映入眼帘的是低调奢华的金色天花板，稍显陌生的环境。温梨这才反应过来自己是在琴域江畔顶层的总统套房内。

她翻身朝大床的另一侧寻去，房间里空荡荡的，没有陆敛舟的身影。温梨坐起身，想起昨晚临睡前陆敛舟还在处理公务，于是抬头朝落地窗前的书桌看去，也未发现他的踪迹。掀开被子下床，温梨看到床边的地毯上摆放着一双女式拖鞋，于是把脚套了进去。

温梨转了转脚踝骨，站起来向前走了两步。虽然伤口处还有些疼痛，但比起昨晚已经好了许多，至少已经可以自由走动了。

温梨舒了一口气。她还要出差，还好这脚伤不算太严重，不会因此耽误傍晚的航班和下周的行程。

走出主卧，温梨终于在餐厅的长桌前看到了陆敛舟的身影。他已经换上了洁白的衬衣和纯黑西裤，衣领下系着一条暗色领带，正用着早餐。

温梨看着他在晨光下的身影，端正挺立，一派英姿贵胄的气质……

"醒了？"陆敛舟也看见了温梨，从喉咙间溢出细碎的笑意。

"嗯。"温梨应了他一声。

温梨本来打算问他昨晚睡在哪里，但又觉得问他这个问题显得过于怪异，于是摇了摇头放弃了。

"你的脚伤怎么样了？"陆敛舟放下勺子，朝她走来。

"好了，你看。"说话间，温梨抬起了自己的脚，转了转脚踝给他看。

陆敛舟垂眸看见她后脚跟处贴着的那片创可贴，眼睛里闪过一抹复杂的意味。

"嗯，你先去洗漱，我让人把你的早餐送上来。"陆敛舟视线上移，落在温梨的脸上。

温梨点了点头，然后转身去了浴室。

洗漱过后，温梨回到客餐厅，发现陆敛舟套上了西装外套，正站在客厅中央低头整理袖扣。

温梨远远看去，那是一副黑金石方形袖扣，在阳光的照射下折射出淡淡的光晕。

见她出来，陆敛舟顿了顿手上的动作，轻抬下巴，缓声说："你的早餐已经放在了长桌上，我有事要出门一趟。"

温梨顺着他的示意看去，桌上摆放着一片黄金乳酪吐司，一份芝士香肠蛋卷，两个酥皮葡式蛋挞，一小碟草莓，还有一杯冒着热气的咖啡，许是加了牛奶，咖啡表面泛着淡淡的乳白色。

很精致的西式早餐。

温梨抿了抿唇，说："太多了，吃不完。"

她的饭量没那么大。

陆敛舟道："我不知道你早上想吃什么，所以多准备了一些。"

温梨提步朝餐厅走去，然后听见他缓缓地说："我中午前回来接你，然后我们一起去外面吃午饭，之后我会送你去机场。"

闻言，温梨微微转身朝他看去，说："如果你忙的话，不用管我，我吃了饭自己去机场就可以了。"

让他一来一回地跑其实挺折腾的，她不想麻烦他。

陆敛舟继续低头整理自己的着装，很明显没有采纳她的提议。

温梨刚拉开椅子落座，就听见他的声音再次传来："我的笔记本电脑放在卧室的书桌上，你可以用。"

温梨顿了顿，没想到他居然连她待在这里可能会无聊都想到了。

下午两点，通往机场的路上。

温梨和陆敛舟安静地坐在后排，车窗两旁的高速绿化带快速地闪过。

陆敛舟果然在十二点前准时回到了琴域江畔接她去吃午饭。

二人用餐时都很安静，温梨没有问他上午去哪里了，为什么大周日的还那么忙，而他也没有说。

车上，温梨坐直后转眸看向陆敛舟，发现他正闭目休息，似乎很累的样子。

温梨抿了抿唇，想起这人比她睡得晚还比她起得早，能够得到充足休息才怪。

愣怔间，她放在大衣口袋里的手机忽然振动了起来。

温梨连忙看了一眼陆敛舟，发现他依旧安静地闭着眼，似乎并没有因此受到干扰。

温梨把视线从他身上收回，按亮屏幕，电话是她的同事柯玲打来的。

接通电话后，温梨调低了音量。

"温梨，帮个忙。"柯玲着急地说，"我新建的气象模型出现了一个奇怪的错误，无论更改什么参数都不能运行，你在这方面一向很擅长，能不能帮我解决一下？"

温梨压低声音问："你现在着急吗？"

柯玲哭诉道："挺急的，今晚十二点是最后期限。我周末没休息，弄了好久都没弄好。"

温梨应道："好，那我现在看看，你发过来吧。"

柯玲仿佛抓住了救命稻草般，语气激动地说："谢谢你，温梨，我给你发邮箱，等你出差回来请你吃饭！"

温梨笑着应了一声："不用客气啦，希望帮得上你。"

柯玲再次感谢道："嗯，那我现在发给你，谢谢啦！"

挂断电话，温梨转身取出自己的笔记本电脑放在大腿上。

将电脑连接上车载 Wi-Fi 后，温梨打开邮箱接收了柯玲发送过来的气象模型。

打开参数列表比对了一下后，温梨发现错误出自一条公式。

这条公式经常用于室内降雪量的计算，但是由于柯玲这次构架的模型是基于户外复杂的气候环境，所以这条公式在这个条件下就不适用了。

温梨想了想，回忆起之前看过一篇文献，里面有引用一篇德语文献，详细解释了户外条件下可以用到的那条公式，于是从收藏夹里把那篇德语文献找了出来。

点开文献附加的引用信息部分，温梨找到了作者详细的推演运算过程。但是其中的某一小节涉及偏工科专业的德语名词，她看不太懂，只好点开手机的翻译软件逐一翻译那些高深的专业名词。

德语单词并不短，她一个词一个词地输入，导致翻译的速度很慢。

正当她输入第六个德语名词时，身旁突然传来男人低沉悦耳的声音："存储论，对偶规划。"

存储论，对偶规划？

温梨没有反应过来陆敛舟说的是什么，抬头朝他看去，发现他已经睁开了双眼，视线正落在她电脑屏幕的文献上。

与此同时，温梨手上的手机屏幕一闪，刚好弹出了翻译软件的德语翻译结果，上面赫然显示着：存储论，对偶规划。

温梨攥紧手机，凝视着手机屏幕上的德语单词。

陆敛舟用流畅连贯的德语把她文献上的句子一字一句地复述了出来，是纯正而地道的德语发音。

他说得很慢，嗓音低沉而磁性。那些冗长而烦琐的词句被他一一优雅地叙述出来。

最后以一个恰到好处的小舌音结尾。

"这条公式的灵敏度计算用到的函数需要对偶规划做解。"陆敛舟淡淡道，"所以接下来你应该能解。"

温梨又将那一段看了一遍，长长的注解被他用短短的一句话概括，极大地提高了她的效率。

温梨抿了抿唇，侧头看他，道："谢谢。"

"不客气。"

温梨放下手机，坐直了身子问他："你会德语？"

陆敛舟极淡地"嗯"了一声，缓声说："我在瑞士念的大学。"

"啊？"温梨眨了眨眼，好奇道，"你也在瑞士读的大学吗？"

陆敛舟点了点头，说："不过我在德语区，你在法语区。"

温梨一愣，他是怎么知道自己在法语区读书的。

结婚三个多月了，对于自己的这位丈夫，她好像真的太过陌生了。即使彼此已经绑定在一起，她也从没尝试过去接触他、了解他。

温梨本来想问他们有没有可能在瑞士见过，但后来一想，以他们之间五岁的年龄差，她去上大学时他早就毕业了，应该没有交集。

温梨动了动樱唇，转而问他："你是读完本科之后接管的陆廷吗？"

"硕士。"

温梨不解。她明明记得陆敛舟是四年前接管的陆廷。

之所以记得那么清楚，是因为四年前报纸头条刊登出这个消息时，立刻引发了整个 S 市名流圈以及金融圈地震。

当时外界对于这位年纪轻轻的陆廷太子爷充满了质疑，舆论都在讨论他年纪尚轻就直接掌握把控着 S 市经济命脉的陆廷集团，本身的资历和经验都浅，怕是担不起这个位子。

后来，随着陆敛舟上位后的强硬手腕以及一系列的举措，他的能力逐渐凸显出来，雷霆手段与其父相比有过之而无不及，众人也就从最初的不看好逐渐打消了质疑。

到现在，陆敛舟手握几大行业的生杀大权，成了大家口中最不敢得罪的大人物。

温梨微蹙着眉，一张小脸透着疑惑，四年前陆敛舟就拿到了硕士学位？

似乎是看透了温梨内心的想法，陆敛舟语气极淡地说："提前毕业了。"

温梨微微"哦"了一声，继续问："那你学的是什么专业？"

"商科和工科双修。"

作为集团总裁，修读商科很合常理，但当听到陆敛舟双修工科，而且还提前毕业时，温梨还是忍不住默默地惊叹了一下。

陆敛舟的眼睛一眨也不眨地盯着温梨，半晌后，他突然俯身撑在她腰侧附近，贴近她耳畔，逗她道："夫人如果对我感兴趣，我可以让徐特助给你送一份……"

面对他突如其来的靠近，温梨心下一惊，急急地打断他："一份什么？"

"我的简历。"

温梨略微往后移了移，躲开他，暗自嘀咕："我上网查查都有了。"

陆敛舟看她这副模样，嘴角勾了勾，坐直身子慢条斯理地说："网上的不全。"

温梨眼睫一颤，微微努了努嘴，心想，确实也是。

陆敛舟在大众面前一向神秘低调，关于他的很多信息也都被隐去了。比如他们结婚的消息，外界就不知道。

温梨还在发愣，突然听见陆敛舟低沉的嗓音仿佛贴着耳畔传来："陆夫人，我不介意你重新认识我一下。"

"陆夫人，我不介意你重新认识我一下。"

一直到飞机落地，温梨的脑海里还在不断地重复着陆敛舟的这句话。

"女士们，先生们，我们的飞机已经降落帝都国际机场，本地时间为晚上七点零五分，地面温度为 1 摄氏度，飞机还在滑行……"

语音播报响起，温梨回过神，透过舷窗往外看去。

夜幕下的帝都，满城霓虹。

飞机停稳，温梨从大衣的口袋里取出手机，开机。

半分钟后，信号恢复，手机屏幕弹出了一条来自陌生号码的信息："温梨小姐，我是 S 电视台的实习生小榆，负责与你对接节目相关事项。我在机场的 D 出口等你，你落地后麻烦回一个电话给我，谢谢！"

温梨走出机舱，一边往取行李的区域走一边拨电话。

电话接通，传来脆生生的女声："喂？是温梨小姐吗？"

"对，我是 T 大气象学小组的温梨，晚上好。"温梨举着手机贴在耳旁说，"我刚下飞机，先去取行李，然后就去 D 出口。"

"好的，那我们等会儿见。"

温梨挂断电话，取好行李往 D 出口走去。隔着一段距离，她看见一个扎着马尾、背着双肩背包的女生站在出口四处张望。

那个女生一副大学生模样，温梨远远看去，已经能感觉到扑面而来的青春朝气。

温梨朝她走近，轻轻地喊了一声："小榆？"

小榆有些意外："温梨小姐？"

温梨点了点头，然后看见小榆睁着一双黑白分明的眸子，略显激动地说："啊？你看起来好年轻啊……"

说完，她像是察觉到说错话了一般，俏皮地吐了吐舌头。

见她活泼的模样，温梨温柔地笑了笑，道："我是不是该谢谢你的夸奖？"

小榆笑嘻嘻地歪了一下脑袋，脸蛋儿泛红，有些不好意思地说："温梨小姐……"

"叫我温梨就好。"

小榆掩去方才的拘谨，眼睛发亮地朝温梨说："那我叫你温梨姐吧？"

"好。"温梨轻轻地眨了眨眼，问，"那我们现在去哪里？"

小榆闻言掏出手机，打开手机地图，指尖轻触屏幕放大，解释道："温梨姐，你最近住在这儿。"

"公寓？"温梨看了一眼她手机上的地点，有些疑惑。

她明明记得罗森之前告诉她，因为节目组的经费有限，所以把嘉宾都安排在了一家酒店里。

温梨又认真地看了一眼地址，确认了一遍。

那套公寓不仅是高档的酒店服务式公寓，而且坐落于市区的中心地段，价格明显不便宜。

"没错。"小榆点了点头，说，"我也是一个小时前才收到罗森组长的通知。"

说着，小榆点开了罗森发给她的地址，然后把手机递到温梨面前，说："看。"

温梨若有所思地应了一句："好，那我们出发吧。"

她们从机场出来，坐上出租车，小榆从背包里掏出了一小叠资料。

"温梨姐，这是节目录制的流程资料，你可以先看看。如果后续的安排有变动，我会及时和你沟通的。"小榆把资料递给温梨。

温梨接过，看见资料的封面上印着节目名字——《奥·秘》。

"明天早上九点是第一期节目的录制，主题是'角色互换'，主要是让冬奥会幕后的工作人员与运动员选手进行角色的交换体验。"小榆看着温梨继续跟她解释，"节目组希望通过台前与幕后的交互，从而科普和宣传冬奥会的每一个环节，体现每一环的意义都对冬奥会的成功举办至关重要，让观众了解到无论是运动员还是冬奥会相关工作人员、志愿者等幕后人员，都是值得致敬的人。"

温梨点了点头。她能理解节目组安排这一期内容的目的，不局限于平铺直叙的科普介绍，而是通过嘉宾之间的互动碰撞出趣味性，从而吸引观众了解冬奥会的举办过程。

"温梨姐，明天和你配对的运动员是高泽尧，他是国内著名的高山滑雪运动员。你今晚如果有空的话可以提前了解一下他。"小榆水亮的眸子一秒变成星星眼，满眼崇拜地说，"他真的很厉害！在很多国内外大赛中蝉联冠军，又帅又高的，而且身材还好……"

小榆说着说着捂住了脸，似乎是对自己觊觎高泽尧的身材有点儿害羞。

温梨瞥见她这副表情，笑了一下，问："你是他的小粉丝吗？"

小榆低头"嗯"了一声，又红着脸岔开话题："温梨姐，明天早上九点开始做妆发，九点半开始拍摄，所有嘉宾会先在'冰立方'场馆集合拍摄开场。录完开场后，你和高泽尧会转移场地去国家高山滑雪中心，你们将在那里进行职业互换体验。"

温梨坐直身子，翻了翻手中的资料，问："所以我需要指导他测定雪温、雪质和雪量，而他会指导我滑雪是吗？"

"嗯，就是这个意思。"小榆用力地点了点头。

温梨轻轻地颔首，道："好，我大概了解了。"

就在温梨翻动资料时，手机突然"叮"的一声，弹出了一条消息。

温梨拿起手机看了一眼，是徐特助发来的信息："太太，这是陆总的简历。"

温梨有些哭笑不得。

机场距离市区并不近，温梨和小榆到达公寓时已经是晚上八点多了。

二人搭乘电梯上楼。

刚进门，小榆娇俏的少女声就响了起来："天哪，节目组的经费在燃烧。"

温梨顺手把灯按亮，朝公寓内部望去。

客厅正面是一整面透明落地窗，与客厅连接的饭厅外面则是一个敞亮的露天阳台，因为楼层高，几乎可以俯瞰整个城市的夜景。

公寓内用了大理石铺砌地面，为了不给人过于硬朗的感觉，又铺设了柔和的暖色羊毛地毯，仔细一看，还有几株造型独特的绿植摆放在靠里的位置，整体风格简约又不失雅致，高级感十足。

温梨不禁有些意外，问："其他嘉宾也是住在这个公寓吗？"

小榆笑了笑，说："没呢，有一些嘉宾是本地人，住在自己家里，其他嘉宾我就不太清楚了，因为我只负责对接你。不过我听罗森组长的意思，好像是节目组突然获得了一笔不小的赞助费，所以经费就往上涨啦。"

当初在 T 大时，罗森和温梨解释过这一档节目，说节目的预算不高，所以这档节目估计只做四期，每期大概四十分钟，希望能以一种"轻综艺"的形式将冬奥会背后的故事传达给观众。但现在听小榆的意思，节目组的经费充足了，也不知道后面会不会有什么新东西出现。

不过那都是节目组的事，温梨没再细究下去，转身把行李放进公寓，合上大门。

虽然外面的温度几乎是零下，但室内却很暖和，温梨把脖颈上的围巾取下，随手放在沙发靠背上。

这时，小榆像是想起了什么，喊了温梨一声："对了，温梨姐，节目组希望你能创建一个个人平台账户，方便后续节目的宣传和内容科普。"

"我有一个账号。"温梨下意识地说。

小榆的眼睛亮了亮，高兴地说："那太好了，明天节目组的官网会统一@嘉宾们的账号官宣，你方便吗？"

"可以，但我的账户名还是一串乱码，我晚点儿把它改过来。"温梨说着有点儿不好意思，她平时很少用这个账号，更没有发布过动态，所以一直没改名。

"没关系，你今晚改好之后告诉我就行。"说完，小榆又从背包里取出了一份资料介绍起来，"还有，温梨姐，你应该看到我给你的资料上写了六位嘉宾的信息。三位运动员嘉宾分别是高山滑雪运动员高泽尧，短道速滑运动员谭鑫，花样滑冰运动员喻怡。另外的三位嘉宾则是幕后的工作人员，解说员佟冰，场馆灯光师吴钦，还有你。"

听着小榆一一介绍节目的嘉宾，温梨突然紧张起来。她毕竟不是专业的艺人，突然要作为嘉宾出现在镜头前，多少会有些不适应。

温梨咬了咬唇，说："我从来没有录过节目，我怕我会表现得不好。"

"不用紧张，另外两位嘉宾和你一样都是幕后工作人员，也没有经验。"小榆拉起温梨的手，眨着眼睛一脸认真地说，"就是因为你们是最容易被大众忽略的，所以节目组才希望以你们为代表，聚焦幕后人员的故事。你们在镜头前只需要做最真实的自己，把自己平时的幕后工作自然地表现出来就好了。"

"那好吧，我会努力做好的。"温梨点点头。

之后小榆又跟温梨交代了一些关于第二天录制时的注意事项以及重要的流程安排，确认一切都沟通妥当之后才离开。

小榆走后，温梨把行李搬进了卧室，打开行李箱把衣裙一一挂到衣帽间的柜子里。

她在偌大的公寓里来回走动，把东西都逐一放置到相应的地方后看了一眼时间，正好晚上九点，于是绾起长发、拿起衣服和浴巾往浴室走去。

洗完澡后，温梨走进厨房打开冰箱，发现里面摆放了不少食材，而且都还很新鲜。温梨不禁有些惊讶，节目组的安排也太过体贴了些，连这些细节都照顾到了。

她扫视了一圈，从冰箱里取出一盒牛奶，倒入玻璃杯，加热。

半分钟后，她端起温热的牛奶，慢条斯理地走到落地窗前，盘腿坐在柔软的白色毛毯上。

室内的暖气很足，温梨只穿着一套薄薄的棉质睡衣，抿了一口牛奶后，她解锁手机屏幕，登录进入网页界面。

在搜索栏输入"奥·秘"，底下就自动弹出了一个蓝Ｖ用户：奥·秘节目组官微。

温梨点了进去，这个账号只有六十多个粉丝，发布了一条推文：

"冬奥节目《奥·秘》即将开启……二〇二二年冬天，我们与冬奥来一场浪漫的邂逅。六位嘉宾将带你一起了解台前与幕后的故事，探访冬奥的秘密！'奥·秘'。"

文字下面配有节目组的海报，冰雪背景上印着六个卡通人物，代表了不同的嘉宾形象。

温梨突然想起明天和自己配对的嘉宾是高泽尧，于是切换到搜索界面输入他的名字，点开了他的个人主页。

深红大Ｖ账号，认证的信息是高山滑雪世界冠军，粉丝数量九十八点六万，转评赞一百六十三点四九万……

他发布的内容不多，都是与滑雪相关的。其中有好几条文章的转发、评论、点赞都超过十万，是记录他夺冠时刻的精彩瞬间。

为国家争光的运动员实在是太值得尊敬了，温梨情不自禁地给他的那几条转发都点了赞。

之后，温梨又陆续查了一下另外两位运动员嘉宾的资料，提前做做功课，而另外两位嘉宾因为不算公众人物，所以并没有查到多少资料。

返回平台主页的个人资料，温梨看着自己账号上的那串乱码，垂眸思索两秒后，改成了"气象局梨子"。

更换完毕，页面自动跳转至平台发布页。

温梨看着自己空空如也的主页，觉得好像缺了些什么，于是轻点屏幕编辑了几条和冬奥气象相关的科普性推文。

发布成功后，温梨给小榆发送了自己的个人用户名，然后收起手机，回到卧室，关灯睡觉。

第二天清晨，七点半，闹钟响起。

因为前一天晚上和小榆约好早上八点一起从公寓出发，温梨起床后简单地洗漱了一下，然后去厨房做早餐。

温梨刚烤好吐司，就听见门铃声伴着小榆带笑的声音："温梨姐，我好饿呀，隔着门都能闻到你烤面包的香味，快开门。"

温梨连忙走出厨房去开门。

"温梨姐，你这都是什么时候买的呀？"小榆咬着吐司含混不清地说，"本来我还打算拉你去尝一下附近的早点呢。"

"厨房里备着的，节目组准备的吧。"温梨回答她。

"哦……"

二人利落地吃完早餐后便出发，到达节目录制的场地"冰立方"时还不到九点。

小榆带着温梨先去了休息室。休息室的台面上摆着各种各样的化妆品和小道具，旁边还摆放着一排排的节目服装。

看到这阵势，温梨想到马上就要被摄像机镜头围绕，心里不免又浮上一丝紧张。

小榆领着她在沙发上坐下，不到十分钟，其他嘉宾就陆续到齐了。

高泽尧是最后一个到达的，温梨和他打招呼时发现他看起来比照片里更年轻，少年感十足。他和另外两位运动员好像之前就认识，见面以后一直在热情地聊天互动。

六位嘉宾在休息室里打过招呼后，相互熟悉了一会儿，然后便各自开始做妆发。

九点半一到，节目准时开录。

六个嘉宾在镜头前站成一排，随后主持人入场，站在嘉宾的一侧，和嘉宾们点头示意，然后拿起话筒，对着镜头开始介绍节目的主题和意义："大家好，欢迎来到 S 台节目《奥·秘》，我是今天的主持人伊诺。冬奥在即，为了让大家更清楚地了解冬奥会台前与幕后的故事，传递奥运与体育精神，我们特地邀请了六位嘉宾，现在，他们正站在我的身旁，其中三位是我们的冬奥会运动员，另外三位是我们冬奥会的幕后工作者……"

镜头随着主持人的手势切到了六位嘉宾，主持人一一介绍了嘉宾们的姓名、职业和平时的工作内容。介绍完以后，主持人继续对着嘉宾们说："我们今天的第一个环节是参观冬奥场馆'冰立方'，大家请跟着我来。"

随后主持人领着六位嘉宾在冰立方内参观了一圈，一边走一边为他们介绍："作为双奥场馆国家游泳中心'水冰转换''水冰双轮驱动'的重要载体，'冰立方'冰上运动中心于二〇一八年开工建设……"

六个嘉宾一起参观完冰立方以后，节目开场就算录制完毕。

接着是配对好的嘉宾各自前往相应的任务地点进行"角色互换"体验。

温梨和高泽尧乘坐节目组的中巴出发，前往国家高山滑雪中心。

抵达目的地后，节目组首先安排场地的负责人介绍了一遍冬奥会滑雪赛场的情况："国家高山滑雪中心依托小海坨山天然山形，规划建设七条雪道，全长二十一千米，落差约九百米。二〇二二年冬奥会时举行滑降、超级大回转、大回转、回转等十一个项目的比赛……"

介绍完后，二人在负责人的陪伴下一起乘坐索道前往任务点。

温梨端坐在缆车轿厢，在节目的镜头前显得有些拘谨。

高泽尧曾经参加过好几档节目的录制，察觉到温梨的不适应，就从温梨对面挪到了她旁边的位子开导她。

高泽尧很健谈，加之少年热忱，不过短短五分钟，二人间的氛围就活络了起来，温梨也渐渐放松下来。

熟悉后再面对镜头，温梨已经没有刚才那么拘谨。

后续的互动环节中，镜头前的温梨拿着仪器对着雪地，一步步指导高泽尧应该怎么测定雪温、雪质还有雪量，看上去颇像温柔姐姐带着年轻小实习生，一个耐心讲解，一个会因为自己的错误操作而不好意思地挠头憨笑。

当然，学习过后是要检查功课的，节目组设置了简单的现场小测验来检验高泽尧的学习成效。

温梨讲解得很清楚，高泽尧也聪明，学得很快，没一会儿他就完成了节目组设定的通关小任务。

一上午就这么过去了，午饭后稍做休息，这回的实习生角色换成了温梨。

来到滑雪场地，温梨换上了一身红白相间的滑雪服，在雪景的映衬下，此时的她显得明媚动人，与平时温柔清纯的形象不太相符，摄影大哥忍不住多拍了几个镜头。

高泽尧也在一旁夸赞，向来淡定的温梨都有些不好意思起来。

节目组设定的任务是只要温梨最后能从十米高的坡滑下来就算通关。

"重心向下，稍向前倾……"

高泽尧先是一步步地指导她滑雪的动作，但是因为温梨是零基础，所以总是刚滑两步就控制不好平衡，向左或向右歪去。

高泽尧站在温梨旁边，镜头对准二人，每次她要摔倒时，基本都被高泽尧的一双手兜住。

当然，偶尔也有没接住的时候，"红小梨"就变成了"雪小梨"和"冻梨"。

一下午过去，在高泽尧不厌其烦的指导下，天黑前，温梨终于通过了节目组设定的任务。

结尾时，节目组让二人一起站在镜头前讲述自己的心得体会。

高泽尧侃侃而谈："我今天体验了气象员幕后的工作，学习如何通过仪器测定它的雪质、雪温和雪量，这让我了解到了他们幕后的工作有多重要和辛苦。他们需要在一定的范围内控制这些雪的因素，然后去监测它，每隔一段时间都要进行一次检测，做出相应的调整，种种工作，目的只有一个，就是保证运动员在比赛时候的公平性和安全性。如果冬奥会赛场上没有他们在幕后的付出，我们运动员根本不可能安心进行比赛。"

温梨也认真地说出了自己的感受："其实之前我一直觉得滑雪这项运动比较高难度，不太贴近日常生活……而今天，我在节目里体验到了滑雪的魅力。我们不需要像滑雪运动员那样做出高难度的动作，比如在赛场上飞速地滑行、俯冲，甚至在空中翻滚，但我们依旧可以在休闲滑雪时感受到别样的乐趣。

"强烈推荐大家去尝试这项运动，全民参与冬奥。

"另外一点就是，他们这些运动员坚持数十年如一日的高强度训练才能最终站在最高领奖台上，我想说，他们太不容易了，为国家争光的健儿都值得敬佩！"

二人说完，相视一笑，镜头定格，录制结束。

周六晚上七点，《奥·秘》的第一期节目正式开播。

温梨吃过晚饭，窝在公寓的沙发上，刚打开笔记本电脑的视频软件，就接到了莫簌的电话。

"梨梨，我准时吧？"话筒里传来莫簌的声音。

温梨轻轻地应了一声，是挺准时的。

"这是你第一次参加节目，我一定要和你一起看，一起见证。"莫簌笑了笑。

节目开始是嘉宾介绍的环节，主持人刚介绍完高泽尧，温梨就听见莫簌尖叫了一声，接着评价起来："高泽尧好帅呀！长得还乖，跟一只温顺的小奶狗似的。"

温梨抿了抿唇，无奈道："簌簌，快合上嘴，口水都要流出来了。"

可是瞄了一眼打开的弹幕，温梨好像也能理解莫簌了，这满屏的"老公好帅""弟弟好乖"，还夹杂着一堆爱心……莫簌的夸赞也显得正常起来。

从陆廷总部出来，陆敛舟一身疲惫地弯身坐进车里，司机恭敬地把门合上。

陆敛舟半合着眼坐在后座，右手指腹轻轻地按压着眉心。

徐特助坐在副驾驶座上，转身看了他一眼。

陆敛舟睁开眼睛，刚好对上了他的视线，于是问："怎么了？"

"陆总，太太的节目今晚首播，您要看看吗？"

"嗯。"

徐特助打开平板电脑上的视频软件，点开节目的播放页面，然后递给了陆敛舟。

陆敛舟伸手接过，屏幕上正好播放的是高泽尧指导温梨滑雪的一幕。

镜头里，温梨穿着一身红白滑雪服，戴着蓝色反光护目镜和滑雪头盔。

陆敛舟的脸上浮现出一丝笑意，目光紧紧地锁在温梨那张白里透粉的小脸上。

接着，镜头切换成中景，温梨在雪地上一点一点地挪着步子。但是因为没有掌控好平衡，她整个人摇摇晃晃的，没一会儿就侧身往旁边倒去。

看到温梨快要摔倒，陆敛舟整颗心都提了起来，但庆幸的是，下一秒她被一双手稳稳扶住。

接下来的镜头让陆敛舟脸色一沉，目光变得锐利起来。

那是一双男人的手。

看着温梨不盈一握的腰身被人紧紧地扶住，陆敛舟心头泛起怒意，伸手便想按停视频，结果却无意间开启了弹幕。

"我们小高不仅有颜值、有实力，而且性格超好，有耐心，又体贴，真的入'坑'不亏！"

"梨子笨手笨脚的样子好可爱呀，嘿嘿！"

"呜呜呜，人家也好想被小高和梨子手把手指导！"

"突然觉得他们两个好般配！"

"这对 CP 我先嗑为敬。"

"温梨好好看，而且还是科学家，超爱！"

"你看他们的滑雪服，自古红蓝出 CP ！"

"温柔姐姐与乖顺小奶狗，年下真的好嗑！"

陆敛舟看着视频顶端飘过的弹幕，当看到其中混着的几条弹幕写着温梨和高泽尧般配时，他的脸色越来越难看。

哪怕和国外公司进行难搞的谈判时，徐特助都没见过陆总这样的神色。徐特助瞄了一眼弹幕，心里直呼"救命"。

突然，坐在后排的陆敛舟冷声问："这飘过的一句句是什么？"

徐特助听见他的问话，多希望刚才瞎起哄的弹幕已经没了，可他再望一眼弹幕，差点哭出声。

陆敛舟没听到回答，皱起眉头，往徐特助身前抬了抬平板电脑。

徐特助又瞥了一眼视频，然后苦涩地解释起来："陆总，这是实时弹幕，就是网友对于视频内容自由发表的评论和看法。"

陆敛舟重新把屏幕对着自己，看着上面的其中一条弹幕，读了出来："'嗑死我了，救命，把我杀了给他们助助兴……'是什么意思？"

虽然看不懂，但陆敛舟觉得不对劲。

徐特助讪讪地咳了一声，突然有些后悔为什么要让陆总观看太太的节目。可陆总目光灼灼，他只能硬着头皮解释："这是网友觉得太太和他互动很好、很有趣的意思。"

徐特助已经尽力解释得不带感情色彩，却还是感受到了身后越来越凝重的气压……

第二天拍摄完宣传片回到公寓，温梨站在大门前，指尖落在密码锁上。

屏幕感应亮起，她刚输入了两位数字，大衣口袋里的手机就振动了起来。

温梨愣了一下，掏出手机，惊讶地发现竟然是陆敛舟打来的。她默默看了一眼亮起的屏幕，然后咬了咬唇接通了电话。

"喂？"温梨缓缓开口。

"转头。"男人低沉的声音顺着话筒传来。

温梨闻言怔了一下，一对细眉拧了拧，依言缓缓地转身向后看去。

走道的拐角处站着一个高大的身影，那人斜斜地倚靠在墙壁上，暖黄斑驳的光线显得他宽肩窄腰，比例极好。

只是逆着光线，温梨看不清晰那人的神情。

在感应灯快要熄灭的瞬间，原本姿势懒散的陆敛舟终于站直了身子。他逆着光晕迈开脚步，一双长腿被黑色西裤包裹，显得格外修长。

温梨举着手机贴近耳边，能清楚地听见细微窸窣的脚步声透过听筒传来，还有电话那端沉稳有力的呼吸声，一下一下地，极有规律。

那抹熟悉的身影越来越近，一张隐藏在暗色中的俊脸终于在光影中显露出来。

当看清陆敛舟那张轮廓分明的脸时，温梨的心"咯噔"了一下，这人就在这里还打什么电话？

在距离她两步之遥的地方，陆敛舟没再继续往前，垂手放下手机，目光紧紧地锁在她身上。

对上陆敛舟幽深的视线，温梨一时忘了放下手机，愣愣地与他对视。

一秒，两秒。

温梨眨了眨眼，回过神来，挂断电话，问："你怎么来了？"

"出差。"

温梨将信将疑道："出差？"

她前脚来帝都出差，他后脚也来这儿出差，真这么巧？

陆敛舟回道："嗯。"

他的语气很淡，温梨却突然反应过来，质问："你怎么知道我住在这儿？"

她没有告诉过他自己住在哪儿，现在他却在这里等着她回家，她觉得有些奇怪。

陆敛舟眉梢微挑，嘴角弯起一抹弧度，轻笑道："因为你住的是我的公寓。"

似乎是被他的话惊到，温梨一时半会儿没反应过来，张了张唇，半晌没说话。

陆敛舟看了她一眼，无声地笑了笑。他径直上前，在她身旁站定，伸出食指轻轻地搭在门把的密码锁上。

二人之间的距离不足一掌，温梨甚至能闻到他身上的味道。淡淡的冷冽的松杉香气，一下子勾起了她那晚在琴域江畔的记忆。

陆敛舟解锁的动作娴熟而自然，温梨垂下眼，目光移至他线条优美的手腕上。

他骨节分明的右手在密码锁上停留了半秒，袖口处的那颗蓝灰色斜纹袖扣尤为显眼，在暗淡的光线下泛着浅辉。

门锁的感应屏亮起，他却没有输入密码。

紧接着，温梨听见"咔嗒"一声。

指纹识别成功，门自动打开了。

Chapter 05

温梨一直以为这是节目组安排的公寓，刚才觉得他只是在逗她，直到此刻才终于确信这就是他的公寓。

"为什么节目组会安排我住……"刚问出口，温梨就想起小榆说过节目组突然获得了一笔不小的赞助，一下就明白了是陆敛舟的手笔。

没等陆敛舟回答，温梨略微仰头看他，问："你是节目的投资人？"

"嗯。"陆敛舟轻声答。

陆敛舟的嘴角勾起，一双黑眸不偏不倚地盯着她。

温梨抿了抿唇，避开他的目光，正准备伸手推开公寓门，手腕却忽地被他拉住了。

温梨愣了一下，偏头看他。手腕被他炙热而宽大的掌心握住，她像是被烫到了似的，眼睑轻颤了一下。

"录个指纹。"

声音从头顶落下，陆敛舟的右手轻轻地牵着温梨的手腕，左手在感应屏上按了几下，然后带着她的手往上移至指纹识别区。

温梨问："为什么让我录指纹？"

"因为你是公寓的女主人。"陆敛舟道。

他把"女主人"三个字咬得很重，伴随着浅浅的笑意，像是在刻意强调他们之间的关系。灯影绰约下，二人间平添了一种暧昧的氛围。

不过两秒，指纹录取成功。

温梨轻咬下唇，连忙收回手，推门走进了公寓。

陆敛舟看着她落荒而逃的背影，唇边勾起浅浅的笑意，略带薄茧的指腹在掌心摩挲了一下，然后抬起脚步跟着走了进去。

温梨站在客厅前，看他不紧不慢地进门，问了一句："你吃过晚饭了吗？"

陆敛舟轻轻地"嗯"了一声。

"那你的行李呢？"

陆敛舟抬手松了松领带，说："等下就送上来。"

温梨又问："你……为什么没进屋等我？"

"怕你被吓到。"

他回答得很简单，温梨却从他的回答里听出了一丝绅士的体贴和尊重。

温梨心底流过一丝暖意，即使他是这公寓的主人，他也还是选择候在外面等她，就怕她被吓到。

就在这时，温梨手里的手机振动了起来。

温梨从陆敛舟身上收回视线，垂眸看了一眼手机，轻声对他说："我先接个电话。"

陆敛舟微微点了点头，看着温梨放下围巾，往客厅走去。

"喂，温梨姐，突然接到通知，明天的第二期节目不再是录播的形式，要改成直播。"电话接通，听筒里传来小榆的声音。

温梨闻言，顿住脚步，问："怎么这么突然？"

"因为节目组邀请到了一位顶流艺人作为第二期的嘉宾，这个嘉宾的档期比较满，刚刚才确定下来的，所以我们导演想趁热打铁，先通过直播的方式给节目引一下流。"

"顶流？"

温梨下意识地想起了纪丛，不会是纪丛吧？

这时，公寓的门被打开，是陆敛舟的行李送过来了。

温梨朝门口的方向短暂地瞥了一眼，却刚好对上了陆敛舟的视线。

他不动声色地看着她，难辨情绪。

温梨回过神，举着手机问小榆："哪位顶流？"

小榆回答她："纪丛。"

果然……

没听见温梨的回应，小榆以为她不认识纪丛，忙不迭和她解释："他三年前出道就爆红，拥有九千多万的粉丝，零绯闻，零炒作，是超有实力的顶流男艺人。

"我们节目组本来也没想过能请到他，毕竟以他这种'咖位'，怎么可能自降身价参与我们这种小成本还没有什么名气的节目呢？"

小榆想了想，补充道："不过我猜测，也许是节目的新投资人是个大腕儿，所以才能把他请过来。"

听着小榆这番推测，温梨不禁扭头朝陆敛舟看去，发现他已经将西装外套脱下来了，身上只穿着简单的衬衣、西裤。

他没再看她，正往卧室里走。

温梨抿了抿唇，看着他的身影消失在视野里，默默回过身问："所以纪丛接下来会和我们一起录节目吗？"

小榆犹豫了一下，说："还不确定，但他会以'魅力冬奥推广大使'的身份参与到第二期节目中。"

当初罗森说节目的预算不高，邀请的嘉宾也不会有多少名气，而现在节目组不仅获得了陆敛舟的投资赞助，还突然把自带千万流量的纪丛也邀请来了，事情开始变得和预想中的不太一样了。

虽然事情和原本设想的不同，但结果好像是在朝更好的方向发展。

毕竟经费充足了，节目制作就会精良起来，而纪丛作为嘉宾，也能带动流量，吸引更多的观众关注到这档节目。这符合节目组的初衷——让更多人了解冬奥会及其背后的故事，传递奥运和体育精神。

温梨想了想，没觉得有什么不好，于是回小榆："好，我知道了。"

小榆突然说："温梨姐，你是不是没上网呀？"

温梨蹙起细眉，疑惑地说："没看，怎么啦？"

"那难怪你不知道，纪丛今天下午不仅关注了你，还点赞了你的推文，就因为这个，你们都上娱乐新闻了，讨论度到现在还在'沸'着呢……"

温梨觉得有些难以置信，问："就这么点儿小事也能上娱乐新闻吗？"

"温梨姐，这你就不懂了吧，他可是顶流，九千万粉丝可不是虚的，随随便便打个喷嚏都能上热搜……更何况，他从来没给任何人点过赞，你收获的可是他唯一的赞，他粉丝不炸才怪呢！"

温梨突然好想逮住纪丛问问他到底在干吗。想了想，温梨还是跟小榆解释道："可是我发布的只是和冬奥会及气象相关的科普性推文，他点赞也只是想让更多人看到并了解这些小知识，没什么好大惊小怪的……"

"嘿嘿，可能吧……"小榆突然笑了一下，说，"不过纪大顶流还挺有眼光的……"

温梨疑惑地问："嗯？"

"你快去看看你的个人主页，现在你的粉丝量疯涨！在纪大顶流的推波助澜下，你被越来越多人关注到啦！"小榆说着又嘀咕了一句，"才学、相貌都超绝的初恋脸美人儿谁不喜欢呢？我早就觉得我们有颜值又有才华的温梨姐应该值得更多人喜欢！"

在小榆一句接一句的"彩虹屁"攻势下，温梨终于招架不住，连忙和她说了一句"明天见"，然后就结束了通话。

在客厅沙发上坐下后，温梨打开了热搜页面，目光倏然定格。

排名第三的热搜标题是"纪丛点赞温梨"，旁边挂着一个橙红色的小字"沸"。

温梨指尖一顿，抿了抿唇点了进去。

词条页面里最顶端的那条居然是《奥·秘》节目组一周前发布的那条官宣推文。

"冬奥节目《奥·秘》重磅开启，二〇二二年冬天，我们与冬奥来一场浪漫的邂逅……

"六位嘉宾惊喜亮相，@高山滑雪运动员高泽尧，@短道速滑运动员谭鑫，@花样滑冰运动员喻怡，@解说小佟呀（解说员佟冰），@冬奥场馆灯光师吴钦，@气象局梨子（气象工作人员温梨）。

"和他们一起了解台前与幕后的故事，探访冬奥的秘密！'奥·秘'。"

推文底下除了配上节目组的官方海报，还分别附上了六张六位嘉宾在第一期节目开场环节的亮相照。

紧接着，第二条是节目组对纪丛的官宣推文：

"他是全能艺人，也是实力派演员，同时还是'魅力冬奥推广大使'，欢迎 @ 纪丛。

"明天早上十点，《奥·秘》第二期节目和@纪丛一起互动，一起探秘冬奥！'奥·秘'。"

底下的评论也很热烈。

从纪丛的官宣推文评论区出来，温梨点进了节目组的主页，惊讶地发现节目组蓝 V 账户的粉丝数已经从一周前的六十多个涨到了三百多万……

她呆住了。短短一周，这可怕的涨粉速度，纪丛功不可没……

温梨的指尖动了动，点开了评论区。

除了三位运动员嘉宾自带的粉丝外，还有很多网友的好评留言。

看着清一色的好评，温梨感慨节目组的用心终于被人看见，越来越多的人愿意尝试了解冬奥会的项目，有一种努力没有白费的成就感。

从评论区出来，温梨继续往下翻。热搜词条"纪丛点赞温梨"底下的内容就是纪丛点赞她推文的截图，评论区也有不少人发表观点，有些粉丝的留言十分逗趣。

看着这些评论，温梨差点儿笑出声，纪丛的粉丝们也太好玩、太可爱了吧。

温梨收起唇边的笑意，返回自己的个人主页。一点进去，她就再次呆住了。

温梨看着自己那原本为零的粉丝数一下变成了两百多万，默默地深吸了一口气……

原本没什么浏览量的那两条科普性推文也被疯狂地转发、评论和点赞了。

温梨的指尖一直在评论区滚动，直到被一条留言吸引住了目光。

那条留言问："如果风速也能影响运动员的发挥，那比赛时风力多大比较好呢？"

温梨点击评论回复："风力不超过二至三级最为适宜。"

回复完，温梨看着那怎么都拉不到底的评论列表和粉丝列表，突然觉得自己应该好好利用这个平台把科研领域的气象知识科普出去，不然都对不起自己的这个 ID……

于是她又赶紧编辑了两条气象小知识。

刚发布出去没两分钟，温梨就收到了莫簌的两条消息。

"我家宝要开始带动全民关注国家时事和科学发展了！"

"就在自己擅长的领域闪闪发光吧！"

真·吃瓜第一线·簌簌。

温梨给莫簌回复了两个表情，然后收起手机往卧室走，却没有发现陆敛舟的身影。她继续往里走，一进衣帽间，就看到他的衬衫、西裤都已经被整整齐齐地挂了起来。

温梨回到客厅，转头看见书房的门半合着，有光从里面透出。

陆敛舟应该在里面办公。

温梨不想打扰他，于是回了衣帽间，取了衣服去洗澡。

温梨散开绾起的长发，温水丝丝缕缕地从喷头洒下，乌黑的发丝在水汽中涸湿。温梨顺着水流轻轻地用手指梳理发丝，冲掉泡沫。

突然，浴室外响起轻微的脚步声，应该是陆敛舟回卧室了。

温梨听见声音，不禁动作一顿，赶紧伸手关停了花洒。她匆匆拿起毛巾擦了擦发丝，套上衣裙，打开浴室的玻璃门，往房间走去。

温梨从浴室出来，抬眼就看见陆敛舟站在卧室的大床边。他背对着她，几乎与一旁落地窗外如墨般漆黑的夜色融为一体。

陆敛舟并未注意到她的存在，正慢条斯理地单手解着领带。

温梨盯着他的背影看了半响，想喊他却又不知道该说什么，只好呆呆地站在原地。

陆敛舟扯下领带，余光扫过落地窗，恰好捕捉到了温梨的影像。他勾了勾嘴角，蓦地转过头，目光不偏不倚地落在她身上。水珠顺着半湿的发丝滴落在她秀气的颈肩上，于旖旎夜色中勾人而不自知。

看到他突然转身，温梨的脸上掠过一抹不自然，连忙移开视线说："我洗完了。"

"嗯。"陆敛舟低低地应了一声，顺手解开衬衫最顶上的两颗扣子。

温梨看他朝自己的方向走来，侧了侧身子，往后退了两步给他让路。

在陆敛舟快要擦身而过时，温梨犹豫了片刻，还是伸手扯住了他的袖子，问："你是什么时候决定投资《奥·秘》的，怎么没听你提起过？"

陆敛舟闻言，顿住脚步。他深深地看了她一眼后，才不疾不徐地回答："在琴域江畔的那晚。"

温梨反应过来，他在琴域江畔的第二天早上出了一趟门，中午才回来接了她一起去外面吃午饭，于是问："所以是上周日早上去谈的吗？"

"嗯。"

温梨的嘴唇动了动，本想说什么，又想起那天他像是没休息好，在送她去机场的路上还半合着眼眸闭目养神。

"你那天晚上没睡觉吗？看你第二天很疲惫。"温梨问他。

陆敛舟挑了一下眉，似乎没想到她还会留意他有没有休息好，轻描淡写道："小憩了一会儿。"

听到这里，温梨的眉头皱了一下。她心想，工作再累，也应该要休息好，毕竟身体要紧。

"那你今晚准备睡哪儿？还要去书房处理公务吗？"刚问完，温梨突然意识到有些不妥，这个问题问得太过暧昧。

陆敛舟的嘴角勾起一抹耐人寻味的笑，问："夫人想让我今晚睡在哪儿？"

温梨还是不忍心，咬了咬唇，伸手指了指旁边的大床，说："你也睡在这儿吧。"

陆敛舟洗完澡出来，默默地看了一眼躺在床上的温梨，伸手按灭了卧室的灯。四周瞬间暗淡下来，只余稀薄的月光弥散进来。

温梨安静地躺在床上，只把脑袋露了出来。

陆敛舟在黑暗中逐渐往床铺靠近，伸手掀开被子一角躺下。

伴随着身旁的床铺凹陷，温梨拉紧被子，明显感受到了男人躺下时带来的温热且强烈的男性气息，几乎完全把她笼罩了。

冷冽的松杉香气似混合了男性荷尔蒙的烈酒，无孔不入地侵袭着她的每一寸肌肤，浓烈且逼人。

他们是夫妻，但是又很陌生，这是温梨第一次与陆敛舟同床共枕，她并不习惯，心脏剧烈地怦怦乱跳，仿佛要从胸腔中跳出来。

房间里很安静，除了自己的心跳声，温梨还听见了陆敛舟有力的呼吸声，仿佛贴着她的耳畔传来，一下一下地敲击着她的耳膜。

第二天早晨，七点半的闹钟准时响起。

温梨迷迷糊糊地伸手往枕头底下摸去，将手机闹铃按停，房间再次归于安静。

磨蹭了两秒后，温梨揉了揉眼睛，然后缓缓睁开，却突然看见陆敛舟轮廓分明的侧脸。

由于二人之间的距离不足一掌，他的脸近在咫尺，甚至连有多少根眼睫毛都能看得清清楚楚。

温梨不由得吓了一跳，连忙从床上坐了起来。

她起身的动作有些大，一旁原本安静躺着的陆敛舟睁开了眼眸，默默地看了她一眼后也缓缓地坐起了身。

温梨下意识地拉紧了被子，没话找话："你醒了？"

"嗯。"陆敛舟撑直身子，声音带着刚睡醒的沙哑，目光慵懒地盯着她。

温梨垂眸避开了他灼人的视线，匆匆丢下一句"我先起床了"，然后掀开被子径直往浴室走去。

站在洗手台前，温梨渐渐清醒过来。昨晚她和陆敛舟虽然睡在一起，但什么都没有发生。

不过因为不习惯身边突然多睡了一个人，她一直到深夜才入睡。

洗漱过后，温梨回到房间，发现陆敛舟已经换好了衣服，简单的白衬衣、黑西裤，干脆利落。

陆敛舟洗漱完出来，和温梨一起坐在长桌前安静地吃着早餐。

温梨端起玻璃杯，抿了一口牛奶，余光直往他身上扫。他的袖口微微卷起，坐姿端正，一丝不苟。

温梨一下想起了当时他向她提出结婚时，也是这样的神情。

忽然，公寓的门被人敲响，门外传来小榆说话的声音："温梨姐，开门呀。"

听见声响，二人的动作同时一顿。

温梨短暂地蒙了一瞬，瞪大眼睛看向陆敛舟。糟了！她忘记小榆要来公寓接她的事了。

也不知道为什么，温梨的第一反应是把陆敛舟藏起来。

温梨一阵小跑来到陆敛舟身边，凑到他耳边小声说："你先躲起来。"

陆敛舟一动不动。

温梨见状，轻轻地拉住他衬衣的一角，求助似的看着他。

陆敛舟的嘴角勾了勾，目光无声地在她脸上扫了一圈。难得见她在他面前露出楚楚可怜的眼神。

"温梨姐。"小榆站在门外又喊了一声。

"快点儿。"温梨捏着他的衣角摇晃了一下，以示催促。她的语气软糯，声音轻柔，仿佛在哄人。

陆敛舟舔了舔后牙槽。上一次见到她这种神态，还是那晚她醉酒后跟他撒娇。

陆敛舟将视线从她脸上移开，勾着嘴角看了看她拉住他衬衣的手两秒，终于慢吞吞地从桌子前起身。

温梨舒了一口气，连忙对着门口的方向朝小榆回了一句："好，你等等。"

小榆听见温梨的回应，嗓音清甜地应道："嗯，不着急。"

温梨推着陆敛舟往卧室里赶。

但是陆敛舟足足比她高了一个头，因为身高差距，她伸手时，掌心恰好落在了他的后腰处。

感觉到她掌心的温度，陆敛舟的眉头微不可察地挑了一下。

在快要进卧室时，温梨收回手，正准备把门关上，却被他蓦地拉住了手腕。

温梨一惊，往后退了几步，后背抵住墙面。

陆敛舟顺势手臂撑墙，将她困在自己的胸前。

空间变得局促起来，四周都是暧昧的气息，温梨紧张地捏住手指，轻声问："你……你要干什么？"

陆敛舟微俯下身往她耳朵靠近，低声道："我这么见不得人吗？"

男人温热的气息悉数喷洒在她耳畔，温梨的眼睫毛轻轻地颤抖了一下。

陆敛舟追问道："嗯？"

"不是，"温梨摇了摇头，掩下眼底的慌乱，结结巴巴地说，"这……这不是因为我们两个的关系……没公开嘛……"

陆敛舟没说话，自始至终都盯着她，仿佛在斟酌她的话。

温梨见状，连忙推开他，丢下一句："你先在卧室待一会儿。"

温梨说完，也没等他反应，反手就把卧室门合上了。

她匆匆跑到桌子前把餐盘收进厨房，又看了一眼卧室的方向确认了一遍后，才走到玄关处把门打开。

小榆扶着门调侃："温梨姐，怎么今天开门有点儿久呢？"

"不好意思，久等了。"温梨讪讪地笑了笑，说，"我可以出发了。"

"嗯？现在还不到八点，就出发吗？"

温梨瞄了卧室门一眼，对小榆说："今天我们去外面吃早餐。"

"好哇。"小榆想了想，笑吟吟地点头表示同意。

"走吧。"温梨把公寓门关上，和小榆一起往电梯间走去。

电梯门开启，二人走进轿厢。

温梨从大衣口袋里掏出手机，点开聊天界面。

小榆按下楼层键后歪着脑袋问："温梨姐，我们去尝尝楼下那家茶餐厅好吗？"

温梨低头敲击屏幕，漫不经心地应了小榆一声，给陆敛舟发了一条消息："我们走了，你可以出来了。"

公寓的卧室里。

"我们走了，你可以出来了。"

陆敛舟看着置顶聊天栏弹出的消息，幽深的眼眸中掠过一抹玩味的笑意，心情似乎因为刚刚的小插曲而突然变得有点儿好。

退出聊天界面后，陆敛舟给徐特助拨了一个电话。

徐特助接起，喊："陆总。"

陆敛舟缓声问："温梨今天是要去录第二期节目吗？"

徐特助在电话那端点头道："是的，陆总。"

"和节目导演说一声，我稍后会过去。"

《奥·秘》第二期节目的直播场地选择的是冬奥会的场馆"雪如意"。

温梨和小榆来到现场时，许多工作人员正在场地的各个角落忙碌，进行着开播前最后的准备。

雪地上摆放着许多道具，数台摄像机围成一圈，一切都已就绪。

温梨在做妆发时，其他嘉宾也陆续到了。

几人互相打过招呼后，各自的PD（执行导演）就过来和他们进行最后的流程确认。

第二期节目分为上下两场，直播的上半场将进行冬奥知识竞答。

在竞答环节中，七位嘉宾各自为营，需要在雪地上依次完成原地转圈、侧腰穿杆和蛇形穿行，最后谁先拔得终点的旗帜，谁就获得答题权。

温梨听着PD的介绍，突然想起第七位嘉宾也就是纪丛也会参与进来。可是她在化妆间看了一圈，并没有发现纪丛的身影。

正当温梨准备掏出手机给他发消息时，身后化妆间的门被人打开了。

温梨扭头看去，发现是纪丛来了。

周围的人有点儿多，温梨没敢直接和他打招呼，却发现他径直朝自己走来。

纪丛在温梨旁边的位子落座，侧头看了她一眼，说："早上好。"

自纪丛进门后，化妆间里的人便纷纷把目光投向了他。毕竟顶流艺人都有自己的化妆车，直到节目开场时才会露面。

众人见他直直地把目光投落在温梨身上，还主动坐过去和她打招呼，都不由得感到震惊，开始好奇他们二人是什么关系。纪丛出道后鲜有绯闻，更不会主动靠近一个女生。

纪丛坐下后，他的私人化妆师紧随其后，提着造型箱进来，站在他身后开始为他做造型。

温梨见此，向他投去疑惑的眼神，问："你怎么也来这里做造型了？"

纪丛漫不经心地说："车里有点儿闷，就过来了。"

温梨抿了抿唇，小声问："之前怎么没听你说过你也参加这个节目？"

纪丛眼角微挑，扯着嘴角，语调半是认真半是玩笑地说了一句："难得你也录节目，趁这机会和你合作一次。"

温梨歪了一下脑袋，收回视线，笑道："合作愉快！"

嘉宾们化妆完毕，十点整，节目准时开始直播。

首先是主持人报幕，六位嘉宾陆续进场，而纪丛作为重磅嘉宾，被安排在最后亮相，但即便他还没出场，节目里的弹幕也都已经被他的粉丝刷屏。

节目的录制现场也来了很多粉丝，他们蹲守在警戒线外，激动却极有秩序地呐喊应援。

等主持人介绍完，六位嘉宾退至场地一旁，镜头和灯光聚焦至另一侧的雪地舞台。

这时，直播镜头切换到纪丛那边。

纪丛穿着一身纯黑休闲西服，戴着耳返站在白茫茫的雪地上。

"Hello！大家好，我是纪丛。"纪丛挥手朝镜头和场外打招呼，躬身向大家鞠躬。

他刚一开口，全场瞬间沸腾。

现场的粉丝疯狂尖叫，呐喊声一浪高过一浪。

温梨看到这场面，才真切地感觉到她的这位"竹马"简直被万千的光芒和爱意包裹。

紧接着，在主持人的示意下，纪丛抬步往其他嘉宾的方向走去，镜头一路追随着他的身影。

温梨和其他五位嘉宾站在一起，等待着纪丛的到来。

忽然，温梨顺着纪丛背后的方向看去，冷不丁被一个熟悉的身影吸引了目光。

直播场地外的导演监视器前，他站在白茫茫的雪地上，一双黑眸如海般深不见底，正沉沉地注视着她。

即使只是安静地站在白皑皑的雪地上，陆敛舟还是一眼就吸引了旁人的目光。

虽然他的视线已经移至导演的监视器，温梨却觉得自己好像被他狠狠盯上了。

二人隔着不远的距离，今天的他没有穿正装，而是穿着一件暗蓝色呢子缎外套，肩上落着几片雪，身形清瘦高挑，眉眼冷峻疏离，让人不敢靠近。

陆敛舟注意到监视器里温梨已经往自己的方向盯了好一会儿，也就顺势抬起头。

那清冷温柔的目光猝不及防地撞进温梨眼中。她突然就蒙了，脑袋顿时放空。

她也不知道该如何解释，就好像周遭突然安静了，眼里只剩下那一抹身影，还有陆敛舟那霸道却化不开浓情的温柔视线。

是错觉吗？

温梨感觉自己的心跳漏了半拍，手不自觉地捂上了心口。

不对！这不是重点！他怎么来了！

被陆敛舟的美色震撼到的温梨突然清醒。

明明早上她还让他躲起来，他也同意了，怎么现在又光明正大地来了节目现场。

他是神秘嘉宾，还是纯粹站在监视器后看节目的金主？

等下是说认识他还是装作不认识？

不如挖个坑埋了吧。一向冷静的温梨不知怎地冒出来个荒唐的念头。

温梨呆了两秒，以至于没看到旁边的主持人给她递来了话筒。

纪丛以为温梨紧张了，便接过主持人手里的话筒，走到她身前，刚想引个小话题，却见她似乎是看着场外的方向，就顺着她的视线看去。

不过一瞬间，纪丛就发现了陆敛舟的身影。

陆敛舟出现在这里，纪丛没有丝毫的意外，大概意外的只有这个迟钝的梨子吧。

纪丛"啧"了一声，腹诽道：来了又怎样，可以和小梨子同框互动的只有我，你只能干看着。

纪丛顿觉愉悦，略带挑衅地和场外的陆敛舟对了一个眼神后，在温梨旁边低低地咳了一声，将她的注意力拉回。

他想了想，又不动声色地调整了一下站位，挡住陆敛舟的大半个身影。

感受到纪丛的暗示，温梨回过神来，摇了摇头，尽量忽视陆敛舟的存在。

纪丛又偷偷地向场外看了一眼，嘴角得意地勾了一下，将话筒递到温梨面前。

温梨垂眸，接了过来。

上半场的冬奥知识竞答环节开始。

根据节目组安排，七位嘉宾穿着雕肿的玩偶服分别站在七条赛道上。其中最抢眼的莫过于颜值最高的三人——温梨、纪丛和高泽尧。

温梨是可爱的灰色长耳兔，道具组还给配了一个可爱的红萝卜小背包。

毫无疑问地被节目组安排在中心位的纪丛则是冬日麋鹿造型，蓝白配色，妥妥的小奶鹿一枚。

而高泽尧则是颇具威严的狼王造型，虽然看着有点儿像哈士奇。

温梨被分在了最右侧的赛道，高泽尧在她隔壁。

温梨站在雪地上，看着前方依次分布的障碍物和终点处的旗帜，拍了拍自己身上胖胖的玩偶服，抢抢手，抬抬腿，权当热身。

哨声响起，七位嘉宾同时原地转圈，每个人都需要转十圈之后才能出发。

温梨俯下身开始转圈。但她的平衡性不好，转了五圈后方向感完全被打乱，整个人逐渐偏向了高泽尧那边。

一直到第七圈时，温梨才意识到方向不对，正准备掉转方向回自己赛道上时，结果左脚绊到右脚，直直地栽到了雪地上。

温梨感觉四周天旋地转，脑袋晕得不行。而且，因为穿着厚重的玩偶服，她一时间站不起来了。

而这时高泽尧已经完成了转圈，见温梨倒在了自己的赛道边上，连忙过去想把她扶起来。

只是他一急，脚下一滑，也不小心倒在了旁边。

此刻直播镜头切换到二人身上，弹幕几乎都被"哈哈哈"攻占了。

高泽尧挣扎着起身，又把温梨拽了起来。

站起来的温梨不知道是累的还是羞的，小脸红扑扑的，引来弹幕上一堆"好可爱，啊，我死了"的评价。

温梨和高泽尧说了一声谢谢后，继续埋头转圈把剩下的三圈完成。

高泽尧放开她后，正准备重新出发，却看见温梨又一次倒在了雪地上。

温梨翻了个身，又滚了一圈。

雪地松软，倒是不疼，而且她第一次以这种方式和雪亲密接触，觉得颇为有趣，加上被自己给笨到了，忍不住咯咯地笑了起来。

有个词怎么说来着，花枝乱颤，颤到了场外人的心里。

高泽尧见她四仰八叉地仰躺在地上，正想再次过去把她扶起，却听见她喊了一句："不用管我，你继续。"

虽然听见了她的话，但高泽尧还是忍不住上前一把将她拉了起来。

不服输的温梨继续和剩下的两圈斗智斗勇，高泽尧想了想，还是站到一旁看着，做好再次"捡兔子"的准备。

看温梨顺利地转完剩下两圈后，高泽尧回到了自己赛道上继续比赛。

两个人各自沿着自己的赛道向前跑，准备过杆。

七位嘉宾的进度相差不大，因为都穿着玩偶服，一定程度上限制了行动，纷纷卡在了过杆这一关。

温梨是最后一个到达关口的，但身娇体软的好处在这时就体现出来了，她微微下腰挪了一下步子便轻轻松松地通过了。

温梨一边伸手扯着玩偶服，一边转身想帮助高泽尧，一看他刚好也通过了，就继续朝前进发。

二人一前一后来到蛇形弯道区。

蛇形弯道是迷宫阵，里面很窄，嘉宾们穿着胖胖的玩偶服穿行其中，如果误入死胡同，就很容易被卡住。

高泽尧和温梨商量后，决定合作共赢，高泽尧打头阵先进，温梨紧随其后。

没一会儿，纪丛也来到了迷宫入口，跟在温梨身后进入弯道。

温梨小心翼翼地跟在高泽尧身后，没走两步，就听见他的声音闷闷地传来："我卡住了，这里不通，你别走这儿了。"

温梨见他卡在里面，伸手扯住他的玩偶服，想把他从死胡同里拽出来，但是费了九牛二虎之力也没拽动他半分。

站在她身后的纪丛低声说了一句："我来吧。"

闻言，温梨往另一边的出口挪去，给纪丛让路。

纪丛伸手拉住高泽尧的玩偶服，用力一拽，结果不仅没把他拽出来，反而因为反作用力整个人往后弹，直直地撞进了另一面的死胡同里，也卡住了。

而且因为惯性不小，他卡在了死胡同两面墙靠上的位置，一双长腿略微离地，整个人比迷宫的墙壁高出一个头。

节目组的镜头从空中航拍下来，这搞笑的一幕完全被记录了下来。

看着二人一前一后地卡在那儿，温梨觉得好难。她力气不够，没办法拉出他们，再叫人来又怕重现刚才纪丛的"悲剧"。

纪丛见她一脸着急的模样，弯起嘴角，提醒她："这是个人赛，继续前进吧，往前去终点拔了旗子，比赛结束，就会有工作人员来放我们下来了。"临了他还补了一句，"说不定我们还可以顺便帮你卡卡人。"

"可是……"温梨还在犹豫。

纪丛告诉她："其他人都卡住了……"

纪丛比迷宫的墙壁高出了一个头，视野广阔，能看见其他人都接二连三地卡住了。

纪丛转头望了望，看清出口的路线后指导温梨："你先往前，再往左，最后直走就可以走出这个迷宫。"

温梨沿着纪丛指示的方向，终于找到了出口，她飞快地往终点跑去，把旗子从雪地里拔了出来。

旗帜面写了竞答的题目：本届冬奥会的吉祥物是什么？

没有想到节目组设置的题目这么简单，温梨直接答了出来。

温梨回答出来后，就有节目组的工作人员套着吉祥物的玩偶服走进镜头和她进行互动，紧接着主持人也拿着话筒亮相，开始给观众介绍起冬奥会吉祥物的设计寓意。

主持人介绍完毕，上半场的冬奥知识竞答环节结束，其他六位嘉宾也在场外工作人员的协助下从迷宫阵出来了，七人一起转移至另一侧的场地继续进行下半场的直播。

在短暂的中场休息环节，温梨朝导演所在的方向看去，发现陆敛舟依旧在那里看着她。

温梨别开眼，刚好看见纪丛朝她走来。

"累吗？"纪丛问。

温梨摇了摇头，道："还好。"

两分钟后，直播再次开始。

第二个环节是嘉宾需要从雪地里找出节目组制作的卡牌和冬奥纪念邮票，统一收集完毕后，再将自己收集到的卡牌在镜头前展示并介绍，以达到科普的目的。

节目组一共在雪地里藏了十五个分项目的卡牌，分别为高山滑雪、自由式滑雪、单板滑雪、跳台滑雪、越野滑雪、北欧两项、短道速滑、速度滑冰、花样滑冰、冰球、冰壶、雪车、钢架雪车、雪橇和冬季两项。

每张卡牌后都标有项目的介绍和规则，嘉宾们需要自行把它们找出来，同时会随机出现纪念邮票，收集到的冬奥纪念邮票可以送给幸运观众。

但是在收集卡牌的过程中，四周会随机有雪球扔出，嘉宾需要躲避雪球的攻击，如果被雪球击中，就需要重新复活才能再次回到场地收集卡牌。

复活的任务是去找吉祥物，根据吉祥物做出的动作猜测它示范的是哪一项冬奥会比赛项目，只有猜对才能复活。

哨声响起，所有嘉宾分头行动。

最先找到卡牌的是解说员佟冰，紧接着是纪丛，但很快佟冰就因为没有成功躲避雪球需要下场完成复活任务。

温梨寻找卡牌的速度虽然不快，但总能灵敏地躲过雪球的攻击，所以不到十分钟她就收集到了三张卡牌和两枚冬奥纪念邮票。

半个小时后，所有的卡牌都被收集完了，嘉宾们一同在镜头前展示自己的卡牌。

温梨手持越野滑雪、短道速滑和冬季两项三张卡牌展示，然后逐一解释这些比赛项目的相关知识以及比赛地点。

所有嘉宾介绍完毕，这一环节就算结束了。

最后的谢幕环节，嘉宾需要和吉祥物一起拍照打卡，对着镜头比心。

镜头外，导演站了起来，大声地问了一句："扮演吉祥物的那个工作人员去哪儿了？该轮到他上场了，人呢？"

场记赶紧跑过来回答："导演，他刚刚身体不适，去医疗处了，我们正在挑合适的人代替他。"

"怎么偏偏在关键时候掉链子？"

突然，一直沉默着的陆敛舟站了起来，朝导演说了一声："我来。"

他哪里敢劳烦陆敛舟这种大人物，连忙挠了挠头，小心翼翼地说："陆总，这种小事就不劳烦您了。"

"带我去吧。"陆敛舟缓声说。

看着陆敛舟走过去戴上头套，换上吉祥物的衣服，导演与工作人员都面面相觑，想不通他为什么主动要求做这种苦差事。

陆敛舟换上吉祥物玩偶服后，有些磕磕绊绊地往嘉宾的方向走去，最后径直停在温梨面前。

他拍了拍温梨的肩膀，摆出一半的比心动作。

温梨原本在和纪丛说话，感觉到吉祥物拍了拍自己，先是一愣，转身看见吉祥物站在一旁正伸着胖乎乎的手努力地要和她比心后，她的嘴角勾起浅浅的笑意。

直播谢幕前的最后一个结束姿势，温梨微笑着看着镜头比心，左手举过头顶，右手放在身前，与吉祥物一起配合着凑成了一颗大大的爱心。

导演拿着对讲机读秒，在监视器前做直播结束最后十秒的倒数："十，九，八，七，六，五……"

在直播倒数的最后三秒，温梨无端闪过一个奇怪的念头，她觉得旁边的吉祥物好像比之前互动环节时要高了不少。

"直播结束！"

"温梨。"

不知道是不是错觉，在导演喊出"直播结束"的那一瞬间，温梨恍惚间好似听见有人喊了她的名字。

那一声"温梨"近到仿佛就在耳侧，嗓音磁性暗哑，声音似乎被刻意地压低了，只有限定距离内的人才能听见。

温梨收起比心的动作，条件反射般侧眸朝吉祥物看去。她感觉那声音就是从头套里面传来的。

紧接着，吉祥物不紧不慢地摘下了头套。

温梨看清玩偶头套下的那张脸后，整个人倏地愣住了。

陆敛舟摘下头套后，沉静的目光不疾不徐地投落在她身上，额角的几缕碎发掩不住他眉眼间那份清俊。

因为略有延迟，节目组的工作人员在陆敛舟摘掉头套的那一秒才切断了直播的镜头。

这导致坐在屏幕前观看直播的网友无一例外在黑屏前的半秒看到了陆敛舟一闪而过的脸。

谁都没想到头套下竟然藏着这样一张堪称"神颜"的面庞，弹幕瞬间炸锅，都在刷"好帅"。

虽然页面已经变成了"直播结束"四个字，但留言评论区还是持续被网友的讨论刷屏。

在网友为了那张脸疯狂刷爆节目评论区时，温梨还在因为陆敛舟愣神。

冬日的阳光漫不经心地洒落在陆敛舟身上，额前的碎发被冷风温柔地吹起，他套着厚重的玩偶服，唇若有若无地勾着。

温梨从没见过这样的陆敛舟。

她不禁将往常西装笔挺的他与现在的他做对比。截然不同的两种形象交织在一起，直到两者重叠，她才发现这都是他。

陆敛舟见她一动不动，敛了敛眸，压低声音道："我等你一起走。"

直到他低沉暗哑的嗓音响起，温梨才反应过来。在意识到自己因他而晃神后，她顿时一阵脸热，低低地应了一声："好。"

"陆总。"

这时，导演喊了一声，二人不约而同地朝声音传来的方向看去。

导演两步上前走到陆敛舟身边，伸手接过他手上的头套，讨好道："直播结束了，您可以把它脱下来了。"

陆敛舟闻言，极轻地点了一下头，抬步往场外走去。

导演见状，连忙提着头套，跟在他身后一起离开。

直播刚一结束，纪丛的经纪人就火急火燎地朝纪丛招手，走到他身边，问："你的表情管理一向很好的，今天这是怎么了？"

纪丛略一挑眉，淡淡地问："我怎么了？"

"你在直播里的眼神上娱乐新闻了！"

纪丛的表情没什么变化，上娱乐新闻这件事，他早就习以为常了，并没有当一回事。他转头看向温梨的方向，朝经纪人丢下一句："等我一下。"

说完，纪丛往温梨的方向走去，叫道："阿梨。"

温梨直勾勾地盯着陆敛舟离开的背影，直至被纪丛的声音唤回注意力，乖巧地喊了声："纪哥哥。"

"在看什么呢？"纪丛沿着她看的方向看去，看到了陆敛舟的身影，脸色一沉。

"没什么。"温梨摇了摇头，问他，"怎么了？"

纪丛收敛神色，看向温梨，问："结束后和我一起走吗？"

温梨垂了垂眸，耳畔突然响起陆敛舟说的话——我等你一起走。

"今天是……"纪丛正准备说些什么。

温梨回他道："不了，今天陆敛舟来接我了。"

纪丛微微地蹙了一下眉，良久才应了一句："好。"

在工作人员收拾场地时，温梨和其他嘉宾一起同导演聊了一会儿。

结束之后回到化妆间，温梨正收拾东西，就听见小榆和其他工作人员兴致勃勃地走过来问她："温梨姐，今天是圣诞节！要不要和我们一起去玩剧本杀呀？"

"圣诞节？"温梨转头看了他们一眼。

"嗯。"小榆眨着眼睛认真地点点头。

"我不去了，我今晚有约了。"温梨略带歉意地笑了笑。

小榆甜甜地笑了一下，说："没事儿，那我们下次约，嘻嘻。"说着朝温梨摆了摆手，示意道，"那我们先去啦。"

温梨点了点头，等他们走后，她拿起手机点开微信，有几条消息弹出。

陆敛舟发了一个定位过来，说："我在这里等你。"

"下雪路滑，慢点儿。"

温梨在他发来的最后一条消息上顿了两秒才点开他发送的定位。她用指尖拉动屏幕，把地图放大，发现他发送的位置有些远。

收拾好东西，温梨围上围巾出门，天空果然飘着雪花。

她紧了紧脖子上的白色围巾，伸手在半空中接了几片雪花。不过一会儿，雪花就在掌心融化了。

温梨收回手，继续往前走。

几分钟后，她终于到达陆敛舟发送的位置，不远处停着一辆低调的黑色车子。

远远看见温梨走来，司机提前下车把后座的车门打开。

温梨躬身钻进车里，捋了捋呢料大衣下摆，就看见副驾驶座上坐着徐特助。

"太太。"徐特助转身喊了她一声。

温梨弯了弯嘴角回应他，扭头时看到陆敛舟也刚好转头，目光落在她身上。

他的目光轻柔又似霸道，温梨一时半刻分不清是哪一种。

气氛变得有些微妙。

面对他灼人的目光，温梨突然有点儿手足无措，紧张地问："怎……怎么选在这儿等？"

陆敛舟略一挑眉，反问："夫人不是想让我躲起来吗？"

温梨一下就脸红了，想起早上他凑在她耳边哑声问："我这么见不得人？"

但转念一想，虽然她是让他躲起来了，但他不还是光明正大地来了节目的直播现场。

温梨咬了咬唇道："那你不还是来了？"

"我和导演组打过招呼，是以投资人的身份来的。"

"那你为什么要过来？"

这句话问出口后，温梨突然意识到，以前她几乎不会主动问他为什么做一件事情，而现在，她竟然对他这天突然的出现感到好奇。

轿车缓缓启动，窗外的景色开始移动起来。

陆敛舟抬头与她对视，神色平静地说："来接你去和爸妈他们吃饭。"

听到这话的一瞬间，温梨的心头闪过一丝失落，但她很快反应过来，问："爸妈他们来了？"

"嗯。"陆敛舟淡淡地应了一声，盯着她看了半晌后才不急不缓地补充了一句，"不只是我爸妈，还有你爸妈。"

温梨眉眼一亮，语气有些惊讶："我爸妈也从N市过来了？"

陆敛舟见她脸颊浮现笑容，微微颔首道："嗯。"

温梨的父亲是N大的书记，母亲是文学院的教授。

温梨从欧洲留学回来，就去了S市的T大任职，之后不久就和陆敛舟结婚了。

陆敛舟家一直在S市，多年前，陆家在从政时结交了温家，和温家的关系一直很好，后来即使陆家从商，两家的关系也没有变淡。

温梨结婚后只回过一趟家，很久没有见到父母了，他们应该也是挂念得紧，所以就趁圣诞节从N市过来见她。

温梨想着掏出了手机，检查了一遍信息和微信，道："爸妈没和我说呀。"

"他们和我说的，应该是怕打扰你工作，所以没告诉你。"

温梨动了动嘴唇，"哦"了一声，把手机收起。

轿车平稳地行驶在帝都的高速公路上，天际已渐渐蒙上一层稠得化不开的墨蓝。

温梨看着窗外的夜景，指尖无意识地在米白的羊毛围巾上划了划，突然问了陆敛舟一个问题："你当初为什么想和我结婚？"

这句话问出口时，温梨才惊觉自己又问了他一个关于"为什么"的问题。而且这个问题她结婚前没问，结婚时也没问，直到今天，她才问出来。

这是怎么了，温梨觉得今天的自己有些奇怪。

陆敛舟安静地倚靠在车后座，听见她的问话，不动声色地睁开了眼，一旁的路灯闪闪烁烁擦过他棱角分明的侧脸。

他回忆起了在国际学术交流中心见到她的情形。

他在那之前从来没有动过结婚的念头，直到那一次遇见。

那天，陆敛舟应邀到交流中心出席一个商业论坛。

论坛结束后，他从商务会议室出来，路过隔壁会议厅时，无意间扫过门口摆放着的指示牌，牌上的几个大字格外显眼——青年科学家论坛暨气象学术研讨会。

他饶有兴致地停下了脚步。

恰巧，那间会议厅的门虚掩着，留下了一道缝。

陆敛舟顺着门缝往会议厅里面看去，感觉台上的那抹身影有些熟悉。

几秒后，他反应过来，那是好久不见的温梨，他的嘴角勾起一抹微妙的笑。

身后的徐特助以为他驻足是有什么吩咐，轻轻地喊了一声："陆总？"

陆敛舟稍稍抬手，上前两步走到会议厅的门前。他修长的手抵住门板，将门推到半开。

会议厅的屏幕上投映着与气象相关的数据点图，而报告的右下角标着：T大气象，温梨。

温梨被数盏聚光灯团簇，亭亭玉立地站在演讲台上。

一袭珍珠白连衣裙勾勒着她苗条的身材，天鹅颈上的长发被低低绾起，更衬出她的眉眼精致漂亮。

比起她楚楚动人的气质，更引人注目的是她做交流汇报时流露出来的风采，让他忍不住立在门后认认真真地把她后半段演讲听完。

这种学术汇报通常是枯燥无味且难懂的，更何况陆敛舟还是个门外汉。他只是静静地站着，不过一会儿便被温梨的三言两语带着进入了思考。

直到现在，他依旧深刻地记得她那天的演讲主题——"气候情境"模拟（Climate scenarios）。

温梨做汇报时很专注，直到结束时雷鸣般的掌声响起，她都没有发现他。

不过即使她发现了他，也不一定能认出他。

"陆总。"徐特助上前小声地提醒道，"和鼎盛时代地产的会议还有二十分钟开始，再不出发可能就赶不上了。"

"我知道了。"陆敛舟收回视线，临走前又回头看了温梨一眼，才抬起脚步离开。

从会议中心出来，陆敛舟弯身坐进汽车后座，司机恭敬地把门合上。

陆敛舟半合着眼，脑海中一遍遍地重现温梨的身影。

在坐车去往鼎盛时代地产的路上，他萌生出一个强烈的想法：他一定要让她成为自己以后的人生伴侣。

这个念头一旦萌芽，便如同藤蔓一样肆意生长，不可遏止。一如他在生意场上的谈判，又或者是商业上的项目，他志在必得。

半晌没得到陆敛舟的回答，温梨转眸朝他看去。

他低垂着眉眼，冷白修长的手腕在昏暗的车厢里格外显眼，一双手自然地搭在真皮座椅上，配合他难辨情绪的淡然神色，看起来像是带着一股高冷的气息。

温梨见他安静地端坐着，怕他觉得这个问题为难，便抿了抿唇，开口道："这个问题你不想回答可以不用回答。"

陆敛舟抬头看向她，启唇道："Climate scenarios."

温梨没有反应过来，下意识地皱了皱眉。

陆敛舟仔细地端详着她的表情，说："你那次在国际学术交流中心作的报告，还记得吗？Climate scenarios."

温梨闻言怔了一下，开始在脑海里搜寻关于那次报告的记忆，但印象中那场演讲没有他。

"自从那一次见到你后，我便希望我的夫人是你。"

陆敛舟的话在车厢后座回响，温梨倏地把目光直直地定在他脸上。

二人对视，目光交缠在一起，激烈地碰撞着。

温梨在陆敛舟还没回答前设想过很多可能，比如说是父母的原因，又或者是年龄到了……

但她怎么都没想到他会告诉自己这个答案。

原来早在她不知道时，他就悄悄地做出了这个决定。

无关其他，只是因为她。

车子低调地穿梭在漆黑如墨的天幕下，街灯与车灯融合在一起，把昏沉的夜色点亮。

进入市区，不少商店的橱窗里装扮着充满圣诞氛围的挂饰，红红的圣诞帽、绿绿的圣诞树，还有那闪闪的小灯泡。

果然，圣诞节与雪天更配。

轿车慢慢开进一条胡同，最后在一家由四合院改建的高级餐馆前停下。

餐馆坐落在静谧的小巷里，于繁华的帝都闹中取静。

它的外观是地道的帝都韵味，通体朱红的大门连接着两边由青砖砌成的青灰色屋脊，正对着大门的是一块砖雕影壁，依稀可见内部灯火通明。

温梨下了车，正想往里走，却被身旁的陆敛舟拦住。

这一幕，温梨无端地觉得有些熟悉。

她晃了晃神，突然想起，那次回老宅吃饭，进门前他也是这样弯起手臂等她挽。

只不过这一次天空飘着雪，漫天洁白的雪花飘落在他的肩头，瞬间将冬日的氛围拉满。

而且这一次，她好像不似那时候那般抵触了。

温梨垂下眼睫，轻轻地上前挽住他的臂弯。下一秒，她的手却被身旁的男人反手握住了。

陆敛舟温热的大掌完全把她的手包裹住，她愣怔了一会儿，一张小脸渐渐浮现出一抹绯红。

"下雪了。"陆敛舟道。

"嗯？"温梨一时没理解他的意思。

"手冷。"头顶传来清晰简短的两个字。

温梨默了默，终于反应过来他是怕她手冷，所以才没让她挽着他的手臂，而是转而牵起了她的手。

温梨乖乖地任由陆敛舟牵着自己的手入内。

一进门，就见庭院四处遍布绿植，在点点飘雪中浮现出青翠的绿意。楼梯旁是一方小鱼池，池中的金鱼悠闲怡然地游着。

二人沿着楼梯去往二楼，在服务员的指引下来到包间。

二人推门进去时，包间里陆父陆母和温父温母正坐着聊天，一看见他们牵着手进门，四人都笑盈盈地看了过来。

温梨的嘴角扬起笑意，略带歉意地说了一声："爸爸，妈妈，对不起，我们来晚了。"

"不晚，时间刚刚好。"陆母最先说话，然后笑着朝她招了招手，"梨梨，快过来坐。"

陆父也在旁边说："你有工作在身，我们又来得突然，没什么好道歉的。"

温父温母刚想说些什么，但见亲家已经说出了为人父母的心，也就笑眯眯地看着小夫妻俩点了点头，没有接话。

温梨抬头看向自己的父母，见他们朝自己点头，就想松开陆敛舟的手往陆母旁边的座位走去。但他紧紧地握着她的手，像是没打算松开。

温梨看了他一眼，只见他神色自若地牵着她往餐桌走去，一边走还一边和两家父母打招呼。

温梨被他牵着走到座位前，落座后他依旧没有松开手。

正当温梨不明所以时，温父问起了她工作上的事："最近工作怎么样？我听说你来这里是录节目的。"

"嗯……"温梨弱弱地应了一声。她一直没和父母提过这件事，怕他们觉得这是不务正业。

她正想着该怎么解释，陆母突然接话了，话语间都是关切："录节目累吗？会不会不习惯、不适应呀？"

"不是很累。"温梨略微摇了摇头，说，"开始时会有些不适应，后来还好。"

温母听见她的话，笑了笑，下意识地说："小纪经常录节目，你可以跟他讨论经验嘛。"

温梨回道："嗯，妈妈，我今天就是和纪哥哥一起录节目的。"

刚说完，温梨就觉得手被握得更紧了。她垂眸看去，只见陆敛舟正用略带薄茧的指腹在她手背处轻轻地摩挲。

他的动作透着亲密，温梨没懂他是什么意思。不过他的动作很轻，她也就任由他握着了。

大家有一搭没一搭地说着话，很快就有服务员进来上菜。直到菜品在桌面一一摆好，要动筷子了，陆敛舟才松开温梨的手。

吃饭时，父母聊天的话题就从温梨身上转移至陆敛舟的生意上。

陆敛舟耐着性子回答着他们的问题，但商业上的事情温梨一向不太懂，只听了听，没有搭话。

温梨安静、专心地吃着饭，本以为话题已经绕开了自己，却没想到长辈谈论的话题总会转到谁家今年抱孙子孙女了，哪家不久前又添外孙了，话里话外都围绕着小孩子。

温梨上次在老宅逃过了这个话题，但现在很明显逃不过被两家的父母一起催生。

温梨偷偷地望了陆敛舟一眼。恰巧他也转过头来看她。

在尴尬的话题下猝不及防地对视，像是被抓包，而且他的眼神意味不明，温梨的脸倏地热了，讪讪地移开了目光。

就在温梨移开视线的时候，陆敛舟不咸不淡地说："不急，温梨还小。"

温梨的呼吸一滞。

短短几个字，陆敛舟说出来的语气明明很平缓冷静，但偏偏带了一层禁欲又蛊惑的矛盾感。

而且他说这样的话，长辈听在耳里还以为他们在生孩子方面已经达成了共识。

但实际上他们在这方面分明没有任何经验。

这个人……怎么在长辈面前说谎眼都不眨？

温梨的脸颊泛着绯红，垂眸看向餐桌底下陆敛舟正搭在膝盖上的那只冷白的手。

突然，温梨伸出食指在陆敛舟的膝盖骨处戳了一下。她本意只是想对他这大言不惭的行为做一个提醒，殊不知这个动作落在他眼中就蒙上了一层娇嗔的意味。

陆敛舟的薄唇缓缓掀起一抹极淡的弧度，反手将温梨细白的手扣住，顺势放到了自己的大腿上。

温梨的左手被他掌心灼热的体温烘烤着，动了动，想把手抽回来，却被他骨节分明的大掌紧紧攥着不放。

陆母瞥了自家儿子一眼，转而从温梨身上入手："梨梨，小孩子多可爱呀，你不觉得吗？"

温母看着女儿，也意有所指地说："不小了，我生你那年也才二十多岁。"

陆母与温母对视一笑后，重新转头看着温梨，问："梨梨，是不是因为工作有点儿忙，你还不想要孩子呀？"

两位母亲一人一句轮番上阵，温梨被绕晕了，连忙摇了摇头不假思索地说："不是，不是，我想要。"

她这话一说出口，包厢里安静了半晌。

看着父母纷纷向自己投来欣慰的目光，温梨茫然地眨了眨眼，才突然反应过来刚刚自己说想要孩子！

她说她想要孩子，而陆敛舟刚刚说不急，那么在父母们听来，肯定就会理解成他们之所以还不生小孩，问题出在陆敛舟身上……

温梨恨不得找个地缝钻进去。

她刚刚被两位母亲你一句我一句给绕进去了，紧张得都没来得及思考就脱口而出。

温梨羞赧地低下了头，把脑袋埋得低低的，根本不敢看陆敛舟。

她竖起耳朵，专注地留意着陆敛舟的反应。

但身旁的男人只是安静地坐着，完全没有任何动静，好像全然没有听到她刚刚说了什么似的。

温梨暗暗地松了一口气，心想，是不是该庆幸他没听见。

最后还是话一直不多的陆父说了一句："年轻人有自己的想法，这种事他们自己心里有数。"

果然是陆父，一语定乾坤，温梨不禁悄悄舒了一口气。

Chapter 06

吃完饭从餐馆出来，街上的雪越下越大。鹅毛般的雪花晶莹剔透，纷纷扬扬地落下，丝毫没有要停的迹象。胡同的地面上铺了一层薄薄的雪，路上满是深深浅浅的轮胎印和路人的脚印。

陆敛舟牵着温梨站在车前和父母们道别，等父母们离开后，他们才上车。车门轻轻地关上，冰冷的风雪被阻挡在外面。轿车平稳地启动，在飘雪中驶离。

温梨和陆敛舟安静地坐在后排，谁都没有先说话，车厢内静谧安逸。

温梨微微往后倚在座椅靠背上，餐桌上那尴尬的一幕依旧在她的脑海里挥之不去。为了避免尴尬，她干脆合起眼，假装在休息。

陆敛舟偏头朝温梨看了一眼，知道她在假寐却没有打算揭穿她。他的目光无声地在她那张小脸上扫视了一圈。

街外的灯光透过车窗玻璃影影绰绰地落在她娇俏的面颊上，额前的两缕发丝温柔地垂落在两颊旁。

她的眼皮随着呼吸起伏轻轻地颤动，长长的睫毛像两把小扇子似的，在脸上投下两道淡淡的阴影。

陆敛舟的目光从她的眉眼处一点点下移，最后落在她红润的樱唇上，她娇艳欲滴的唇在昏暗的光线下闪着旖旎水光。

陆敛舟的喉结上下滚动了一下，半晌后才收起肆无忌惮的视线。

温梨安静地闭着眼，并不知道陆敛舟已经将她的脸仔仔细细地打量了一遍。

宽敞的后座被温暖的氛围包裹，车外是簌簌的雪落声，温梨在舒适惬意的环境中不知不觉放松下来。

白天录节目时她耗费了许多体力，现在倚着柔软的座椅，困意就袭了上来，不一会儿便拖着疲倦的身体渐渐睡沉了。一直到轿车稳稳地停在了公寓的地下车库，司机把后车门打开，她都没有醒。

陆敛舟绕过车子走到温梨那边，微微俯下身把她横抱出了车厢，动作轻柔小心，生怕把她吵醒。

他抱起温梨转身后，司机轻轻地把车门合上，然后连忙小跑到电梯前按下上行的按钮。

电梯门开启，陆敛舟侧了侧身，抱着温梨走了进去。

司机跟在他身后步入电梯，抬手想按下楼层按钮时，陆敛舟用嘴型无声地吩咐："顶层。"

电梯缓缓上行，陆敛舟低头看向怀里的温梨。她的睡相很好，恬静乖巧的样子看起来就像一只温驯的小猫咪。

从电梯里出来，司机把公寓门打开后，陆敛舟抱着温梨走向卧室。

他在大床前把她轻轻地放下，转眸看了一眼她脚上的黑色尖头靴，小心翼翼地把它们脱下，然后伸手掀起丝绒被给她盖上。

从卧室出来，陆敛舟朝候在玄关处的司机说："你下班吧，没什么事了。"

"好的，陆总。"司机恭敬地应了一声，离开公寓时把门轻轻地带上。

偌大的公寓重新归于安静。

陆敛舟转身回到卧室，单手扯松领带，看了一眼温梨熟睡的模样，放轻脚步往衣帽间走去。他随手抽了一件衣服，一边解开衬衫的扣子一边往浴室走去。

陆敛舟打开花洒，哗啦啦的水流声从浴室传出来。

温梨在睡梦中皱了皱眉头，紧接着被水流声吵醒了。她缓缓睁开眼睛，侧头朝窗外看去。

漆黑的冬夜透着寒意，露天阳台的绿植上挂着尚未消融的雪花。

温梨愣怔了半晌，才反应过来自己在车上睡着了，而现在已经回到了公寓里。

淅淅沥沥的水声从浴室传来，温梨舔了舔唇，有些口干舌燥。她翻身下床，先是走到玄关处换上棉拖鞋，然后才去厨房倒水。

因为整个人依旧带着蒙眬的睡意，她的眼神还没聚焦，动作显得有些迟缓。她眯了眯眼，伸手从台面上取过一只玻璃杯，迷迷糊糊地斟了半杯水。

正准备端起杯子喝水时，她手一滑，杯子从手心处掉落。

玻璃杯摔在地上发出极清脆的声响，在寂静的夜幕中格外响亮。

温梨吓了一跳，瞬间彻底清醒过来。

一地的水渍，满地的狼藉。

温梨看了地上那破碎的杯子半晌，轻叹了一口气，缓缓蹲下身子，伸手准备将玻璃碎片捡起。

在她的指尖刚要触碰到破碎的玻璃碴时，手腕蓦地被拉住，一道低沉、紧张的声音从头顶传来："不要捡。"

温梨还没反应过来，一双大手便从她腰侧穿过，把她整个人腾空抱了起来，远离地上的那堆碎玻璃。

下一秒，温梨的脚尖重新回到地面。

站稳后，她才看清陆敛舟的那张脸。

他幽深的眼底是不加掩饰的担忧，他炙热的掌心还搭在她的腰上，眼神在她身上上下打量了一遍，问："受伤了吗？"

陆敛舟温热的气息喷洒在温梨的额前。她略微仰起头，目光上移，清晰地看见了他微凸的喉结。

温梨飞快地移开视线，紧抿着唇线，摇了摇头。

陆敛舟缓缓松开她，把她的双手握起仔细地端详了一遍，发现虚惊一场后才松了一口气。

温梨一动不动地站着，视线微微上抬，撞进陆敛舟那漆黑如墨的眼眸中。

陆敛舟浑身湿漉漉的，额前的碎发还沾着水汽，显然是洗澡时突然听见了声响，还没来得及擦干就随便套上衣服跑了出来。

他身上淡淡的沐浴液香气若有似无地传到温梨的鼻尖，把她的心绪撞得一片混乱。

他的肌肤上还带着水珠，洇湿了半敞开的衬衫。温梨目光下移，落在他的胸膛上，脸不由得一点一点泛红。

二人挨得极近，她的脸颊与他的上半身相差不过几厘米，他衬衫底下的腹肌若隐若现，惹得她心跳加速。

陆敛舟垂眸看她，问："刚刚发生了什么？"

温梨低着头，他看不见她脸上的表情和神色，只能看见她毛茸茸的头顶。

"我倒水时不小心打碎了玻璃杯。"温梨的声音有点儿低，像是做错事的小孩子。

陆敛舟闻言，转身重新倒了一杯水给温梨递去。同时，他勾起嘴角，另一只手忍不住在她头顶上宠溺地摸了摸，哄道："吓坏了吧，下次小心点儿。"

温梨接过水，感受到他手心的体温从头顶传来，一张小脸蓦地羞红了。

温梨握紧手心里的杯子，问："那……地上这些碎片怎么办？"

陆敛舟语气温和道："你不用管，我会清理。"

温梨点了点头，捧着水杯走回了卧室。

温梨回到卧室后，陆敛舟才回到衣帽间重新换好衣服。

地上的玻璃碎片很快就被打扫干净，地面的水渍也被一并清理了。

陆敛舟回到卧室，看见温梨坐在床边，水杯放在了床头柜上。她已经脱下大衣外套，贴身的米黄色针织长裙勾勒出她曼妙的身形，雪白的肌肤若隐若现，一头长鬈发随意地散落在肩头。

陆敛舟的喉结滚了滚，不动声色地向她靠近。

"妈妈，我们回到公寓了。"

"你们早点儿休息。"

"晚安。"

温梨正专心致志地和父母发消息，告诉他们自己到家了。

直至陆敛舟半个身子凑到她身前，阴影投在她大腿上，她才愣愣地抬起头。

陆敛舟垂眸看了一眼，瞥见她手机屏幕的聊天框顶上的备注写着"妈妈"。

突然，他的嘴角勾起，脑海中浮现出她在餐桌上回应父母们催生时的那一幕。她说，她想要孩子。

温梨见他的目光别有深意，按灭了屏幕，收起手机。

"怎……怎么了？"温梨的红唇动了动。

陆敛舟挑了挑眉，俯下身子靠近她的耳畔，温热的气息均匀地喷洒在她的耳边，一字一板地问她："你说，你想要孩子？"

原来他听见了！

原来他那时只是假装没听见，然后等待时机找她秋后算账！

温梨觉得有些羞报，咬了咬唇重新对上他的视线。

陆敛舟目光灼灼，嘴角漫不经心地勾起，紧紧盯着她。

显然，他在等她的回答。

"我……"温梨无意识地咽了咽口水，绷紧后脊支支吾吾地解释，"不是，你别误会……"

"我误会什么了？"陆敛舟挑了挑眉，眼底含笑。

"那……那是我在父母面前随口胡诌的。"话音刚落，温梨转念一想，急忙朝他说，"而且，你也说了，不急……我……还小。"

说到最后，温梨因为心虚，声音低了下去。她往床后挪了挪，拉开二人之间的距离。

陆敛舟瞥了一眼她后退的身子，眼睛微眯，道："我那也是在父母面前随口胡诌的。"

温梨没敢看他的表情，指尖轻轻地抵在床上，柔软的被子被她压出浅浅的褶皱。

突然，温梨想起陆敛舟比自己大五岁，就睁大眼睛问他："难道你很急？"

陆敛舟挑了挑眉。

温梨继续说："因为你比我大好多呀！"

陆敛舟敛了敛神色，比她大五岁就比她大好多吗？

温梨在他面前面不红心不跳地转移话题："我可以喊你叔叔。"

陆敛舟有些泄气。

喊纪丛"纪哥哥"，喊他就喊"叔叔"？

温梨盯着陆敛舟那晦暗不明的脸色，也不知哪来的胆子在他面前信口胡诌。

突然，陆敛舟的手臂略微一用力，推动温梨的肩头，把她轻轻地按在床榻上，一双黑眸自上而下地盯着她。

他的胳膊撑在她身体两侧，嗓音有些压抑，低低地问："你喊我什么？"

面对他突如其来的靠近，温梨的心脏剧烈地跳动。呼吸起伏间，她的胸脯几乎与男人的胸膛相贴。

"叔……叔叔。"看着陆敛舟那张近在咫尺的俊脸，温梨的耳尖一点点红起来。

压在她身上的陆敛舟把头埋在她的颈窝附近，转而凑近她耳畔重重地咬字："温梨……我看你是忘了我们已经结婚了。"

他的呼吸喷在她的锁骨附近，转而移至她的耳尖。

温梨的大脑一片空白，一双剪水秋瞳亮晶晶的。看着陆敛舟幽深的眼睛，温梨迅速找回理智。他的意思很明显，她和他已经结婚了，再怎么样她也应该称呼他"先生""丈夫"或是"老公"，反正不能是"叔叔"……

但也有可能，他是在指夫妻义务。温梨突然脸红了。不管如何，此时陆敛舟的姿势对她来说有些危险。正当她试图寻找一个合适的称呼他以打断此时的窘迫时，突然听到他在自己耳旁哑声说："不许喊叔叔，但可以喊哥哥。"

温梨还维持着背脊紧贴床面，听到这话，蒙了一下。这是什么奇怪的要求，不许喊叔叔，可以喊哥哥？

她问："为什么喊哥哥？"

陆敛舟说："你喊纪丛纪哥哥，就不能也喊我哥哥？"

温梨看见陆敛舟好看的眉头拧起，表情怪怪的，似乎是在吃醋。

迟钝的她心底不禁浮现诧异，不知道他为什么那么在意自己喊纪丛"纪哥哥"，却没有喊他"哥哥"。

"你和他不一样啊……"温梨认真地解释，"我从小就喊他纪哥哥，可是我跟你又不熟，当然也没有这样喊……"

温梨后知后觉地捂住了自己的嘴，好像说错话了……

陆敛舟似笑非笑地重复："不熟？"

温梨想了想，他们无论是小时候还是长大后，统共也没见上几面，她和他确实不熟啊。但看着陆敛舟越来越靠近的脸，温梨有点儿慌，生怕他因为这一句"不熟"而找自己算账，于是连忙伸直手臂推了他一把，转移话题道："我要去洗澡了！"

陆敛舟丝毫没动，依旧撑在她身前，目光在她那张娇憨的小脸上认认真真地扫视了半晌，最后落在她的唇上。

温梨紧张地盯着他，明显感觉自己浑身发烫。

陆敛舟看她原本雪白的肌肤蔓延上了一层绯红，像熟透了的樱桃，于是勾了勾嘴角，在她耳边一语双关地调侃了一句："熟透了。"

说完，他才松开了她。

温梨愣了一下，"不熟"怎么突然变成"熟透了"？

半晌后她才反应过来，他指的是她现在的脸红得像熟透了……

见陆敛舟直起身子，温梨连忙从床上坐起，匆匆跑到衣帽间拿上衣服，看也没看他，径直跑进了浴室里。

陆敛舟坐在床边看着她落荒而逃的背影，难得地低头轻笑了一声。

"咔嗒"一声，温梨把浴室的门锁好，站在镜子前平复自己的心跳和呼吸。

缓过来后，温梨开始卸妆。她从盥洗台面的盒子里抽出一片化妆棉，倒了些眼唇卸妆液在上面，然后慢吞吞地擦着自己的红唇。

两秒后，温梨像是突然想到了什么。她把手上的衣裙放在一边，从口袋里掏出手机，打开浏览器搜索：男生比自己大五岁，叫哥哥还是叔叔？

温梨看了一眼弹出的搜索结果，没想到还真有人问过这种问题。只不过那些回答说什么的都有，有说看辈分的，有说看性格的，还有说看两个人关系的……

其中一个特别的回答吸引了她的目光。那人说："不排除那种幼稚的男生喜欢被叫叔叔。"

那陆敛舟喜欢被叫"哥哥"，是不是正好相反？因为他太过成熟，所以想被喊得年轻一些？还是说他是个"妹控"？

温梨摇了摇头，丢下手机，遏止住自己脑海里千奇百怪的念头，伸手捏住裙摆轻轻地往上一拉，把针织长裙脱了下来。

温梨洗完澡后磨蹭了好一会儿才从浴室里走出来。

回到卧室时，她看见陆敛舟正坐在靠近落地窗的单人沙发上，一身干净的白色棉质衬衫衬着宽肩，领口处解开两粒纽扣，随意却又暗暗给人高冷的贵公子气。

一个暗红色丝绒礼盒摆在他手边，墨绿色的丝带垂落在他的腕骨边，冷白的肌肤与墨绿色的丝带形成强烈的反差。

暖黄的吊灯垂下，四目相对间，气氛有些微妙。

温梨轻咬下唇，问他："你……怎么还没睡？"

闻言，陆敛舟轻轻挑眉，抬手看了一眼腕表，慢条斯理地说："我还以为你会到十二点以后才出来。"

温梨不知道他葫芦里卖的什么药。

陆敛舟拿起礼盒，起身缓缓朝她走去。

"还好赶得上。"他在她身前站定。

温梨盯着他手上的礼盒，问："这是……什么？"

"送你的。圣诞快乐！"

温梨沉默了一下，圣诞礼物？可是她没给他准备。

陆敛舟见她没动，伸手把礼盒打开。里面是一条镶钻的锁骨项链，细细的一条，特别精致。

温梨仔细地看了一眼，才发现那一串小吊坠设计得别出心裁，是由雪花、星星、月亮、雨滴、闪电、白云和冰晶组成，在暖黄的吊灯下闪着细碎的光芒，俨然一片微型的烂漫的宇宙星河。

钻石被切割成不同自然气象的具象形状，像北极光一样闪耀，就像把自然界偷藏了起来。

闪闪发光的气象学，抵挡不住的梦幻。

温梨不禁有些惊喜，他的这份礼物简直完美踩中了她的喜好，太懂她了。

"可惜风没有形状。"陆敛舟有些惋惜。

"风有形状的。"温梨温柔地和他解释，"它是翻飞的树叶，是水面的波纹，是天际的风筝，是蒲公英的飘絮，还可以是夏日缱绻的晚风吻过脸颊……"

陆敛舟勾了勾嘴角，透过昏黄的光线看着她。她说话时盈盈美目流转，一眨一眨的，像是溢满了星星，让人愿意把一切都捧到她面前。

陆敛舟将礼盒捧到她面前，隔了几秒才缓缓问："不喜欢这礼物？"

温梨闻言，微仰起头回答他："没有，我很喜欢。"

说完又盯着他那双幽深的眼眸，无意识地咽了咽口水，道："谢谢你的圣诞礼物。"

陆敛舟略一挑眉，催促道："那你不接吗？"

温梨连忙伸手接过，将它捧在手心里。

陆敛舟从丝绒盒子里取出那条项链，慢条斯理地走到温梨背后。

温梨愣愣地说："可是我没有给你准备圣诞礼物。"

陆敛舟站在她身后，手指勾起她脖颈后的发丝，呼吸均匀地打在她的耳根处，令她感觉酥酥痒痒的。

温梨细密的睫毛轻颤了一下，指尖不自觉地挠了一下掌心。

那触感冰凉的钻石项链掠过她纤细的脖颈，锁扣被扣上。

紧接着她听见陆敛舟用略带磁性的声音说道："我想亲一下你的脸颊，可以吗？"

温梨疑惑地偏了偏头，问："嗯？"

陆敛舟稍稍凑近，好像有些绅士，好像透着纯洁，又好像说得真诚。

"可以吗？" 一秒……

两秒……

三秒……

卧室里安静得连根针掉到地上的声音都能听见，空气沉寂得像是一场无声电影。

温梨能清晰地听见自己剧烈的心跳声，像是烟花朵朵绽放的声音。她紧张得要命，丝毫不敢看向身后的男人，但又明显感觉到对方的目光避无可避，只好轻轻地点了一下头。

陆敛舟的喉间溢出一声极轻极低的笑，他贴近温梨，嘴唇轻轻地落到她左侧的脸颊上。

他吻的位置有点儿靠近嘴唇，但又没有碰到，若即若离，浅尝辄止。

温梨细腻娇嫩的肌肤突然变红，红晕逐渐蔓延开。

陆敛舟离开她脸颊的那一刻，落下三个字："回礼了。"

温梨疑惑道："嗯？"

"风的形状……确实很浪漫。"陆敛舟意有所指。

这男人也太厉害了吧！她以前怎么没有发现？

露天绿植上的雪渐渐消融，清晨的微光透过卧室落地窗映在暖色的羊毛地毯上。

闹钟还没响，温梨就睁开了眼睛，一头长鬈发随意地散在床铺上。因为昨晚十二点左右才入睡，她躺在大床上缓了好一会儿才从迷茫中清醒过来。刚想转身，温梨就发现自己的腰被一条手臂揽着。她沿着手臂看去，映入眼帘的是陆敛舟那张轮廓分明的脸庞。

二人此时的动作就像是陆敛舟整夜都怀抱着她，可她明明记得昨晚入睡时二人都还是安静地睡在各自那一边。

温梨刚挪动了一下身子，陆敛舟便好似本能一般收紧了手臂，使得二人之间的距离瞬间缩小。温梨愣愣地看着他那距离不足半掌的面孔，他的眼睛紧紧地闭着，好似还沉沉地睡着。

温梨被他修长有力的手臂紧紧锁着，小巧的鼻尖差一点儿就与他高挺的鼻梁相触，温热的呼吸纠缠，频率几乎快要同步。氛围无端变得局促而暧昧。

温梨悄悄地挪开脑袋，然后小心翼翼地弓起身子，打算将他搂在自己腰间的手臂拉开。因为怕他会被自己弄醒，温梨的动作轻柔而谨慎。她将手放在陆敛舟的手臂上，抓起他的手臂轻轻地往上提了提，然而并没有提动半分。

即使睡得很沉，陆敛舟的胳膊依旧牢牢地将她困在怀里。

温梨呆呆地看着天花板，一时没了办法。正当她犹豫不决时，放在床头柜上的手机振动了起来。

温梨转头看了一眼屏幕上的来电显示，是学校科研处处长打来的。

许是手机振动的声响把陆敛舟吵醒了，他缓缓地松了扣在她腰侧的手。

温梨连忙撑起身体，拿起手机离开了床铺。

在落地窗前站定，双脚踩在柔软的地毯上，温梨的心底有些疑虑，处长一大早打电话给她做什么？

她没过多思考，撩起垂落在耳旁略微散乱的长发，按下了接通键，压低声音道："处长，早上好，我是温梨。"

处长回应了她的问好后，直奔主题："小温，是这样的，我刚收到你们系里的科研经费预算表，我看你的科研经费比原先敲定的少了二分之一，这样的话，你的那个气象预测系统和应用可视化远程交互平台可能就没办法搭建了，我就是想给你打个电话确认一遍。"

"嗯？"温梨一时有点儿蒙，急忙确认，"处长，您没看错吗？本来已经确定好的科研项目经费怎么会无缘无故地少了二分之一呢？"

"我也不太清楚你们系里面的决定。"

温梨虽然震惊，但还是飞快地思考后回复他："处长，我现在在外面出差，我先给系主任打电话问问情况再回复您，可以吗？"

"好，可以，你再跟你们系里确定一下。"

温梨连忙点了点头，应了下来："好的，好的，非常感谢处长，您费心了。"

挂断电话后，温梨又给系主任拨了一个电话，但没有打通。

她只好给同事打了一个电话，得到的回复是系主任今天一早在院里开会，估计一上午都没空，让她下午再试试看。

温梨站在原地，心里有些焦虑。她又打了几个电话，但没有人能和她解释清楚。窗外是帝都的景色，从这个高度几乎可以俯瞰整个城市，但她此刻却无心欣赏。默默地叹了一口气后，温梨收起手机，目光扫过衣帽间里那抹骄矜疏离的身影。

陆敛舟不知道什么时候已经从床上起来了，此刻已经洗漱完毕，正站在衣帽间里略微仰着头，单手整理着衬衣上的那排扣子。他身上的衬衣干净整洁，舒展优越的肩颈轮廓把上衣面料衬得利落挺括，眉眼间云淡风轻，透着一股距离感。

温梨抬手摸了摸锁骨处的项链，想起他在她身旁时流露出来的温柔，还有昨晚那极轻的吻……温梨的脸颊再次浮起红晕。她弯了一下唇，轻手轻脚地往洗漱间走去。

温梨站在浴室盥洗台的镜子前，举着电动牙刷，盯着镜子中的自己，一边刷牙一边飞快地在大脑里理性地分析。这笔科研经费对她目前研究的项目很重要，如果缺少了资金，那她就没办法构建一个三维大气动力框架，项目就推进不下去。更何况，这笔资金早就敲定好了，不知道为什么突然变卦了。

思来想去，温梨最后决定回 T 大一趟，当面把这件事情问清楚。温梨吐掉牙膏沫，快速地洗漱完毕，出来后发现陆敛舟已经不在衣帽间里了。

温梨往客厅外走，看到书房的门半合着。陆敛舟应该在里面处理工作，温梨没去打扰他，径直回衣帽间收拾行李。

打包行李的过程中，温梨给小榆和导演组打了一个电话，说想请假。刚好距离第三期节目的录制还有好几天的时间，节目组爽快地答应了，让她回去处理自己的本职工作。

温梨将行李箱从卧室里推出来，一直推到玄关处。她扶着行李箱的把柄，站直身子，转身往书房走去。书房的门虚掩着。温梨在门前站定，抬起右手轻轻地把门推开了一些。

陆敛舟背对着门坐在书桌前，指腹有一下没一下地敲击着桌面，似乎是在思考。从这个角度，温梨能清楚地看见他电脑屏幕的界面，应该是在和商业合作伙伴开视频远程会议。

温梨不想打搅他工作，指尖捏着门把手，动作轻柔地重新把门合上，然后默默地走到玄关前，掏出手机，点开和他的聊天对话框，发了几句话。

"学校有点儿事，我需要赶回 S 市一趟。"

"我走了。"

给他发送过去后，温梨打开公寓门，坐电梯下楼，直接打车去往机场。

从帝都回S市的航程不长不短，温梨坐在头等舱的座位上，打开电脑认真地研读学术文献，尝试运用水平球面算子和垂直算子对气候模拟框架的可行性和运算效果进行检验。

直到飞机落地，温梨才回过神来，缓缓合上电脑，拿出手机按下开机键。

屏幕亮起后，她接连收到了好几条短信，提示陆敛舟在她关机时打来过好几个电话。

还有好几条来自他的未读消息。

"你到哪儿了？"

"我可以帮上忙吗？"

"下次就算我在工作，你也可以打断我的。"

看着手机弹出的一条条提示短信，温梨突然想起之前他们的关系一直很冷淡，那次她提离婚，他也只是打了一通电话，没有接到就没有下文了。

仔细想想，在琴域江畔那晚，他在晚宴时给她打了一通电话，打通后一直不出声，直到她问他是不是哑巴。

似乎是从那晚之后，他慢慢地变了。

走出廊桥后，温梨给陆敛舟回了一个电话。

响了不过半秒，电话就接通了。

温梨将听筒贴近耳畔，陆敛舟浑厚低沉的嗓音立刻传来："到S市了吗？"

温梨轻轻地"嗯"了一声，然后问了一句："你开完会了？"

"开完了。"陆敛舟顿了顿，不疾不徐地补充了一句，"我现在准备回S市。"

"嗯？"温梨闻言愣了一下，问，"你不是去出差的吗？工作都处理好了？"

陆敛舟声音极低地应了一声："嗯。"

温梨有些将信将疑，这两天好像没看到他处理什么工作呀。

"投资上有些事需要来和节目组谈谈。"仿佛知道她在想什么，陆敛舟波澜不惊地回应她，"昨天都和导演组商量好了。"

"哦，好吧。"温梨点了点头。

"你学校的事棘手吗？"

"还不知道，具体情况我下午去学校问问才清楚。"温梨回答完，双方陷入一阵沉默。

见他没说话，温梨轻声问："那我先挂了？"

正当温梨准备挂断电话时，陆敛舟开口问她："你回陆曳江岭住吗？"

闻言，温梨顿住脚步，想起出差前那几天她为了避开他，一直住在莫簌的公寓里，而现在他们已经睡在同一张床上了……

想到这个，温梨又有点儿脸红。沉默了半晌，她才缓缓地回答他："回。"

听到温梨说回陆曳江岭住，陆敛舟的嘴角勾起浅浅的笑，说："我让司机去机场接你。"

"不用，不用。"温梨下意识地摆了摆手，道，"我就不等司机过来了，我自己去T大就好。"

电话那端默了默，陆敛舟沉沉地回复她："好，路上小心。"

"嗯。"

挂断电话，温梨取了行李从机场出来，伸手拦了辆出租车。

机场距离T大有将近五十分钟的路程，温梨下午三点半左右才到学校。

进实验楼后，温梨直奔系主任办公室。

在门口站定，温梨还没来得及伸手敲门，办公室的门就被人从里面打开了。

迎面出来的正是系主任，他穿着一件灰褐色棉衣，手上拿着几本书和一摞试卷。

"温梨？"系主任看到她，明显有些惊讶，问，"你不是在出差吗，怎么回来了？"

温梨连忙往后退了退给他让出路，开门见山道："主任，我今早给您打过电话……"

"对！"系主任拍了拍自己的额头，说，"我看到了，但因为今天事情有点儿多，就没有回你。"

系主任一边把办公室的门带上，一边问她："你回来是特地来找我的？"

温梨点了点头，道："主任，我是想问问您关于科研经费的事……"

温梨还没解释完，系主任便已听懂了她的来意，径直打断她，说："这个事我知道，不过我现在赶着去上课，你等我下课，然后我们再聊，好吧？"

他的语气有点儿急，温梨还想说点儿什么，就看见系主任朝她摆了摆手，抬起脚步匆匆离开。

看着他的背影消失在走廊的尽头，温梨只好把后面的话咽了回去，默默地向自己的办公室走去。

"温梨老师？"在楼梯转角处，温梨被迎面走来的一个男人喊住。

那是一张陌生的脸，年纪看起来和她差不多，身穿深蓝色休闲夹克，一副年轻有为的模样。

温梨对他没有印象，不知道他怎么会知道自己的名字。

温梨微微颔首，招呼道："你好，你是？"

男人的脸上挂着一丝真诚的微笑，他伸出手，自我介绍道："我是系里新来的老师，我叫周林。"

温梨也伸出手握了握，说："周林老师，你好，很高兴认识你。"

二人各自收回手后，空气安静下来，气氛一时有些拘谨。

温梨先开口问他："你今天刚入职吗？"

"不是，我入职好几天了。"周林耸了耸肩，道，"刚好这几天你出差了，所以不知道。"

"原来如此……"温梨笑了笑。

"我看了你参加的那档节目《奥·秘》，一直想认识一下你。刚巧今天就碰见了，怎么样，那边的工作结束了吗？"

温梨对上男人的目光，发现他比外表看起来还要健谈。她礼貌地说："谢谢你的关注，节目还没录制完，我之后还要再去，现在就是中途回来处理一下工作。"

周林点了点头，表示理解："那这几天我们应该有机会共事。"

"是的，以后请多多关照。"温梨轻轻地颔首，问，"你刚入职，工作开展得还顺利吗？"

"还行，目前没遇到什么困难。"

"如果有什么需要帮忙的，可以和我说。"

"好，提前谢谢了。"

二人初次见面，互相寒暄一番后，温梨才回了自己的办公室。

下午五点半，下课铃刚一响，温梨便赶忙往系主任办公室走去。

办公室的门敞开着，系主任刚刚回来，正在办公桌前收拾资料。

温梨伸手敲了敲门。

"进来。"听见敲门声，系主任略微抬了抬头，停下手头上的动作和她示意，"小温，坐。"

温梨进门，二人一起在会客的沙发上落座。

"我知道你想问为什么你的科研经费减少了一半。"系主任开口直奔主题，"很抱歉没有提前通知你，但是系里也是昨天才做的决定，比较突然，所以就没来得及通知你。"

温梨微蹙眉头，问他："可是这笔经费不是之前就已经确定了吗？怎么突然就缩减了一半？"

"是这样的，因为系里最近新来了一位老师……"系主任顿了顿，"你应该还没见过吧？"

"新老师？是周林老师吗？"温梨下意识地想起了他。

"对。"系主任点了点头，"你们见过？"

"今天下午打过照面。"

"哦，就是他，因为周老师刚来，所以系里面就决定先拨一些款项给他开展研究，也算是照顾一下新老师。"

"但是我的实验方案和运算模型是根据这个预算经费拟定的，现在资金缩减了一半，整个课题恐怕就得搁置了。"温梨还想争取一下，"主任，您也知道气象卫星遥感这个课题很重要，对社会意义很大，如果能成功实现气象防灾减灾预警，可以极大地挽回人们生命和财产的损失。"

"小温，这其中的意义我当然很清楚。"系主任还是一副公事公办的语气，"但是你的这个课题目前在领域里也只是一个超前的想法，你也知道，它难度很大，要想攻克真的很困难，这笔资金对推进你的项目固然有帮助，但是它对于一个急需启动资金的新老师来说帮助会更大，所以我们决定还是先照顾一下新老师，如果有新的资金拨下来，我们一定会优先安排到你这个项目上。"

温梨咬了咬唇，只能接受系里的决定。

从系主任办公室出来，天色已完全暗了下来。

华灯初上，温梨默默地收拾了一下，然后打车回陆曳江岭。

回去的路上，温梨的心里有些愁闷。她把头轻轻地靠在车窗上，指尖无意识地在围巾的边缘处划了划。

科研经费已经确定缩减二分之一，系里面决定的事情她没办法再挽回了，和系主任又沟通无果，她有些茫然。

窗外的景色快速地划过，温梨仰头看了一眼夜幕下的穹顶。

繁星点点，似乎触手可及。

遥想天际之外的卫星遥感，有一个声音清晰地在她耳边叫嚣，那就是她不想放弃这个课题，就算缺少资金她也希望能坚持下去。

这个课题是她刚来T大便着手的项目，她为此付出了全部的心血，项目能进展至此，也全靠她的坚持，就算再难，她也希望能尽自己的努力尝试做出来，才不辜负自己对这份职业的初心。

这么想着，温梨豁然开朗，内心突然安定下来，像是有了继续坚持下去的勇气和信念。

回到陆曳江岭，温梨拎着小行李箱走进小花园。

罗婶有一段时间没看到温梨回陆曳江岭了，见她提着行李走来，连忙笑眯眯地给她开门，招呼道："太太终于回来了。"

温梨笑着说："对，我回来了。"

"太太有两个星期没回来住了。"罗婶伸手接过温梨的行李，说起最近的事，"先生这两天也没回来，这别墅里就很安静。"

听见罗婶提起陆敛舟，温梨轻声问："他和我说今天回来，还没到吗？"

"先生吗？"罗婶摇了摇头道，"还没。"

"那我问问。"

温梨脱下大衣，拿出手机给陆敛舟发了一条消息："你还没到吗？"

罗婶说："太太，那我现在去准备晚饭。"

消息发送去后，温梨放下手机，点了点头说："好，那我先上楼洗个澡。"

"好的，太太。"

温梨转身往楼梯口走去，刚准备抬脚迈上台阶，手里的手机突然振动了一下。

她停住脚步，低头解锁屏幕，微信弹出消息，是陆敛舟。

"刚刚到机场。"

温梨握着手机，站在阶梯上给他回复。

"我刚到陆曳江岭。"

"等你一起吃晚饭？"

陆敛舟很快回复："不用。"

"从机场回家的路程不短。不用等我，你先吃。"

温梨回道："嗯……好。"

温梨收起手机上楼，从衣帽间拿了套换洗衣服进浴室洗澡。

十五分钟后，温梨洗完澡下楼，简单地用过晚饭后，又抱着笔记本电脑往楼上书房走去。

她已经决定即使资金减半也要坚持把课题做下去，所以接下来需要做的便是尝试能不能在方法层或者驱动层探索出一个替代的方案。

但其实并不容易，因为这个课题本来难度就不低，即使在经费充足的情况下也很难攻克，现在还平白增加了难度，更加困难重重。

这个课题是开创性的理论研究，温梨检索了目前领域内最前沿的文献，试图寻找新的方法。然而，她并没有查到多少可供参考的资料，只有两篇英文文献有提及相似的概念，但也只是概念性的设想。

她只好沿着这两个思路开始尝试。

吃完晚饭，温梨就一直专心地坐在书桌前工作，直到实在熬不住了，她才看了一眼时间。

凌晨一点零五分。

居然已经是深夜了。

温梨把分析处理的谱图保存下来后，才合上电脑，往卧室走去。她吃力地睁了睁眼，走到房间门口时，看到卧室门半掩着，有灯光从里面透出。

她轻轻地推开门，发现陆敛舟就坐在落地窗的书桌前，正在低头办公。

看到他这么晚还没睡，温梨有些诧异。

她进门，轻声问："你什么时候回来的？我都不知道。"

陆敛舟听见她的声音，倏地抬起头看她。她的眼睛红红的，明显很疲累。

陆敛舟起身，说："我不到八点就到了。看到你在书房忙就没打扰你。"

"哦……"温梨点了点头，不自觉地打了一个哈欠。

陆敛舟在她身前垂首看她，无奈地笑了笑，没忍住摸了摸她头顶，柔声道："快睡吧。"

温梨挑眉问他："那你呢？"

"我也睡。"

"嗯？"温梨眨了眨眼，说，"所以你一直没睡是在等我？"

似乎是累极了，温梨说话时的语气软糯，眼角处含着一抹我见犹怜的胭红，像染了一层湿漉漉的水雾。

陆敛舟的目光落在她那张楚楚可怜的小脸蛋儿上，一双大掌无声地揽着她瘦削的肩头，在她锁骨肌肤附近摩挲了一下。

半晌后，他松开她，不疾不徐地抬起拇指，轻轻地在她眼尾那抹胭红处拭了拭。

"嗯，"陆敛舟的嗓音发哑，"是在等你。"

闻言，温梨微微仰起头，就着他的手腕揉了揉眼，勾唇一笑，一双好看的鹿眼弯成了月牙。

陆敛舟见她疲乏的模样，忍不住地心疼，于是收回手上的动作，一把将她打横抱起，迈起长腿往床铺走去。

温梨蓦地失重，迷迷糊糊间本能地伸出手搂紧了他的后颈。

走到床边，陆敛舟微微俯下身把温梨放在柔软的床铺上，顺手替她把被子掖好。他再次伸手揉了揉她的头顶，轻声说："快睡吧。"

在他直起身子要离开的瞬间，温梨下意识地拉住了他的手腕。

陆敛舟扭过头，温梨娇怯的神色落入他眼中。他嘴角一勾，笑道："我陪你？"

漫长的夜晚，暖黄色的灯光，窗外只有浓稠的夜色和朦胧的月。

温梨困顿的眼眸中只剩下陆敛舟的那张脸，在静谧朦胧的夜里就像是无声的诱惑。她耷拉着眼皮，轻轻地点了点头。

陆敛舟的喉结上下滚动，半晌后才走到另一侧，掀开被子上床。

一躺下，陆敛舟的长臂就探入被褥里，将温梨绵软的身躯揽入怀中。

二人互相依偎在一起，各自独特的气息在被窝里缱绻交缠。

陆敛舟身上有一股极淡的沐浴液香气，温梨微眯着眼，轻轻地嗅了一下。

冷冽的松木香味萦绕在鼻尖，给辛苦工作到深夜的她一种安心感，让她渐渐地放松下来。

温梨在他怀里缩了缩，慢慢地闭上了眼睛。

陆敛舟的呼吸有些粗重，因为竭力克制，导致他手臂上的青筋浮起，在冷白的肌肤上尤为明显。

他差一点儿就忍不下去了。

但是垂眸看她那怠倦的模样，他不忍心大半夜的还不让她睡觉。

他真的舍不得。

最终，他只是垂下脑袋，在她额头上落下一个吻。

吻得很轻，轻柔且克制。

翌日清晨。

天色蒙蒙亮，黎明的天际刚泛起鱼肚白。

温梨醒来，愣怔的双眼扫过床头柜上的手机。她抬手把它拿起，按亮屏幕。

不过早上六点。

可能因为惦记着课题，她醒得特别早。

温梨放下手机，转身看了一眼睡在她旁边的陆敛舟。

他还没醒，高耸的眉骨下是紧闭的眼眸，性感冷峻的嘴角抿得很直，一条手臂还圈在她的腰肢处。

温梨的眼睫毛轻颤了一下，想要轻手轻脚地从他怀中撤出来。只是她刚一蜷起身子，他就睁开了双眼，目光沉沉地望向她。

温梨对上他的视线，张了张嘴，说："对不起，我没想吵醒你的……"

陆敛舟缓缓收回手臂道："睡不着？"

温梨双手撑起身体，摇了摇头道："不是，我想早点儿去学校。"

"你继续睡，我洗漱时会尽量小声点儿的。"温梨又补充了一句，然后转身下床，匆匆去浴室洗漱。

陆敛舟没有照她说的再睡一会儿，而是径直翻身起床。他走到浴室门前，上半身倚靠着门板，低声开口："是工作上遇到了什么棘手的事吗？"

昨晚她才熬夜工作到凌晨，现在又要一大早出发去 T 大。

温梨正闭着眼低头洗脸，听见他低沉的嗓音，睁开眼睛，按停水龙头，问："什么？"

水流哗啦啦地流着，她刚刚没听清。

陆敛舟走近半步，来到她身前，低声问："最近很忙吗？"

温梨直直地盯着他，白皙的脸颊上挂着一层细密晶莹的水珠，好似出水芙蓉一般。

半晌后，温梨才反应过来他好像是在关心她。她的心底像是黄油融化一般变得柔软，回答他："是有一点儿忙，因为项目上的事需要重新调整一下。"

几秒的沉默后。

"我能帮忙吗？"陆敛舟问。

温梨想了想，澄澈的琥珀色眼珠子一转，摇了摇头。

"我们专业不对口。"温梨笑了一下。

陆敛舟哑然。

温梨回过身，正准备继续洗漱，转念一想，问："你怎么不继续睡了？"

她停下手头的动作，透过镜子望向他，有些不好意思地问："是我吵到你了吗？"

"不是。"陆敛舟回答她，嘴角突然勾起一抹淡淡的戏谑，"一个人睡不着。"

这次轮到温梨哑然。

那之前的二十多年是怎么睡着的？

自从决定要尝试推演出一个新的替代性实验方法后，温梨就特别忙，除了吃饭睡觉，就是暗自和棘手难搞的课题较劲，一连好几天都早出晚归。

每天早上不到七点半温梨就到了 T 大，然后便瞬间进入工作状态中，一直到晚上六点多下班回到陆曳江岭，吃过晚饭后又抱着笔记本电脑继续认认真真地工作。

直到跨年夜的前两天，S 市下起了雨。

气温骤降，寒风伴着冬雨袭过，因为承受不住雨水的冲刷，枝头的残叶随之打落。T 大校道两侧被湿透的树叶铺满，行人走在路上都会溅起几滴雨水。

十二月的 S 市，落雨的日子不多，刚好今天是周五。下午五点一过，系里的许多老师就准备早早回家。

"温梨，你还不回家吗？"其中一位老师提着包走过，看到温梨还埋头在办公桌前忙碌，不由得顿下脚步问她。

温梨循着声音的方向抬起头，微笑着应道："我还没忙完。"

"你最近这几天每天都忙得不可开交，你看你那小脸蛋儿都瘦了一圈了，要注意劳逸结合呀。"那位女老师看到她眼眶下的乌青，语气中透着些许心疼，"趁着周末好好休息吧。"

温梨弯起嘴角，从善如流道："好，我把这个算法推完就回家。"

温梨见她手上挎着包，又说了一句："周末愉快。"

"嗯，你也是。"

同事离开后，温梨又重新把心思放在算法上。

只是没过多久，同事再次折返回来。

听见脚步声响，温梨抬起头问她："怎么又回来了？"

"嘻，忘了拿伞。"同事径直往办公室的角落走去，打开抽屉，抽出里面的一把折骨伞抖了抖，和温梨说，"外面下雨了，你等下离开时记得把伞带上，别像我一样再跑一趟。"

温梨笑着应了一声，看着她匆匆离开的背影，嘱咐了一声："路上小心。"

同事举起手中的伞晃了晃："好。"

办公室里再次归于安静。

温梨歪头看了一眼窗外，玻璃上面沾染了一层斑驳的水汽，雨幕将校园的景色叠加了一层朦朦胧胧的滤镜，道路上绽开着一朵朵各色各样的伞花。

温梨低头翻了翻自己的柜子，并没有发现雨伞。看样子，她没在办公室留下备用伞。

既然没带伞，也不着急回去了，何况工作还没完成，她干脆把心思全部放在眼前的气象数据上，打算等到雨停了再回家。

陆曳江岭。

晚上七点。

陆敛舟从陆廷总部回来，一踏进门就下意识地去找那抹熟悉的身影。

寻找无果，他低头解开手上的袖扣，朝罗姊问："温梨在楼上吗？"

罗姊摇了摇头，道："太太还没回来。"

闻言，陆敛舟愣了一下，问："还没回来？"

他知道她这几天工作上的事情很棘手，天天忙到深夜才休息，但一般情况下她最晚也会在七点回家吃晚饭，吃完后又继续跑去书房忙，不知道今天怎么还没回来。

他转头看了一眼窗外，细密的雨水落在小花园中的绿植上，雨水顺着叶尖滴落，在石板地面上泛起无数圈圈层层的波澜。

陆敛舟的眉头皱了一下，默默掏出手机给温梨打了一个电话。

一分钟后，提示无人接听。

他转而打开微信给她发了两条消息。

"还在忙？"

"在哪儿？在 T 大吗？"

发送过去后，陆敛舟转身寻了把黑色长柄雨伞，准备出门。

罗婶见他迈开长腿往雨中走去，连忙喊了他一声："先生，晚饭已经做好了，今晚炖的鸡汤，要不您先用餐？"

陆敛舟顿住脚步，转过身朝罗婶说："你盛一些，我带去找温梨。"

"好的。"罗婶应道。

陆敛舟又从雨幕中回到别墅的门口。

仅走了来回两步路，他锃亮的切尔西鞋面就覆上了一层薄薄的水雾。

站在玄关前等待罗婶的时候，陆敛舟又给温梨拨了两通电话，但是依旧没有人接听。他握着手机，不禁短暂地失神。

"先生。"罗婶在他背后喊了一声，把手中盛好的鸡汤递给他。

陆敛舟转身接过鸡汤，然后将黑伞打开，再次走入雨中。

罗婶站在门口望着，他一身利落沉稳的黑色，连同黑色的伞一起消失在夜色中。

她从前很少见自家先生这样，仿佛连背影都盈满深情。

司机早已候在车前，只等陆敛舟的到来。

雨珠滴滴答答打落在伞面上，溅起零星的水花，最后顺着伞缝汇聚成细细的雨丝，落到石板小径上。

陆敛舟微微躬身，上了车，笔直微收的西裤刚好带起一截裤腿。

低调的黑色豪车从陆曳江岭出发，穿梭在茫茫雨幕中，不到半个小时就到了 T 大的实验楼前。

司机躬着身，一边撑着伞一边扶着后座的车门。

从后座出来，陆敛舟将自己手中的雨伞打开，同时朝身后的司机嘱咐了一句："在这儿等我。"

司机弯身应道："好的。"

陆敛舟撑着伞伫立在实验楼下，微微仰头看了一眼整栋楼唯一亮灯的房间，才缓缓抬步。

从楼梯上到三层，楼道里的灯光不算明亮，但是尽头处的那间办公室没关门，房内的灯光倾泻而出，将门外晦暗的走廊照得明亮。

陆敛舟走到尽头，在门前站定，视线落在房内那抹熟悉的纤细的身影上。

温梨正握着笔低头运算，心无旁骛地在一张 A4 稿纸上写写画画，认真专注的神情一如那次他在国际学术中心遇见她作报告之时。

陆敛舟站在门口无声地注视了数秒，温梨丝毫没有察觉到。

半晌后，他才抬手轻敲了一下门。

温梨闻声抬起脑袋，看清陆敛舟那张俊逸的脸后，握笔的指尖不自觉地收紧。

"你……你怎么来了？"她的语气听起来像是惊讶，又像喜悦。

就连温梨自己也分辨不出来究竟哪种心情更多。

陆敛舟的嘴唇一勾，微微俯身将黑色的长柄雨伞立在门框边上，进门朝她走去，将鸡汤放在她的桌面上。

他随手打开，语气中带了几分调侃："夫人在加班，我来给她送晚饭。"

"怕她……"陆敛舟顿了顿，"废寝忘食。"

被他一语中的，温梨有些脸红。她今晚确实忙得忘了吃晚饭。

食盒里冒着腾腾热气，是用花菇和虫草花炖的鸡汤，食材的香气一下将她肚子里的馋虫勾起。

陆敛舟一只手动作利落地将她桌面的资料挪开，另一只手自然地将鸡汤端到她面前。

温梨的目光被他的手吸引住了。不得不说，他有一双极其好看的手，线条流畅，修长有型，骨节分明。

陆敛舟看她呆愣在原位，缓缓地说："我给你打过电话。"

被他的嗓音拉回思绪，温梨惊讶地挑起眉，一边抓起放在边上的手机，一边懊恼道："啊……我调了静音……"

陆敛舟语气平静和缓地"嗯"了一声，随即转身将一旁的椅子搬到她旁边，与她相邻而坐。

温梨正准备端起碗，见到他的动作，蒙了一下，问："你……你看着我喝？"

陆敛舟轻道："嗯。"

他的坐姿略显随意慵懒，一双黑眸紧紧地盯着她。

温梨咽了咽口水，突然有些不好意思。

见她这副模样，陆敛舟随手拿起她桌上的文献资料，漫不经心道："你喝你的，不用管我。"

"嗯。"

温梨小口地喝着，吃相很文雅，几乎没有发出什么声响。

整个办公室安安静静的，只剩下窗外的雨声还有陆敛舟偶尔的翻页声。

"你这个课题是想通过卫星遥感测控气候、水文、植被等数据，从而实现气象防灾减灾预警，还有指导退耕还林和荒漠化治理？"

温梨刚好喝完，放下碗的同时点了点头。

陆敛舟继续翻阅着，薄唇间溢出四个字："想法不错。"

他那口吻听起来就像是一个在批阅文件的老干部，很有陆廷集团掌舵人的风范。

温梨不由得轻笑了一声，回他："谢谢陆总抬爱。"

陆敛舟愣了一下，视线从那几页资料中抽回，转移至温梨那张小脸上。她的黛眉挑起，眉眼弯弯的，笑起来似乎带着点儿梨子味的清甜。

陆敛舟不由得放下手中的那沓资料，倾身凑到她面前，低声说："喊我陆总？"

温梨一惊，这个话题怎么那么似曾相识？她转念想起上一次喊他"叔叔"，他也是用这种眼神看她。

"不然喊哥……哥哥？"温梨说完，有点儿害羞地别开脸。

陆敛舟挑了挑眉，说："那你再喊一声，加个姓氏。"

"嗯？"

"就像喊陆夫人一样。"

"陆……陆哥哥？"

似乎是听到了令他心满意足的答案，陆敛舟直起了身子。

在他面前乖乖喊他"陆哥哥"，温梨无端地感到一丝羞耻。

她收回目光，把面前的食盒收拾好，然后看向身旁的陆敛舟。

"现在跟我一块儿回去吗？"陆敛舟直直地看向温梨。

他的坐姿疏离清贵，询问她时的语气却带着几分认真温和。

温梨偏开眼，望着自己面前还没处理完的工作，说："我还没做完，要不你先回吧。"

陆敛舟站起身，随手将椅子放回原来的地方。

"那你忙你的，我在楼下等你。"说完，他低头整理了一下袖扣，将她面前的食盒拎在手上，这才不紧不慢地离开。

直到陆敛舟的身影消失在视线里，温梨才重新将注意力集中。

他说他在楼下等她，这一句话给足了她安全感。

温梨勾了勾唇，继续按照现有的思路推演下去。

雨水打在后排的车窗上，但因为隔音效果很好，车内的人并没有受到干扰。

陆敛舟端坐在车内，手里拿着几份刚签过名的文件，瞥了一眼车窗外，温梨办公室的灯光还亮着，从雨雾中看去，那光亮隐隐约约的。

陆敛舟垂眸看了一眼腕表，已经是十一点四十分了。他的眉头皱了一下，她已经好几天凌晨才睡了，也不知道她这种状态还要持续多久。

这么想着，陆敛舟将手上的文件放下，又朝窗外看去。

大约过了两分钟，办公室的灯熄灭了，陆敛舟敛了敛眸，坐直身子。

司机通过后视镜看到陆敛舟的动作，急忙拿着伞从驾驶座下来，替他打开了车门。

陆敛舟下车后接过伞，站在车旁。等待温梨下楼的过程中，他突然回忆起了那次她给他发的消息。

她说："你有空的话我们聊一聊，我就在你公司楼下。"

那时他在欧洲出差，会议结束后才看到那条消息，可是已经过去好几个小时了。

也不知道那时她在他公司楼下等了多久，那时候她的心情该有多难受，等不来他的人，也等不来他的回复。

陆敛舟用指腹摩挲着伞骨的长柄，终于意识到从前的自己其实很浑蛋。

他很庆幸……很庆幸她还在。

直到温梨的那抹身影出现在视野里，陆敛舟才压下情绪，撑着伞朝她走去。

滂沱的雨幕将四周的一切都蒙上了一层朦胧的滤镜，但此刻，他却觉得她那张小脸格外清晰，像是很早以前就已经深深地印在了他的心底。

陆敛舟在温梨面前站定，张开双臂拥住她，紧闭着双眼，仿佛脱力了一般，说："对不起。"

温梨蒙了一下，不明白他为什么无缘无故地和她说对不起。但他的怀抱无比虔诚而有力，像是要将她深深地揉进自己的怀里，一辈子都不放手。

"你……你怎么了？"温梨不解地问，"为什么说对不起？"

他的怀抱炙热，气息逼人，温梨的心脏如迷路的小鹿般乱撞。呼吸起伏间，她那张脸蛋儿几乎与他的胸腔紧密地贴在一起。

陆敛舟久久未语，温梨在他胸口闷闷地开口："好像应该我说对不起，我让你等太久了。"

闻言，陆敛舟将她拥得更紧，低哑地在她耳旁呢喃道："那天下午你在我公司楼下等了我多久？"

温梨伏在他怀里，沉默了半分钟才反应过来，原来他是在为之前的那次道歉。

"我在你公司楼下就等了五分钟……之后我就去对面的星巴克了。"温梨的语气有些无奈，她那次还真没有觉得委屈。

陆敛舟还是无声地拥着她。

良久后，他轻吻她的耳尖，低声道："以后换我等你。"

陆敛舟屏着呼吸等待温梨的回应。

他的声音透过沉沉的雨声传入耳畔，让温梨有刹那的失神。

虽然课题陷入一团乱麻，但感情却像一记直球。

最终，温梨弯起嘴角，低低地"嗯"了一声后，缓缓伸出双臂回抱住他。她的掌心紧贴着他挺括的西服面料，气氛温存又缱绻。

这个拥抱很亲密，从远处看就像是热恋中的情人彼此相拥。

温梨第一次主动回应陆敛舟。她轻抚着他的后背，觉得自己好像一步步走近了他，从陌生到熟悉。

在结婚后的第四个月，她承认，自己好像有点儿喜欢上陆敛舟了。

而且她还有点儿想改变自己当初的想法了。

理解感情，好像要比研究气象模拟的算法来得容易。没有那么多复杂的弯弯绕绕，没有那么多烦琐的公式运算，好像就只是一瞬间的感觉，水到渠成。

二人就这样安静地在伞下相拥，仿若一场无声的电影。

谁都没有再说话，似在享受深冬午夜的旖旎，又似心照不宣地沉沦在这潮湿氤氲的氛围内。

不知过了多久，陆敛舟松开了温梨，空着的那只手牵上了她的手。他牵紧她的手，将她拥入怀里，一把雨伞完全倾向她那边，将她头顶上方完全笼罩住，以免她淋到雨。

"很晚了，我们回家。"

"嗯。"

细密的雨水打落在陆敛舟另一侧的肩头，将他崭新的西装外套均匀地铺上了一层薄薄的水雾。雨珠逐渐沁入内衬，黑色西服的颜色更暗了一层。

司机早已在车前等候了许久，见状，立马撑着伞上前替他们打开了车门。

二人走到车前，温梨弯身钻进车厢，紧接着，陆敛舟也朝她靠了过去。

司机将车门合上，寒冷的雨水以及滴答的雨声都被隔绝在了车窗外。

陆敛舟不用再撑伞，双手终于得空，见温梨转头看自己，嘴角勾起一抹淡淡的坏笑。

他的目光在昏暗的后排显得格外幽深，似乎一眼就能让人沦陷。

在他倾身过来的前一秒，温梨像是预感到了什么，伸出右手无意识地拽向他的领带。

陆敛舟顺势拉住温梨的手腕，另一只手的掌心扣住她的后脑勺，蓦地低头吻向她樱红的唇。

他的唇落下，由浅入深，一寸一寸地攻城略地，最后拉她一起沉沦。

温梨拉住陆敛舟身前的领带，指腹摩挲，不似想象中的光滑，略带粗糙感，却似乎将她残存的意识和理智都抽去。

男人的吻温柔却霸道。

明明是截然相反的特质，却被他的动作微妙地融合。那是一种氛围，他的动作很霸道，但他的吻很温柔。

稀薄的氧气被他的吻褫夺，温梨小声地呜咽出声。

幸好他们接吻的地点是在车厢的后座，她还不至于太狼狈。她想。

即使后排明显散发着缱绻缠绵的气息，司机却没敢看一眼，只是默默发动汽车，缓缓驶离实验楼前。

直到陆敛舟的领带被温梨扯松，他才松开了她。

温梨低垂着眉眼，将他的领带紧紧攥在手心，没敢看他的表情。

陆敛舟却瞄到了她娇怯的神色，用略带薄茧的指腹轻拭她湿漉漉的唇，然后伸手一把将她揽在怀里。

温梨窝在他的怀里，平复着自己紊乱的心跳和呼吸。

空气中依旧浮着一丝暧昧。

温梨悄悄伸手摸了摸自己发烫的脸颊，然后才后知后觉地反应过来，为什么二人明明是初次接吻，而他却像是轻车熟路般？仿佛他曾经接过很多次吻，所以吻技才会那么熟练。

这样想着，温梨努了努嘴儿，伸出手在陆敛舟的腰侧轻轻地戳了一下。

"你之前和谁接过吻？"她问。

陆敛舟的喉结上下滚动，突然听见她的声音低低传来，才勉强压下自己的欲望。他低头刮了刮温梨的鼻尖，道："我没有和其他人接过吻。"

听见他的回答，温梨的心底像是打翻了一罐蜜糖。她扬起嘴角在他怀里侧了侧身子，还是没放过他，问："那你怎么那么会？"

不知是不是因为羞赧，温梨的声音渐渐低了下去，不过陆敛舟还是听懂了。

他轻笑了一声，俯首在她的头顶亲了亲，慢条斯理地落下一句："因为我想吻你，蓄谋已久。"

温梨的脸颊再次红了，试图将他的领带缠绕在自己的指尖上，以分散注意力。

陆敛舟垂眸看她葱白如玉的手指被他蓝灰色的斜纹领带缠绕，那动作竟然有一种勾人却不自知的意味。他敛了敛神色，只好继续竭力地克制自己的情绪。

一直到车子驶出 T 大，温梨脸颊两侧的红晕都没有退去。

原来接吻是这种感觉，她第一次知道。只是结束之后，她的心头一直萦绕着一股羞耻感。

因为他们是在她平时工作的楼下接的吻，这个地点让她感到害羞的同时又有一股刺激感，感觉好像一不小心就会被人逮住，被人发现。

她只好暗自庆幸这个时间点这里空无一人。

回陆曳江岭的路上，为了掩饰自己初吻过后的羞赧，温梨一直将脸埋在陆敛舟的怀里。而他的怀抱，也让她觉得格外恬适惬意。

从早上七点多到晚上十一点半，温梨在办公室整整忙碌了十六个小时，现在已经疲倦倦极了。但是陆敛舟的怀抱就像是为她专设的一般，让她在长时间的工作后能逐渐放松下来。

一路上，陆敛舟好像能懂她的疲惫。他没有过多的言语，只是安静地将掌心覆在她的背脊处，一下一下地轻抚着，甘愿奉上自己所有的耐心。

轿车在夜色中驶入江畔别墅区，沿着蜿蜒的道路而上，最终平稳地停在别墅的小花园前。

司机将车熄火，提着伞将驾驶座车门打开。温梨见状，连忙从陆敛舟怀里坐起身。这是下意识做出的反应和动作，或许是还没习惯在他人面前和他做亲密的行为。温梨心想。

陆敛舟端坐着，看她那副不好意思的模样，难得地轻笑了一声。

温梨有些害羞。司机打开后座车门后，她赶忙跳下车往别墅里去，也没等陆敛舟一起。

罗婶一直在等他们回家，因此即使已经过了深夜十二点，客厅里的灯还亮着。

罗婶看他们一前一后地走回来，不禁有些疑惑。但二人的眉梢都染着笑意，看起来又不像是吵架了的样子。

"太太，回来啦？"罗婶笑眯眯地问。

"嗯。"温梨腼腆地应了一声，打过招呼后径直往二楼跑去。

陆敛舟进门时刚好抬头瞥见温梨那抹背影消失在楼梯的尽头，不由得顿住了脚步，无声地笑了笑。

司机紧随着他进来，将食盒递给罗婶后便候在一旁。

罗婶接过食盒，小声地喊了一声："先生？"

陆敛舟收回目光，语气平缓道："没什么事了，你们下班吧。"

二人躬了躬身，依言退下。

片刻后，陆敛舟也抬起脚步往楼上走去。

直到跑进卧室里，温梨才发现自己竟然还攥着接吻时她从陆敛舟衬衣衣领上扯下来的领带。

温梨盯着手里的领带半晌，突然，安静的卧室响起"咔嗒"一声。

屋内的灯被人按亮。

"跑那么快做什么？"低沉的男声在身后响起。

温梨一惊，倏地转过身。

陆敛舟正伫立在卧室门口，修长的手指还搭在双控开关上。

他此时已脱下了西装外套，只穿着简单的衬衣、西裤，衬衣的左肩附近还印着深深浅浅的水渍。

温梨的目光从肩头那片水渍转移至他下颌锁骨的区域。

他全身上下都一丝不苟，唯独衬衣的领口处被她扯出了皱褶。最顶端那颗歪斜的扣子恰好顶在他凸起的喉结附近，那"衣衫不整"的痕迹，仿佛无声地提醒着她二人在车里发生了什么。

见温梨呆呆地看着自己，陆敛舟朝她走了一大步，手掌抵在她不盈一握的腰肢上，眼神晦暗不明，有些不满地说："跑那么快，怕我吃了你？"

温梨觉得陆敛舟说这句话时眼底好似藏了一簇炙热的小火苗，那眼神看起来就像是能把她扒干净吃了。

当然，虽然心底是这么想的，但温梨没有这么回答他。

陆敛舟的掌心依旧紧紧地贴在温梨的腰侧，即使隔着一层大衣布料，依旧是无言地撩人。

温梨悄悄地吞咽了一下，红着脸和他说："你……别这样看我。"

"那应该怎么看？"陆敛舟将环在她腰上的那只手一点点收紧，然后俯身在她耳旁低声说，"夫人来教教我。"

温梨恨不得找个地缝钻进去。

今晚的陆敛舟好像一杯特调的烈酒，浑身上下充盈着未知的蛊惑，与平日里禁欲沉稳的模样大相径庭，让她又怯又羞，却又不可自制地沉沦。

温梨用力地呼吸着，将自己仅剩的理智找回。

应该怎么……看？

温梨正思索着该怎么回答他，却突然瞧见他低头的动作，立刻伸手推了推他。

就在陆敛舟将唇贴近她耳根的前一秒，温梨将一直攥在手心里的领带丢回给他，一本正经地说："你可以把你的眼睛捂起来。"

这样就不用看了。

那份亲昵缠绵突然被打断，陆敛舟的眉头稍稍蹙起，直勾勾地盯着她锁骨上方那截香软白皙的脖颈。

就差一点儿，就差一点儿他就亲上去了。

温梨看见陆敛舟的眼神里似乎闪过一抹淡淡的怨念。

第一次见他在自己面前丢脸，她不由得勾起了嘴角，眼中闪着狡黠。

陆敛舟缓缓收回目光，低头看了一眼她扔回来的领带，唇边突然划过一抹奇怪的笑。

"夫人是想……用领带蒙眼？"他的嗓音里带着坏。

温梨问："什么？"

温梨顺着他的话联想了一下，立马惊得眼皮一跳。

陆敛舟的视线紧锁在她脸上，将她面部细微的表情变化尽收眼底。她眨眼时，那两扇纤长的睫毛上下掀了一下，像两只小猫爪在他心底挠了一下似的。

陆敛舟的喉结滚动了一阵，突然盯着她，继续饶有兴趣地说："我可以。"

温梨睁大眼睛问："什么你可以？"

陆敛舟扬了扬手中的领带，眼神意味十足地说："你说，把眼睛捂起来。"

温梨的脑海中自动幻想出一身高贵的陆敛舟被领带蒙住双眼的场景。

蓝灰斜纹领带单单将他那深邃立体的眉眼蒙上，只余下高挺笔直的鼻子、薄削紧抿的嘴唇，还有那锐利分明的下颚线。

温梨不由得羞红了脸。

陆敛舟仿佛猜到了她在想什么似的，诱惑道："想试试？"

温梨听见他的话，陡然回过神来，摇了摇头道："不是！"

而且，她才没有那意思！

这只是凑巧，她早就想把领带还给他了，只是单纯的物归原主，根本没有那层暗示性的意味。

"我……我……"温梨张了张唇想解释什么，但抬头看见面前的男人正目光沉沉地注视着她，她就退缩了。

越解释越乱，算了！

温梨没敢再看他，丢下一句："我要去洗澡了。"

然后从他面前转身，从衣帽间匆匆取过衣服跑进了浴室，逃之夭夭。

陆敛舟看着她落荒而逃的背影，哑然失笑，心道，也太不经撩了。

温梨站在浴室里，平缓好呼吸，将绾起的长发散下来。

她瞥了一眼镜子中的自己，一张脸颊连带着耳尖处都漾着红。她不由得伸手对着自己发烫的脸扇了扇风，然后轻手轻脚地脱去衣服，光着脚丫子踩进了淋浴间。

水珠顺着花洒头淋下来，温热的水流打在发丝以及肌肤上，将她全天的疲惫都冲了去。

二十分钟后。

温梨将身上的水珠拭干，又用毛巾随手擦了擦湿淋淋的头发，套上衣服走出了浴室。

出来时，陆敛舟正站在落地窗前。似乎是听到了她开门的声响，他刚好转过身来看她。

他那件衬衣最上面的几颗扣子已经解开，将凸起的喉结完全暴露出来，隐约间还能看见锁骨的曲线和紧实的肌理。

温梨讪讪地收回目光，小声说："我洗完了。"

陆敛舟略一颔首，抬起脚步径直朝她走去。

她的头发只擦得半干，几颗水珠顺着发梢滴落，恰好被她精致的锁骨上窝接住。

陆敛舟在她面前站定，一双黑眸依旧紧紧地注视着她。

面对他的靠近，温梨有些紧张地攥紧了手里的毛巾，急急地提醒他："你快去洗澡，然后把身上这件湿衬衣换了，不然容易感冒。"

或许是听出了她话语里的关心，陆敛舟勾了勾嘴角，低低地"嗯"了一声，却在转身前突然伸出手指将她颈肩处落下的几颗水珠拭去。

温梨本能地往后躲了一下，却被陆敛舟俯身拦住，温柔地制止："乖……"

男人略带薄茧的指腹在她脖颈处的肌肤上一寸寸游走，带起了她一连串的战栗。那动作暧昧而又温存。待到上面的水珠都被自己的指腹带走，陆敛舟才心满意足地松开她，往卫生间走去。

温梨愣在原地，咬着唇看他离开的背影，怎么看都好像透着得逞的意味。

陆敛舟洗完澡出来时，温梨刚把电吹风插上电。

她还没开始吹头发，他就洗完了，没想到他这天洗澡这么快，不过两三分钟就搞定了。

陆敛舟略一抬头，见温梨盘腿坐在床边看他，于是走到她身前将她手里的电吹风接过。

温梨看着他的举动，突然有些蒙，问："你……也要吹头发？"

陆敛舟没吭声，在她身后站定。

二人之间瞬间挨得很近。

温梨下意识地想往前挪，却被陆敛舟制止了。他的嗓音低沉："我不吹，我帮你吹。"

闻言，温梨眨了眨眼，有些怔然。

陆敛舟伸手轻轻地将她颈后的头发撩起，调了调吹风机的挡位，然后打开吹了起来。

温梨一开始还有些担心他会将自己的头发勾住，毕竟以他的身份和经历来看，应该是不懂怎么给别人吹头发的。

但出乎意料的是，他做得很不错。

陆敛舟的手指若有似无地擦过温梨的耳根，她觉得有些酥酥痒痒的，但还是乖乖地坐着没动。

此时已是深夜，将近凌晨一点了，雨也终于停了。

窗外夜色如墨，落地窗的玻璃上还挂着一道道斑驳的水痕，一片迷蒙。

没有了雨声，房间内又安静了一些。

陆敛舟吹头发时的动作很轻柔，像是生怕弄疼她似的，温梨静静地享受着他的服务，在一天的忙碌过后终于得以小憩。

温热的暖风有一下没一下地吹拂着，温梨觉得有点儿困，眼皮子开始打架，然后慢慢闭上了眼睛。

温梨那头乌黑秀逸的长发又多又密，像黑色的瀑布一样，陆敛舟吹了大约十分钟才完全吹干。

陆敛舟将吹风机关停，温梨迷迷糊糊地感觉到世界突然安静下来了。

陆敛舟站起身，将电源线拔掉，俯身说："吹好了。"

温梨吃力地睁了睁眼，依旧一动不动地坐着，温顺乖巧得仿佛任人摆布一般。

陆敛舟心头有些痒，忍不住凑近她的额头，在她眉心处落下一个轻浅的吻。

温梨伸出手掌挠了挠他，含混不清地嘟哝道："我好困……"

陆敛舟本来还想做些什么，但瞧见她那张小脸满是困意，只好伸手替她掀开被子，低声哄道："好，快睡吧。"

"嗯……"温梨眯着眼点了点头，钻进了被窝。

陆敛舟帮她把被子掖好，宠溺地摸了摸她的头顶，然后抬手将房间里的灯关掉。

虽然第二天是周六，但温梨还是早早地去了 T 大。

毕竟她手头的课题因为经费的问题一时半会儿还没有眉目，她想抓紧时间再想想别的方法。

这些天来，温梨按照原先的想法，先后使用水平球面算子和垂直算子尝试搭建三维大气动力框架，但都以失败告终，自己也弄得身心俱疲。

"真有这么难吗？"在最可行的两种方法都失败以后，温梨不免开始怀疑自己，"唉，难道真的非要将驱动层和方法层结合起来不可吗？"

可本来就是因为缺乏经费，她才尝试只用方法层，现在兜兜转转又回到了经费的问题。

温梨看着桌面上那堆用于推演运算的稿纸，上头满满当当都是笔迹和字符，她重重地叹了一口气。她拿起水杯，走到饮水机前接了一杯水。

办公室外早已月上梢头。

夜晚的校道上只有三三两两散步的学生，粗大的树枝将路灯暖黄的光线阻挡了大半。

温梨捧着水杯倚靠在窗台前眺望楼下的校道，想让大脑短暂放空，然而接踵而来的是疲惫和无力感。

一直以来，她的职业生涯都很顺，大大小小的问题都能通过自己的能力解决，但现在她却有一种被扼住咽喉的窒息感。成为气象学家后，她首次出现这种感觉。她尝试了很多办法，付出了很多心血，却仅仅因为经费的问题而止步不前。

温梨拿起手机想看时间，却发现同事柯玲在傍晚六点多打来过一个电话，因为她调了静音，所以没有接到。

温梨解锁屏幕，给她拨了回去。没一会儿，电话接通，柯玲的声音传来："温梨？"

"柯玲，不好意思，我之前在忙，所以没接到你的电话，你找我有什么事吗？"温梨柔柔地说。

"我是想问你明天有没有空？请你吃个饭，算是答谢你出差前帮我修改气象模型。"

温梨想了想，说："明天可能不行，因为我周一又得回帝都了，所以想趁出差前把手头的这个课题再捋一捋。"

"哪个课题？还是那个大气框架用于卫星遥感的课题吗？"

"嗯……"温梨点了点头。

"但是你这个课题的经费不是被系里面给卡了吗？没有经费根本不可能完成的呀……"

"是，确实……我这几天一直在尝试，但都失败了，不过我还是不想放弃。"

"唉，你也真是有点儿惨，刚好碰上这个新老师。"柯玲的语气有些惋惜。

温梨蒙了一下，问："周林老师吗？碰上他怎么了？"

"嗯？你不知道吗？"柯玲的声音明显一顿，"周老师是系主任的师弟，所以系主任才特别照顾他。我刚来时不还得自己跑这跑那申请经费，哪有像他那么好的待遇……"

听到这里，温梨突然想起，自己刚来时也是辛辛苦苦申请才有项目资金的，可是这位周老师刚来就有了。她本来不清楚系主任和周老师的关系，还不觉得有什么，现在知道了，顿时一股委屈涌上心头。

温梨心里五味杂陈。她好像看不到希望了，自己的课题到底该怎么办，她现在非常茫然。

"柯玲，谢谢你的好意，下次再约吧，我这些天有些忙。"她强颜欢笑地和电话那头告别，然后匆匆挂了电话。

温梨举着手机，眼眶发酸，翻了翻通讯录，给莫籁打了一个电话。

"籁籁……"温梨咬了咬唇喊她。

"喂，梨梨，怎么了？"

"要不要出来陪我逛个夜街？"

莫籁有些惊讶地问："你回S市了吗？"

"嗯。"温梨闷闷地点了点头。

"你什么时候回来的？回来了都不告诉我！"莫籁的声音听起来有些不开心，"你说，你是不是被陆总拐走了？"

"我可是看了你第二期节目直播的，他为了追你，都套上玩偶服追到节目组里了。而且，那些网友因为他那最后半秒一闪而过的镜头都疯了，当时那满屏弹幕和评论留言的壮观场面你是没看到……"

莫籁越说越激动，温梨却没什么心情应和，语气淡淡地问她："所以要不要出来？"

"当然！美人邀约岂有不去的道理，嘿嘿。"莫籁说完顿了一下，又补充道，"况且现在才七点多，时间还早，马上来，约哪儿？"

温梨还在思考。她并没有多想逛街，只是心态有些崩溃，想放下工作去散散心，放空一下大脑。

半晌没听到温梨的回应，莫籁问她："你现在在哪儿？在陆曳江岭吗？"

"不是，在T大。"温梨回答。

"大周六晚上的，你怎么还在学校？"莫籁有些疑惑。

温梨轻轻地应了一声："课题的事没忙完，所以就过来了。"

莫籁道："那我们就在市中心那家商场见吧？离你学校也近。"

"好。"温梨表示同意。

挂断电话，温梨想起要给陆敛舟发个消息，于是点开了手机微信，给他发了一条消息。

"我今晚和莫籁约了，晚点儿回陆曳江岭。"

发过去后，温梨没等他回复，直接将手机放进了包里，收拾完东西出了办公室。

年底的天气并不暖和，街上有些寒冷而萧瑟，呼啸的风声不断响起。

因为是跨年夜的前夕，商场内外到处张灯结彩，充盈着节日的热闹气氛。

商场入口处用一串串小彩灯拼出了一句醒目的标语"新年新气象"，一颗颗小灯泡在夜色中流光溢彩，将这五个字点缀得极为吸睛。

温梨拍了张照片，便准备站在商场大门前等莫簌，但终究还是抵不住料峭的寒意，进到了室内。

商场内开着暖气，体感温度与外面的世界截然不同，而且因为二十四小时营业，此时的人流量依旧不小。

温梨从翻皮包里掏出手机，在一楼张贴海报以及摆放广告牌的旁边寻了一个位置看消息。

界面提示有两条未读消息，一条是陆敛舟十分钟前回复她的："好，大概几点回？"

另一条是莫簌刚发过来的："在路上了，大概五分钟后到。"

温梨先给莫簌发送了一个实时定位，然后点开聊天对话框回复陆敛舟："还不清楚，也许十一点多。"

想到自己这些天一直忙课题，连带着他也被迫起早贪黑，温梨咬了咬唇，又补充了一句："你今晚早点儿休息，不用等我。"

发过去后，温梨直接锁屏，将手机放进了大衣口袋里。

等待莫簌的时间里，温梨无聊地转过身，看了一眼身后张贴的一排海报。其中有一张格外眼熟，一下就吸引住了她的目光。

那是纪丛主演的电影《余烬》的海报。

一团熊熊燃烧的火焰将纪丛那抹孤独的剪影围簇在中心，和之前她在琴域江畔首映礼上看到的一模一样。

最底下两行写着：

《余烬》，黎尉导演作品

一腔孤勇，与你相逢

温梨站在海报前看得入神，突然被人拍了一下肩膀。莫簌伸手在她面前晃了晃，道："在发什么呆呢？"

温梨吓了一跳，连忙扭过头，看见是莫簌，笑了一下，说："你来啦！要不要陪我看电影？"

说完，温梨朝电影海报的方向抬了抬下巴。

莫簌循着她示意的方向看去，念道："《余烬》？纪丛？"

温梨轻道："嗯。"

莫簌收回视线，朝温梨挑了挑眉，问："你上次不是参加了电影的首映礼吗？怎么？还想再看一次？"

"上次没看成，那晚我不是脚踝受伤了，然后被陆敛舟带去上药了吗？"

"啊……有印象，但我只知道你那晚和陆总你侬我侬的，哪记得你看没看电影。"莫籁说完，调皮地吐了吐舌头。

"我那晚哪有和他你侬我侬？"温梨抿了抿唇，对她提出的这个点表示质疑。

"反正我只记得那晚你们的CP，傲娇假禁欲霸道总裁与才貌双绝气象学家小娇妻，本就很好'嗑'。"

温梨无言以对。

"怎么样？陆总就是傲娇假禁欲霸道总裁，我说的没错吧？"莫籁显然对自己总结出来的人设定位很满意，笑眯眯地问温梨。

温梨本来没把她的话当真，但突然被她这么一问，也顺着她的话思考起来。片刻过后，温梨摇了摇头，有些迷茫地说："好像对不上号，我也不知道……"

莫籁像是突然想到了什么，讶异地问："陆总该不会还没把你推倒吧？"

温梨一惊，连忙捂住了她的嘴，见周围没什么人路过才松开了手。

"看你这样子，那就是了。"莫籁摆出一副了然的模样，转瞬又压低声音，有点儿像是在自言自语，"陆总不会不行吧……"

这句话听得温梨心惊肉跳，二话不说就拽着莫籁上了直梯，去往商场顶楼的电影院。

二人购票后进场，坐着等了没一会儿，电影就开映了。

《余烬》是一出写实的年代戏。

它讲述了晚清时期的一位书生梁崇上京赶考，中途遭遇变故，被人诬骗签契约成了"猪仔"，卖到秘鲁当苦工，最后客死异乡的故事。

梁崇少年意气风发，一心求学报国铭志，却惨遭贩卖。他的命运从踏上那艘横渡太平洋的船时开始改变。

他搭船过埠时目睹了很多人因生大病而被抛下海，到秘鲁后他和其他华人又被疯狂虐待和压榨。他们在"鸟粪坑"里工作，患上了皮肤病，后来又由于长期吸入鸟粪里的一种酸性的尘，导致肺部被烧伤，最后甚至致盲。

年少时满怀一腔热血，却半生郁郁不得志。同伴一个接一个在他面前病逝，他的身心饱受摧残，最终选择了跳崖自尽，抱恨而终……

梁崇这个人物被纪丛塑造得很丰满。

而电影的名字"余烬"，代表的是以梁崇为缩影的千千万万华人，他们因各种缘故背井离乡，燃烧自己的生命，造就了遥远的美洲。

电影有着极其浓重的时代特色，不仅是温梨，影院里还有好多观众都因为这个"悲剧式"人物情不自禁地落泪。

影片氛围沉重压抑，而温梨因为经费的事情心情本就不太好，借着这部电影，她终于忍不住哭了出来。直到电影散场，灯光亮起后，温梨依旧在呜咽。虽然绝大部分观影的人都哭了，但也没像她这样缓不过来。

莫簌看着温梨怎么都止不住的泪水，顿时意识到她心里可能藏着事，于是又抽了一张纸巾递给她，一边伸手抚她后脊，一边轻声问："怎么难过成这样了？"

温梨低着头坐在座椅上，颤抖着接过莫簌手中的纸巾。

影院里光线昏暗，温梨的头低垂着，哭红的鼻子和眼眶都隐在了暗色中。

"我的课题好难，因为经费问题没办法继续做下去……"温梨紧紧地咬着唇，哭得更无助了，"我尝试着继续做下去，可是失败了……"

温梨擅长理性地处理一切，眼泪一向不是她表达自己的方式。即使最初被告知经费减半，她也只是理性地分析怎么才能继续将课题研究下去。

这是她第一次控制不住眼泪，可能是因为这次实在太委屈了。

莫簌顿时心疼不已，即使是陆敛舟疑似出轨那次，温梨都没有像现在这般痛苦。她伸手给了温梨一个大大的拥抱，柔声安慰道："梨梨，不要难过了，大不了咱不做了。"

温梨半伏在她身上，拼命地摇头道："我不想放弃，我不想……我不想……"

莫簌还想说些什么，却听到温梨吸了吸鼻子，坚定地说："等我出差回来，我还要继续尝试。"

果然是温梨，也只有她才永远说不出"放弃"两个字，即使被失败和挫折搞得身心俱疲，还是选择一往无前。

莫簌和她相处多年，自然知道她的性子。

莫簌轻轻地叹了一口气，无奈地侧过头，视线无意间落在电影海报赫然印着的四个大字"一腔孤勇"上。

多么应景。

直到从电影院出来，温梨的鼻头还泛着浅浅的粉红，若隐若现的。

莫簌不忍心就让她这样子回家，于是挽着她的手臂逛商城。

但因为温梨逛街的兴趣不大，二人只是在商城里漫无目的地走着。

在走过商城的一个拐角时，莫簌突然眼睛一亮，提议道："梨梨，这家餐厅的氛围看起来好好，我们进去吃点儿东西吧？"

温梨抬眼看去，这里不知道什么时候新开了一家法式餐厅，外面的整体色调是轻松浪漫的深蓝色，里面满布绿植，远看像一个绿意盎然的园林式花园。

莫簌温柔地抚慰道："哭了这么久，肚子也饿了吧？"

温梨其实没感觉饿，只是想找个地方好好休息一下，于是随口应道："好。"

这个时间点餐馆里的客人并不多，服务员看见有人进门，连忙迎了上来。

餐厅里的灯光半明半暗，最吸引人目光的莫过于内饰的彩绘玫瑰窗，营造了法兰西的格调。

二人跟随着服务员的步子往里走，最终在靠里的一张桌子前落座。温梨和莫簌点了一样的菜，前菜是青柠汁腌扇贝，主菜是松茸比目鱼，最后的甜点是荔枝冰激凌碎。

这是家地道的法式餐厅，前菜搭配白葡萄酒，主菜搭配红酒，最后的甜点搭配贵腐酒。莫簌本来没打算让温梨碰酒，但见她直勾勾地盯着酒杯，可怜地吸了吸鼻子，莫簌不由得叹了一口气，心一软就随她了。

科研的事情她不能帮温梨解决，但在温梨难过想喝酒时陪伴一下还是可以的。

只是，莫簌完全没想到温梨越喝越猛，一下子便醉了。喝醉以后还一直小声地嚷嚷着要回学校通宵达旦……

幸好，温梨闹腾了没几分钟就觉得晕乎乎的，然后就安静地趴在了桌子上，像是沉沉地睡着了。

莫簌缓缓地舒了一口气，走到温梨身侧坐下来。

紧接着，她听到了一阵手机振动的声响，是从温梨大衣的口袋里传来的。

莫簌翻了翻温梨的大衣，找到了她的手机。屏幕亮着光，上面的来电提醒显示是陆敛舟。

莫簌伸手轻轻地拍了拍温梨，说："你醒醒，你老公找你呢。"

温梨嘟哝了一句。

莫簌没听清，凑到她身前问："你说什么？"

温梨依旧闭着眼，蹙起好看的细眉嘀咕道："我哪来的老公啊……"

莫簌有些哭笑不得。

莫簌不由得对着温梨说："宝贝，你家陆总也有点儿太惨了吧，不仅没把你给推倒，还没有名分。"

温梨醉醺醺地半趴在餐桌上，别说接陆敛舟的电话了，就连说句话都含混不清。

莫簌犹豫了一下，最后还是替她接了电话："喂？陆总吗？"

陆敛舟早已回到了陆曳江岭，此刻正站在卧室的落地窗前。他正要开口，突然听见电话那头传来陌生的声音，目光倏地一顿。

"我是温梨的闺密莫簌。她喝醉了，没法儿接电话……"莫簌说完后，听筒里陷入一阵令人不安的沉默。

陆敛舟伸手按了按眉心，嗓音沉缓地问："你们在哪儿？我现在过去接她。"

"好的。"莫簌赶紧回道，"我们在市中心一家叫 La Forêt 的法式餐厅。"

陆敛舟说："知道了，二十分钟后到。"

"OK。"

挂断电话后，莫簌把温梨的手机放回她的大衣口袋里，耐心地等着陆敛舟来把温梨接走。温梨安静地睡着觉，没吵也没闹，乖得要命。莫簌不由得撑起身，伸手捏了捏她泛着红晕的脸颊，像是哄小朋友似的说："真乖，喝过酒就不要再难过了。"

温梨依旧闭着眼，没有回应她，像是不满被人打扰，她皱了皱鼻子把脸转到了另一边，又沉沉睡去。

二十分钟后，陆敛舟来到 La Forêt，一眼就锁定了伏在桌上的温梨。他稍敛神色，迈开长腿大步朝她走去。

莫簌原本坐在温梨旁边，看到陆敛舟西装笔挺地走来，下意识地从座位上站了起来。

不得不说，有些人即使不说话，自带的强大气场依旧给人十足的压迫感。

等他走近，莫簌喊了一句："陆总……"

陆敛舟淡淡地点了点头，将视线转移至温梨身上。

餐厅内的光线如水波般潋滟，温梨轻埋着脑袋，柔和的光线打在她脖颈那片光洁细腻的肌肤上，因为醉酒，她的耳根处隐隐约约泛着红。

两秒后，陆敛舟收起目光，回过头问莫簌："温梨怎么了？为什么喝得这么醉？"

莫簌稳住心神，和他解释："她今晚心情不太好，所以就喝多了些……"

陆敛舟的眉头蹙紧了几分，又问："心情不好？"

"嗯……她的科研经费被砍了一半，导致课题做不下去，所以有点儿难过和委屈。"莫簌简单地讲述了一下起因和经过。

陆敛舟微皱着眉头，只有在俯下身凑到温梨跟前时，眉宇才稍稍缓和。

"温梨？"他柔声叫醒温梨。

温梨迷迷糊糊间听见有人喊自己，声音好像还挺温柔的，便抬起晕晕乎乎的脑袋嘀咕了一句什么，又重新把头埋了起来。

陆敛舟伸手将温梨脸颊两侧的发丝绾到耳后，再次柔声问她："现在难受吗？"

看着二人的互动，莫簌突然意识到自己一不小心就变成了"电灯泡"。

"那个……我去结账了。"

莫簌说完，转身就要走，却被陆敛舟喊住了。莫簌循声扭头，然后就看见陆敛舟招手将服务员喊来。

莫簌本想借着结账的理由逃遁，现在只好悻悻地坐回原位，重新扮演着"电灯泡"的角色。

服务员来到桌子前，陆敛舟拿出了一张黑卡让他去刷，还给了不少的小费。

莫簌默默地坐着，心里暗暗感叹了一句：不愧是霸道总裁……

结过账后，陆敛舟又俯下身，凑在温梨耳旁轻哄道："我们回家好不好？"

"嗯……不要……"

"那我抱你好不好？"

"我不要……"

"那你想要什么？"

"我不要……呜呜……"

莫簌听着二人的对话，惊得下巴都要掉下来了……号称 S 市最不能得罪的大人物，一贯雷霆手段的陆廷集团总裁居然在耐着性子哄面前的女人。要不是亲眼见到，莫簌还真不敢相信。

几番诱哄过后，温梨终于答应离开。陆敛舟伸手取过温梨的大衣，将她裹得严严实实，然后利落地将她抱了起来。

温梨稍稍扭了扭身子，寻了一个舒服的姿势，然后便安静地窝在他的怀里继续睡觉。

临走前，陆敛舟问莫簌："我安排司机送你回去？"

"不用了。"莫簌想也没想就摆手拒绝，"我自己开车了。"

陆敛舟扫了一眼桌面上那几只高脚空酒杯，莫簌瞄见他那眼神，仿佛在说：酒驾？

莫簌赶忙证明自己："你老婆……呃……梨梨，她把我的酒都喝了，所以我没喝，能自己开车回去。"

陆敛舟当下没应，只是垂眸看向怀里的温梨，表情淡淡的，似乎在沉思。

莫簌有点儿心虚，好像一个不小心就将温梨卖了个干净。她赶忙转移话题，叮嘱道："你们先走吧，好好照顾她。"

"嗯。"陆敛舟低低地应了一声，抱着温梨走出了 La Forêt 餐厅。

看着他们离开后，莫籁也收拾东西开车回家了。

司机早已在车里等候多时。透过车前玻璃远远看到二人过来，他连忙下车将后座车门打开。

上车后，陆敛舟依旧没有将温梨松开的意思。他一只手揽着温梨的腰，另一只手覆在温梨脑后，手掌微微收拢，将她扶向自己的怀中。

司机重新回到驾驶座，缓缓将汽车发动。

陆敛舟看了一眼窗外，轻声说："不回陆曳江岭了，去陆曳豪庭。"

司机闻言，握着方向盘的手稍顿，愣了两秒才反应过来："是，陆总。"

陆曳豪庭就在市中心附近，毗邻陆廷总部，离这里很近，不到五分钟的路程。之前陆敛舟工作忙，每次下班后都回那儿过夜，但自从住回陆曳江岭后，他便再也没去过了。

市区的红绿灯多，车子走走停停，开得并不快。

温梨原本恬静地窝在陆敛舟的怀里睡觉，可汽车左拐时，她不安分地动了一下，身子失去平衡往一边偏了过去。眼看温梨就要倒下去了，陆敛舟敏捷地伸出手，将她稳稳托住。她的那张小脸就这么微仰着，定在了离他不足一掌的地方。

昏暗的后排空间，只有街边路灯的亮光从车窗玻璃透了进来，暖黄的光线忽明忽暗地映在温梨精致的五官上，平添了几分朦胧。她那娇嫩欲滴的嘴唇不染而朱，在旖旎夜色中显得尤为勾魂摄魄。

陆敛舟垂眸，视线紧紧地盯住她樱红的嘴唇，双眸晦暗不明，终是没忍住，蓦地低下头对准她的唇吻了上去。

似乎是有点儿不满在睡觉时被打扰，温梨原本舒展的眉毛突然皱起。

被吻醒后，她的一双美眸茫然地睁着，琥珀色的瞳仁含着雾蒙蒙的水光，搭配着眼尾那抹宛若桃花般的胭红，我见犹怜。

陆敛舟不由得更加动情地将这个吻加深，修长的五指没入温梨乌黑的长发，还用指腹轻轻地揉了揉温梨的耳垂。

而后，他的指节辗转，略用力一捏。

温梨在他身前无助地嘤咛了几声，但这娇嗔声瞬间被悉数吞没，最后沉溺在无声的暗涌中。

直到车子驶入陆曳豪庭的地下车库，陆敛舟才缓缓松开了她，轻轻地在她的嘴角细细摩挲，一点点拭去二人唇齿间交缠的痕迹。

温梨醉意犹在，脑袋并不清醒，只觉得唇上那温热的气息突然间没了，皱着眉头呜咽了两声，看起来很不满意就此戛然而止。

车辆停稳，温梨扭动着身体，努力仰起头凑近陆敛舟，本能地去够他的唇。

难得见到这样的她，不仅没有半分抗拒，反而主动向自己索吻。陆敛舟勾起嘴角，挑着眉看她，有意将距离拉开，然后一点一点地引诱着她。

明明是咫尺之遥，却怎么都够不着，怎么都不能得逞。

永远只差一点点。温梨委屈地拧起了眉，伸出手，像只愤怒的小猫般一下一下地挠着他，像是在撒娇。

司机已经拔掉了车钥匙，正从驾驶座下来替他们开门。

陆敛舟垂眸看了一眼她天真的醉态，终于不再逗她，低下头在她的唇上轻轻地印了一个吻。

温梨的眉眼重新舒展开，咯咯地笑了两下，像是得到了糖果的小孩子。

陆敛舟失笑，用食指在她泛红的鼻头处宠溺地刮了刮，叹道："一只小醉猫。"

下车时，温梨心满意足地闭着眼，乖巧地窝在陆敛舟的怀里，一动不动。

专属电梯直达公寓顶层。

陆敛舟把温梨放在大床上，伸手替她掖好被子，然后单手将领带解下，随手丢在一旁。

温梨依旧安静乖巧地躺着，陆敛舟静静地看着她，突然想起了她上一次醉酒的情况，起初也是乖乖睡觉，但是中途又醒来闹腾，最后还让他睡地板……

也不知道今晚能不能乖一点儿。

陆敛舟将顶灯熄灭，然后解开衬衣的扣子，随手从衣帽间抽了一件衣服就往浴室走去。

洗完澡出来，陆敛舟将最后一盏小灯也按灭，掀起另一侧的被子钻进去。

果不其然，还和上次一样。即使他上床的动作很轻柔，也还是被温梨敏锐地捕捉到了。

但出乎他意料的是，这次温梨没有将他赶下床，而是像八爪鱼似的紧紧地缠在他身上，还一直乱蹭。她鼻尖呼出的葡萄酒气尽数扑在他的锁骨处，酥酥痒痒的。

陆敛舟的呼吸明显变得粗重，他骤然翻身覆在温梨身上，两条胳膊扣着她纤细的手腕撑在两侧，哑着声音一字一板地"警告"她："温梨……你别再乱动……"

最后三个字的尾音绵长，被他咬得很重。

温梨好似真被唬住了一般，愣了半晌。

陆敛舟以为她终于安分下来，一双黑眸紧紧地锁在她脸上，喉结上下滚动。

突然，温梨眨着一双醉意蒙胧的眼睛，含糊地“反击”了回去：“你……敢？你……你……胆子……挺大……”

虽然毫无威慑力，但挺可爱。

陆敛舟勾着唇自上而下地看她，加重语气回应她：“你想怎样？”

见他面不改色地反驳她，温梨有点儿不服气。突然，她张了张嘴，径直仰起头，一口将陆敛舟凸起的喉结咬住。

陆敛舟始料不及，浑身瞬间紧绷了起来。他喉咙滚动，唇齿间危险地溢出了一句：“温梨……我警告过你的……可别后悔。”

她连忙把唇从他喉结上移开，重新躺回床上，一双鹿眸茫然地睁着，看起来天真又无辜。

陆敛舟眯了眯眼，幽深的眼眸中翻涌着情绪。

他可没打算就这样放过这只小醉猫，刚刚她占了他多少便宜，他都要一一讨回来。就算她现在认输，也已经晚了。

陆敛舟压低了身子凑到温梨脖颈附近，重重地吻在了她的颈窝处。接下来，只要温梨再闹一次，他便用力亲她一次。

温梨噘着嘴安静地躺着，只是眼睛还是不服气地盯着陆敛舟。良久，她琥珀色的眼眸一转，像是想到了什么，将自己那颗醉醺醺的脑袋埋进了被褥里。

陆敛舟疑惑地挑眉，不解地问：“你干什么？”

“嗯……我把我自己藏起来……你……你就亲……亲不到了！”

陆敛舟失笑，真不知道这只小醉猫是怎么想出这种鬼点子的。

陆敛舟伸手扯了扯她的被子，哄道：“别闷坏了，快出来。”

陆敛舟伸手将她的被子拉开，温梨又拽了一下。

“我不亲了。”陆敛舟轻声道。

“嗯？”温梨露出半个头，“真……真的吗？”

“嗯。”

听到他的保证，温梨才慢慢探出头来。

陆敛舟挑着眉，勾起嘴角，说：“只要你乖。”

第二日。

温梨醒来时已经是早上十点多了。

她缓缓地睁开眼，抬手揉了揉自己的眉心，只觉得额角处还残留着轻微的宿醉感。

愣怔了片刻，温梨从床上坐起，环顾四周后发现自己身处完全陌生的环境，不由得蹙起了眉。她的上一段记忆还停留在昨晚她和莫簌在 La Forêt 餐厅吃饭。这是哪里？是莫簌把醉酒的自己带到这里的吗？

昨晚真不该喝那么多酒的，温梨轻轻地叹了一口气，正准备喊莫簌，却突然发现床边搭着陆敛舟的衬衣和领带。

怎么回事？不是莫簌，是陆敛舟带自己来这里的？

"陆敛舟？"温梨有些不明所以，扯着嗓子试探性地喊了一声。

可是等待了半晌，也没有听到一点儿回应。她迟疑了一小会儿，才掀开被子下床，推开卧室门走出房间。

温梨一边走一边打量着这个地方。

现代简约的陈设风格，整体以黑白灰色调为主，干净整洁，处处传递着一股"冷淡风"，这种感觉在她脑海里自动和陆敛舟给她的感觉重合了。

她在客厅找了一圈都没有发现陆敛舟的身影，正准备转身，却看到了一扇半掩着的门，房间里有微小的动静传出。

温梨走上前，往门里扫了一圈，终于看到了那抹熟悉的身影。

陆敛舟坐在书桌前对着笔记本电脑，修长的手指搭在键盘上，不时轻敲几下，应该是在办公。

温梨还没抬手敲门，陆敛舟像是听到了动静，扭头朝她看了过来。

"醒了？"陆敛舟的嗓音在安静的空间里低低响起。

"嗯。"温梨点了点头。

"过来。"陆敛舟勾着嘴角，指腹在桌面上轻敲了两下，示意她到自己身边来。

温梨依言走到他身旁，刚想开口，却发现他勾起嘴角的同时，目光还饱含深意地游弋在她的脖颈和锁骨附近。

他穿着一身白衬衣，最顶上的两颗扣子随意地解开了，配上此时的眼神，竟有种斯文败类的感觉。

温梨的脸一热，不由得后退了一下。

似乎是洞察了她的想法，陆敛舟眯了眯眼，蓦地伸手拉住了她的手腕，稍一用力将她整个人拽进了怀里。

温梨猝不及防地跌入他的怀中，撞上他的胸膛，心率加快。

陆敛舟身上独有的冷冽松香味将她完全包围了。

陆敛舟顺势把头枕在她的肩窝上，温热的气息喷洒向她的肌肤。

温梨感觉酥酥麻麻的，有些发痒，拉了拉他的手想起身，却被他一双大掌紧紧箍住了腰。

她只好放弃挣扎，转而问他："我怎么会在这里？莫簌呢？"

陆敛舟的唇在她的后颈啄吻了一下，说："你昨晚喝多了，我接你过来的。"

说完，他的唇一路上移至她的耳尖，又用力地吻了一下，才继续回答她："莫簌昨晚自己回家了。"

温梨双颊发烫，被他亲热的举动勾得心跳紊乱，呼吸也渐渐变得急促起来。她低垂着眉眼，极力掩饰自己的慌乱。半晌后，她才继续开口："这是哪里？"

"陆曳豪庭。"

温梨一愣，颇感意外地重复："陆曳豪庭？"

这里竟然就是陆曳豪庭？

"嗯。"陆敛舟点头道。

"那不是你和吴夏旎传出绯闻……"温梨说到一半停了下来，突然有点儿懊恼自己为什么要提起这件事。

陆敛舟将唇抵在她的耳畔，听见她的话，目光收敛起来。

"你觉得我和她真的发生过什么？"他问。

温梨摇了摇头，颇为诚实地回答他："没有……只是那次绯闻传出来时，我潜意识里就把陆曳豪庭当成了你金屋藏娇的地方。"

陆敛舟将她的身子摆正，那双如墨般深沉的眼睛一眨不眨地盯着她，说："温梨……我身边从来没有过其他女人，只有你一个。"

他说这话时的口吻严肃而认真，温梨低垂着眉眼，没敢看他，却听得耳根发烫。

陆敛舟搂着她的腰，瞥见她娇媚的神色，慢条斯理地往后倚了倚，又道："不过……陆曳豪庭确实是我金屋藏娇的地方。"

听见他的话，温梨倏地抬起头，蹙着眉看他。

陆敛舟瞧见她这副模样，露出得逞的笑容，伸出食指在她的鼻尖处刮了刮，说："藏的你呀，你是我唯一一个带回来的女人。"

陆敛舟的话传进温梨的耳朵里，像一朵朵烟花似的绽开。

温梨实在招架不住他的攻势，推了推他，小声说："我还没洗漱，我要去洗漱了……"

陆敛舟挑了挑眉，视线缓缓移至她的脖颈处，然后把食指覆在她那几抹红色的印痕上，轻轻地摩挲了一下，才勾起嘴角道："去吧，我已经让人把你需要的生活用品都备好了。"

温梨略微有些意外，眨了眨眼起身，应道："好。"

到了浴室，她一眼就看到了盥洗台上的洗漱用品，居然都是她平常用的牌子。温梨的心底不免有一层暖意蔓延，她嘴角翘了一下，然后开始洗漱。期间，她抬头看了一眼镜子里的自己，发现衣领下面的那片皮肤好像染了一点点印痕。

温梨怔了一下，撩开衣领凑近镜子认真地瞧了瞧，才发现那上面有好几处类似吻痕的印记。虽然不是特别明显，但仔细看还是能分辨得清。

想起刚刚陆敛舟打量她锁骨时的目光，她的脸蓦地红了，当即有种被他占了便宜还不自知的感觉。

温梨快速地洗漱完，然后从浴室直奔书房，打算找陆敛舟问问，却没在书房看到他。

从书房出来，温梨听见厨房里似乎有动静，连忙往厨房走去。

温梨走到饭厅时，陆敛舟刚好从厨房里出来。他手上拿着一杯蜂蜜水，嘴角挂着一抹坏坏的笑——他很清楚她急匆匆来找他是因为什么。

原本气势汹汹的温梨对上他那灼人的视线，立刻就哑火了。她稍稍别开目光，手指蜷缩起来，吞吞吐吐地他："我脖子上面那些红……红色的痕迹，是怎么回事？"

陆敛舟没有急着回答她，只是微笑着走到她面前将杯子递给她。

"这是什么？"温梨问。

"蜂蜜水，可以缓解宿醉。"

温梨咬了咬唇，接过他手中的杯子。她的掌心与杯壁相贴，不烫也不凉，正是合适的温度。

温梨将杯子捧在胸前，没有喝，又问了一遍刚刚的那个问题。

陆敛舟挑眉，将身体往前倾，温梨连忙后退了半步。但身后便是长方形的大理石餐桌，她被抵住了后腰，没办法再退。

陆敛舟垂眸瞥了一眼，顺势将手臂撑在桌面，不咸不淡地开口："先喝两口，我就告诉你。"

温梨只好迎着他的视线乖乖地抿了一口。

陆敛舟的胳膊依旧撑在她腰腹的两侧，将她困在自己的胸膛和餐桌之间。

"你昨晚醉酒后太闹腾了，我也没有办法。"他的嗓音有些哑，尾音被刻意拖长，显得格外磁性低沉。

温梨咽了咽口水，睫毛轻颤，声音压得很低，问道："我怎么闹腾了？"

陆敛舟低头凑近，"好心"地帮她回忆昨晚的情形。他的嗓音贴着她的耳朵传来，一下一下地敲击着她的耳膜。

温梨甚至能听到自己怦怦的心跳声。

"除了这些。"陆敛舟别有深意地停了停，稍稍挺直了身子，右手伸到自己的喉结处摸了摸。

他微微仰起头，露出紧绷的颌骨下微凸的喉结，无声地勾人。

温梨怔住了，不由得在他面前悄悄吞咽了一下。

他的指腹移开后，温梨看到那喉结上面竟然有道浅浅的齿印，不由得呼吸一室。她的心脏倏地提了起来，跳得飞快，但她怎么都记不起昨晚的事。

陆敛舟重新看向她，抿唇一笑，继续刚才的话题："你昨晚还主动咬了我的喉结。"

主动……咬？

温梨被他这一句话吓得手抖了一下，连杯子都没拿稳。

还好陆敛舟手疾眼快地接住了杯子，才不至于把杯子摔碎，但她胸前还是濡湿了一片。

温梨低头看了一眼自己单薄的上衣，不禁羞红了脸。

陆敛舟眼底掀起波澜，将杯子放在餐桌上。他蓦地将温梨打横抱了起来。

温梨惊呼了一声，双手本能地揽住他的脖颈，问："你要干吗？"

陆敛舟哑着嗓音回她："换衣服。"

温梨稍稍扭了一下身子，轻轻地捶了他一下，说："我可以自己换。"

"我帮你。"陆敛舟的喘息声很重，几乎是用气音回答。

被他抱着走进卧室，温梨觉得自己的心脏快要从胸腔跳出来了。而且他的怀抱烫得要命，像一团灼热的火，几乎要把她融化。

温梨在他怀里没挣扎多久，紧接着天旋地转间便被压在了床上，乌黑的长发散落。

柔软的床铺随着二人的到来而塌陷，炙热而强势的吻铺天盖地落下。

"你……你不是说……"温梨声音轻颤，细弱得几不可闻，"是来帮我换衣服的吗？"

"嗯。"陆敛舟咬着她的耳垂，手掌摩挲着她的耳郭，撩开了她脸颊两侧乌黑的长发。

在陆敛舟的动作间隙，温梨拽住他衬衣的一角呜咽出声："骗子……"

吊灯倒映着细碎的光影，光影阑珊。

陆敛舟的嗓音低沉："你很甜……"

温梨的"梨"和"你"的读音听起来很相似，他想说：温梨很甜。

梨子很甜。

一语双关。

温梨的一双眼睛盈着水雾，迷离地半眯着，诱人的悸动与复杂的情愫杂糅在一起。

······

阳台外的绿植染着寒意。

温梨的眼周泛着动人的深绯，一双黛眉微微蹙起，薄薄的眼皮轻轻地颤动，浓密的睫毛在她精致的脸颊上投下两道扇形的阴影。

天际的红霞映上窗台，和煦的微风拂过绿叶，点点水珠闪烁着微光，迎着摇曳的吊灯倒映出细碎的光影。

玻璃的倒影晃晃悠悠，摇摇欲坠。

明日便是新年，室外不远处的大街上盈满了喜迎新年的愿景。

温存过后，陆敛舟又亲了她一下，拥得更紧了，呢喃道："穿我的衬衣。"

"为什么？"温梨不明就里地眨了眨眼。

陆敛舟那双略带薄茧的手掌细细抚摸着她的肩，嘴角贴着她的耳畔低声道："因为你第一次过来，还没有准备你的衣裙。"

可陆敛舟明明把她要用到的生活用品都安排好了，怎么偏偏忘了准备她要穿的衣服？

温梨咬着唇，目光中透着怀疑。

"你是故意的！"她得出结论。

陆敛舟挑了挑眉，没有承认也没有否认，不答反问道："所以我得逞了？"

温梨露出委屈的眼神，他可不就是什么都得逞了。

陆敛舟低笑了一声，修长的手指插进她的长发间安抚般地顺了顺，然后才起身去拿衬衣。

还没等他拿到衬衣，就发现卧室的地上散落着一张粉色的票据，他定睛一看，那是一张电影票票根，上面赫然写着"余烬"。

陆敛舟的视线在那张票根上短暂地停留了半秒，瞬间明白昨晚温梨和莫簌去看了纪丛的这部电影，不由得心生醋意。

他不动声色地拿起衬衣，眼底晦暗不明，转过身对着温梨说："我帮你换？"

"不要！"温梨想也没想就拒绝了。

她把自己完全藏在被子里，说："我自己来。"

说着，她小心翼翼地从被子里伸出一条胳膊，定在半空中，说："给我。"

陆敛舟的目光落在她那白皙光滑的手臂上，喉结上下滑动。他没有依照她说的把衬衣递给她，而是一把拉过她纤细的手腕，蓦地俯身压着被子亲她。

温梨还没反应过来，双唇就被他堵住了。她毫无防备，只能含混不清地叫他："陆……陆……敛……舟！"

"叫陆哥哥。"

"嗯……不要！"

本来没打算继续折腾她，但心底醋意泛滥，他用力加重了唇齿间的纠缠。

"嗯？叫吗？"

架不住他这个霸道而强势的吻，温梨颤抖着极其小声地喊了一句："陆……哥哥……"

"嗯。"听见这句，陆敛舟才心满意足地松开她，然后将手里的衬衣递给她。

深吻过后，温梨的唇透着浓烈的红，盈满水雾的眸子盯了他小半会儿。

他的手掌托着纯白的衬衣，半透的布料透着他修长匀称的指节。

温梨见他这么认真的神情，才默默伸出手，局促地接了过来，又说："你……能不能出去一下？"

陆敛舟见她一副又怕又乖的模样，低声笑了笑，故意逗她："怕什么？"

温梨羞得不知如何应对。

陆敛舟宠溺地笑道："我背过身去不看你，行吗？"

温梨的小脸粉粉嫩嫩的，闻言轻轻地点了点头。

陆敛舟依言转过身，挺着背目不斜视，一派正人君子的模样。

温梨瞥了他一眼，躲在被子里飞快地把衬衣套好，将纽扣一一扣紧，她还顺带把衣领也拢好了，将锁骨颈窝附近都挡得严严实实的。

"好了。"温梨坐起身，提醒他。

陆敛舟闻言转过身看她，松垮的衣服将她衬得越发娇小玲珑。

"那我出去了？"温梨手掌平摊在被褥上，细白的指尖牵扯出层叠的皱褶。

陆敛舟目光一顿，敛去眸中的暗涌，说："好，那我让人送衣服上来。"

温梨起身，双腿有点儿发软。她咬咬牙，光着腿下了床。

日光从落地窗扫进卧室，将房内都铺上一层淡淡的光，朦胧而柔和。

陆敛舟的目光沿着光线的方向看向她的身影，等她走进了浴室，才缓缓从床头柜上拿起手机让人把衣物送上来。

十多分钟后，温梨将身上的泡沫都冲掉，抬手关停了花洒。

刚拾起浴巾，浴室的门就被敲响了。

温梨未着寸缕，肌肤上还挂着水珠，听见敲门声后连忙将浴巾裹好。

"怎么了？"她的嗓音听起来温软娇柔，像是蒙了一层潮湿的水汽。

陆敛舟站在门外，眉头微不可察地挑了一下，才不紧不慢地回答她："你的衣服。"

温梨闻言，连忙走上前将门锁打开，她只微微开了一条缝，然后往外伸出一条胳膊，说："给我吧。"

陆敛舟低笑了一声，将裙子放在她的手上。

温梨连忙抓起衣裙收回了手，干脆利落地把门合上。

将衣服换好后，温梨又磨蹭了一会儿才走出浴室。

她出来后，发现陆敛舟正站在卧室的落地窗前单手举着手机，不知道是在和谁打电话。

他的发丝沾着潮气，应该是已经在另一间浴室洗过澡了。此时的他已经换了衣服，依旧是一身衬衣、西裤，一丝不苟的模样看起来十分禁欲。

似乎是听到了动静，他转身望了过来，目光有些灼人。

温梨定定地站在原地，看着他朝自己走来。

"嗯，你去安排吧。"陆敛舟一边朝她走一边挂断电话，随手将手机往床上一丢，然后张开双臂把她拥进了怀里。

温梨的耳尖浮起红晕，嗓音低哑却透着娇嗔："我去帝都的行李还没收拾……我们什么时候回陆曳江岭？"

"我刚刚打电话让人去收拾了。"陆敛舟抚着温梨不盈一握的腰肢，说，"下午我送你去机场。"

温梨点了点头，转而又问："那……你这次不出差了吗？"

陆敛舟动作一顿，搂紧了她才缓缓开口："嗯，我这两天走不开。"

"好。"温梨听见他的回答，心底闪过一丝失望。

但这失落也只是一瞬，温梨很快调整过来，毕竟这次只去两天。

今晚出发去帝都，第二天是周一，录制《奥·秘》的第三期节目；周二上午则需要拍摄冬奥的宣传短片，拍摄完后下午她就赶回 S 市继续做课题。

陆敛舟听出她的语气低落，勾了勾嘴角，沉声安抚道："这两天我安排了司机接送你。"

温梨扬起嘴角，应道："嗯。"

二人静静相拥着，空气恬淡宁静。

温梨琥珀色的眼睛一转，像是突然想起了什么，伸手摸了摸自己脖颈上那条细细的项链。她靠在陆敛舟怀里略微仰起头，问他："你想要什么新年礼物？"

陆敛舟低头在她额头上印下一个吻，勾着嘴角暧昧地说："我不是已经自己讨来了吗？"

温梨脸红不已，蹙着眉头嗔了他一声："骗子！你是骗来的……"

陆敛舟失笑了一声。

突然，他眯起眼眸，凑到她耳畔，挑着眉低声问她："你想要孩子吗？"

吃过午饭后，已经是下午两点了，黑色的豪车行驶在通往机场的路上。

温梨迷迷糊糊地靠在汽车后排小憩，突然感觉脸颊被人摸了摸。那双手带着一股淡淡的冷松香味，不用睁眼都知道是谁。

温梨睡得并不熟，皱了皱鼻子，下意识地伸手打去，下一秒却被抓住了手腕。

温梨睡眼惺忪地睁开眼，看向身旁的男人，眼神带了些嗔怪。除了今天起得晚，她最近每天都早出晚归，偏偏他还伸手过来打扰她。

陆敛舟低笑了一下，伸手将她揽进自己怀里，说："靠在我怀里睡。"

温梨抿了抿唇，闷声道："被你扰醒了，现在睡不着了……"

陆敛舟伸手揉了揉她的耳垂，说："那你是不是该回答我问的那个问题？"

温梨瞬间清醒过来，原本蒙眬的睡意立即消散。

她再次回想起临走前他问的问题。那时候她只是支支吾吾的，并没有正面回答他，没想到他这么执着……

温梨扭了扭身子，将脑袋埋在他的肩膀上，似乎藏起来就不用直面他这个问题了。

其实她觉得都可以，但她不知道陆敛舟是怎么想的，于是问他："你呢？"

"我想先听你的回答。因为比起我，你的想法更重要。"陆敛舟顿了顿，继续说，"我会先尊重你的意见。"

温梨心底的暖意蔓延开来，轻颤着睫毛，红着脸小声地回答他："我……都可以。"

"都可以？"陆敛舟一双黑眸紧紧地盯着她那张小脸，不放过她脸上细微的变化，重复了一遍。

"嗯……"温梨小幅度地点了点头，说，"但是，在这之前，我想先把我手头的课题完成。"

"好，我知道了。"陆敛舟伸手揉了揉她的头。

"那你呢？"温梨咬着唇戳了戳他的腰腹，问。

陆敛舟抱着她，薄唇若有似无地蹭过她的额角，嗓音有些低哑地说："先不急着要宝宝。"

温梨眨了眨眼，对他的这个回答感到有些意外："为什么？"

陆敛舟只是很轻地咳了一声，别开脸没有回答她。

温梨抬头，见他的眼底泛着不明的意味，便又继续追问。

陆敛舟在她耳畔一字一板地说："以后你就知道了。"

帝都。

好好休整了一晚，温梨一早便出发前往《奥·秘》第三期的节目录制现场。

这期节目的主题是"青扬"，旨在为青少年科普以及宣传冬奥精神，因此录制全程在少年宫进行。节目安排六位嘉宾与青少年一同互动，从多个小游戏中感受冬奥的乐趣，寓教于乐。

早晨的天色暗沉沉的，北风萧瑟刺骨，气温比 S 市还要低不少。

路上的行人大多穿着厚重的羽绒服，戴着手套和耳罩，全副武装，俨然是深冬季节的标配。不过因为今天是新年的第一天，街道上张灯结彩，驱散了肃杀的凛冬气息，四处洋溢着热热闹闹的氛围。

温梨从暖和的车里下来。北风呼啸而来，将她的围巾一角吹起，她伸手捂着围巾一路往少年宫的方向走去。

刚走进大门，小榆就眼尖地看到了她。

"温梨姐，我在这儿！"小榆挥动着手热情地朝温梨打招呼。

温梨微笑着朝她走去，问候道："早上好，小榆。"

"温梨姐，今天的录制在室内，与之前两期相比，今天应该会轻松一些。"小榆笑眯眯地说。

温梨将围巾取下，笑道："是，我看节目流程了。"

"今天节目组会安排青少组还有少儿组和你们进行互动。你和高泽尧一起，首先对接的是青少组。他们这个年龄段，对知识的接纳程度更高，你们可以先进行一些专业性的科普，再根据他们的接受程度……"小榆一边走一边和温梨将今天的节目需要注意的事项确认了一遍。

之后，温梨跟着小榆一起来到化妆间进行妆发造型。

"今天节目有统一的服装安排吗？"温梨坐在化妆镜前问化妆师。

上两次节目也没有特殊的服装要求，可以穿自己的衣服，只不过第一期中途因录制需要换上了滑雪服，第二期中途则换上了玩偶服。

"没有。"造型师举着腮红刷的手顿了顿，问她，"你是想换节目组提供的衣服吗？"

温梨笑着摇了摇头，说："不是。"

听见她的回答，化妆师才掸了掸刷子说："我就说嘛，你身上这一身可比节目组提供的衣服好看多了，不需要换……"

温梨浅浅地笑了一下。

这天她特意穿了高领的毛衣，如果节目组需要嘉宾换上特别的服装，那她可能就需要在脖颈上抹些遮瑕膏，好将那些令人遐想的吻痕遮住……

造型师在温梨的脸颊处扫了两圈，然后放下刷子说："虽然你身上的衣服配饰都没有明显的标志，但以我对那些大牌单品的了解，你今天这一身都是时装周的当季新品，别人可能不太清楚，我可是很识货的哟。"

温梨一时不知道该怎么接话。因为她这次出差的行李都是陆敛舟安排人收拾的，她还真没有留意这些。

造型师拨了拨温梨的刘海，看着镜子满意地说："这一身很衬你，不过你本身就长得好看，美人儿怎么穿都好看。我最喜欢给你做造型了，你不需要怎么化妆修饰，就很上镜……"

面对造型师一连串的"彩虹屁"攻势，温梨有些招架不住，只能红着脸连声道谢。没过多久，其他嘉宾也陆续到了，温梨和他们打过招呼后，第三期节目也就正式开始录制了。

与此同时，S市。

黑色车子缓缓驶入T大校园的正门，最终稳稳停在了主办公楼前。

司机从驾驶座下来将后座车门打开，陆敛舟随手收起刚签署好的文件，躬身下车，然后低着头整理手腕处的袖扣。

徐特助从副驾驶座走到他身边，说："陆总，校长办公室在三楼。"

陆敛舟微微颔首，然后抬脚往办公楼里走去。

办公室里除了校长还有一位办公室主任，因为提前打过招呼，他们知道陆敛舟此次前来的目的是捐资助学。看到他进门，主任立刻迎了上去，热情地招呼："陆总，幸会幸会。"

听到动静，校长也从书案前抬起头来，起身迎了上去。

"你们好。"陆敛舟点点头，徐特助跟着一同走进了办公室。

"您很准时。"主任一边说一边示意，"快请坐。"

陆敛舟走到沙发前落座。

主任跟在他身后，见他看起来比自己小了近一轮，但步伐稳重沉着，气场强大，丝毫没有露怯，不由得感概道："陆总年纪轻轻就掌管整个陆廷集团，果然是年轻有为呀。"

陆敛舟没有回应他的那番客套话，而是直奔主题："校长，主任，关于我此次私人捐资的具体细节，徐特助应该已经和你们仔细沟通过了，我这次来是想补充两点。"

校长闻言在他对面的沙发上落座，表情变得严肃认真，说："陆总，请说。"

"这捐资的四个亿，其中两亿是用于 T 大的建设，具体怎么使用这笔资金，你们校方自行决定，我不加干涉。但另外的两亿，直接捐助给气象与卫星遥感联合实验室用于学术研究。"陆敛舟直截了当地说。

"投给气象实验室做科研吗？"主任有些惊讶。

"嗯。"陆敛舟挑眉问，"有问题吗？"

"当然没问题。"主任摇了摇头。

"我冒昧地问一句，陆廷集团最近是准备投资气象学领域吗？"校长接过话，"据我的经验，很少有企业家会投资科研领域，毕竟回报周期长，投资初期几乎没有任何收益，所以陆总您的这个决定确实令我意外。"

校长是理工科出身，很清楚几乎不会有企业家主动捐资用于基础研究领域。如果是做慈善回报社会，大多数企业家更倾向于捐献校舍和教学楼等。

"陆总，您确定吗？"见陆敛舟没有答话，校长再次确认了一遍。毕竟是这么大手笔的私人捐资，他担心出什么差错。

陆敛舟敛眸，不紧不慢地开口："校长，气象学小组的温梨，是我太太。"

陆敛舟说完，办公室内安静了两秒。

陆敛舟微微坐直身子，姿势略微前倾，温和道："还请多加照顾。"

校长和主任这才双双反应过来，原来他醉翁之意不在酒，今天亲自跑这一趟全是为了他的夫人。

主任连忙意会地说："本该这样，我了解了。"

"那如果没什么问题，稍后徐特助会与校方对接，这笔资金下午便可到账。"

主任立刻应和道："好，好，我现在和其他校领导一起对接一下？"

陆敛舟应道："嗯。"

看到陆敛舟点头，他才起身走到办公桌前拨打电话。

校长又问："那陆总想要参观一下我们学校以及气象小组的实验楼吗？"

温梨不在，陆敛舟自然没有兴趣，更何况后续他还有会议需要出席。

"不用了，具体的事宜与徐特助对接便好。"说罢，陆敛舟站起了身。

"好的。"校长跟着陆敛舟往外走。

陆敛舟在门口停住了脚步，说："校长，您不用送，请回吧。"

"好，您慢走。"

等人走远后，校长才摇着头感慨："后生可畏呀。"

"已经沟通好了。"主任刚好挂断电话走过来，说，"温梨是陆敛舟的太太，怎么一直都没听说过？"

校长若有所思地沉吟道："温梨的父亲我倒是熟悉，他是 N 大书记，我上次和他碰过面。"

"温父是 N 大书记？这我还真不知道，温梨怎么没在 N 大工作？"

"N 大偏文科，咱们学校更侧重理工科。"校长回答他，"其实温梨也很出色，她的课题我之前了解过，很有意义。"

因为有了前两期的经验，温梨这次录制表现得游刃有余。

而且这次的室内录制确实比室外轻松多了。

上午，温梨和高泽尧一起与十四五岁的少年在镜头前互动，进行冬奥知识竞猜。祖国的花骨朵求知欲强，青春洋溢，温梨与他们相处时倍感活力。

下午，他们则是与活泼可爱的小朋友进行冬奥趣味小游戏，结尾环节需要分发吉祥物造型蛋糕，小朋友们软软糯糯地捧着小蛋糕，一人一句喊着"谢谢美女姐姐"，喊得温梨心都化了。

温梨全身心投入节目里，时间过得很快，不知不觉，下午四点，录制结束。

在工作人员收拾场地时，温梨和节目导演简单聊了一会儿，讨论了一下第二天宣传片拍摄的内容，之后才往化妆间的方向走去。

还没走进化妆间，温梨就听见众人在里面七嘴八舌地讨论着什么，隐隐约约听到"开年重磅消息"几个字，不知道是热搜还是新闻。

温梨刚被门，就被小榆喊住了："温梨姐，你是 T 大的，过来看看，这条消息是真的吗？"

"对！我差点儿忘了，温梨是 T 大的。"另一个人说。

温梨有些蒙，问："什么消息？T 大怎么了？"

"刚刚有小道消息传出，说 T 大获得了四个亿的私人捐赠基金。现在都上新闻了，大家议论纷纷，也不知道是不是真的，你是 T 大的，这件事情你应该清楚吧？"

温梨摇了摇头，说："我不知道，没听说过。"

"那应该是假的，谁会私人捐赠四个亿？这也太夸张了。"

温梨有些迟疑，这时，兜里手机的铃声响了起来。

她从大衣口袋里掏出手机，看了一眼屏幕，还以为来电的是陆敛舟，没想到是莫簌。

化妆间里有点儿吵。

"我出去接个电话。"温梨和小榆说了一声，然后往门外走去。

来到外面，温梨刚按下接听键，就听到了莫簌略显激动的声音："喂，梨梨，怎么一直没回我消息？"

"啊……我今天一直在录节目呢，还没来得及看手机。"

"难怪了……"

"怎么了？"温梨问。

"那四个亿是你家陆总的手笔吧？"

温梨说："刚刚节目组的人也在讨论这个，可是我没有听说过，从哪里传出来的消息？"

"最开始是你们学校的论坛，后来因为这个消息很令人震惊，所以传得很快，都传到网上去了。"

"那我先上网看看吧。"温梨把手机从耳旁移开，摁下免提键，点开网页界面。她的目光一下锁定在排名第三的新闻标题上——"T大获四亿私人捐赠基金"。

温梨点开底下的网页配文，还有几张论坛上的帖子的截图。

"开年重磅消息！T大获赠四个亿的教学以及科研经费，出资人身份信息未知，捐资全程低调神秘。据悉，四个亿的消息最初由T大的论坛传出，如果消息属实，则该捐资金额创下最大单笔捐赠纪录。"

"看完了吗？"电话那头传来莫簌的声音。

"肯定是你家陆总捐的。你喝醉的那晚他来接你，知道你因为科研经费的事借酒消愁，看你的那个眼神哟，你是不知道……"

温梨划动屏幕的指尖突然顿住，问："那眼神怎么了？"

"那眼神简直就是看不得你受一丁点儿的委屈。"莫簌说着，想起温梨那晚哭得鼻子红红的，又愤愤不平起来，"霸道总裁的老婆是能随便欺负的吗？"

温梨有些无奈地笑了一声，叫她："簌簌……"

"还好有陆总，咱们梨梨工作上又酷又飒，勤勤恳恳、兢兢业业的，凭啥定好的科研经费说砍半就砍半，就可着'软梨子'捏是吗！"

温梨听着莫簌的话，突然陷入沉默。所以真的是陆敛舟出手帮她了吗？那她的课题就可以继续做下去了，是吗？

挂断电话，温梨回到化妆间收拾完东西，就往少年宫外面走去。

走出大门时还不到五点，但夜幕已然降临。霓灯初上，街道上亮着浅黄色的路灯，光线散落两旁，将夜景点亮。温梨裹着羊毛围巾，一边给陆敛舟拨打电话一边往停车场的方向走去。

响了没一会儿，电话就接通了。

"喂？"温梨缓缓开口，"在忙吗？"

"不忙，在等你。"

"等我？"温梨顿了顿脚步，有些好笑道，"你怎么知道我会给你打电话？万一我不打呢？"

"我不是等你的电话。"

陆敛舟的嗓音磁性中带着慵懒，温梨的耳朵像是触电般酥了一下。默然片刻，没听见温梨的回应，陆敛舟慢条斯理地说："我等的是你的人。"

"等我的人？"温梨说这句话时刚好走到停车场的入口，抬头就瞧见不远处有一辆 SUV，正亮着车灯。

顺着车灯的光线看去，温梨惊讶地发现陆敛舟正站在车门前。他斜斜地倚靠着车身，光线昏暗，却丝毫没有掩盖他骨子里的高贵。

温梨一下愣住了，呆呆地举着手机问他："你不是不来吗？"

她还记得昨天他说这两天都走不开，还安排了司机接送自己。那时候她还有点儿小失落，没想到此刻他会突然出现在这里。果然是骗子……

陆敛舟低笑了一声，忽然一本正经地压低嗓音说："想见你，就来了。"

他只说了这简短的六个字，但语气低沉蛊惑，温梨被他这一记直球撩到了，嘴角不自觉扬起，眼睛弯成了月牙儿。

温梨还站在原地，发现陆敛舟突然压低了身子，像是要从车里拿什么东西。

她按下结束通话的按钮，收起手机朝他走了过去。还没走两步，温梨就看到了一抹瑰丽的暗红色，明媚娇艳得像是一团烈焰，张扬夺目。

原来他要拿的是一束红玫瑰。他把这束花藏在驾驶座里，只等她出现，才拿出来送给她，给她惊喜。

温梨怔怔地站着，看着陆敛舟从车里捧起玫瑰，从容不迫地朝她走来，一双迷人深邃的黑眸如月光般温柔，直直地注视着她。

他一身纯黑色的西服与绮丽的暗红色花瓣形成了强烈且鲜明的对比，温梨从未见过这种感觉的他，无端地觉得心尖悸动。浪漫的红玫瑰中和了他骨子里的沉稳内敛，她只是怔怔地看着他，就能感觉一层朦胧的爱意迎面而来。

"送给你。"他说。

温梨深吸了一口气，低头接过那束花。一股淡淡的玫瑰花香扑鼻而来，鲜嫩的花瓣还沾染着几颗晶莹剔透的水珠，折射出淡淡的光彩。

"喜欢吗？"陆敛舟的嗓音勾着温梨的心跳乱了一拍。

温梨轻轻地点了点头，应了一声："嗯。"

"那就好。"陆敛舟勾唇笑了笑，说，"走吧。"

话音刚落，他的手臂就很自然地伸过来揽过她的细腰。

温梨怀抱着玫瑰，心底的愉悦还在升腾，紧接着便察觉到紧贴在后腰处他的掌心的温度，耳根慢慢地泛起了红晕。温梨任由他揽着自己一同往车子走去。来到车前，陆敛舟伸手替她拉开了副驾驶座的门。

温梨稍愣，问："你开车吗？陈叔呢？"

"嗯，我开车。我让他回去了。"陆敛舟给她解释。

温梨坐进车里，车门合上后还没反应过来。她还没见过他亲自开车的样子呢。

陆敛舟坐进驾驶座后，看了她一眼，忽然俯身过去，一只手将她怀里的玫瑰拿到了汽车后排，另一只手撑在她的椅背上。猝不及防地被一抹熟悉的冷冽松香气息笼罩，温梨顿时回过神来，手足无措地问："怎……怎么了？"

"系安全带。"说罢，陆敛舟伸手将安全带取下，慢慢绕过她纤细的肩头和腰腹，对准卡扣插了进去。

他离得极近，温热的呼吸均匀地喷洒在温梨尖尖的下巴附近，几乎与唇相贴。她不由得绷直了背脊，一动不动地等他把安全带扣好。

随着"咔嗒"一声，温梨抿了抿唇，悄悄地舒了一口气。

陆敛舟垂首瞧见温梨红着脸颊，紧张得像一只小猫似的。那副局促的模样撩人而不自知，他的眼底不由得翻涌起一抹怜爱的情绪。他更加贴近温梨的脸颊，作势要亲吻她，却在离她的红唇不足一厘米的地方蓦地停了下来。

在陆敛舟凑近的一刹那，温梨羞答答地闭上了眼睛，略显忐忑地等待着他的唇落下。静静地等待了两秒，却没有等到预想中的温热触感。温梨的眼皮轻颤，纤长的眼睫毛随之抖动，像是风雨中翩飞的蝴蝶般摇摇欲坠。

陆敛舟看着温梨，一种隐晦的占有欲从他心底浮现，像是抑制不住，最后泛滥成灾，一发不可收拾。

温梨茫然地睁开眼睛，却猛地被男人的大掌箍住了后脑勺，唇被他用力地吻住。她被他强势霸道的动作吓了一跳，右手无意识地乱蹭，在混乱间抓住了他脖颈处垂落的领带。灼热的呼吸交缠，直至他的领带被她扯松，他才慢慢地放开了她。

温梨因为他的动作而双颊发红。

陆敛舟挑眉，无声地低头看了一眼，语气仿佛有些无奈："每次亲你，我的领带都会遭殃。"

温梨眨着一双鹿眸，理智渐渐恢复，好像……他才是那个罪魁祸首吧？

"帮我重新系好？"陆敛舟凑在她耳边呢喃，像是在引诱她。

温梨咬着唇，小心翼翼地说："我……我不会系。"

陆敛舟失笑。温梨暗自嘀咕，她又不用系领带，也从来没有给别人系过领带，怎么可能会？

陆敛舟没说什么，又亲了她一下，然后随手将领带扯下，重新坐好，发动车子，驶入帝都繁华的夜色中。

温梨依旧有点儿害羞，脸颊微微泛着红，转头看向窗外。

闹市区的人明显多了起来，有牵手并肩走在一起的情侣、牵绳遛狗的行人、提着大包小包的游客……

温梨看着人来人往的街道，直到心跳声逐渐平复，才回过身来偷偷地看陆敛舟。

陆敛舟单手握着方向盘，手腕处的腕表与蓝砂石银边方形袖扣映衬着，在街灯的光线下泛着淡淡的光泽。

她经常见到他修长分明的指节搭在键盘上，而现在握在暗黑色的方向盘上，将他本来就好看的手衬得更加冷白。

不得不承认，他开车的姿势很帅。从容不迫，气定神闲得像是能随时带她去往任何地方，无论天涯海角。

无端地，温梨想到一个词：私奔。对。就像是私奔一样，可以不顾一切阻拦带着她一块儿逃跑。

"偷看？"陆敛舟突然说。

被他当场抓包，温梨立刻坐直了身子，动了动嘴唇想反驳什么，却找不到合适的理由。因为她确实在偷看他。

最终她只是吐了吐舌，岔开了话题："我们去哪里呀？"

陆敛舟温和地回答道："回公寓。"

"不吃饭吗？"温梨有些茫然地看向他。

"我回去做。"

"你会做饭，我怎么没见过？"

"嗯，很意外吗？"

"是有点儿……"温梨的声音有点儿小，就像她最初以为他不会开车。

"我留学期间偶尔会自己做饭。"

"哦……"温梨忽然想到，他还有多少事情是她不知道的？每一次相处都好像在拆盲盒，让她一点一点地重新认识他，惊喜之余伴着刺激。

"那你为什么会开车？"温梨问。

陆敛舟笑了笑，说："我大学时就考了驾照，而且留学时经常自己开车。"

温梨突然起了一点儿玩心，眸中闪着狡黠，故意拉长声音道："那你经常开车，不会是为了载女同学去兜风吧？"

陆敛舟手扶着方向盘，听见她的话，脸上的笑容越深。他没有直面回答，而是反问她："怎么？你吃醋？要不现在载你去兜风？"

温梨双手交叉在胸前，微嗔道："所以，你真的是载女同学去兜风！"

"那你留学时总坐男同学的车去兜风？"

"才没有！"温梨鼓了鼓腮帮子，说，"我那时候很忙的，都在好好学习。"

温梨说完，才发现自己被他绕了进去。

陆敛舟终于不再逗她，说："跟你开玩笑的，我可没载过女同学。"

听见他这句话，温梨蹙起的眉头很快舒展开来，心底像是打翻了一罐蜜糖，逐渐蔓延过一层甜蜜的味道。

陆敛舟开车很稳，温梨很心安。没过二十分钟，汽车就驶入了公寓的地下车库。车子稳稳地停下，温梨见陆敛舟熄火、拔掉车钥匙，也松开安全带，扭过身想将后排的那束玫瑰花重新抱回来。

但因为隔了些距离，她怎么够都够不着。

陆敛舟低笑了一声，略一伸手，轻轻松松地把那束花拿了过来，放进她的怀里，说："这么喜欢，我以后还送。"

温梨心满意足地接过玫瑰，嘴角往上翘起。她不在意他以后还送不送，反正现在有这份浪漫就够了。

回到公寓，陆敛舟脱下西服外套。温梨将玫瑰花放在矮几上，轻轻地脱下围巾和大衣，露出了白色的高领毛衣。

屋里很暖和，她站在客厅前，有些犹豫要不要把毛衣也脱了。

陆敛舟望见温梨呆呆地站着，便走到她身后搂着她，凑近她耳边似笑非笑地问："不热吗？"

本来感觉还好，结果被他亲密地一抱，温梨浑身上下仿佛烫了一下，嗔道："你……你不要……贴过来。"

"为什么？"陆敛舟的下巴若有似无地蹭过她的耳郭，道，"我贴我自己的老婆，有什么不可以？"

温梨被他这一声"老婆"哽了一下，讪讪地咳了一声，说："我热……"

说着，温梨从他身前挣出来，一溜烟地跑进了卧室。

陆敛舟盯着她逃跑的方向，低低地笑了一声。直到温梨那抹倩影消失在视野里，陆敛舟才摇了摇头，往厨房走去。

进到卧室，温梨静静地等了一会儿，发现他没有跟进来，才拉着毛衣的下摆轻轻地往上一提，把毛衣脱了下来。将毛衣放好后，温梨捋了捋额角被弄乱的发丝，走出了卧室。

来到厨房，温梨看见陆敛舟挽着袖子，露出线条分明的紧实小臂，竟然有几分居家随意的感觉。她看了一会儿，发现他做饭的样子比想象中的还要像模像样。虽然感觉他一个人做饭已然得心应手，但温梨还是想看看能不能帮上忙，于是默默上前两步，问他："我可以做些什么？"

陆敛舟扭头看她。没有了毛衣的包裹，温梨只穿着一身单薄且贴身的针织长裙。

见他没有回答，温梨朝他走近。

温梨的靠近伴随着一股勾人的玫瑰香气，陆敛舟顿住手头的动作，放下厨具，拍了拍她的腰，说："不用你帮忙，你去学学怎么系领带吧。"

温梨问："系领带？"

"嗯，你不是不会吗？"陆敛舟一边说一边抬手将她滑落的鬓发拨回耳后，说，"学会了以后，我的领带就不怕乱了。"

温梨回想起刚刚那个吻，有些害臊，但还是点了点头，应道："好……"

温梨将陆敛舟的领带拿回卧室，在床边坐下，拿起手机打开浏览器的页面。

刚往搜索框里输入"系领带"三个字，底下就自动弹出了好几项关联搜索，她径直点开了最顶上的词条——"如何系领带？领带打法大全（图解）"。

页面跳转，弹出了好几张示意图，温梨跟着示意图仔细地摆弄了好一会儿，还是没看懂。

折腾了几分钟，她退出网页，点开手机里的视频软件，输入"系领带"，排在页面最顶端的是一段题为"老师教你系领带"的视频。

温梨看了一眼，点赞九十万，评论六万条。这么热门火爆的视频，应该教得很浅显易懂吧，她想。

温梨点开了视频，刚点击播放按钮，屏幕瞬间就被弹幕大军占据。画面中的男模特穿着一件纯白衬衣，衣领处松松垮垮地搭着一条纯黑的领带，最顶端的两颗扣子微微敞开。温梨挑着眉头，心道，难怪这个视频这么受欢迎。

模特不仅长得英俊帅气，而且宽肩窄腰，身材比例极好。他一本正经地教着怎么系领带，说话的声音听起来高冷又禁欲，很能俘获少女的心。

他确实是在认认真真地教观众如何系领带，只不过绝大多数的网友都跑偏到关注他的外形去了。温梨关闭弹幕，将手机放在床上，跟着视频指导一步步地摆弄着，终于成功系出了一个歪歪扭扭的温莎结。

"我做好了。"陆敛舟刚好走进卧室，叫她，"吃饭吧。"

温梨按下暂停键，起身，声音软糯地回答他："好。"

陆敛舟目光极快地扫过她的手机屏幕，但因为距离隔得有点儿远，他并没有看清。温梨走到他身边时，他俯首在她的额角亲了亲，问："学会了吗？"

"会一点点。"温梨有些底气不足。

"没关系。"陆敛舟搂着她往餐桌的方向走去。

餐盘上摆着煎好的牛排，还用小番茄和两朵翠绿的西兰花装点了一下，卖相看起来并不比西餐厅的差。

"看起来很好吃。"温梨扭头夸了一句。

"你先尝尝。"陆敛舟替她拉开了椅子。

温梨满脸期待地落座，等他坐下后才动刀叉。

"这是你的拿手菜吗？"温梨问。

"嗯。煎牛排比较简单方便，在国外时就总做这个。"陆敛舟慢条斯理地切着牛排，说，"不过很久没做了。"

"掌管陆廷之后就忙得没时间了吧？"温梨接过话。

"嗯。"陆敛舟颔首，把自己盘子里的牛排切好，递给了温梨。

"这份给你。"说着，他自然地将她盘子对调过来。

没想到他这么细心体贴，温梨有些愣怔。

"怎么了？"陆敛舟见她一动不动，以为自己做得不合她口味，问，"不喜欢？"

温梨回过神来，连忙摇了摇头，叉了一块咬了一口，味道可口，真不赖。

"好好吃。"温梨又吃了一块，含混不清地说，"我喜欢。"

闻言，陆敛舟的眼底浮现笑意。

饭厅安静得只剩下刀叉碰撞瓷碟发出的清脆声音，温梨突然想起，之前给陆敛舟打电话是想问那四个亿的事情，结果竟然给忘了。

温梨抬头看向他，问："你……知道T大获赠四个亿的消息吗？"

陆敛舟轻挑眉梢，不置可否："嗯。"

"那……是你吗？还是……"

陆敛舟扯了扯嘴角，问："你觉得除了我还能是谁？"

怎么好像真如莫簌所说的，有点儿霸道总裁那味儿了。

温梨犹豫了一下，轻声问他："你这么做是因为我吗？"

陆敛舟放下手中的刀叉，看着她说："我知道我的夫人希望能在事业上拼搏一番，她不缺实力，不缺想法，只缺资金，刚好我有，所以我想帮助她，让她能心无旁骛地做自己想做的事情。"

温梨直直地看着他。他说得真诚且尊重，让她鼻头泛酸。

"可是这也太多了。"温梨的声音听起来闷闷的。

陆敛舟连忙走到她身边，轻抚着她的头，安慰道："不多，你忘了吗，我曾经说过，赚钱很容易。"

温梨觉得确实像在哪里听过，下一瞬想起了他在"生存者"游戏里充了好多钱给她刷礼物，不由得破涕为笑。

"笨蛋。"她轻轻地说。

"嗯？"陆敛舟蹙眉。

"笨蛋冰糖，还骗我说是女性玩家。"

陆敛舟轻笑了一声，说："是，笨蛋冰糖，再撒个娇来听听。"

"我不要！"

"你那时候很会撒娇的呀，现在就不乐意了？"

"你是骗子，我不！"

陆敛舟失笑，无奈地摸了摸她的头，转而一本正经地和她解释："你是我余生的唯一，我所有的资产都是你的，用到你身上理所应当。"

"余生的……唯一？"

"嗯，你还不懂吗？"陆敛舟认真地说，"我就等你喜欢上我了。"

温梨呆呆地坐在椅子上看着他。

"你什么时候喜欢上我？"他像是在埋怨，又像是在感慨。

有那么一瞬，温梨想起自己曾经冷漠地和他说过，她不喜欢他，她对他没有心动的感觉，没有感情的婚姻……没有维持下去的必要。那时候，她想，反正婚前婚后他们都近乎是陌生人，为什么不早点儿结束。不知道从什么时候开始，他渐渐变了。

但是到目前为止，温梨还不知道自己喜欢上他没有。好像是有一点儿，但那是喜欢吗？温梨在这一刻有点儿讨厌自己的迟钝。感情和工作，泾渭分明。在工作上她可以全力掌控，可是在感情上，她还在十字路口彷徨徘徊，还不知道怎么样才能驾驭它。

公寓落地窗外，夜色深沉，阳台上的绿植青翠，点亮了肃杀的凛冬。

二人吃完晚饭，时间刚过七点半。

陆敛舟把那几个瓷碟餐盘清洗完，从厨房出来，就看见温梨背对着落地窗，半伏在矮几上摆弄着那束红玫瑰。

她安静地坐在地毯上，莹白纤细的指尖与瑰丽绚烂的暗红花瓣形成了鲜明的反差，就像白月光与朱砂痣。

一袭烟粉色贴身长裙包裹着她曼妙的身姿，裙摆下那双纤细白皙的小脚随意地翘着。

陆敛舟敛去目光，走到一旁的灯控按钮前，抬手将客厅中央的吊灯按灭，仅剩两盏壁灯，透着朦胧的琥珀色调。

光线由明转暗，将偌大的客厅营造出一种暧昧昏暗的氛围。万家灯火如同点点星河完全映入眼帘，温梨的心怦怦乱跳。

温梨被陆敛舟拥着趴在落地窗前，二人的动作看起来像是在一起静静地欣赏着繁华的夜景。

"喜欢吗？"陆敛舟低哑的声音从身后传来。

温梨红着耳朵，声音轻得像羽毛一般："喜……喜欢什么？"

昏暗的光线下，陆敛舟看到她这副娇羞的模样，低低地勾唇轻笑了一下，说："喜欢这夜景吗，不然你以为我问什么？"

温梨紧紧地抿着唇，将脑袋埋在双臂之间，将神色掩藏起来。

陆敛舟吻了一下她的后脖颈，说："你若喜欢，我下次还陪你看。"

温梨仍埋着头，没有说话。

欣赏完夜景，陆敛舟抱着温梨回到卧室，将她放到柔软的大床上。

洁白的床铺上放着她的手机和他那条暗色领带。

陆敛舟挑了挑眉，问她："我想检验一下夫人的学习成果。"

温梨看他端坐在自己面前，挺直腰背，摆出一副任她处置的模样，眼底不由得闪过一丝狡黠，终于轮到她折腾他了。

"好哇。"温梨答应得很干脆，拾起床边的领带就对着他的脖子绕去。

她用力一扯，陆敛舟的衬衣便歪斜了。温梨不由得顿住了手，偷偷地瞥了一眼他的脸，怕他因此而生气。

但他只是认真地看着她，目光温和得没有一点儿怒意，像是不知道她的"恶作剧"，又像是在纵容她的胡闹。

温梨悄悄地舒了一口气，终于开始认认真真地给他系领带。

但是说实话，她还是没太学会应该怎么系，她只记得首先要交叉，然后将前面的那一段往底下穿到右边，之后好像要继续翻？温梨磨磨蹭蹭地将领带翻来覆去，还是没系好。

"不记得了？"陆敛舟挑眉问道，"要不要我教你？"

温梨有点儿不服气，说："等我看看视频。"

说罢，她丢下领带，捡起床上的手机，解锁屏幕，映入眼帘的就是"老师教你系领带"的视频。屏幕里的男模特穿着纯白衬衫，一边领带一边歪着嘴看着镜头笑。温梨刚看清屏幕，手机就被陆敛舟夺了过去。

"你干什么？"温梨伸手想拿回来，却被陆敛舟按住了手腕。

他举着她的手机，一双黑眸一眨不眨地盯着她，里头像是有醋意翻涌，低声问："帅吗？"

被他盯得有点儿紧张，温梨咽了咽口水，说："我不知道……我只是看他怎么系领带的。"

她这个举动落在陆敛舟眼里像是在害羞，他骤然翻身将她压在床上，眉眼间浮起一抹沉色，调侃道："难怪没学会，原来是看别的男人去了。"

温梨眨着眼看他，用示弱的语气道："我没有。"

陆敛舟俯首，正准备"惩罚性"地咬向她的脸颊，衣领处的领带却骤然滑落到温梨的红唇上。

他嘴角一勾，顿时改变了想法。

他将领带拾起，轻轻地盖在她的眼眸上，将她的眼睛蒙了起来。

温梨的视野陷入黑暗，一切变得敏感而陌生，她顿时不安地扭了扭头。

"别动。"陆敛舟垂首贴紧她的耳畔，道，"你可要为你的行为付出代价。"

温梨的心像迷途的小鹿般乱撞。强势而霸道的吻再一次铺天盖地地落下。

·

第二天早晨，温梨被闹钟吵醒。她睡眼惺忪地往旁边看了一眼，发现陆敛舟已经不在床上了。

因为今天要去影棚录制《奥·秘》的冬奥宣传短片，温梨没有磨蹭，翻身起床，换好衣服后就直奔浴室洗漱。

刷完牙，温梨将颈后的长发绾起，弯下腰掬水洗脸。后背突然贴来一只炙热的手掌，她不由得吓了一跳。

温梨连忙伸手抹去自己脸上的水珠，睁开双眼朝后看去。只见陆敛舟穿着简单的白衬衣和黑西裤，神采奕奕地站在她身后。温梨看清了他，急忙抓住他的手腕，试图制止他的动作。

陆敛舟反手捏住她的手，垂眸看她。她的一双眸子和睫毛上还沾染着潮湿的水雾，看起来水汪汪的，又娇又软，格外惹人怜惜。

"怎么了？"陆敛舟开口问。

温梨被他这一句话给哽住。明明是他先进来招惹她的，现在反而问她怎么了。她娇嗔道："你吓到我了。"

陆敛舟挑眉，虚虚地搂着她，略带薄茧的指腹细细地摩挲着她半湿的手背，说："那我给你道歉。"

那倒也不至于。

她的眉眼如画，带着清晨的娇憨情态，陆敛舟忍不住俯首在她耳畔亲吻了一下，然后才低声提醒："早餐准备好了。"

"我还没洗完脸。"

"那等你洗完。"

"你这样搂着我怎么洗？"温梨看着他，脸上还滴着水珠。

陆敛舟看起来有些不情愿。过了片刻，他低头在她白皙细长的后颈处吻了吻，才松开了她。

"那我站在这儿等你。"说完，他的眉眼柔和下来，斜斜地倚靠在门框上，泰然自若地等她结束。

温梨在他的注目礼下完成了洗漱，然后便和他一起走出了浴室。

吃早餐时，陆敛舟和她说要送她去录制现场。温梨刚抿了一口牛奶，闻言倏地抬起头，才想起他这次来帝都并不是出差，而是因为自己才特意过来的，不由得问他："你来这里了，那你的工作怎么办？"

陆敛舟说："我在车上处理。"

"你在车上办公？"温梨不自觉地重复了一遍，沉吟几秒，又问，"所以你要一直在车里等到我录制结束吗？"

"嗯。"陆敛舟颔首。

温梨略微有些讶异地看着他，总觉得这样好像有些委屈他。她想了想，说："要不……你就别送我去了，在这里办公比在车里更方便。"

"没事，我就在车里等你。"陆敛舟明显不打算采纳她的提议。

温梨见他不以为意，似乎并不觉得委屈，也就任由他了。

吃过早餐，陆敛舟牵着温梨从公寓里出来，乘坐电梯直达底层停车场。

司机陈叔早已等候在车前，二人在后排落座，车子行驶了不到二十分钟就抵达了目的地。

抵达影棚时还不到九点，温梨刚想转身下车，却蓦地被陆敛舟拉住了手腕。

她疑惑地问他："怎么了？"

陆敛舟勾着唇，意味深长地在她脖颈上扫视一圈，才指着裸露的印痕，一脸玩味地问："需不需要挡住？"

温梨顺着他的手指低头看了一下，脸一下子红了。她又羞又恼，轻哼了一声，同时伸手扯了扯自己的衣领，将脖子遮挡得更加严实，然后才飞快地远离他灼人的视线。

进到录影棚，即使室内的暖气开得很足，温梨也不敢取下围巾，直到造型师过来和她说这天拍摄宣传片需要换上节目组准备的服装和配饰。

温梨磨蹭了一会儿，伸手抓了抓羊毛围巾，咬着唇问："节目组准备的衣服是什么样的？"

"是一套旗袍，跟我来吧。"造型师说完，引着她去服装间。

一进门，温梨就看到了挂在正中央的那套旗袍，不由得眼睛一亮。

那套旗袍是传统的款式，但是颜色和图案设计又别具一格，许是为了更贴近"冬奥冰雪"的主题，整体以蓝白渐变色调营造出一种置身冰雪情缘的梦幻感。

裙身点缀着雪花的刺绣，像是朵朵雪花飘落在身上。绸缎面料看起来仙气飘飘，是一套很漂亮的旗袍。

造型师取下旗袍对温梨说："你先换吧，应该是合身的。"

温梨点头接过，走进试衣间。

将旗袍换好后，她看了一眼全身镜里的自己。

旗袍侧面一路开衩到大腿根，前后的下摆刚好垂落至她纤细的脚踝处，将若隐若现的腿部曲线勾勒得含蓄又妩媚。

只是温梨全部的注意力都集中在了旗袍的领口设计上，保守却又略显性感的水滴领明显遮不住她脖颈处的印痕。

温梨有些无奈，走出试衣间后，造型师刚好扭过头来看她，眼里满满都是惊艳，忍不住夸赞道："天哪，穿在你身上也太适合了吧！"

"绝！"造型师走到她身前打量一番，激动地说，"这身材，线条高挑修长，前凸后翘的，也太惊艳了吧，活脱脱就是民国画报里走出来的女郎啊！"

温梨被她夸得有些脸红，连忙伸手拉住她的胳膊，小声地问："我脖子上的痕迹能遮得住吗？"

造型师这时也刚好注意到她脖子上那些暧昧的印痕，挑了挑眉，恍然大悟地盯着她，说："可以，我给你抹些遮瑕膏，以后你可得提醒你男朋友注意一点。"

男朋友？

温梨本来想说不是男朋友，她已经结婚了。但她在心里默默地想了想，嘴角不知怎的翘了起来。

她和陆敛舟才见了两次就领证结婚了，之前也没有谈过男朋友，突然听到"男朋友"这种说法，她竟然有点儿愉悦，还挺喜欢这个称呼的。

造型师往温梨脖颈处过过遮瑕膏后，便拿着各种化妆刷在她脸上层层晕染，不时看看她，又瞧瞧镜子里的她，最后将胭脂色的唇釉点涂在她的唇上，才满意地点了点头。

温梨原本就长着一张极清纯可人的初恋脸，在造型师的精雕细琢下，她的五官显得更加精致了。细垂的黛眉浅勾，眉眼盈盈，像是身着旗袍的冰美人。

"好啦。"欣赏完自己的妆容手艺后，造型师拿起一对珍珠耳环走到温梨身边，说，"最后戴上耳环就大功告成啦。"

她撩起温梨耳后的长发，才发现她没有打耳洞，非常惊讶道："你没有耳洞？"

"对，我没有打过耳洞。"温梨面露歉意，问，"这对造型有影响吗？"

"嗯……那你只能用耳夹了，还好我有准备。"说着，造型师在饰品箱里翻了翻，找出了一对复古珍珠耳夹，问她，"这耳夹戴久了会有点儿疼，你要戴吗？"

"没事，我可以戴。"疼就疼吧，温梨觉得自己应该能忍。

造型师走上前，说："其实你有时间的话，可以去打个耳洞。"

温梨皱着眉头说："我怕疼，所以一直没有想过这事。"

造型师将耳夹夹在她的耳垂上，闲聊道："打完耳洞可以戴很多漂亮的耳饰呀，就痛一下子，还好。"

温梨有些犹豫，没有接话。

造型师重新捋了捋她颈后的发丝，审视了一下这个造型。珍珠吊坠垂落在她脸颊两侧，摇摇晃晃的，平添了一丝韵味，优雅又不失风情。

造型师满意地说："好啦，搞定啦，你可以去拍摄了。"

温梨和造型师道了一声"谢谢"，站起来整理了一下裙摆，踩着高跟鞋走出了化妆间。

她刚走出去，就有人朝造型师围了上去，称赞道："你的手艺可以呀，温梨今天的造型特别美。"

"其实我也挺满意的，嘿嘿。主要是她本身就漂亮，身材也好，这身旗袍很适合她。"

"对，温梨这是老天爷赏饭吃的身材和脸蛋儿啊，不进娱乐圈真是可惜。"

"怎么？你想撬她去你公司？"

"我怎么可能撬得动，人家志不在此。"

"嗯……是比较难。"

在等待拍摄的过程中，温梨想起造型师说的话，于是心血来潮地掏出手机，给陆敛舟发了一条消息："造型师让我提醒男朋友以后收敛一点儿。"

发送过去后，温梨歪了歪头，唇边勾着笑意，捏着手机等待。

不到半分钟，她就收到了回复。

"男朋友？"

"嗯，他们还不知道我和你的关系。"

"那为什么还让我躲起来？"

"不能公开？"陆敛舟追问了一句。

"不要。"

"你是节目背后的金主，高高在上的，大家都不敢得罪你。"

"而我，还要和大家一起愉快地玩耍。"

连续发了几条过去后，温梨一直没有收到陆敛舟的回复，不知道他是因为忙还是没想好怎么回。但她一点儿都不担心，反而觉得有点儿刺激。

陆总应该不曾这么憋屈过吧，温梨得逞地笑了一下。

影棚一切都准备就绪了，导演开始喊所有嘉宾就位。

温梨指尖轻点屏幕，给他发了一句："我要去拍摄了。"

她正要熄屏时，手机振动了一下。

这次他回得倒挺快。

"好。"

"那你安心工作吧。"

温梨发送过去后便直接锁屏，径直把手机丢进包里，和其他嘉宾一起走到摄像机前。

短片的录制总共花了两个小时，内容主要是六位嘉宾共唱冬奥的宣传曲，通过手势舞为冬奥加油助力，后期会剪入冬奥吉祥物的形象和往期冬奥会比赛的精彩瞬间，让观众在观看宣传片时既能了解冬奥精神，又能热血沸腾，将自己置身其中。

舞蹈最后的结束动作是对着镜头双手比心，导演看到温梨标准端庄的动作，忍不住问了一句："最后能不能配合着歌词的节奏，一边比心一边做一个眨眼？"

导演很懂得把握观众想看的点，温梨长相甜美吸睛，网友最喜欢这种"小白花"撒娇，就和她解释道："我放到花絮里面。"

"嗯，好。"温梨没觉得为难，笑着点头应了下来，依照导演的想法加录了一段。

直到导演满意，打板喊"卡"后，录制才算结束。

结束后，温梨和其他嘉宾一起回到休息室，发现桌面上摆满了奶茶和咖啡，还有各种精致的小蛋糕。

解说员佟冰一进门，看到这些后，激动地说："好多好吃的！节目组今天怎么这么好！"

花滑运动员喻怡也走上前，捧起其中一份红丝绒蛋糕端详了一下，说："这是市中心那家顶级蛋糕连锁品牌店的，节目组什么时候变得这么奢侈了？"

温梨还站在一旁看着，紧接着听见工作人员说："不是节目组准备的，是温梨的男朋友送的。"

温梨一听，顿时惊讶地问："我的男朋友？"

是陆敛舟？

温梨又问："他来了吗？"

"没有。"场记朝她招了招手，说，"来，你看这卡片留言。"

温梨走上前，接过卡片，上面是陆敛舟亲笔写的。

《奥·秘》节目组：

大家好，我是温梨的男朋友，感谢大家一直以来对温梨的照顾，特地准备了一些甜点给各位，希望大家喜欢，祝拍摄顺利。

温梨看完，忍住没笑。

不得不说，陆敛舟伪装得也太好了。要不是知道真相，单看留言里的文字风格，她实在难以与一贯高高在上的他联想到一起。

这时，有人过来问她："温梨，你也不知道吗？"

温梨放下卡片，摇了摇头。

"好浪漫呀！你男朋友又有钱又宠你，真让人羡慕。"

"对呀，他还特地感谢我们照顾你，你男朋友真的很好！"

其他工作人员也过来和她说："帮我和你男朋友说声谢谢。"

"谢谢啦，很好吃！你男朋友破费了。"

温梨回道："没事，大家开心就好。"

造型师刚好走到她身前，举了举手里的蛋糕，别有深意地眨了眨眼，说："你男朋友很懂得用行动宣誓自己的主权嘛。"

温梨笑了一下，微微低下头，没说话。

她也没想到陆敛舟竟然会做这些小事。

趁着大家悠闲地聚在一起一边吃喝一边闲聊时，温梨走进了化妆间里面的更衣间，将身上的旗袍脱下，换回了自己的衣物。

把旗袍挂起来后，温梨走到化妆桌前，将复古珍珠耳夹取了下来，这才发现耳朵被耳夹夹得生疼，之前竟没有发觉。

温梨走到镜子前伸手揉了揉耳垂，能看到上面被硌出了两道很深的红印，比想象中的要疼。

"我就说吧，这耳夹戴半小时就疼得不行了，你倒是能忍，生生熬了两个小时。"造型师叉了一小块蛋糕，有点儿佩服地说。

温梨轻轻地叹了一口气，说："果然，美丽都是有代价的。"

"不过等过几天宣传片出来了，网友把你夸上天的时候，这点儿痛也就值当了。"

温梨低头笑了笑，说："应该夸你才是呀，你辛苦了，我的造型这么好看可都是你的功劳。"

造型师笑得合不拢嘴，道："你这小嘴哟，和这蛋糕一样甜。"

因为想着陆敛舟一直在车里等自己，温梨和大家聊了几句，然后就收拾东西离开了摄影棚。

司机看到温梨远远地走来，提前下车替她打开了后座的车门。

温梨刚一上车，还没来得及坐下，旁边就伸来一双大手，将她拽入了温热的怀抱，熟悉的冷冽松香味瞬间萦绕鼻尖。

温梨在陆敛舟的怀里扭动了一下，没有挣脱，索性坐在他腿上，问他："你这次怎么给节目组准备了那些东西？"

陆敛舟搂着她，眸中掠过笑意，说："想讨好他们，让他们多照顾你。"

"可是他们都很照顾我呀。"

见温梨定定地看着他，陆敛舟俯首凑近她的耳畔，低声道："其实还有一点儿私心。"

"什么？"

"想刷刷存在感。"

温梨仰头看他，说："陆总怎么可能没有存在感呢？"

陆敛舟一脸淡然地回道："没办法，我夫人不让我有名分，我只能自己找找存在感。"

闻言，温梨羞涩地低头，避开他的目光，嘴角却不自觉地翘了起来。

陆敛舟低头，目光落在她的侧脸上，立刻就注意到了她的耳朵。

她的耳垂泛着不同寻常的红晕，像是充血了似的，与她白皙的皮肤形成了鲜明的对比，凑近了看，还能见到一道深深的印痕，看着都疼。

"你的耳朵怎么了？"陆敛舟的指腹覆上她的耳垂。

"啊——"温梨倒吸了一口气，"疼。"

"对不起。"陆敛舟连忙顿住了手，心疼地问，"怎么弄的？"

"被耳夹夹的。"温梨摸了摸自己的耳朵，转而眨着眼问他，"你要给我揉一揉吗？"

她的眼睫轻颤，一双明眸眼波流转，像是盈满了星星。

陆敛舟低眸，原本蹙起的眉头不由得舒展开来，轻声说："好。"

"轻一点儿。"

"嗯。"

陆敛舟不舍得用力，轻轻地揉捏她小巧的耳垂，问："这样可以吗？"

温梨舒服地闭上了眼睛，满足地喟叹了一声："嗯。"

窗外的绿化带快速地闪过，车子往帝都国际机场驶去。

下一期的录制排在一个星期以后，他们决定这段时间先回S市处理各自的事务。

过了两分钟，温梨忽然睁开眼问："你说我要不要打个耳洞？"

陆敛舟把她揽进怀里，继续给她揉耳垂，说："都可以。"

温梨伏在他身上，伸出手轻轻地戳了戳他结实精瘦的腰，有些不满地说：

"你就不能给个意见？"

陆敛舟认真思考了一下，回答她："那就打个耳洞，这样我们办婚礼时，你就可以戴漂亮的耳饰了。"

温梨倏地坐起了身子，挑着好看的眉头，有些惊讶地说："谁要和你办……婚礼了？"

虽然她言语间满是拒绝，但眼底的羞涩一闪而过。陆敛舟看她那副模样，不由得失笑，说："好，等你喜欢上我时，我们再办。"

"怎么你好像很笃定我会喜欢上你？"温梨不服气地说。

陆敛舟稳稳地托住她的后背，将她抱紧，说："我不至于连这点儿魅力都没有吧？"

温梨感觉到他胸腔传来的振动，耳尖不由得一烫，不再说话，只静静地让他抱着。

车里的暖气开得很足，陆敛舟只穿着一件单薄的白衬衣，温梨被他搂在怀中，脸颊紧贴他的胸口，二人仅隔着一层单薄的布料感受彼此的体温。

车里安静得只剩下心跳声，温梨的心绪随之变得平静，直至头顶落下的声音将她唤回。

"还疼吗？"陆敛舟的指腹依旧在她的耳郭上轻抚，温柔地摩挲着。

"嗯，还有一点点疼。"温梨噘着嘴，微皱着眉头回答。

陆敛舟点了点头，指腹继续在她的耳垂上摩挲，看向她的眼神满是心疼。

"你说，打耳洞会很疼吗？"温梨一边享受着陆敛舟的揉捻，一边担忧地问他。

"可能会疼，"陆敛舟认真地思考了一下她的问题，继而向她投去了抱歉的眼神，说，"但是我也不确定，毕竟我也没打过。"

突然，温梨琥珀色的眼珠一转，像是想到了什么，从大衣的口袋里掏出了手机，解锁屏幕。

陆敛舟垂眸看她莹白的指尖在屏幕键盘上轻点几下，没一会儿，浏览器的页面跳转。

温梨随意地翻了翻，细眉蹙起，喃喃道："嗯，好奇怪……"

"怎么了？"陆敛舟问。

温梨随手将搜索出来的结果递给他看，解释道："网上有些人说打耳洞很疼，有些人又说只是像被蚊子咬了一口，一点儿也不疼。而且两边人数还差不多，没有参考意义呀。"

陆敛舟垂眸看她的手机，滑动了几下页面，忽然问她："一般可以去哪里打耳洞？"

温梨闻言，抬头对上他的深眸，眨了眨眼。虽然不知道他为什么这么问，但她还是下意识地回答了，只不过语气略有些犹疑："美容医院或者首饰店应该都可以。"

陆敛舟点了点头，将手机还给她，随即转头朝司机吩咐道："先不去机场，去最近的美容医院。"

司机轻触导航屏，说："陆总，距离这里最近的一家美容医院在国贸城，大概五分钟车程。"

"嗯，就去那儿。"

温梨忙问："去打耳洞吗？"

陆敛舟不动声色地看向她，应道："嗯。"

"不要！"温梨瞬间紧张起来，说，"我还没决定好呢，先别去。"

陆敛舟轻笑一声，抬手安抚似的摸了摸她的头，说："别怕，不是你，是我去打。"

他的语气和缓自若，温梨却惊得下巴都要掉了，瞪大了双眼问他："你要打耳洞？为什么？"

温梨一度怀疑自己听错了，如果被其他人看到陆廷集团的总裁去打耳洞，那得是多大的新闻哪！

"嗯。"陆敛舟一脸不以为意，仿佛只是在做一个最普通的决定，平淡道，"你不是怕痛吗？我先替你试一试。"

温梨愣了两秒，呆呆地说："你就……为了替我试试？"

陆敛舟笑着点了点头，伸手把满脸惊诧的温梨揽入怀中，薄唇贴着她的耳畔，说："嗯。反正我不怕痛，但我的夫人胆子小，我不忍心她去试。"

那温热的触感如同一阵细小的电流通过温梨全身，使她的骨头都酥软了。

温梨的脸颊泛起红晕，好一会儿才反应过来，问："可是如果被其他人看到你打耳洞怎么办？"

陆敛舟挑眉道："有问题吗？"

"你毕竟是陆廷集团的总裁，会不会不合适？"

温梨实在难以想象陆敛舟这样一张清俊冷白又矜傲的脸，戴着耳钉会是什么样子。

"为了夫人，没什么是不合适的。"陆敛舟笑道。

温梨愣愣地看着他，一时不知道该回些什么，静了半晌后才问："那我们今天不回 S 市了吗？"

"回，时间还来得及。"陆敛舟温和地回答她。

五分钟后，车辆抵达国贸城，陆敛舟牵着温梨的手往里走去。

温梨还有些不习惯在大庭广众之下被他牵着手走。但他紧紧地攥着她，丝毫不给她挣脱的机会。

身旁有形形色色的路人经过，他们看到陆敛舟一身考究笔挺的西装，优越的身形气势逼人，还有他牵着的人，长相清纯娇艳，五官分外精致，纷纷被吸引住了目光。

察觉到周围路人的目光，温梨不由得双颊发烫，心跳声怦怦地叫嚣着，身体更加朝陆敛舟靠拢，以此掩饰自己羞怯的神色。

陆敛舟注意到她的亲近，眉眼满是笑意，神色自若地伸手揽过她的细腰，将她紧紧护在怀里，隔绝了路人打量的视线。

走进美容医院，接待处的一位女护士立刻朝温梨迎了上来，热情地招呼："您好，太太，请问有什么需要呢？"

不等温梨回话，陆敛舟面色淡然地说："我打个耳洞。"

女护士脸上闪过一丝惊讶，随后立即用微笑掩饰了过去，自然地说："好的，先生，请随我来。"

护士带着他们先到前台登记，然后将他们带到特定的医疗室。

医疗室并不大，只有一位医生戴着口罩坐在电脑前，她的旁边除了打耳洞专用的设备，还有一个透明的玻璃柜，里面放着各式各样的耳钉和耳环。

医生看见他们进门，站起身朝陆敛舟挥手道："这位先生，请到这里坐。"

陆敛舟正要抬步上前，温梨有些忐忑地扯了扯他的衣角。

似乎是察觉到她的不自然，陆敛舟握住她的手，略微用力一捏，柔声道："别担心。"

陆敛舟坐下以后，医生将手部消毒，然后就给他打耳洞。

温梨站在一旁，只见医生先在陆敛舟的耳垂处擦上少许酒精，然后拿过打耳洞的工具，将针头对准耳垂，按动开关，锋利的针头瞬间便没了进去。

温梨浑身一颤，好像这一下是打在自己耳朵上似的。她下意识地摸了摸自己的耳垂，担心得眉头都要揪起来。

直到结束，陆敛舟依旧是那副气定神闲的模样，似乎一点儿都不疼。

"不疼吗？"温梨一脸担忧地问。

没等陆敛舟回答，医生指着放耳钉的玻璃柜说："两位请到那边选一副耳钉，因为刚打完耳洞需要戴上耳钉做支撑，不然耳洞会在两天内愈合堵塞。"

陆敛舟看向温梨，说："你来挑。"

温梨来到玻璃柜前，扫视了一圈，指了指其中一个最小的黑色耳钉道："就这个吧，这个看起来最不起眼，不会那么引人注目。"

温梨扭头问他："好吗？"

"好。"陆敛舟颔首。

医生戴上手套，取出耳钉，消毒后为陆敛舟戴上。

"好了，一个星期内耳钉不要取下来，一星期后取下耳钉也不能超过一天，不然耳洞仍有堵塞的可能。"

温梨看着陆敛舟的侧脸，纯黑的耳钉嵌在他的耳垂上，那颗小小的黑曜石在光线下熠熠生辉，将他衬得有些魅惑。

直到被他牵着走出了医疗室，温梨才回过神来。

"真的不疼吗？"温梨拉着陆敛舟的手问。

"我觉得不疼，但你一定会觉得疼。"

温梨显得有些害怕。

陆敛舟侧过身拥着她，说："你不要打耳洞了，我给你定制一些戴起来好看又舒适的耳夹。"

回到车上，温梨想到他之后出席正式场合可能都得戴着耳钉，而这可能会对他的工作造成困扰，不免有些内疚。

"怎么了？"陆敛舟看出了她的神情不对。

"我有点儿内疚。"温梨低声说。

陆敛舟敛眸，把她抱起来放在自己腿上，俯首在她耳旁，低沉道："不用内疚，这样就公平了。"

那这样就公平了。

即便此时此刻是青天白日，但陆敛舟的话就像是夜晚皎洁的月光，闯过重重荆棘，轻柔地撩拂过温梨的心窝，如同羽毛荡过水波，余下圈圈层层琉璃般的涟漪。

温梨看着他耳垂上那枚小小的黑曜石，指尖不自觉地覆在他的耳钉上。

陆敛舟抓住她纤细的指尖，垂首亲吻了一下，问："还内疚吗？"

他的吻虔诚炙热，温梨动了动红唇，却没说话。

但陆敛舟从她脸上的表情已经读出了答案。

自此，他的身上留下了一个独属于她的印记，只为了她。

当天下午三点，他们乘机回到 S 市。

因为时间还早，温梨没有休息，直接去了 T 大。她想抓紧时间把科研基金的事情确定好，毕竟她的课题一直止步不前，她也为此闹得身心俱疲，现在总算是迎来了转机。

温梨第一时间去了系主任的办公室，但她并没有见到系主任，而是被告知本次的科研基金将会由校方直接负责，她无须办理任何手续，只需耐心等待即可。

温梨有些诧异，之前的科研经费可都需要通过层层审批，最后经由系里分配，才能转入自己的账户，现在这一切也许得归功于陆敛舟的"钞能力"吧。

第二天早上，陆敛舟拨的款就被转进了她的经费账户，这显然比她预计的到账时间还要快不少。

温梨初步估算了一下，她的课题原本预计在五月份完成，但是现在资金变得更加充足，拟订的方案可以变得更加简略，许多烦琐的步骤缩减，极大地节省了时间成本。因此，现在课题有望能在二月份完成。

比起之前没日没夜的工作，只为了用有限的经费完成自己的设想，熬得头都要秃了，温梨现在真的松了一口气。原来有陆敛舟在，她真的可以心无旁骛地专注在自己所热爱的事情上。

接下来的几天，温梨每天都去 T 大忙自己的研究课题，想在录下一期节目前把实验的进度尽可能地推进一些。

这天，温梨一如往常地从 T 大回陆曳江岭。进门后，她脱下大衣，倒了一杯水，默默拿出手机，才发现陆敛舟二十分钟前给她发了两条消息。

"我今晚见个朋友，晚点儿回。"

"你如果累了就先休息，不用等我。"

温梨轻敲指尖，回了一个"好"。

与此同时，S 市高档会所的私密 VIP 包间。

陆敛舟端坐在卡座上，他的对面正坐着他多年的好友沈从延，二人于高中时相识，关系一直很好。

沈家主攻酒店经营，沈从延作为沈氏太子爷，一年前被他父亲分配到海外开拓市场，刚回国，陆敛舟便找他小聚。

灯影昏暗间，陆敛舟的手机屏幕亮起。他拿起看了一眼，嘴角勾起。

"这么晚了还有消息，"沈从延挑眉问，"有什么急事吗？"

陆敛舟漫不经心地回答他："嗯，急事。"

沈从延靠坐在真皮座椅上，白色衬衣的袖口稍稍挽起，感叹道："大晚上还在工作，也真就是你了。"

　　看到温梨发过来的表情包，陆敛舟不免觉得有些好笑，像是能通过这个表情包联想起温梨那副娇娇软软的样子。

　　陆敛舟含着笑意放下手机，重新看向沈从延，问："你刚刚说什么？"

　　沈从延有种对牛弹琴的感觉。

　　他拿起桌上的酒杯，淡酌了一口，说："没什么！"

　　陆敛舟坐直身子，问："你这一年在北美的酒店业务开拓得怎么样了？"

　　沈从延随手给陆敛舟的酒杯斟上酒，递给他，说："还行吧，要不老爷子能让我回国？"

　　陆敛舟微眯眼眸，调整了一下坐姿，伸手接过。

　　沈从延这才注意到他耳垂处那枚细小的耳钉，顿时来了精神，打趣道："哟，这耳钉是怎么回事？认识你这么久，才知道你有这种兴致？不像你呀。"

　　陆敛舟面色淡然道："哦，为了我太太。"

　　"什么情况？"沈从延倏地抬起头，惊讶道，"我出国才一年，你就结婚了，怎么没和我说？哪家千金？商业联姻？"

　　陆敛舟单手握着酒杯，慢悠悠地摇晃着，说："我像是会商业联姻的人？"

　　沈从延淡笑一声，指了指他的耳垂，说："那你也不像是会戴这玩意儿的人哪。"

　　"不会是你太太有这喜好，要求你戴的吧？"沈从延轻挑眉梢。

　　他认识陆敛舟这么久，知道这人行事向来雷厉风行，说一不二，还从没见这人做过这么出格的事。

　　"不是她要求，我自愿的。"陆敛舟勾唇道。

　　沈从延难以置信道："你没开玩笑吧？你自愿的？"

　　陆敛舟没说话，清冷的面容染着笑意。

　　"我现在对你老婆更好奇了。"沈从延真想象不到什么样的女人才能让陆敛舟做到这种地步。

　　"行了，以后找机会带她见见你。"陆敛舟仰头将杯子里的酒一饮而尽，进入正题，"我这次找你有事。"

　　"嗐，我就说我刚回国，你就迫不及待地找我，连时差都不让我倒一下，敢情是有求求我。"沈从延慵懒地靠着卡座椅背，双腿交叠，高傲地说，"说吧，什么事？"

　　陆敛舟抬头，上半身稍稍前倾，说："你们最近在 N 市开发的那块地，我要了。"

沈从延一听，笑着说："那你可能无法如愿了，因为那块地我们其实并没有拿下。那块地在 N 市临海公路，地理位置极佳，也是我们集团 S+ 的项目，可是我们花了两年时间，大大小小的部门全都跑遍了，也没有拿下它的审批手续。"

陆敛舟不以为意道："这你不用担心，你只管把地给我，我自有办法搞定。"

"你行。"沈从延瞥了他一眼，问，"你要这块地干吗？"

"建气象博物馆。"

"陆廷还建这个？你们什么时候开展这项业务的？博物馆回报率很低！"

"不收费的，想做成慈善博物馆。"陆敛舟不紧不慢地补了一句，"我太太是气象学家。"

沈从延懂了，问："你随便在 S 市挑一块地不行吗？为什么非要 N 市那块地？"

"她从小在 N 市长大，我想在她家乡建，而且在 S 市太容易被发现，我想给她一个惊喜。"陆敛舟解释道。

沈从延心中佩服，难以想象究竟是什么样的女人值得他这样费心费神。从前见他一直端着一张高冷的冰山脸，只知道工作，竟然不知道他还这么会宠女人。

陆敛舟掀起眼皮抬头，问："怎么样？"

"行！"沈从延咬咬牙，"看在你的面子上。"

"谢了。"陆敛舟拿起酒杯和他碰了碰。

"你准备建什么样的？有设计图纸了吗？"

"还没，你有推荐的设计师吗？"陆敛舟放下酒杯，说，"你们家做酒店那么多年，认识的设计师应该不少。"

沈从延沉思片刻，说："你是为了女人，那肯定得设计得细腻一点儿，女人才能喜欢。我刚好认识一个巴黎设计院毕业的设计师，她的风格应该比较讨女人喜欢，我回头介绍给你。"

"谢了。还有，下次有机会见到我太太，记得帮我保密。"

"行了，知道了。"

"嗯。"陆敛舟说着就要起身。

"不是，你这就走了？"沈从延一脸讶异，"一年没见，酒都还没喝上几杯。"

"嗯，回去陪太太。"

沈从延生生把到嘴边的话憋了回去。

晚上十点，陆敛舟回到陆曳江岭，罗婶迎了上去。

"温梨呢？"陆敛舟问。

"太太她吃过饭就上楼了。"

"好。"陆敛舟脱下外套，解开领口的两颗扣子，上楼去了。

卧室里黑灯瞎火的，他轻手轻脚地推开门，走到床边，却没看到心心念念的人。

陆敛舟从卧室出来，见书房里透着光。他站在门口往里看去，发现温梨趴在桌子上睡着了。

他放轻脚步走到她身旁，桌上的电脑还亮着，她手边放着课题的资料文件，上面的标题写着"冰冻雨雪灾害环流系统"。

陆敛舟扫了一眼，转而看向熟睡中的温梨，单手松了松领带，然后小心翼翼地将她抱起。

走了没两步，怀中的人就幽幽转醒，睡眼惺忪地望着他说："你回来了？"

因为带着睡意，温梨的嗓音软糯得不成样子，勾得陆敛舟眉梢一挑。

"嗯。"陆敛舟的声线沙哑，低头吻了吻她的额角。

温梨下意识地闭起双眼，眼睫毛轻颤了一下。

"你喝酒了？"温梨迷迷糊糊间嗅到一股淡淡的酒气。

"嗯。"陆敛舟脚步一顿，点头应她，"你不喜欢？那我以后不喝了。"

"嗯，不会呀，我又不嫌弃。"温梨的声音又小又轻的，像一只小猫咪一样打了一个哈欠。

陆敛舟一下想起了她发来的那个表情包，勾唇笑笑，抱着她走进卧室，将她放在床上，摸了摸她的脑袋，说："快睡吧，看你都困成什么样了。"

温梨不顾眼皮子打架，强撑着问他："你还不睡吗？"

"我洗个澡就睡。"陆敛舟答。

闻言，温梨轻轻地点了点头，没一会儿便安心地闭起了双眼，沉沉地睡去。

第二天早上，温梨睁眼醒来，揉了揉眼睛，茫然地坐起身。她随手拿起床头柜上的手机，看了一眼时间，九点半了。

不过今天是周六，她不用去 T 大，所以时间倒也不晚。

她清晰地记得，昨晚是陆敛舟把她从书房抱回卧室的，这会儿他不在身边，也许是到书房工作去了，毕竟周末不休息很符合他一贯的风格。

温梨洗漱完，从卧室走到书房。

书房的门半掩着，温梨推门看了看，没有看见陆敛舟的身影。

奇怪，怎么不在书房？

温梨带着疑惑下楼，刚下了一半的楼梯，就看到了罗婶。

"早上好。"温梨笑着和她打招呼。

"太太醒了？"罗婶听到动静，转过头来笑眯眯地回应她，"我给您准备早餐。"

温梨手放在楼梯的扶手上，点了点头，视线在客厅里扫视一圈，四处张望。

罗婶一眼就看出是在找陆敛舟，便和她解释道："先生半小时前就离开了，他说有事出门一趟，下午回来，让我告诉您。"

温梨细眉挑起，说："好，我知道了。"

吃过早餐，温梨就抱着笔记本电脑开始整理文献数据。

除了手头上的理论模拟数据外，这个课题还需要额外收集几组户外真实的自然雨雪数据集，她盘算着等春节过后就去郊外的几个数据站点收集回来，然后进行整合对比，之后课题就可以进行收尾工作了。

温梨沉下心来，一门心思放在论文的数据上，时间过得很快。

而且因为早餐吃得晚，她并不觉得饿，直到罗婶来敲门喊她吃饭，她才反应过来竟然已经中午了。

下楼吃过午饭后，温梨看了一眼时间，已经下午一点了。

小憩过后，她又回书房工作。

温梨重新打开电脑，指尖轻敲触摸屏，点进其中一篇文章引用的参考文献。当看到那篇论文全是德语后，她不由得头疼起来。

她的德语只停留在日常交流和阅读的水平，还做不到无障碍阅读高深的学术论文。

一瞬间，温梨忽然有点儿希望陆敛舟此刻能在她身边，那她就可以逮住他翻译给自己听，而且还能听他用低哑的声音说德语，那听起来特别性感的小舌音还挺磁性的。

想着想着，温梨不自觉地笑了起来。半响后，她才反应过来自己好像在犯花痴。

温梨轻捏脸颊，定了定神，重新专注起来，一边开着翻译软件，一边攥着笔，打算慢慢将这块硬骨头啃下。

这种方法很笨而且很耗时，温梨坐在电脑桌前翻译了将近三个小时，也只读了一页。

她默默地叹了一口气，伸了一个懒腰，捧起杯子起身下楼倒水。

倒完水后，温梨静静地立在中岛台，抿了一口。

见罗婶正在准备晚餐，温梨问了一句："陆敛舟有说什么时候回来吗？"

罗婶略微有些讶异，道："先生两小时前就回来了，您不知道吗？"

温梨顿了顿，和罗婶又确认了一遍："他回来了？"

罗婶点头道："是的，先生回来后一直在小花园忙活。"

回来怎么都不和自己说，温梨张了张唇，正想说些什么，刚好瞥到客厅的沙发上搭着他的黑色西装外套。

刚刚怎么没注意到呢，温梨倏地放下杯子，抬脚就往门口的方向奔去。

罗婶见她急匆匆的，喊道："太太，外面天冷，披件外套再出去吧。"但她跑得急，一溜烟就出了大门，也不知道听没听到。

温梨跑出了别墅，沿着蜿蜒曲折的小径穿过小花园。

透过高低错落的绿植，她一眼就看到了那抹熟悉的身影，随后就被眼前的画面惊住了。

陆敛舟站在一个木制的秋千前，修长的手指捏着一把电动螺丝刀，正专心致志地固定支架板子，他裤子上沾着泥土，原本一丝不苟的白衬衣也沾染了灰尘。

温梨一瞬间没反应过来。

陆敛舟的手很好看，但她见得最多的是他手执钢笔，还从未见他拿着这种工具，而且他的穿着那么正式斯文，和他此时此刻在做的事情显得极其格格不入。

虽然给人一种微妙的反差感，但丝毫掩不住他本身的骄矜疏离。

不是有用人吗，为什么他要亲自打理这些？而且小花园里怎么突然多了很多新种下的花苗，还多了这么一个木秋千？

温梨疑惑地挑眉，放慢了脚步朝他走近，问："你在干什么呀？"

陆敛舟闻言，停下了手中的动作，抬起头看向温梨，惊喜地问："怎么出来了？"

不等温梨回答，他便放下工具，走到她身前。见她只穿着一件单薄的外套，他眉头蹙起，原本想伸手搂住她，又想起自己身上脏，便不自觉地后退了半步，微微俯首在她面前说："穿这么少，快进去。"

温梨摇了摇头，说："不冷。"

说着，她扫视了一圈周围的花圃，问："你在种花吗？"

"嗯。"陆敛舟不动声色地移了移自己站立的位置，替她挡去吹袭而来的冷风。

"可是这小花园不是一向有用人打理的吗？"温梨挑着细眉问他。

"我想亲手种，以后送你。"

温梨突然想起了他送的那束红玫瑰，便问："因为那束玫瑰？"

"嗯。"陆敛舟微微点头，说，"你不是喜欢吗？这样以后一年四季我都可以送你亲手种的花。"

温梨的眼睫毛抖了一下，问："为什么说是一年四季？"

不等陆敛舟回应，温梨偏了偏头，指着不远处的一处花苗问："这是什么花？"

"向日葵。"

"那这个呢？"

"铃兰。"

"这个我认得，是玫瑰。"温梨指着最靠里的一丛花株兀自说，转身又看到一株梅花。

扑鼻而来的凛冬梅香，沁人心脾。

院子的小花园里，真的藏下了他亲手栽植的一整个四季。

极致的浪漫。

"第一次种花，没有什么经验，不懂打理，只挑了些易养活的。"陆敛舟回过头来，认真地看了她一会儿，说，"以后我再陆续添上娇贵稀有的品种。"

温梨的心像是被什么触了一下，颤得发软。

"那这秋千是怎么回事？"她的声音闷闷的，甚至有些恍惚。

"等以后天气暖和些，你可以坐在这里乘凉休憩，花团锦簇的也好看。"

听了陆敛舟的话，温梨沉默了。片刻过后，她再也忍不住，蓦地张开双手扑向他的怀里。

陆敛舟微愣，想伸手但又止住了动作。

这是她第一次主动抱他。

他的手举在半空，嗓音低哑："我身上脏。"

"我不嫌弃。"温梨把脑袋伏在他的胸膛，瓮声瓮气地说，然后仰着头看他。

温梨汲取着他怀抱的暖意，目光落在他耳垂处，那颗极小的黑曜石泛着浅淡的光辉，若隐若现，勾人极了。

陆敛舟终于咧唇笑了，不再顾忌地伸手用力拥着她，垂首含住她的朱唇。

温梨的胳膊攀附着他结实的腰肢，闭着眼睛懵懂而又羞涩地回应着他的吻，像是情窦初开的小姑娘。

一直到快要呼吸不了，温梨才羞红着脸推开他，埋首在他身上，嗔道："你好霸道。"

陆敛舟拥着她，气息有些不稳地说："是夫人自己凑上来的，怪不得我霸道。"

闻言，温梨假装不经意地转移话题："那你架这个秋千还要多久？"

"快了，马上就好。"陆敛舟松开她。

温梨眨着眼问他："需要我帮忙吗？"

"不用。"陆敛舟抬起手想摸她脑袋，但又顿住了，说，"你先去洗个澡，等你洗完我就好了。"

温梨摇了摇头，说："我在这里等你。"

"这里冷。"

"不冷。"温梨还在倔。

陆敛舟迟疑了一会儿，突然转变了想法。他的嘴角微微挑起，颇有暗示性地说："好，等我，然后我们一起洗。"

温梨的小脸瞬间变得通红，小声道："那……那你先忙吧，我进去洗澡了。"说完，她一溜烟地跑进了别墅。

陆敛舟看着她落荒而逃的倩影，无奈地低头轻笑了一声，真是不经撩。

把最后的工作收尾，陆敛舟回到玄关前，将沾染了泥土的鞋子换下，然后进门，上楼脱下衬衣。

刚踏进卧室，陆敛舟就看到温梨从浴室出来。她身着一条薄薄的玫瑰金色调贴身睡裙，将曼妙的身姿完美地勾勒出来。

温梨一开始没注意到他，直到将浴巾放下，抬起头才看到他。

他此刻正巧脱了上衣，赤裸着上半身，温梨赶紧羞涩地别过脸去。

陆敛舟朝她靠近，将温梨移走的目光吸引了回来。

"你脱……脱什么衣服？"温梨瞄到他健硕无比的腹肌，吐字都不清晰了。

陆敛舟慢条斯理地开口，像是故意逗她一般："弄脏了不得脱掉？"

说罢，他俯下身子，温热的气息打在她的颈后。

陆敛舟见温梨的脸颊红得像是熟透了般，长发被松松散散地绾起，露出纤长优美的颈肩线条，一双眼眸低垂着。他极力克制住想把她拥入怀里的欲望，凑到离她脸颊不足一厘米的距离，沙哑地说："让我亲一下。"

"你要亲就亲。"温梨双颊羞红，嘟哝道，"之前也没见你问呀……"

她的声音听起来柔柔的，陆敛舟蓦地轻笑了一声，轻车熟路地将自己的唇覆上她的。

陆敛舟没打算让温梨再洗一次澡，因此刻意拉开了些距离。但因为身高差的关系，他微微俯下了身，而她则不得不仰着头。

亲到后来，温梨还踮起了脚。

"好累呀……"温梨像是虚脱般踩回地面，埋怨道，"你说亲一下的，这一下这么长。"

她抱怨时脸颊微微鼓起，看起来可怜兮兮的，语气听起来很是委屈。

陆敛舟挑眉，温梨那楚楚可怜的模样又乖又软，让他忍不住哄她："乖乖，下楼等我吧，我洗完就陪你一起吃饭。"

温梨轻轻点头，说："好。"

陆敛舟洗完澡，下楼前发现手机亮了一下，是徐特助提醒他晚上七点半的视频会议。

陆敛舟退出对话框返回微信主页，看到置顶栏的温梨，勾了勾嘴角，将她的备注修改成"乖乖"。

改完昵称后，他将手机放好，下楼。

陆敛舟在楼梯处就看见了站在饭厅的温梨，她此时已经披上了外套，将原本的真丝吊带睡裙完全盖住。

他举步上前，温梨扭过身子看他，鼻腔瞬间盈满他身上的味道，淡淡的混合着冷松香和清爽的沐浴露香气，很好闻。

温梨微顿，被他亲昵地蹭过耳根，酥酥痒痒的，惹得她娇嗔道："吃饭了。"

"嗯。"陆敛舟这才不情不愿地松开她，伸手替她拉开了椅子。

二人在餐桌前落座，不紧不慢地吃着晚饭。

温梨想起要找他翻译德语的事情，于是问他："你今晚有什么安排吗？"

陆敛舟抬手看了一眼腕表，说："我等下七点半到九点有一个跨国视频会议。"

"哦……"温梨乖巧地点点头。

陆敛舟看她那模样，耐心地和她解释："是和陆廷在欧洲分部的高层开会。"

温梨捏着筷子，欲言又止。

"怎么了？"陆敛舟问。

温梨略显踌躇道："我有一篇德语论文想请教你。"

"当然可以。"陆敛舟笑了笑，他还以为她在担心什么，原来只是因为这个。他说，"九点来书房找我。"

"嗯。"温梨笑着应了下来。

吃完饭后，陆敛舟就回了书房开视频会议，而温梨则是安静地整理文献资料，耐心地等着。

九点，温梨抱着笔记本站在书房外，略显犹豫。

不知道他忙完了没有，她贴在门上竖起耳朵听，奈何隔音太好了，她没听出里面的动静。

看了一眼时间，已经九点过几分了，温梨决定先不敲门，免得打扰到他，她轻手轻脚地把门打开了一道缝，观察里面的情况。

温梨刚把书房的门推开，往里面探了一下脑袋，陆敛舟就发现了她。

他扭头看向她，伸手示意她进来。

温梨见他这样，便以为他已经结束会议了，于是将房门关上，然后抱着笔记本朝他走去。

她快到他身边时，才发现他的会议还没结束，而且摄像头还开着，她甚至都入镜了！

她不由得连忙往旁边避了避，紧接着就听见陆敛舟淡淡出声："这次会议就到这里。"

温梨看着陆敛舟退出了会议软件，连忙将笔记本电脑放下，给他道歉："对不起，打扰到你了。"

话还没说完，她就被陆敛舟一把抱到膝上，说："你不用道歉，是我叫你九点来找我，只不过会议结束得比预计的晚。"

陆敛舟伸手抚了抚她散落的鬓发，说："乖乖，我明天也要去出差。"

温梨的眼睛一亮，问："也是去帝都吗？"

"不是。"陆敛舟摇了摇头，说，"去欧洲，大概一周。"

"哦……"温梨的语气略有些失望。

陆敛舟安抚性地吻了吻她的耳朵，说："所以，我这一次可能没办法去帝都陪你了。"

前两次他都特意跑到帝都去找她，但他工作忙，最后一期节目自己一个人去录也行。温梨很快调整好情绪，说："没事的，工作要紧。是刚刚开会决定的吗？"

"嗯。"陆敛舟凝视着她那盈盈的眼眸。

温梨忽地想起她上次因为吴夏旎的绯闻找他离婚时，他也是去欧洲出差了，于是又问他："所以你是因为上一次去欧洲出差事情没解决，这一次要再去一次吗？"

"嗯，有那么一部分原因。"

温梨半趴在他身上，小声道："我……等你回来。"

"乖乖这么善解人意，那我可得认认真真教你了。"陆敛舟拥着她，伸手将她的笔记本电脑提到面前的桌子前。

他一只手环住温梨的细腰，另一只手搭在她的电脑触摸屏上，指尖随意地滑动了两下。

温梨见他开始查看文献，连忙抽出记录本，拿着笔指了指屏幕说："从这里开始。"

"嗯。"陆敛舟点了点头。

"最新一代气候模型、地球系统模型，通过合并与大气化学、气溶胶或海洋生物地球化学相关的附加模型组件来扩展 GCMS（一般指气相色谱质谱联用仪）。"

陆敛舟直接看着原文给她翻译，温梨一下记不住，指尖轻轻地点了点他的手背，提出要求："陆老师，你说慢一点儿。"

"陆老师？"陆敛舟原本停留在电脑屏幕上的目光倏地一顿，转而落在温梨的脸上，一副从容的神色。

"嗯，你慢一点儿，我记一下。"温梨眨着眼回他。

陆敛舟眼眸微眯，想起以前她怕他、躲他的样子，现在她的胆子大起来了。

温梨弯起嘴角，眼尾处勾着狡黠的笑，举着一支签字笔在他面前挥了挥。

陆敛舟回过神，轻轻地掐了她的腰一下，说："专心点儿。"

"嗯……"温梨重新坐直身子，认真地握着笔盯着屏幕。

陆敛舟通常会将句子直译出来，碰到某些高深难懂的词汇，温梨就会指出来，让他教她发音还有含义，毕竟授之以鱼不如授之以渔，除了依赖他，她还希望能在他的帮助下再进步一些。

这篇德语论文不长不短，刚好三页纸，下午温梨花了将近三个小时才读了一页，而现在在他的帮助下，不到二十分钟就看完了后两页。

"有你在，效率变得好高哟。"温梨合起电脑时感叹了一句。

陆敛舟收紧手臂，薄唇刻意压在她的肩头上，问："小温同学，那我的酬劳呢？"

陆老师……

小温同学……

温梨似乎没反应过来，半晌后才愣愣地反问他："啊，你还要酬劳？"

"当然。"陆敛舟一本正经地说，"我是商人，从不做亏本的生意。"

温梨舔了舔唇，问："那你想要多少？"

陆敛舟假装思考了半晌，说："嗯……二十分钟，五百万吧。"

"五百万！"温梨吓得不由自主地捂住了嘴。

"市场价。"

温梨不信他，问："市场价哪有这么贵？"

"那你不得看看你请教的是什么老师？"陆敛舟挑了挑眉。

温梨看了看他，寻思他这个级别的老师也不会轻易出山，确实不亏。她伸出手指轻轻地戳了戳他，道："太贵了，能不能少一些？"

陆敛舟不由得失笑，说："竟然学会讨价还价了。"

"还不是跟你学的……"温梨暗自嘀咕，"陆总言传身教呢。"

陆敛舟的眼睛一眨不眨地锁在她身上，说："如果你愿意给我一个吻的话，我可以考虑给一个 VIP 折扣。"

温梨的指尖紧紧捏住他衬衣的一角，紧张得全身都绷直了。偏偏他嘴角勾着一抹坏坏的笑，摆出一副任她宰割的模样。

陆敛舟伸手指了指自己的唇，提示她："亲这里。"

温梨羞红了脸，咬了咬唇，一狠心，亲了上去，然后又飞速离开。

陆敛舟有点儿无奈道："你这是在敷衍。"

话音刚落，他一把扣住她的后脑勺，掌心托着她细直的后颈，重重地吻了上去。

温梨被他霸道且强势的亲吻羞得不行，伏在他的肩头，把脸深深藏起，嗔道："要从陆总手里拿下一个 VIP 折扣真不容易。"

陆敛舟拥着她，掌心若有似无地抚摸她的后背，一下一下地轻拍着。

"挺容易的，你连我的心都拿下了。"

温梨和陆敛舟在机场分别后，来到了帝都。

夜里帝都下了一场小雪，第二天醒来时，雪花已经消融得差不多了，但清晨的气温依旧低得可怕，空气中到处透着寒冷。

温梨起床时，天空刚泛起鱼肚白，偌大的公寓里只有她一个人。不知从什么时候开始，她已经习惯了醒来就看到陆敛舟，现在她不过才和陆敛舟分别了一天，就有点儿想念他。

这么想着，她忍不住拿起了放在床头柜上的手机，想给他发消息。

刚解锁屏幕，打开微信，温梨就看到了两条未读信息，是陆敛舟半夜给她发来的。

"乖乖。"

"我想你。"

很短的两条消息，符合他惜字如金的个性，她的嘴角却抑不住地上扬。

虽然不能一睁眼就看见他，但看见他发来的消息，同样令她感到雀跃。

温梨突然很想给陆敛舟打电话，想听听他的声音。但是看了一眼时间，他和她隔着七个小时的时差，他那边现在正是凌晨。

他应该已经休息了，而且他长途飞行肯定很疲惫，还要倒时差，还有那么多工作和会议日程，她不想贸然打扰他，于是只是给他回复了一个"抱抱"的表情包。

发送过去后，温梨有些脸红。她几乎没有主动和他撒娇求过抱抱，虽然这个表情包只是隔空卖萌，但也算是第一次。

温梨摸了摸自己的脸颊，将手机放下，带着满足愉悦的好心情换衣服，洗漱，吃早餐，然后出门。

越临近冬奥会，帝都街上和冰雪相关的装饰元素就越多，喜迎奥运的氛围也越浓。

今天是《奥·秘》第四期，也是最后一期节目的录制，主题是"团结与传承"。

和前几期不同，这一期需要嘉宾和路人互动，一同完成节目的录制。上一周节目组在官网上发了一条任务征集推文，点赞前三和随机抽取的三个任务将交由嘉宾们来完成。

消息一出，便引起热烈反响，尤其是在节目中收获众多粉丝的嘉宾，评论中纷纷一堆求"偶遇"，然而为了保证节目的趣味性，节目组对录制地点选择了保密，希望嘉宾与路人之间能碰撞出更多火花。

早上十点，温梨乘坐节目组安排的专车前往录制地点，潼乡里。

节目上半场，六位嘉宾将被分成两组与路人进行游戏互动，在这个过程中还可能触发随机彩蛋任务，如果能顺利完成，将帮助路人获得纪念奖品一份，也就是吉祥物徽章。

其中有三人的任务是挑战路人，若挑战成功，会获得一块拼图；另外三人的任务是与路人合作，完成小游戏，成功后也将获得一块拼图。

最终，六位嘉宾将各自的拼图合并，会得到一张地图。

节目下半场，六位嘉宾根据得到的地图指引去目标地点，解锁奥运火炬，然后与路人一起，把火炬传递到节目的最终场地。

同时，导演组也邀请了许多冬奥会幕后的志愿者参与其中，他们会在最终场地接受访谈，介绍他们负责的工作以及分享赛场背后的故事。

节目依照流程，一切有条不紊地进行。

直到傍晚，最后一位志愿者作为翻译员代表在镜头前介绍自己作为语言服务志愿者的工作，录制才算结束。

"三、二、一，啪！"

一声清脆的打板，标志着《奥·秘》正式收官。

现场响起了热烈的掌声，所有人的脸上都挂着灿烂的笑容。

最后节目组拍摄全体大合照，温梨站在镜头前，不由得舒了一口气。

最初是吴槐院长推荐她代表 T 大来参加这档节目，宣传冬奥会及普及与气象有关的知识，现在总算是没有辜负他交给自己的任务。

四期节目的录制不长不短，正好一个月的时间。这一个月她也确实接触了很多新鲜未知的事物，同时也通过这档节目传递了很多关于冬奥和气象的知识，其实是很有意义的。

这么想着，温梨走到导演组面前和工作人员一一表示谢意，感谢他们这段时间对自己的关照。

晚上是节目组聚餐，温梨走到导演桌前敬酒，却没想到导演对她说了一句意味深长的话："小温，你最应该感谢的人不是我。"

"您是指？"

"你说呢？"导演别有深意地顿了顿，才说，"陆总可是嘱咐过我们多照顾你的。"

闻言，温梨倏地脸红了起来。她想起节目组安排自己直接住进陆敛舟的公寓，想必那时他就和导演组打过招呼了。

导演许是喝酒尽兴，又多说了几句："小温，你可是我们这档节目的贵人，我真庆幸当时邀请了你当嘉宾。"

听到导演恭维自己，温梨一愣。她可没觉得自己为节目做了多少贡献，毕竟这是自己第一次录节目，在节目中的表现比自己预期的还是差劲了些，她连忙摆手，正想表示歉意。

可导演并没有管她，兀自干了一杯酒，又继续说："你各方面都很优秀，录节目也很认真，长相出众，专业知识过硬，真的给这档节目添了很多风采。

"而且，我听说纪丛和你从小就认识，青梅竹马的情谊，他可是因为你才来录的第二期节目，不然我们可邀请不来他这个咖位的顶流，如果没有他引流带来热度，我们这节目不可能这么快出圈。

"还有，如果不是陆总的投资，我们这档小成本节目，很难做到目前这种质量和水平。现在节目组想做的形式都做到了，想宣扬的内容都普及了，这都多亏了陆总大方慷慨的投资。"

听到这里，温梨总算听懂了他的意思。

导演平时话并不多，也许是节目杀青了，他开心就多喝了些，也就多说了些。

他忽然仰头笑了一声，说："你知道吗，这么多档做冬奥的综艺，就我们这档收视热度最高，想当初立项时，我们可是最不被看好的，连投资都拉不来。"

他拿着酒杯，红着脸絮絮叨叨地说着话："毕竟大家都觉得谁要看你们这种幕后的故事呀，观众都是奔着台前的精彩赛事去的，但我们就是坚持，还好坚持下来了，现在成了独一档的。"

温梨看着导演说话时那自豪的神态，心里也由衷地为他高兴，恭喜道："导演，您这是守得云开见月明。"

"对了，"导演忽然说，"周四的庆功宴，纪丛确定出席了，你能不能问问陆总能来吗？"

他让工作人员给陆敛舟发过邀请，但那边一直没给明确的答复，他就想着从温梨这边下手。

温梨想起周四是第四期节目开播，当晚节目组将举行一场庆功宴，到时候除了他们嘉宾和节目组工作人员，媒体也会来参加。

但陆敛舟去欧洲出差了，要一周后才能回来，恐怕是出席不了的。而且他一贯低调，不会在媒体前露面，所以大概率也是不会参加这种活动的。

为了避免不必要的麻烦，温梨没有自作主张，而是和导演说："导演，这我不太清楚，您或许得问问他本人的意思。"

导演闻言，眉宇间闪过一丝疑惑，但他并没有多问，只是轻轻地点头道："好，我再问问徐特助的意思。那你可得记得来。"

"嗯，好的，导演放心，我一定参加。"听到导演亲自嘱咐自己，温梨连忙点头答应。

第十章

聚餐结束后，回去的路上，温梨靠在车窗边看帝都街上繁华的夜色。

华灯霓虹，街外的路灯光线不时投进汽车后排。

她的手机屏幕突然亮起，有一条微信消息，是莫籁发来的。

温梨解锁手机，点进聊天框，发现莫籁给自己发送了一个表情包，而且这个表情包竟然是自己穿着旗袍录制宣传短片时做的那个结束动作，按照导演要求，一边对着镜头比心，一边眨眼。

没想到自己这个撒娇卖萌的动作会被做成表情包，温梨还在诧异，对话框又弹出一条消息。

"梨梨，杀青快乐！"

温梨准备问莫籁表情包的事，想了想还是直接给她拨了一个语音通话。

几秒后，电话接通，传来莫籁稍显激动的声音："喂，梨梨！"

"籁籁，我那个表情包是怎么回事呀？"温梨问。

"嗯？你不知道你这个表情包火了吗？"

"我的……表情包？"

"对呀，你们那个宣传片还在热搜上挂着呢，你有多美我就不多说了，反正再次疯狂圈粉了，网友就把你那个结束动作做成了仙女表情包，毕竟谁不爱美女呢，嘿嘿！"

"宣传短片……"温梨想起小榆和她说过，节目组在网上发布了上次录制的那条宣传短片，让她也转发一下，但因为这天一直在忙，她给忘了。

温梨一边和莫籁聊着，一边点开了网页，热搜词条直接跳转至《奥·秘》的宣传短片。

这短片拍得确实不错，内容元素很丰富，将中华传统文化和冬奥冰雪结合起来。

而且短片中每个嘉宾的表现都很好，再加上后期的剪辑，基本完美符合节目组的预期。

看完后，温梨便随手转发了。这条短片收获了很多网友的喜爱。但她没有居功自傲，毕竟它能受欢迎是大家共同努力的结果，能为冬奥增加热度，她也感到很开心。

之后她和莫籁又聊了一些其他的，直到下车才挂了电话。

回到公寓后，温梨洗完澡躺倒在卧室柔软的大床上，一双纤细白皙的腿随意地搭在床沿上。

已经晚上十点了，陆敛舟所在的地点正是下午三点，她猜他此时应该正忙着开会呢。

犹豫了一会儿，她还是点开了手机，试探性地给他发了一条消息："在开会吗？"

发送过去后，温梨握着手机盯着屏幕等待着。虽然不知道能不能等到陆敛舟的回复，但她还是舍不得放下手机。

不多时，手机振动起来，屏幕亮起。温梨拿起一看，屏幕上显示是他的来电提示。

她有些惊讶，赶忙坐直了身子，盘着腿，按下了通话按钮。

"喂？"温梨试探性地问了一句，"怎么打过来了？你不是在开会吗？"

听筒里传来男人低低的一声"嗯"。

听到这熟悉而又富有磁性的嗓音，温梨的耳朵像是触电般酥了一下，这才意识到原来陆敛舟的声音这么沉稳又好听。

但她很快反应过来，问："你开会怎么还给我打电话呀？"

陆敛舟答道："没事，我已经暂停会议让他们去休息喝咖啡了。"

"啊，"温梨有些歉疚地说，"那样会不会不好呀？"

"为什么不好？"

"嗯，怎么说呢……"温梨思索了一下，说，"如果他们知道，你是因为我而突然中断会议，他们肯定会觉得我是狐狸精，然后埋怨我拐跑了他们的总裁。"

陆敛舟突然笑了一下，顺着她的话往下说："我觉得他们会感谢你，而不是埋怨你。"

"嗯？"温梨稍愣，问，"为什么呀？"

陆敛舟慢条斯理地给她解释："我们已经连续开了三个小时的会了，这段时间，他们不能离开半步，一直在高强度工作，因为你，他们总算可以休息一会儿，他们当然会感谢你。"

"啊？"温梨的指尖在米白色的床单上划了划，诧异地说，"原来已经开了三个小时会了，还不能离开……你平时对他们的要求也这么高吗？"

"看情况吧，有时候确实，毕竟能力匹配职位，收获高额薪水的同时就得匹配相应的付出。"

"你好严格……我才不要在你手下做员工。"温梨有些撒娇似的说。

陆敛舟蓦地失笑，说："你不用做我员工，做我老婆就好，我宠着你。"

他的声音带着笑意，温梨闻言，举着电话的手一顿，耳尖爬过瑰色的红晕，嘴角不可抑制地上扬出弧度。

原来被偏爱的滋味是这样的呀……

他对其他人公事公办，对其他事都可以搁置，唯独对她一人优先偏袒，她是他的特例，是他独一无二的私心。

恍惚间，那些被他重视的点点滴滴、细枝末节都如同潮水般涌来，最后定格在那个雨夜，在他那被雨水淋湿的肩头。

下雨撑伞时，他连伞面都要倾斜过来的那份偏爱。

原来从那时起，一切已经有迹可循。

甚至，也许还能追溯到更早。

早在那时他听她的学术报告就认定要和她结婚，又或者还在她不知道的更早的时候。

"怎么不说话了？"陆敛舟的声音从听筒里传来。

温梨蓦地回过神，瞳孔泛起几许水雾，咬着唇岔开话题："你把所有的偏爱给了我，那我想给你的员工送一些茶点，补偿他们一下。"

陆敛舟有些无奈道："你光想着给他们送，就不想想我？"

温梨轻轻地"哼"了一声，说："对呀，你不知道吗，被偏爱的都有恃无恐。"

仗着被他坚定地偏爱，恃宠而骄说的也许就是自己吧，温梨忍不住弯起嘴角。

"好，偏爱就是偏爱，从来不用讲什么道理。"陆敛舟说，"那你买，我来付钱？"

"不要！"温梨下意识地拒绝，"我可以付。"

其实她除了想给他的员工送茶点，还有点儿私心。

她想给陆敛舟偷偷送一份特别的，如果让他付钱了，那这种感觉好像就变了。

"好。"陆敛舟宠溺似的应了一声。

"那你回去开会吧。"温梨想早点搞定，以便能赶在他们下班前送达。

"嗯，你早点儿休息。"

"嗯，拜拜。"

听到温梨甜甜糯糯的嗓音，陆敛舟的眉心挑了挑。他沉默了片刻，唇边掠过一抹淡笑，柔声道："晚安，乖乖。"

挂断电话后，温梨点开了当地有名的那家甜品店的网址，挑了很多甜品和咖啡，还特意给陆敛舟选择了一个爱心形状的玛德琳蛋糕，选好后，都发给了徐特助，拜托他帮忙下单。

虽然他常常把"喜欢吃'甜梨'"挂在嘴边，但他其实没那么热衷甜食，刚好这家甜品店的玛德琳蛋糕没那么甜，温梨觉得应该会符合他的口味。

最繁华的商业地带，玛丽广场对岸的大街。

天空飘着毛毛细雨，细密的雨水落在河面，泛起无数圈圈层层的涟漪。

陆敛舟收起手机回到会议室，准备继续开会。

员工们看到他进门，纷纷重新坐好，继续商讨刚刚中断了的议题。

会议持续四十分钟后，徐特助的手机振动了起来。他偷瞥了一眼坐在会议桌主位的陆敛舟。

陆敛舟微微侧身，像是知道他要说什么似的，朝他微微颔首。

徐特助得到他的示意，起身出门。

不多时，徐特助带着几位工作人员一起回到了会议厅。

每位工作人员手上都提了大大小小的纸袋子，而他只提着温梨点给陆敛舟的那一份候在门口。

陆敛舟抬头透过落地窗看到他，合起手头的文件从座椅上起身道："今天的会议先到这里。"

徐特助见此，连忙转身吩咐身后的几位工作人员将甜点和咖啡拿进去，然后跟在陆敛舟身后随他离开。

大老板一离开，会议室里热闹了起来，众人都在问："这是什么？"

"是总裁给大家准备的茶点。"工作人员将咖啡和糕点逐一从纸袋子里取出，然后和他们解释道。

"总裁今天下午怎么看起来心情特别好？"

"对呀，不仅中途让我们休息，而且休息前那么严肃，休息后却舒缓了不少，像是变了一个人似的。"

徐特助跟着陆敛舟回到总裁办公室后，将温梨特意给他点的那一份玛德琳蛋糕摆在了他的办公桌上，说："陆总，这是太太特意为您点的。"

陆敛舟闻言，抬起头，轻挑眉梢，问："是什么？"

徐特助摇了摇头，没透露实情。

"好，你先出去吧。"陆敛舟勾唇，将纸袋子挪到面前。

徐特助点头离开。

他走了没两步，陆敛舟像是想起了什么，停下了手头的动作，喊住他："等一下。"

徐特助依言转过身，问："陆总，您有什么吩咐？"

"《奥·秘》最后一期节目的录制还顺利吗？"陆敛舟问。

徐特助说："导演组说一切顺利，录制完满结束。"

因为这次不能陪温梨，陆敛舟以投资人的身份悄悄和导演组打过招呼，所以徐特助一直在和导演组进行对接。

陆敛舟淡淡地点头，"嗯"了一声。

徐特助继续说："陆总，上次节目组录的宣传短片上热搜了。"

"哦？什么原因上的热搜？"陆敛舟有些意外地挑了挑眉。

"因为太太结尾的一个结束动作走红了。"徐特助一边说着一边从旁边拿来一台平板电脑。

陆敛舟若有所思地问："什么结束动作？"

"一个比心的动作，还有眨眼，这是节目组拍摄的宣传短片，您可以看看。"说完，徐特助打开平板电脑上的视频软件，点开热搜界面里的宣传短片视频，走到办公桌前递给陆敛舟。

陆敛舟伸手接过，点击播放按钮。他的目光落在平板电脑上，眉头舒展。

视频里的温梨穿着修身的旗袍，袅袅婷婷，婀娜多姿。

她的身材本来就好，配上这件剪裁得体的旗袍，更显得妩媚动人，让人浮想联翩。

静静地欣赏了一会儿，他这一次主动开启了弹幕，随即就看到无数赞美的话从眼前划过。

特别是温梨最后的结束动作，满屏的弹幕狂刷：

"美哭了，太美了……"

"太绝了，我可以！我可以！"

"最后那个眨眼，爱了！"

"啊，温梨穿旗袍也太好看了吧，三秒钟我想要到同款的链接！"

"这一句老婆我先叫为敬！"

看到自己的小娇妻被人惦记上了，陆敛舟的心情有些复杂。不过一想到温梨现在只属于他，只有他才能独享这份千娇百媚，他的嘴角便不自觉地微微翘起。

弹幕清一色的都是赞美，正当他有点儿得意和窃喜时，一条弹幕让他的脸色骤然一沉。

"一个气象学家跑来整这些，也就长得好看一些，认认真真搞科研不好吗？有没有点儿自知之明？"

徐特助敏感地察觉到陆总的情绪从开始看视频时的开心变成了低气压，而且目光里的不悦越来越明显。他直觉肯定是某条弹幕惹的祸，只好有些紧张地等着下一步动作。

陆敛舟面色不悦地退出了视频，点进社交软件的主页界面。

平板电脑里自动关联的是陆廷集团的官方宣传账号，陆敛舟点进去就看见上一条发布的还是一个月前辟谣澄清吴夏旋的那则声明。

陆敛舟脸色一沉，英俊的面容顿时冷若冰霜。沉思了半晌，他直接找到气象局以及气象研究发布的官方账号，用陆廷集团的官方账号一连转发了十多条 T 大气象的研究成果。

这些内容都是温梨以第一作者身份发表的学术论文，其中还有两篇 Nature（《自然》杂志，世界上极有名望的科学杂志之一）正刊。

他想让这些抬杠的人好好看看，他的乖乖并不是他们所说的只是长得好看，她有才学，有相貌，德才兼备，是因为实力和专业能力过硬才会被发掘去参与节目的录制。

就在陆敛舟转发过后没多久，那些推文底下就涌现了很多网友的评论，即使是凌晨时分，依然有很多还没睡觉的夜猫子，他们讨论起了陆廷突然转发的事：

"怎么回事？陆廷被盗号了吗？"

"上一条还停留在澄清吴夏旋的事，突然'冒泡'竟然是转发这些气象学的研究成果？"

"怎么疯狂转发这么多条气象学的研究，难道陆廷集团最近要投资气象领域了？"

"不会是要投资卫星遥感吧？这野心也太大了些！"

"我突然想起上一次 T 大那四个亿，不会就是出自陆廷的手笔吧？"

"看起来像是这么回事！"

"如果这么说的话，那就说得通了，毕竟陆廷集团还是有实力的，捐赠四个亿，我信！"

"陆廷集团野心真大，这盘大棋不仅遍布金融、娱乐和地产，现在还把目光投向新兴科研。"

⋯⋯⋯⋯⋯⋯

底下越来越多的留言涌现，网友纷纷感慨陆廷集团野心之大，陆敛舟盯着那些评论，只有他知道，他的本意不过只是想为温梨讨个公道。

——我的野心不大，只想藏下一颗"梨"。

第二天一早，温梨醒来，全然不知就在她昨晚熟睡之际，陆敛舟疯狂转载了她往日的研究成果，更不知陆敛舟的这番操作不仅引得网友热议，还让吃瓜群众误以为陆廷集团已经开始布局气象学领域的投资。

起床洗漱后，温梨打开邮箱，收件箱里躺着一封新邮件，是自己半个月前投稿的一篇论文的审稿结果返回来了。

几个审稿人给出的意见一致，认为这篇文章不用额外补数据，只需要修正其中几处内容，即可发表。

于是她吃过早餐后就披着一件薄外衣，坐在书房的电脑前逐一修改。

两天后就是《奥·秘》节目组的庆功宴了，她决定待在帝都，等参加完酒会再回 S 市，刚好可以趁着这两天把论文修改好。

忙到中午，饥饿感袭来，温梨看工作进度还不错，才在书桌前伸了一个懒腰，准备吃完午饭，再继续修改。

她站起身，刚拿起手机点开聊天软件，就看到簌簌的头像顶着红红的数字，大概是一个多小时前给她发来的。

"你男人也太厉害了吧，都把你宠上天了！"

"先婚后爱真的好'嗑'哟！"

"什么时候能蹲到一个公开呀！嘿嘿！"

温梨有点儿蒙，带着疑惑轻触屏幕，回复她一个问号。

发送过去后，温梨将工作时的静音模式取消，把手机搁在饭桌上，然后走进厨房。

冰箱里的食材很多，而且都很新鲜，她略微纠结了一会儿，决定下碗家常小面，加两个煎蛋、一把生菜，营养健康还简单。

水开后将面条下锅里，刚煮了没两分钟，手机铃声就响了起来。

温梨连忙调小火，走到外面接电话。

刚接通就是簌簌的灵魂三问："喂，梨梨，在干吗呢？在哪儿呢？怎么这么久才回我消息？"

温梨握着手机回到厨房，一只手举着手机，另一只手将准备好的配菜丢进锅中，说："我上午在修改文章呢，现在在做饭。"

"哦，你呀，真是每次工作起来都专注得要命。"莫籁说话的语气虽然有些无奈，但这也是她最喜欢温梨的地方。

都说男人认真时是最迷人的，但莫籁觉得这句话其实男女通用。她看过温梨改论文的样子，神情专注，对待工作认真又严谨，那时刚好窗边有阳光照在温梨身上，完美地诠释了一句话——她整个人像发着光。

毕竟认真又漂亮的软妹科研之花，谁不爱呢……

想到这点，莫籁不由得笑着问她："你有问过你家陆总是因为什么喜欢你的吗？"

闻言，温梨握着筷子的手一顿。

他是因为什么喜欢自己？

被莫籁这么一提，温梨才发现自己从没想过这个问题。她随手将配料也加进锅里，思绪也随之浮动。

是因为她的长相，还是出于婚姻责任的日久生情？

温梨也不能确定答案，摇了摇头，问："对了，说起他，你早上给我发的那几句话是什么意思呀？"

"你还不知道吗？陆廷的官方宣传账号突然在夜里两三点时转载了很多你的那些气象研究成果，基本就是T大官网对你那些科研成果的精简版了。"

莫籁停顿了一下，一想到被撒了一把顶级"狗粮"，便佯装无奈地感叹："啧啧，那些可都是你骄人又耀眼的履历呀，真是被你家陆总'秀'到了！"

温梨还是没听太明白，有些纳闷地问："啊？陆廷的官方账号为什么转发这些？"

"我的宝，这么明显你还没看懂吗？还能因为什么？就因为是你呀。"

温梨熄火，将煮好的面条盛起，挑着细眉，将信将疑。

没等温梨回应，莫籁又兀自说："嘿嘿，如果我是他，我也一样'秀'，要让大家都知道我有你这么好的老婆，还要让全世界都知道我们多么般配！"

莫籁越说越激动，过了一会儿，她像是突然想起了什么，问："对了，你还没回答我那个问题呢，他有说过是因为什么喜欢你的吗？"

温梨微微摇了摇头，道："我不知道，不过我问过他为什么和我结婚，他说是因为有一次听了我的一场学术报告。"

"啊？一见钟情，这场学术报告究竟是什么神仙级的灵魂共振呢？也太好'嗑'了吧。"

温梨轻咳了一声，岔开了话题："不算吧……我们小时候就见过的。"

说完，她将免提打开，将手机放在兜里，然后捧起面条往餐桌走去。

莫簌略显感慨地说："啊，忽然觉得陆总真的挺好的，他懂得欣赏你，尊重你，珍惜你那些闪闪发光的特质。他这么高冷的人，我觉得你打动他的原因，除了身材和脸蛋儿，还有很大程度是因为别的，不然以他的财富和地位，什么样美貌的女人没见过，但你是最特别的一个。"

温梨小心翼翼地端着碗往外走，张了张嘴正准备说些什么，紧接着又听到莫簌略显激昂的声音透过扬声器传出："梨梨，有内在和实力支撑的美貌牌，你拿的简直就是王炸呀！偏偏你的性格还那么好，我说说越恨自己不是男的。"

说着，莫簌忍不住打趣道："要不……你性别这方面别卡得太死，考虑考虑我呗。"

温梨走到餐桌前把面条放下，将手机从口袋里取出，无奈地笑了一声，说："你呀，这小嘴都能把天上的麻雀给哄下来。"

"嘿嘿，这可不是哄，我这可是实话实说。"莫簌笑眯眯地回她。

"话说你节目录完了，什么时候回来呀？我们约个饭。"想到温梨昨天已经杀青了，这两天应该会回S市，莫簌问。

"嗯……等后天？周五？"温梨想了想，回答她。

"嗯，好，那到时要不要我去机场接你呀？"

"已经安排司机来接啦，不过要是你工作不忙，那就你过来接？"

"哎呀，我懂了，又是你家陆总安排的呗，这无处不在的狗粮，好啦，到时候看情况。"

"嗯，行。"

温梨挂断电话后登录网页，消息那一栏显示无数条未读信息。

她点了进去，随意地看了看，看到一些网友是从陆廷的账号摸过来私聊她的。

温梨顺着链接点进陆廷的账号主页，截了其中几条内容的图，然后发给陆敛舟，问："陆廷怎么突然转载了这些呀？"

吃过午饭，温梨回到书房继续修改论文。

大概下午两点时，她的手机响了，是陆敛舟打来的视频通话。

温梨心里无端有一丝紧张。她飞快地坐直，整理了一下额角微乱的发丝，然后才按下接通键。

视频接通后，陆敛舟的脸映入眼帘。他应该是刚醒，似乎还躺着，摄像头和他的脸挨得很近，可以清晰看到他明亮的眼睛和半垂的睫毛，长而微翘的睫毛在微弱的光线下留下淡淡的残影，额前几缕碎发刚好垂落在他眉眼间，有一丝不露痕迹的性感。

看到清晨这样慵懒的他，温梨的脸颊倏地发烫。

"乖乖，有没有想我？"陆敛舟首先开口。他的声音低沉浑厚，富有磁性，像是被拨动的琴弦，还带着些许颤音，听得人心头一酥。

温梨忙不迭地垂下眼皮，咬着唇默默地深呼吸，试图掩藏神色中的不自然。

陆敛舟透过摄像头看到她泛起红晕的耳根，从喉间溢出低低的笑声，尾音延长，追问道："嗯？怎么不说话？"

温梨见他这副模样，几乎将自己看透，不由得轻抬下巴，摇了摇头否认："我才没有呢。"

陆敛舟将她的小表情尽收眼底，低笑一声，从床上坐起，慢条斯理地整理着衣领，语气散漫又撩人地说："可是我好想你，好想抱抱你。"

温梨没有回答他，注意力完全被他的手部动作吸引。

陆敛舟的嘴角勾起了一抹上挑的弧度，淡淡地笑道："在看什么？"

温梨蓦地回过神，连忙转移了话题，问："陆廷的官方账号转载的那些推文你知道吗？"

"知道。"

"他们怎么突然转发这些呀？是你授意的吗？"

"我亲自转的。"

"你亲自转的？啊，原来你还会玩这个？"温梨说完才发现自己的关注点跑偏了。

毕竟陆敛舟一直没在大众媒体前露过面，她以为他只关心工作，对这些社交软件完全不感兴趣呢。

陆敛舟挑眉道："很惊讶？"

温梨仗着他不在身边，故意歪着脑袋、弯着嘴角回答他："一点点啦，毕竟以你的年纪，可能会和我有代沟哟……"

"那等我回去，和你好好磨合磨合。"陆敛舟勾着唇不疾不徐地回答她。

温梨哑声。

陆敛舟没再逗她，说："你还记得我第一次去帝都找你吗？那一次我在公寓外面等你，其实就是在看你的社交账号，直到你回来。"

温梨想起来了。那次她回到公寓，正准备开门，就接到他的电话，一转身就看到了他在走廊上等着。

原来他那时候就在关注她的账号了。

陆敛舟的目光落在温梨那白皙细腻的脸颊上，镜头里的她又软又甜。

他回想起最初玩"生存者"的手游，不仅不能带她上分，还拖她后腿；后来看她录的节目，也不懂什么是弹幕，不懂网友的网络用语。

　　看到这些，他慢慢意识到他们之间若有若无的距离感，随后便开始有预谋地朝她靠近，希望能陪她做更多的事。

　　"你转发这些是因为我吗？"温梨问。

　　见温梨急切地想知道答案，陆敛舟一五一十地把昨天看视频的经过和她说了，还重点批评了那条弹幕："我想让他们看看，你不仅是在节目中，在科研上也很优秀。"

　　陆敛舟一向言简意赅，见他这样，温梨不禁觉得有些好笑，堂堂陆廷集团的总裁竟然被一条小小的弹幕激怒了。但她也有些欣慰，因为她心里清楚，这一切都是为了她。

　　"可是，你这么做会不会给陆廷带来负面影响？"温梨好看的眉头微蹙。

　　她可不想因为自己影响陆廷集团的发展。毕竟这番举动引发了网友的热议，以前的陆敛舟可不会容许自己和陆廷身陷风口浪尖的。

　　陆敛舟看出了温梨的担忧，安慰道："乖乖，别担心，有我在，这点事还影响不到陆廷。而且如果他们仔细看的话就会发现，我在乎的并不是这些论文，而是你。"

　　论文整体需要修改的地方不多，温梨在周三的晚上就将论文修改好，然后上传到期刊的投稿系统，等待回复。

　　处理好论文的事情，温梨整个人放松了下来，走进浴室悠闲地冲了一个澡，然后熄灯上床，钻进被窝。这两天全身心投入在论文里，她其实很疲惫，但躺在空荡荡的大床上，她破天荒地失眠了。

　　可能人就是一闲下来便容易胡思乱想，温梨闭着眼，满脑子想的竟然都是陆敛舟。

　　温梨轻叹了一口气，在黑暗中掰着手指头数着日子，结果遗憾地发现他出差的日程才过了一半。

　　思绪随着窗外月色翻飞，这好像是她人生中第一次这么想念一个人。

　　卧室里静谧无声，温梨侧着身子轻嗅，被子上仿佛还残留着他淡淡的冷冽松香味。

　　那冷淡却令人安心的气味，无形中将她的心绪扰得更乱了。

　　温梨翻来覆去睡不着，最后干脆坐起身子，摸黑走出卧室，往书房的方向走去。

屋内的暖气开得很足，温梨只穿着单薄的吊带睡裙，赤着脚踩在地毯上，走动时也没觉得冷。

温梨将书房的灯按亮，走到书架前，想找一本书看，最好是枯燥乏味点儿的，这样说不定看着看着就能睡着了。

这套公寓虽然是陆敛舟的，不过因为他不常住在帝都，所以这间书房比起陆曳江岭和陆曳豪庭的布局要简单一些。

但是书架上还是有不少的书，除了外语书，还有很多温梨连书名都不太能读懂的金融和商业相关方面的书本。

她抽出其中最厚的一本翻开，看到一些书页记着满满当当的注释和笔记，能看出他很认真。而且，他的字其实挺好看的，苍劲有力，力透纸背。

温梨想起平时看他握着钢笔在文件上签字时的模样，那运筹帷幄、淡定从容的气场。

他的字也如其人，禁欲，沉稳。

这本书的内容有些高深难懂，温梨将书本放回原处，又重新挑了一本，也是满页都是密密麻麻的记录。

也不知道陆敛舟哪来的时间那么高效率地学习，难怪掌管陆廷后，短短两年就靠能力"打脸"了当时所有对他质疑的人。

温梨有一下没一下地翻动着书页，突然，夹页里掉落了一张照片。她连忙将书本合起，弯腰俯身把它从毛茸茸的地毯上捡了起来。

这应该是陆敛舟留学时和同学的合影，七八个人的照片里只有他一张亚洲面孔。

温梨仔细端详着照片里的他，那时候的他和现在相比，其实没有多大的区别。

他的眉眼轮廓深邃锐利得像是雕刻的一般，也是那样的高贵，唯一的区别是，那时的他气质干净纯粹得好像是青春校园剧里的男主角。

曾经的白衣少年，眼神清澈明朗，笑容意气风发。

温梨拿出手机，偷偷将这张照片拍了下来，然后设置成了壁纸背景。

她还没和他合过影呢，也没有拍过他的照片，这是唯一一张。

一想到以后他看到这个壁纸时可能会流露出的神情，温梨就抑不住地偷笑，就是不知道他什么时候才会发现。

设置成功后，温梨静静地欣赏着，内心突然生出了一种冲动。等他出差回来，她要和他拍张合照，要和他做好多情侣之间经常做的那些琐碎又浪漫的事情。

他不在，可是她心心念念都是他，这是不是就是喜欢上他了？

联想到这一点，温梨的心脏怦怦乱跳，心动的声音在宁静的夜里尤为明晰。

这一刻，她好像有点儿知道答案了。

她和他从结婚开始恋爱，会太晚吗？

温梨将照片重新夹回书里，踮着脚将书本放了回去，然后走到另一侧，发现顶上还有许多关于工科专业的书籍。

《机械制造工程基础》《简明机械手册》……

温梨仰着头，随手抽出几本书，然后想起了陆敛舟双修商科和工科。

她差点儿忘了。

恍惚间，她的耳边突然闪过一句话——陆夫人，我不介意让你重新认识我一下。

想起陆敛舟说这句话时又冷又酷的语气，温梨没忍住笑了起来。

真是的，还让徐特助给她发简历，怎么能那么古板？真不愧是比她大五岁的"老男人"。

虽然这么想着，温梨却走到书桌前落座，兴致勃勃地翻起了手机里和徐特助的对话消息，重新找到陆敛舟的那份简历。

总裁哪还需要做什么简历呢，又不是需要求职面试的打工人。

但他的这份简历还真是大神级别的，拿着这份突出的履历，无论去哪一家企业或者公司，老板肯定都会抢着要他的。

说是他的个人简历，其实除了前半段是他的教育背景，后半段几乎都是陆廷集团的项目规划。

真是的，虽然她看不懂，但他也真是不怕她把陆廷的机密泄露出去，怎么就那么信任她。

温梨看着看着，打了一个哈欠，竟然看困了。

她迷迷糊糊地想，如果被他发现自己看他的简历睡着了，他会不会气得想要欺负她。想着想着，她伏在桌上咯咯地傻笑了两下。

这番磨蹭下来，竟然已经深夜十二点了，温梨的眼皮沉重得仿佛在打架。没过一会儿，她连灯都没关，直接趴在书房的办公桌上睡着了。

凌晨一点多，五彩斑斓的霓虹灯映亮了整座不夜城。

在这之前的十多个小时，陆敛舟结束了他此次在国外的最后一个会议，匆匆从机场直飞帝都国际机场。出了机场，他便一路直奔公寓。

大约一个小时后，他来到公寓门口，按下指纹锁，轻手轻脚地开门，生怕吵醒了睡梦中的人儿。

落地窗外厚厚的云层将月色遮蔽，偌大的公寓里只余从落地窗透进来的稀薄的月光，陆敛舟没开灯，直接在黑暗中摸索，然后在玄关处换鞋，脱下西装外套后，抬步准备往卧室走去。

只是还没走两步，他就发现书房的门缝处淌出淡淡的亮光。

陆敛舟步伐微顿，眉头不由得微微蹙起，温梨这么晚了竟然还不休息？

他掉转方向，往书房走去，轻轻地推开房门抬眼望去……

温梨趴在书桌上睡着了，微微侧着脸颊，露出白皙尖巧的下巴，一袭湖蓝色吊带睡裙将她纤瘦的颈肩曲线勾勒出来，长发微微散落着，雪白的肌肤完全外露，后脊骨线条流畅匀称，仿若蝴蝶般轻薄。

陆敛舟单手扯松领带，悄声朝她走近，看到她仅着一层单薄的布料，转瞬又皱起眉头，因为生怕她着凉。

陆敛舟伸手拨开她垂落在脸颊两旁的发丝，低下头，将自己的唇覆上她的，微微地吻着。

温梨半梦半醒间嘴唇处传来柔软而又湿润的感觉，像是一个无形的吻。

那个吻带着熟悉的冷冽松香味，她不用睁眼都知道是谁。

她迷迷糊糊间觉得自己肯定是在做梦，但是这梦怎么那么真实，真实得让她不愿意醒来。

温梨轻合眼睑，呼吸匀浅，恍惚间她突然意识到，原来自己喜欢上他后，连梦里都是他。

可他还要好几天才能回来，这可怎么办呢？

温梨的眼睫毛颤了颤，沉重的眼皮抖动着，不自觉地去回应，闭着眼享受这个吻。

陆敛舟有些意外，没想到她竟然会迎合他。他再也克制不住翻涌的思念，伸手用力地拥紧了她。

他身上还残留着室外凛冬的寒意，被他微凉的怀抱裹紧，温梨睁开双眼，怔怔地看着眼前的男人，双手愣愣地抚上他的脸颊。

他耳垂处那颗细小的黑曜石耳钉嵌在冷白的肌肤上，在微弱的光线下折射出淡淡的光晕。温梨仔细摩挲了一会儿，突然清醒过来，原来不是梦啊。

温梨的眼眶蓦地泛酸，她环住了他精瘦的腰，动情地喊他："你回来了……"

"怎么了，乖乖？"陆敛舟从她的语气里听出了委屈的意味，心疼地俯下身吻了吻她的耳尖。

温梨将脑袋埋在他的腰腹处，娇软的尾音轻颤："我好想你。好想你。"

陆敛舟原本轻抚在她后背的手瞬间顿住，心脏突然被重重地撞了一下，然后重新提起，激烈地跳动。

长久以来，他从未奢求过她的爱意，只企求她能陪在自己身边。

而现在这颗迟钝的"梨"好像终于开窍了，居然会给他回应了，还会袒露自己的内心了。

上一次，他为了她提前从欧洲结束出差回来，等来的是一句"我们离婚吧"。

这一次，相似的情形，他竟然等来了她的一句"我好想你"。

陆敛舟深吸了一口气，喉间逸出难以压抑的喘息，喜悦在眼底翻涌，泛滥成灾。

他觉得异常满足，这股满足无法言表，却比他过往在生意场上拿下任何项目还要来得更甚。

暖黄色的灯光下，温梨仰着头看他，浓密的眼睫毛在她那双盈满迷雾的眼眸下投下淡淡的阴影，柔软的鼻尖泛着粉红。

下一瞬，陆敛舟骤然将温梨托抱起来，放在了办公桌上，膝盖轻抵她莹白的小腿肚，与她十指紧扣。

温梨心尖颤动，如一头麋鹿迷失在浓重夜色中。

他的嗓音暗沉沙哑："乖乖，我也好想你。"

温梨小心翼翼地问他："你……你要和我谈一场甜甜的……恋爱吗？"

"就像情侣一样。"温梨补充道。

陆敛舟浑身一僵，难以置信地抬起头，眼底的情绪汹涌。

好半晌，他才轻声重复："情侣？"

"嗯。"温梨低低地应了一声，眼底闪过殷切的期待。

四目相对间，陆敛舟没有立刻答话，只是默默收紧揽在温梨腰侧的手臂。

温梨咬着唇看他的反应，只见他未发一言，像是沉浸在自己的思绪中。

一直没等到陆敛舟的回应，温梨歪了歪头，朝他凑了过去，亲吻他的耳垂，舌尖若有似无地拂过他耳朵上那颗细小的黑色耳钉。

"嘶——"陆敛舟从喉咙深处低低喊了一声，几乎是用沙哑的气音说，"你学坏了。"

温梨略微后仰，拉开了和他之间的距离。

她那一双雾眸盈满了湿润的水汽，可怜兮兮地说："明明是你。"

"明明是你不回答我的问题，"温梨控诉道，"你在犹豫吗？"

陆敛舟无声地低笑了一下，挺直后背，将手掌覆上她纤薄的肩头。他注视着她，一脸认真地说："我不是在犹豫，我只是不敢相信。"

温梨的眼睫毛轻颤，问："不敢相信什么？"

"不敢相信我听到的。"陆敛舟看着她，一字一板道，"我不敢相信你竟然会主动和我说这句话，不敢相信你竟然会愿意给我这个机会。"

话音刚落，他的一双大掌抚过她微乱的长发，温柔缱绻。

"那你答应吗？"温梨问。

"嗯。"陆敛舟很郑重地点了一下头，"我荣幸至极。"

温梨在脑海里反复琢磨着他的话，迟疑了好一会儿才后知后觉地笑了起来，说："好像有一点点好笑。"

"什么？"陆敛舟不解。

"结婚之后才开始谈恋爱。"温梨咯咯地笑了一下，说，"顺序好像颠倒了。"

陆敛舟眼里带着宠溺，仔细端详着她盈盈的笑颜，见她原本梨花带雨的杏眼弯成了迷人的月牙儿，十足的少女烂漫。

陆敛舟的一双大掌环着温梨的细腰，粗粝的指腹轻轻地摩挲过她的肩头。他有些遗憾道："都怪我。"

温梨蹙着眉头，问："嗯？"

"都怪我之前做得不够好，所以才导致顺序颠倒。"陆敛舟说，"还好你现在还愿意给我机会。"

"这样其实也不赖呀，"温梨歪着脑袋，像是在安慰他，"打破常规的人生更有趣。"

陆敛舟圈着她，注视着她那歪着脑袋的模样，像一只呆呆萌萌的小猫咪，让人忍不住捏一把。

皓月当空，清风徐徐。

书房内光影绰绰，灯束在书房里交错。

陆敛舟的视线落在温梨身上，目光清明，沉静而克制。

他仔细地盯了她两秒，眉眼有亮光闪现，眼神变得温柔起来，嘴角微微勾起，好似明朗月色，抖落满身星芒。

繁华的都市即使在深夜里依旧泛着霓虹的亮彩，斑驳陆离。

城市里的情侣或依偎在一起互诉衷肠，或彻夜交谈，勾勒出甜蜜又旖旎的画面。

天边的月亮没进了厚厚的云层，月光被尽数遮蔽。

陆敛舟垂首与她饱满秀气的额头相抵，细细吻了她好一会儿后才半撑起身，抱着她回了卧室。

天色如墨般漆黑，夜空在星光和白雪中呈现出一片淡淡的粉紫色。夜风夹杂着寒意无孔不入。还好，昏黄的灯光照亮了街道，温馨又敞亮。

"乖乖。"陆敛舟轻哄了一声，伸手撩过她额前微乱的发丝。

他突然想起，刚回来时看到温梨趴在桌子上睡觉，若不是被自己惊醒，她可能整晚都睡在那儿，于是不由得柔声问她："怎么会在书房里睡着了？"

温梨被他这么一问，神色顿时变得不自然起来，支支吾吾地解释："我……我刚刚在玩手机，玩着玩着就睡着了。"

陆敛舟挑眉，似乎有些怀疑，问："这么晚了在玩什么？"

温梨也知道这个理由有点儿蹩脚，像是在糊弄他。毕竟他知道她不算一个"手机控"，但此时反应过来已经晚了。

温梨讪讪地轻咳了一声，老实地交代："我在看你的简历，看着看着便睡着了。"

说完，她瞄了一眼陆敛舟的反应，只见他默不作声，不气也不恼，才悄悄地舒了一口气。

窗外夜色如墨，房内暖灯灭灭。露台上的洋桔梗花倒映在玻璃上，仿若交织出了一幅冷暖色调的油画。

在进入沉沉睡梦的前一刻，温梨凭着残存的意识，扯了扯陆敛舟的衣角，耷垂着眼皮吩咐他："帮我调个闹钟，明天下午我要去参加节目的庆功宴。"

"好。"陆敛舟在她额头上轻吻了一下，然后才松开她。

温梨"差遣"完他后就心安理得地合上了眼皮，安然地入睡。

陆敛舟伸手将她床头柜上的手机拿起，刚解锁屏幕，就看到了温梨的手机壁纸，那壁纸中的白衣少年分明是自己。

陆敛舟看着壁纸中的自己，心脏蓦地提起，如紧绷的弦，哑然了好一会儿，才转过身去看被窝中的人。

那沉睡的模样看起来恬然惬意，仿若精灵坠落人间，变成酣睡的美人。

陆敛舟收回落在她身上的视线，打开闹钟，设置了一个中午十二点的闹铃，才放下手机，按灭床头灯。

他转身躺在温梨的身边，将那酣睡的美人一把拥入怀中，静静入眠。

天光大亮时，二人依旧相拥而眠，交缠勾勒出甜蜜又旖旎的画面。

中午时分，闹钟准时响起。

被吵醒的温梨皱了皱眉头，带着明显的起床气翻了个身子。她正准备伸手按停手机，聒噪的闹铃声却戛然而止。

她迷茫地睁开眼，首先映入眼帘的就是陆敛舟那张清俊的面容。

是他关停了闹钟。

"乖乖，起床了。"陆敛舟撑直身体，手臂探入被窝里，将她重新揽回自己的怀里。

温梨还想赖床，身体源源不断地往她的脑海里传达一个信号：还想继续和这张床来一场甜蜜的约会。

温梨眯着眼，皱了皱鼻子说："还想睡会儿，好累。"

"现在几点了？"温梨扭头看向落地窗外，半掩的窗帘遮蔽了大半的日光，看不出时间。

"十二点。"陆敛舟搂着她回答，又问，"你几点出发去酒会？"

温梨的脑袋在他的胸膛上轻蹭，像一只黏人的小猫咪般。她说："下午两点小榆会来接我去做造型。"

"那时间还来得及。"他圈住她的腰肢，把她重新揽入怀中。

灼热的男性气息像浪潮般一阵一阵地扑洒在温梨绯红的脸颊上，他修长的手指游走过她的裙边，还未待她细说，肩头处细细的裙带也被男人微凉的手指勾起，将她滑落大半的裙子拉好，掩盖住乍泄的春光。

温梨咬着唇没说话。

"现在不欺负你。"陆敛舟也知道她的承受能力。

温梨轻哼了一声，说："你也知道你欺负我。你太坏了。"

温梨控诉的话音刚落，又一阵闹铃声骤然响起，在偌大的卧室里回荡。

二人均是一愣。

陆敛舟再次伸手拿起她的手机。

"你刚刚不是关了吗？"温梨问。

"可能按的稍后提醒。"陆敛舟一边关闹钟一边解释道。

片刻后，他回过身注视着她，嘴角微微勾起，说："我看到你手机的壁纸了。"

温梨倏地睁大了眼睛，脸颊微红，说："我昨晚刚换上的，这就被你发现了？"

比她预计的还要早不少呀。

"嗯。"陆敛舟点点头，轻掐她柔软的脸颊，说，"我们一起拍张合影，我要设为手机屏保。"

"现在不要！"温梨条件反射地摇头，想也没想就拒绝。

她现在可是顶着一对大大的黑眼圈，头发也乱糟糟的，她才不要这副模样和他拍合照。

"那要什么时候？"陆敛舟浅笑着问。

温梨澄澈的琥珀色眼眸盈着细碎的光芒，软声答道："等下次你不欺负我时。"

陆敛舟不置可否，只是静静地望着她。片刻后，他嘴角处微不可察地勾了勾，才假装为难地说："能不能给我通融一下？"

温梨浅哼了一声。

他就想着欺负她，她才不上他的当呢。

之后二人又缠绵了小半会儿才起床。

等温梨洗漱完从浴室里出来，陆敛舟已经穿好了衬衣、西裤。

他走到温梨面前，揽着她的腰肢问："想吃我做的饭，还是出去吃？"

温梨双臂勾着他的后脖颈，姿势随意地攀附在他身上，说："我不饿，就是腿有点疼。"

"那我煮点儿粥，你多少吃一些。"陆敛舟说她。

"嗯。"温梨乖顺地点了点头。

看到她点头，陆敛舟抱着她出了卧室，将她放在客厅的沙发上，顺带在她额头上轻轻地印上一个吻。

温梨看着他走去厨房，一双纤细白皙的腿随意地搭在沙发边缘，轻轻地晃荡着，闲逸地等着他给自己做早午餐。

不多时，放在旁边的手机屏幕突然亮起。

温梨将手机拿起来一看，是一条新邮件提示。

她随手点了进去，看到是期刊回复的稿件接收函，上面写着论文已被接收并在网上发表。她的嘴角渐渐上扬，没想到昨晚才重新上传提交的，这么快就收到结果了。

陆敛舟刚好从厨房出来，看见她脸上掩藏不住的笑意，忍不住挑眉问她："在看什么消息，那么开心？"

温梨弯着笑眼回答他："我的文章被发表啦。"

"乖乖真棒！"陆敛舟一边说一边朝她走去，然后问她，"想要什么奖励？"

"嗯？"温梨一愣，回过神来。

陆敛舟微微挑眉，语气温和道："你的论文被发表了，想要什么奖励？"

温梨揪着好看的眉问他："我的论文被发表，就算有奖励也是院里、系里给我，你为什么要给我奖励呀？"

"我夫人表现得这么优秀，我就想给她奖励。"

"真要给？"温梨歪着头看他。

陆敛舟点头道："嗯，你想要什么？"

温梨认真思考了一下，自己其实也不缺什么，不过既然他提出来了，她还是很乐意接受的。

上次从他手里拿下一个 VIP 折扣还要回他一个吻，这一次可是他白送上来的。

温梨勾唇想了想，问他："那我能不能先留着，等想到了再告诉你？"

"好。"

等吃过饭，温梨估计小榆快要到了，于是准备去衣帽间换衣服。

临进去前，她抱着陆敛舟问："你今晚是不是也会出席节目的庆功宴？"

陆敛舟拍拍她的背，说："稍后我有一个和鼎盛时代地产的视频会议，等结束后就过去找你。"

"会很晚吗？"

"不确定，我尽量早些。"

温梨摇了摇头，说："没事的，你以工作为重，而且我也不能天天跟你黏在一起，我们都有自己的工作。"

陆敛舟轻刮她的鼻尖，说："乖乖怎么那么懂事。"

"你才发现吗？"温梨嬉笑一声答他，朝他眨眼，然后才松开他，踩着轻快的步伐走进了卧室。

陆敛舟盯着她明快的背影，想到她在网上火爆的那个眨眼的表情包。网友只能把它做成动态表情包，而他却可以实实在在地独享这真实的娇俏，那种满足感如同潮水般汹涌，不过瞬间便将他的心脏满溢。

温梨正换衣服时，小榆到了。

她在公寓外敲门，带着青春的朝气喊着："温梨姐，开门，要出发啦。"

但衣帽间关着门，温梨明显没有听到。

陆敛舟微怔，沉默了几秒，思量过后便抬步走到玄关前，将公寓的门打开。

门一打开，小榆便兴冲冲地问："怎么样，温梨姐，准备好……了吗？"

小榆看着开门之人先是一愣，然后宕机似的蹦出后半句，好半晌没回过神来。

等等，这不是陆廷总裁吗？节目背后的最大金主陆敛舟！

小榆倒吸一口气，目瞪口呆地望着他，震惊得张大嘴巴，久久都没合上。

"小榆是吗？"陆敛舟眸色深沉，气定神闲地开口，"先进来，她正在换衣服。"

"哦……好!"小榆忙不迭地点头,还微微躬了一下腰和他打招呼,"陆……陆总,下午好。"

太窘了!谁能告诉她,这号大人物怎么会出现在温梨的公寓里?而且还给自己开门!

陆敛舟身着衬衣、西裤,领口处的两颗纽扣微敞着。

像是发现了什么大秘密,小榆的心里瞬间像是挤满了千百只尖叫鸡,正齐刷刷地尖叫。

就在这时,温梨打开了衣帽间的门,从卧室里走了出来。

客厅的玄关前弥漫着一丝尴尬。

看着礼貌又疏离的二人直勾勾地盯向自己,温梨不禁勾了勾嘴角。

"温梨姐……"小榆喊了她一声,语气听起来格外虚弱。

温梨微笑着走到她面前,没有藏着掖着,直接跟她解释了自己和陆敛舟的关系。

上次听见小榆敲门,温梨让陆敛舟躲起来,因为当时她还没喜欢上他,心里还并没有完全接受他,但这次她很坦然地接受了。

既然已经喜欢上他,也和他说好要谈一场甜甜的恋爱,如果还让他躲起来就很矫情了。

见温梨主动而又自然地和小榆解释了他们的关系,陆敛舟有些意外。他只是静静地听着,没有说话,但眼里的喜悦溢于言表。

小榆听完,忽然想起了上一次温梨的男朋友给节目组的工作人员点好吃好喝的,拜托节目组给予关照。

原来这个"男朋友"就是陆总!

接受了这个设定后,小榆激动得跺了跺脚,欲言又止:"温、温梨姐……"

"嗯。"温梨点头问,"怎么了?"

看她吞吞吐吐的样子,陆敛舟也转过头来。

小榆表情微动,好似顶着一对星星眼,说:"就……就……感觉你们好般配呀!"

男帅女美,而且还都在各自的领域里熠熠生辉,这不就是CP届的天花板?

第一次被这么直白地夸赞自己和陆敛舟般配,温梨有些脸红,但心底又有些开心和喜悦。

毕竟她现在已经接受了陆敛舟,能得到外人的认同和祝福,这种感觉还是很美好的。

"谢谢，我们走吧。"温梨笑着向小榆道谢，随后提起身边的小挎包，跟着小榆准备出门。

在踏出公寓门的前一刻，温梨被陆敛舟拽入了怀里，听到他说："亲一口再走。"

温梨脸颊通红，说："小榆还在呢……"

因为怕小榆听见，她的声音很小，但陆敛舟听起来像是她在对着他撒娇似的，眉心不由得重重一挑。

下一秒，他搂紧她的腰，在她的嘴角落下一个吻。

小榆发现温梨没有跟上，刚好转过头来，猝不及防就看到了这一幕。她连忙识趣地别开了脸。

因为晚上的节目组庆功宴有一个走红毯的安排，现场还邀请了不少媒体进行拍摄和直播，所以所有嘉宾都需要提前过去做造型。

小榆和温梨乘坐电梯下楼，在地下车库一同进了一辆黑色的商务车。

不到二十分钟，车辆就驶到了市中心的豪华五星级酒店。

这家酒店外表瑰丽而庄严，是节目组安排给嘉宾统一做造型的地点。

每个嘉宾都有一个单独的客房做造型，温梨跟着小榆去到自己的那间。

她们进门后发现化妆师和造型师已经提前到了，正坐在沙发上无聊地玩着手机。

化妆师和造型师一见到她们就立刻站了起来，热情地和她们打招呼："你们来啦，我们可以开始了？"

温梨点头回应，然后就听见造型师说："先过来试试礼服吧，应该是合身的。"

"好。"温梨跟着她往套房里走，然后就看到挂在正中央的一条浅绿色迷雾绸缎长裙。

"天哪……"

温梨和小榆同时惊呼了一声。

小榆当然是被这条仙气的裙子惊艳到的。

而温梨除了被这条漂亮的裙子惊艳到，更因为这条裙子看起来太性感了！

轻柔如薄纱烟雨般的绸缎布料单薄又露骨，她还从没尝试过这种风格的衣服。

上一次的旗袍造型虽然下半身大开衩，但好歹上半身包裹得严严实实的，她至少还能驾驭。

而这条裙子则是吊带款，虽然长长的裙摆曳地，却是大露背，一直露到了腰臀线的部位，而且胸前还是深 V 设计。

温梨咬着唇端详着。

裙子是真的美，但也真的露。

造型师将裙子取下来，递给她，说："这条裙子够美吧？当季最新款的高定，去试试。"

温梨微红着脸接过来，虽然有些难为情，但也只能顺从地接受安排了。

第十一章

衣帽间里，温梨换上裙子，盯着镜子里的自己觉得有些害羞。

"合身吗？"造型师的声音从门外传来。

温梨只好硬着头皮应道："很合身。"

说完，她推开房门，手指下意识地揪着两侧的裙摆，从衣帽间走了出去。

"这也太性感了……"温梨微微垂着眸说。

她正有些难为情，却听见了一众倒吸气的声音。

造型师看着温梨，立刻挑高了眉头，激动地喊道："太好看了！"

"那可不，以温梨姐的身材，肯定穿什么都好看！"小榆一如既往地充当"迷妹"角色，毫不吝啬自己的夸奖。

"温梨，我觉得你这次的造型肯定又要出圈了，你转个身，让我们看看背面的效果。"

温梨咬着唇，依言转了一个圈，裙摆随之摇曳。

雪白的后背只挂着两条细细的肩带，勾着纤薄灵动的蝴蝶骨，水波迷雾般的浅绿色将骨感美绽放到极致。

"可以，可以，稳了。"造型师拍了拍手掌，满意地说，"自从你上次那个旗袍造型出圈后，有好几个一线女星的团队来找我做造型，你真是我的活招牌。"

温梨问："会不会太露了些？"

"不会！"造型师走到她身前，拉着她的双手说，"那些艺人露得更多，你这还好，相信我。"

温梨只好浅浅地应了一声："好。"

"那接下来就是化妆还有做发型啦。"化妆师忙不迭地招手示意她过去，准备大显身手。

温梨点了点头，左手微微捂住胸口，走到化妆台前落座。

化妆师站在她旁边，取出粉底液开始给她的脸蛋儿仔细上妆，然后用各式各样的刷子在她清透白净的肌肤上层层晕染。

二十分钟后，一切妆发造型完毕，温梨披着外套和小榆一起前往庆功宴的场地。

抵达红毯地点时，其他嘉宾也已经悉数到场，下车后小榆去和节目组对接，温梨则被其他工作人员接到了指定的休息室等待。

坐下没多久，温梨准备给陆敛舟发消息说自己马上要走红毯了。刚拿出手机，休息间的房门就被人推开了。

进来的人是纪丛，他身后还跟着节目组的导演。

"阿梨。"

温梨循声抬起头，见纪丛双手插兜正朝她走来。

"纪哥哥。"温梨放下手机，笑着喊了他一声。

纪丛这晚戴着一副金丝边眼镜，穿着一身暗色的丝绒西装，领口处还系了一个蝴蝶结领结，看起来绅士儒雅。

他走到温梨面前站定，嘴角勾起，说："阿梨，要不要和我一起走红毯？"

"啊？"温梨略挑眉头，看向他身后的导演，问，"不是每个嘉宾单独走红毯吗？"

"对。"导演点头道，"那是我们原本的安排，但因为你们目前在网上的热度和关注度最高，所以我想安排你们一起压轴走红毯，这样能带起更好的直播效果。"

"你可以吗？"导演问。

温梨看了纪丛一眼，只见他扯着嘴角笑了笑，说："跟着我走红毯，不用担心。"

"好。"温梨点头看向导演，"听从安排。"

"行，那你们先聊。"导演笑眯眯地说，"等下会有工作人员来通知你们入场。"

等导演走后，纪丛又问她春节有什么安排，是不是会回N市。

二人没聊多久，便有工作人员来敲门，通知他们可以入场了。

温梨脱下身上的珍珠白呢绒外套，伸手捂了捂自己胸口的部位，脸颊有些发烫。

纪丛垂眸看了一眼她的长裙，眉梢微微挑了挑，呼吸加重。

"走吧。"温梨虽然有些紧张，但很快做好了心理建设。

"嗯。"纪丛声音沉闷地应了一声。

二人并肩往外走了没多久，就看到媒体区挤满了人，而且架起了各式长枪短炮，各个角度方位无死角地对准了红毯上的嘉宾。

温梨和纪丛是压轴，此时红毯上正在入镜的是短道速滑运动员谭鑫和花样滑冰运动员喻怡。

温梨看着现场此起彼伏的闪光灯和不断传来的"咔嚓咔嚓"的快门声，有些愣神。

纪丛注意到她的表情，轻声问她："第一次走红毯，紧张吗？"

温梨摇了摇头。

她并不紧张，只是这次穿得有些暴露，她有些害羞。

到他们入场了。

温梨单手微微提着裙摆，轻踩高跟鞋走在纪丛身边，微笑着朝直播的镜头挥手。

看到二人入场，直播间里最先沸腾的是纪丛的粉丝，纷纷在弹幕里刷起屏来。

二人走到红毯中央站定，纪丛一如既往熟练地摆姿势，扬着嘴角对着镜头挥手。

温梨立在他旁边稍显拘束，并且她明显感觉到周围晃动的闪光灯几乎要把她吞没。

但也正是因为这些接连不断闪烁的光把她的注意力全夺走了，她反而变得没那么紧张了。

与此同时，另一头的摄影师一边喊着"看过来，看这边"，一边举着镜头对准二人。

温梨一个转身，直播镜头也随之转向她的后背，网友纷纷看到了她那大片雪白的背，在数盏聚光灯下仿佛发着光，弹幕里又是一阵阵惊叹。

二人连摆了好几个姿势，拍完照后便是采访环节。

主持人给他们二人递上了话筒。

媒体朋友纷纷开始提问：

"请问你们对于此次冬奥会有什么期待呢？"

"对哪一项冬奥的项目最感兴趣，是否打算去现场观赛？"

"本次合作愉快吗？节目录制的过程中有没有发生什么有趣的事？"

温梨和纪丛定定地站在红毯的镜头前接受采访，一一回答记者们的提问。

其中有一位记者问温梨："温梨，你最近通过这档节目收获了超高的人气和热度，那你是否有进入娱乐圈发展的打算呢？"

温梨举着话筒，思考了一番措辞，才启唇道："首先很感谢各位网友和粉丝的喜爱，能获得你们的认可，我感到很荣幸，但我并没有这个打算。气象学是我的本职，也是我最热爱且擅长的领域，我想我会一直在我的岗位上坚守，去开拓更多未知的可能。"

她还没说完，直播间里的弹幕就沸腾了：

"呜呜，好遗憾，那我以后是不是看不到梨子了！"

"爱岗敬业的小梨子！"

"不管怎样都支持！希望梨子能在气象学领域发光发热！"

温梨继续补充道："不过就算节目结束，我还是会和大家一起互动的。我会借助一些社交平台或者媒介给大家科普一些气象学方面的知识，如果大家感兴趣，可以留意一下哟。"

"好！"

"那就是以后还能见到梨子了，开心！"

"温梨小姐姐要不要考虑一下给我们直播科普气象学！"

媒体采访有序地进行着。

最初提的问题都是比较正式而且贴合主题的，到后来，不知道哪一家媒体提了一个比较私人的问题："请问两位各自的理想型是什么样的？"

这时，直播间里的网友纷纷说"好样的"，这才是我们"吃瓜群众"最想知道的问题。

但纪丛的粉丝保持了一贯的淡定，只说："我哥可从来没公布过理想型，就算问也是白问，他从来不会回答媒体的这种私人问题。"

也有很多网友更好奇的是温梨的理想型，特别是很多蹲守在直播间里的男性网友，都翘首等待着温梨的回答，想看看自己符不符合，说不定有机会攀上女神。

被媒体问到这个问题，温梨和纪丛皆是一愣，默契地对视了一秒后，纪丛首先笑着说："之前很多媒体问过我这方面的问题，我都没有回答，但你们挺锲而不舍的。"

媒体区发出一阵哄笑。

纪丛举着麦克风，垂眸思索了没一会儿，开口道："我喜欢长得好看，善良、单纯、迟钝，还有学历高的女生，而且她的年纪最好不大不小，和我同龄吧。"

他刚说完，直播间里的粉丝瞬间"炸"了，同时也有很多"吃瓜"的网友讨论他说的人会不会是温梨。

温梨站在他旁边，有些愕然。她一直以为纪丛喜欢年纪大的姐姐呢。

她还记得高中时去他班里找他，听他的同桌说，他去给高年级的美女姐姐送玫瑰花了。

不过她也没有细问，毕竟那时候的她对感情一窍不通，也不感兴趣。

虽然后来纪丛和那个美女姐姐没下文了，但她从那时候就一直以为他喜欢那种类型。

在她愣神时，记者把镜头对准了她，轮到她发言了。

温梨举着话筒，想了想，重新看向镜头，只是简简单单地说了一句："我已经结婚了，我的理想型是我先生。"

弹幕划过一条又一条的感叹号，接踵而来的是疑问：

"我的女神！"

"温梨小姐姐已经结婚了？"

"她的先生是谁！"

"英年早婚，太幸福了吧！"

"我的'小梨子'被人摘了？不敢相信！"

其中早有预料却又最毫无防备的纪丛只是紧抿着唇，未发一言，眼神里情绪泛滥成灾，最后皆化为沉寂。

与此同时，现场的媒体还想追问："请问能给我们透露一下您先生的情况吗？"

"你们是怎么认识的呢？"

"你们结婚多久了？"

"他是从事哪一行的？"

就在这时，导演赶紧从场外走到台前，打断了他们的追问："各位，本次红毯采访到此结束，请大家移步内场，各位记者朋友辛苦了。"

红毯外，站在小榆身旁的造型师激动地喊道："不是男朋友吗？什么时候结婚了？"

"这进度也太快了吧！她的先生是谁呀？"

小榆笑眯眯地看着造型师，没有搭话，她可是很清楚温梨的先生是谁，而且如果说起来可能还会吓死他们……

小榆抿着唇在心底叹道：嘿，站在上帝视角的感觉真好哇……

屏幕前的网友还没反应过来，采访就结束了。

陆敛舟看到这一幕时，刚好在去往酒会的路上。

他举着手机坐在车后座，眼神在斑驳的路灯下明明灭灭，面容半隐在暗淡的光线下。

半个小时前，他刚在书房里结束了与鼎盛时代地产的视频会议，点开手机就看到了温梨发的消息。

她说已经和导演组沟通过了，让他直接从侧门的通道进去，可以避开大多数的媒体还有镜头，而且她还给他发送了可以实时观看走红毯的直播链接。

等他坐上车时，走红毯活动已经开始了，但还没轮到温梨。

一直到快结束才等到她亮相，陆敛舟单手解开领口处的两颗纽扣，将视线转移至她旁边的纪丛，眼神变得暗沉淡漠。

他们并肩走在一起，虽然没有任何亲密的举动，但纪丛那几乎是粘在温梨身上的眼神依旧令他满身不自在。

他的人生少有压迫感，也从来没有任何人曾给过他威胁感。

就连最初回国执掌陆廷之时，面对铺天盖地的质疑，他也没有感到分毫的压力。

他对一切有很强的掌控感，唯独纪丛的存在，让他感觉到压力和忧惧。纪丛仿佛是他宿命中的对手，命中注定的竞争者。

纪丛最大的优势便是和温梨青梅竹马，两小无猜。

他从小就在温梨身边，陪伴着她长大，见证她的成长，从孩童时代到青葱岁月，从校园再到进入社会。

这些过往是陆敛舟无法弥补给温梨的时光。

陆敛舟从不曾羡慕一个人，也不会嫉妒一件事，唯独这一点，他耿耿于怀，疯狂嫉妒，不甘和占有欲在心底恣睢。

听着纪丛所说的理想型，陆敛舟心间苦涩难解。别人可能不知道，他却很清楚，那字字句句所指的均是温梨。

如果当初自己没有再次遇见温梨，这一切是不是就会扭转？

陆敛舟不敢细想。

落寞良久，直到最后，真正抚慰他纷杂心绪的是温梨回应媒体的那一句话——我已经结婚了，我的理想型是我先生。

她那柔软的嗓音一字一板地在他紧紧束缚的心脏中化开，将他从混沌无声的海底一把捞起，将灰暗一扫殆尽，重新恢复清明。

就好像他从漆黑的海底爬上岸，浑身湿漉漉的，狼狈极了，一回头，发现她就在那里。

她在等着他，朝他张开双臂，无声地接纳他。

"开快点儿。"陆敛舟在黑暗中坐直，沉声吩咐。

他现在只想见她，想快一点儿，再快一点儿。

如果这就是醋意，就让它泛滥。

温梨坐在宴会厅内场，和纪丛有一搭没一搭地聊着天。

室内的暖气很足，但她还是披上了外套，将大片裸露在外的肌肤完全包裹。

他们附近还围着好些媒体记者，主要是为节目做宣传和为最后一期收官节目助势。

纪丛举着高脚酒杯站在温梨旁边，不时有媒体记者上前或采访或搭讪，想套一些新闻，尤其是想继续追问温梨关于婚姻方面的内容，但都被他礼貌地挡开了。

温梨细白的手臂半支在高脚桌上，语气略带调侃："纪哥哥，你挡记者很有一手嘛。"

"那可不。"纪丛若无其事地回应，"我就是专职干这一行的。"

温梨听他语气漫不经心的，似乎又变成了那个人前又跩又酷的模样，不禁笑了笑，然后拿起了自己的手机。

陆敛舟一直没有回复她，不知道是因为会议还没结束，还是有事耽搁了。

她给他发了观看走红毯活动直播的链接，其实是想听听他看到自己穿这一身会有什么评价。

但没收到他的消息，也不知道他看了还是没看。

如果他看见了，是会很喜欢呢，还是会逮住她说太露了呢。

温梨想着，嘴角不自觉地勾起，眉眼弯弯，夹着一丝丝笑意。

纪丛垂眸瞥了她手机的对话框一眼，看到陆敛舟三个字，心情变得有些烦闷。

他默默地将想说的话硬生生地憋了回去，仰头将高脚杯里的酒一饮而尽。

纪丛想起在琴域江畔的那晚，那时的梨子还会躲着陆敛舟，会逃避他的视线；而现在，即使他没出现，梨子的一颗心也明显地跑到他身上去了。

现在的自己就仿佛当时的陆敛舟，只能远远地看着温梨，却无法得到她的心。

纪丛眯了眯眼，又倒了一杯酒。

温梨收起手机，瞟见纪丛斟满的酒杯，忍不住提醒了一句："纪哥哥，少喝点儿。虽然你酒量比我好，但也不能这么喝呀。"

纪丛抿紧唇，声音沉闷地"嗯"了一声。

就在这时，导演组的工作人员过来，通知他们准备好，可以到直播区候场。

他们是下一组与忠实观众进行直播互动的嘉宾。

温梨正准备跟着工作人员走，兜里的手机突然振动了起来。她只好停住脚步，翻出了手机。

是陆敛舟打过来了。

"乖乖，我到了。"

电话刚接通，温梨就听见他略带磁性的声音响起。她在宴会厅里扫视了一圈，试图寻找他的身影。

可惜没找到。

"你在哪里？"温梨攥紧手机问他，嗓音带着不易察觉的雀跃。

"二楼 VIP 室。"

话音刚落，温梨下意识地抬头看去，刚好能看见空旷的二楼隔间窗户，陆敛舟熟悉修长的身影就立在玻璃前。

在现场数盏聚光灯笼罩下，他修长的身形被明亮晃眼的光线团簇，但温梨却看得真真切切。

纪丛站在温梨身边，也顺着她的视线看去，在看到陆敛舟时，他的眼神微微一变。

与此同时，陆敛舟也注意到了他。

四目相对，空气里充斥着男人之间的剑拔弩张。

短暂一瞥后，陆敛舟的视线从纪丛身上移开，重新将注意力放回到温梨身上。

"乖乖，要不要上楼来？"他的嗓音带着沙哑的蛊惑，温梨很想点头，马上飞奔着去找他，然后钻入他怀里。

但是不可以，她还要去跟观众们直播互动。

温梨摇了摇头，说："我还要做二十分钟直播，等我结束后就去找你。"

"好，我等你。"

"嗯。"温梨甜甜地应了一声，才挂断电话。

直播区就在后台幕布前的不远处，现场的布景都是以"冰雪冬奥"为主题进行设计的。

温梨脱下外套，依旧是那一身浅绿色的烟雨绸缎连衣裙。

她和纪丛端坐在灯光架前，在主持人的指引下根据节目组的脚本流程进行互动。

嘉宾们两两一组进行直播，每组二十分钟。

主要内容是为观众科普各种冬奥项目以及它们的评分规则，然后再与观众进行互动，以问答的形式让观众分辨不同的项目，或让他们根据运动员的表现大致推断运动员的得分，再从答对的观众中进行抽奖。

温梨的直播才进行了十分钟，陆敛舟便有些等不及。他从 VIP 室出来，正准备下楼，刚好碰见节目组的导演上来找他。

导演看见他出门，连忙问："陆总，我正要找您，想和您对接一下节目组资金的使用和盈利情况。"

"打个电话，等会儿。"

导演连忙点头表示理解："好的，陆总，您先忙。"

十分钟后，温梨和纪丛这一组的直播结束。

离开前，温梨披上外套，和纪丛说了一声后，就直接转身往后台幕布的方向走。

纪丛没有说话，嘴角露出一丝苦笑和无奈。他知道，后台有通往二楼的楼梯，温梨是去找陆敛舟了。而且那里几乎没有记者和媒体，她可以静悄悄地上楼。

紧挨着幕布的是一条略窄的走廊，光线昏暗，温梨握着手机一边走，一边给陆敛舟发消息。

屏幕亮着浅浅的光，温梨全神贯注地打着字，说自己结束了，正要上楼找他。

但这一句消息还没编辑完，她就在黑暗中被一双手臂拦腰抱住，撞进了结实的胸膛。

温梨还没来得及低呼出声，唇就被一双略微粗粝的手给摁住了。

下一刻，温梨嗅到了那双手上的冷冽松香气，这股格外熟悉的气息在空气中淡淡弥漫开，令她瞬间安下心来。

当看清隐在暗色中的面容时，她的心脏怦怦直跳，哑声问："你、你不是在二楼……"

温梨本想问他怎么下楼来了，但陆敛舟并没有给她说完的机会，蓦地将她翻了个身，抵在了一旁的门板上。

温梨纤薄的后背抵在木板上，短暂地蒙了一瞬，才后知后觉地反应过来，这是后台的背景板，连墙壁都算不上！

一板之隔的身后，是无数媒体、记者、工作人员还有嘉宾聚集的直播区。

快门声、交谈声还有不时响起的掌声，各种声音像是旋涡般聚集在身后，清晰入耳，一下一下地敲击着温梨紧绷的神经。

她指尖抵着他的胸膛，正想推开他，却突然听见男人沙哑的嗓音低低地响起："我等不及了……"

温梨像是被撞入了高空绵软的云层中，在失重感中摇摇欲坠，心脏无法控制地悸动放纵……

陆敛舟凑近她，浅浅地印下了一个吻。

离开她的唇后，陆敛舟才不慌不忙地开口，不留痕迹地转移了刚刚的话题："你穿这条裙子很好看。"

"你都看到了？"温梨被他夸得微微脸红，羞怯之余更多的是欣喜。

"嗯，乖乖都给我发来了直播的链接，我怎么敢不看。"陆敛舟轻掐她柔软的脸颊。

他一张俊脸半隐在昏暗微弱的光线下，温梨看得有些晃神，心跳漏了一拍。

陆敛舟低垂着头，看她的眼神深情缱绻。

温梨并不知道他在想什么。

"不要换礼服了，和我回家吧。"

酒会已经接近尾声了，她也没有必要留在这里了。

"我是不是得和导演说一声再走？"温梨轻声问。

"嗯。"陆敛舟悄无声息地移开了轻抚在她后背的手掌，"我去和导演说。"

"那我在这里等你？"温梨微侧脑袋问他。

"好。"陆敛舟点点头。

陆敛舟再次回到二楼VIP室，导演看到他进门，连忙起身迎了上去，喊道："陆总。"

陆敛舟朝他略一颔首点头示意，说："温梨和我有事准备先离开，不知是否方便？"

导演原本想进入正题，听到他的话，忙应道："当然没问题，酒会也马上就结束了。"

"嗯。"陆敛舟扫过他握着的文件，开口道，"节目组资金的使用和盈利情况，会由徐特助进行对接，你们直接和他联系。"

"是，我知道了。"导演将手里拿着的文件资料收起。

陆敛舟上楼后，温梨便掏出手机给造型师发消息，问她礼服能不能明天再还。

造型师很快就回了消息："可以。但是记得小心点儿，这条裙子价值五百万，可不要弄脏了，不然归还时要赔钱的。"

温梨回复道："好。"

刚聊完没多久，陆敛舟便回来了。

"回家？"陆敛舟走到她身前，问。

"嗯。"温梨提起裙摆，甜甜地点了点头。

陆敛舟的目光扫过她曳地的裙摆，动作自然地接过她提起的裙摆，说："我来。"

行走时，他就在她身侧，像是她专属的骑士一般。

温梨回头时注意到了他的那只手，冷白的皮肤紧贴着她浅绿色的裙子，莫名和谐。

那一刻，她的心底像是被羽毛拂过，平静的心湖轻轻柔柔地泛起层层波澜。

第二天早上，太阳从天边缓缓升起，柔和的阳光铺洒，驱散夜晚的寒冷。云团层层堆叠，映衬着清晨时分的微光，轻风和煦地拂过绿植青翠的叶子。

卧室里的窗帘半掩着，陆敛舟提前醒了，洗漱过后，他来到客厅。

他的手机还放在他的西服外套里，昨晚一夜都没有拿出来过。他按亮屏幕一看，时间正好是九点半。

解锁手机后，屏幕弹出了很多微信消息和未接来电，有来自徐特助的，有好友沈从延的，甚至还有父母的。

顶端上的消息是沈从延十多分钟前发来的，陆敛舟点开了和他的聊天对话框。

沈从延给他分享了两张微博热搜上的截图。

一张是有些模糊的照片，一对男女在光线晦暗的后台拥吻。

照片是隔着一段距离拍的，看不清男女主角的面容，但是通过长长的曳地礼裙，能清楚地辨认出照片里的女主角正是温梨。

而另一张则是陆敛舟给温梨提着裙摆跟在她身后。因为照片是半身特写，所以能清晰地看清二人的侧脸。

另一条是沈从延的疑问："这就是那个被你宠上天的气象学家小娇妻？"

看到自己和温梨昨晚那一幕被人偷拍了，陆敛舟的眉头蹙起，言简意赅地回复了他一个"嗯"字。

他正准备退出微信，沈从延却秒回了他："行啊你！难怪你挖空心思都要给她建座气象馆了。"

陆敛舟修长分明的手指在屏幕上划了划，淡漠地忽略了沈从延回复的消息。

陆敛舟刚退出微信，手机突然振动起来，又一个电话打来。他垂眸瞥了一眼来电显示，是徐特助。

"喂？"陆敛舟接起，语气难辨情绪。

徐特助听到电话接通的那一瞬间，终于舒了一口气。

他从昨晚就陆续给陆敛舟打电话，但陆敛舟一直没接，他也不确定自己是不是打扰了对方。

"什么事？"陆敛舟直入主题。

徐特助问："网络上曝出来的照片您都看到了吗？"

"刚看到。"陆敛舟一边说一边走到落地窗前。

"那您打算……"徐特助稍顿了一下，等待他的指示。

陆敛舟揉了一下眉心，没有答话。

这件事情他得先问问温梨的意见。

因为被拍到是两个人的事情，他尊重温梨，希望先听听温梨的想法，再做决定。

但是温梨还没起床，他也不忍心打扰她，把她喊醒。

电话那端的徐特助屏息等待着陆敛舟的吩咐，但陆敛舟一直没说话。

"先等等。"陆敛舟终于发话。

徐特助稍愣，但很快恢复如常，道："好的，陆总。"

徐特助挂断电话，沉默了好半晌才松了一口气。

他还清楚地记得，上一次自家陆总被曝出和女星吴夏旎的绯闻时，陆总满身怒气地指责他：这件事在网络上闹得这么大，你现在才报告给我？

然后陆总马不停蹄地召集了公关部门开会，商讨应对方案。

所以这次徐特助在发现照片被曝出后就立刻联系了陆总，希望能尽早将这件事汇报给他，同时吩咐公关部门研究对策，随时待命。

但没想到电话一整晚都没打通，现在终于打通了，陆总却似乎一点儿也不着急。

就在陆敛舟和徐特助打电话的过程中，温梨醒了过来。

她微眯着眼，在柔软的床铺上翻了个身，下意识地想要伸手搂住男人的腰，却抓了个空。

温梨瞬间清醒过来。他去哪里了？她带着疑惑揉了揉睡眼，光着脚丫子急急忙忙地走出了卧室。

温梨的视线在客厅里扫视了一圈，捕捉到陆敛舟站在落地窗前的身影。

他高大颀长的轮廓落在疏淡的晨光中，宽肩窄腰，身材比例极好。光是这么静静地站着，就散发一种矜傲疏离的气质。

温梨一阵小跑来到陆敛舟身后，伸开双臂从后抱住了他结实有力的腰。

陆敛舟先是一愣，随后眉梢轻抬，勾起了嘴角，转过身来抱她。

温梨略微仰头，娇憨地问："你起床了怎么没喊我？"

"想让你再睡一会儿。"陆敛舟抬手摸了摸她的脑袋。

温梨将脸埋在他结实的胸膛蹭了蹭，细细的睡裙肩带松松垮垮地挂在香肩处。

陆敛舟大手一沉，落在她如天鹅般的脖颈后，虚虚收拢掌骨轻柔地抚摸。

他握她后颈的力度很轻，像是在爱抚珍宝一般。

温梨攀上他的肩膀，声音轻柔地说："抱抱。"

"要抱抱。"她又说了一句。

陆敛舟微微一笑，将她轻而易举地托抱起。

温梨双腿缠在他腰部，心血来潮般问了他一句："我重吗？"

"乖乖是不是还没睡醒？"

"嗯？"温梨有些哑然。她当然睡醒了呀，要不然怎么会跑出来找他。

"如果睡醒了，怎么还会说梦话呢？"

陆敛舟的声音温柔得不成样子，温梨下意识地蹬了蹬腿，脚尖在他两侧晃荡了一圈。

陆敛舟的目光下移，恰好注意到了她光着的脚丫子，眉头轻轻一皱，问："怎么不穿鞋就跑出来？着凉了怎么办？"

温梨一时着急就没穿鞋，而且公寓里开着暖气，地上还铺着地毯呢，不会着凉的。

虽然是这么想，但她可没这么和他说，而是再次使出了撒娇的语气："我想早一点儿见到你嘛，所以就没来得及穿。"

陆敛舟未置一词，只是两步走到客厅的沙发前，动作轻柔地将她放下，说："该罚。"

"不要！"温梨扭着头。

说完，他执起她的一只手，另一只手作势就要轻拍下去。

温梨小声地喊了一句："等一下。"

陆敛舟依着她的话，停下了动作，挑眉等着看她下一步想要做什么。

"你之前欠我的奖励。"温梨扬起嘴角，说，"你答应我论文发表后给我的奖励，我要现在用。"

陆敛舟的眉尾轻抬，问："你舍得？"

温梨抿着唇没说话。她确实不舍得,这么一点儿小事就被他骗走了自己的奖励。

但她很清楚,他才不会吝啬给她奖励,所以她以后还会有无穷无尽个。

"嗯。"温梨点头道,"反正你以后还会给我好多好多奖励的。"

还真是了解他。

温梨眼里闪着狡黠,被偏爱的人有恃无恐。

她还想说什么,一阵手机振动声突然响了起来。

温梨转身看了一眼,目光看向声音的来源——她昨天穿的那件呢绒外套。

温梨怔了一下,转身将外套拿过来,然后掏出口袋里的手机。

是莫簌打来的电话,而且手机屏幕还塞满了很多其他人的微信消息和未接来电。

温梨好看的眉头揪起,不懂怎么突然间变得这么热闹。

接通电话后,莫簌分外激动的声音传来:"阿梨,你可算接电话了!你一整晚都在干吗呢?"

温梨悄悄看了陆敛舟一眼,问:"怎么了?"

"我前几天刚问过你什么时候能蹲到一个公开,没想到你们居然就被偷拍了!"

"偷拍?"温梨挑眉。

"对呀!"莫簌应道,"你还不知道吧,快去网上看看。"

"好。"温梨很快点进社交账号,首先映入她眼帘的是无数条私信和评论。

她时不时会发一些气象科普小段,因为微博粉丝多,所以平时也收到了不少这类消息提示,但是从没有多到像这次这么夸张。

温梨先忽略这些,转而点开了娱乐新闻榜。

果不其然,正如莫簌所说的,排名第一的标题是"陆敛舟温梨后台拥吻"。

紧随其后的分别是:"气象学家温梨:我的理想型是我先生""陆廷集团多次转发温梨气象学研究成果""温梨已婚""陆廷总裁陆敛舟""陆敛舟穿玩偶服""陆敛舟戴耳钉""T大获赠四亿,捐赠人陆敛舟""陆敛舟吴夏旎"……

温梨还没点进去看内容,就意识到吃瓜网友几乎把他们的感情线扒得清清楚楚了。

看着那一条条热搜几乎"屠榜",温梨无声地抬头望向陆敛舟。

四目相对间,陆敛舟伸手把她揽进自己怀里,让她靠在自己的胸膛前继续看手机。

温梨咬了咬唇,紧攥着手机。

他们的知名度和热度都不低,几乎导致了全网的疯狂讨论。更何况还有他们昨晚在后台的照片，这种暧昧的场面本就更容易引发关注。

"籁籁，你知道这是什么时候上的热搜吗？"温梨问。

"昨晚凌晨时就开始'爆'了……"

莫籁再次开口："而且你知道吗，除了你们的关系，还有一点也让网友感到很震惊。"

"什么？"

"就是觉得那么高傲的陆廷总裁居然会主动给你提裙子，还戴着黑色耳钉！"莫籁一边说一边怀疑，"上次你喝醉酒时，我见陆总好像没有戴耳钉啊？"

温梨听见她的话，想到的是那时候他们还没感情呢……

"怎么不说话？"莫籁问，"你有没有在听？"

"嗯，他那时候确实还没有，后来打的。"

"难怪了……"莫籁若有所思地说，"我也挺震惊的，陆总这种高冷到骨子里的人，居然也会戴耳钉。那些网友肯定也是这样想的……"

温梨顿了一下，说："籁籁，我先不和你说了，我先想想应该怎么办。"

"好，不过我打电话给你是想说，其实你们直接公开挺好的，现在在网上几乎都是支持和祝福的评论，只是偶尔有几个吴夏旎的'脑残粉'在胡闹，所以你们就放心吧。"

"嗯，我知道了。"

"好，那我先挂了？"

"好。"

屏幕熄灭后，温梨扭过身子看着陆敛舟，问："现在应该怎么办？"

"乖乖是怎么想的？"陆敛舟揉着她的后背说，"你想怎么做，我们就怎么做。"

"如果你想，我可以让陆廷的公关团队去处理，很快就能解决好。"陆敛舟又解释道。

"不用。"温梨轻轻地摇了摇头，说，"要不我们直接公开吧。反正我们是名正言顺的合法夫妻，我在红毯上没有透露你的身份是因为怕你曝光在媒体前，但现在木已成舟，我们就顺水推舟吧。"

"好，听你的。"

她的想法和他的不谋而合。

"那你想怎么公开？"陆敛舟问。

温梨沉思了片刻，忽地眼睛亮起，提议道："要不我给你拍张照片吧？"

"嗯？"

"我把你的照片发出去，让网友看看你确实就是我的先生啊。"

陆敛舟轻挑眉梢，没有说话。

"好不好吗？"温梨抓着他的手臂轻轻地摇晃。

"可以。"

温梨嘴角弯起。

"但是——"陆敛舟顿了一下，说，"你也要和我拍张合照。"

"用来发网上吗？"温梨问。

"不是。"陆敛舟摇头道，"我要把它设为手机屏保。"

"可以呀，但是我们能不能出去约会时拍？"

"约会？"

"情侣甜甜的约会呀。"温梨坐直身子看他，问，"你是不是工作忙没时间去呀？"

"不会。"陆敛舟垂首道，"我这周末有时间。"

"你想去哪里？"

温梨想了想，平时普通情侣会去哪里约会呢。

游乐园？电影院？奶茶店？

游乐园其实是一个很好的主意，但是温梨对那些特别惊险刺激的游乐项目没什么兴趣，如果是去户外亲近自然的主题乐园会更符合她的期待。

"要不我们去森林游乐园吧？"温梨提议道。

"好。"陆敛舟当然依着她。

温梨点了点头，问他："那我现在给你拍照片可以吗？"

陆敛舟稍稍松开了她，问："要怎么拍？"

温梨打开手机相机，稍稍后仰着身子，将镜头对准他，说："我找找角度。"

"乖乖。"

"嗯？"温梨盯着镜头里的陆敛舟，尾音绵长。

"我要看镜头吗？"

"可以呀。"温梨没多想，直接回答他。

陆敛舟的神色却有些拘束局促。

温梨透过相机的镜头发现了他的不自然，于是放下手机凑到他面前问："怎么啦？"

陆敛舟失笑，朝她解释："我一个人拍照时不太习惯看镜头，感觉不自在。"

"那……"温梨认真思考了一下，澄莹的琥珀色眼眸一转，说，"要不你不看镜头，我拍你的侧脸？"

"好。"陆敛舟颔首，重新坐直，挺直腰背。

他的坐姿端正挺拔，可明明他平时谈上亿的生意时都能游刃有余、运筹帷幄，现在竟然会变得这般紧张。

温梨不由得抿唇笑了一下，才重新拿起手机，对准他的侧脸，微微调整角度，然后按下了拍照键。

"好了。"温梨拿着手机凑到他的怀里，让他和自己一起看照片。

照片里的陆敛舟面容清俊，半垂的睫毛根根分明，锐利清晰的下颚线微微紧绷，鼻梁骨高挺得让人忍不住想在上面滑滑梯。

温梨忽然起了点儿玩心。

她转过身，伸出手指轻点在他的鼻梁处，然后顺沿着他高挺的鼻梁一路下滑，一边玩还一边小声地嘀咕着："怎么能那么挺……"

陆敛舟微眯眼眸，任由她在自己的鼻梁处乱蹭。

温梨很快反应过来自己现在的这种行为好像有些孩子气。她从来不知道喜欢上一个人，还会在他面前流露出幼稚的一面。

但陆敛舟只是一脸宠溺地看着她，像是在陪着她胡闹。

温梨吐了吐舌，停下动作，重新坐直问他："这张照片可以吗？"

温梨稍稍将照片放大，然后递给他。

陆敛舟垂眸看了一眼，说："可以，乖乖怎么拍都好看。"

温梨突然有点儿好笑地问他："是你底子好，所以怎么拍都好看，还是我的拍照技术好？"

"后者。"陆敛舟言简意赅。

虽然知道他肯定会这么回答，但温梨的脸上还是止不住笑意。她重新抓起手机认认真真端详着他的侧面照，像是在欣赏。

图片被放大后，可以清楚地看到他耳骨处那冷白的耳垂上嵌着一颗细小的黑曜石耳钉，在光线下发出淡淡的光晕。

那耳钉和他本人的气质其实不太符合，但温梨就是喜欢，很喜欢。

那耳钉戴在他身上，就如向来沉稳内敛的人因为她突然破了例，从此斯文禁欲的模样里带上了她带给他的痕迹。

这张照片她很满意，照片里的人，她也很满意。

"好了，那我发咯？"温梨问。

"嗯。"陆敛舟俯首凑近她的耳畔嗓音低沉地说，"想发什么内容？"

温梨想了想，点开社交账号，先将陆敛舟的那张侧脸照上传，然后编辑了简单的一句：嗯，这是我的先生。

"这样行不行？"温梨把手机递到他面前。

陆敛舟的目光落在屏幕上，一字一板地读了一遍，随后带着愉悦的笑意说："很好。"

说罢，他又紧紧搂着她问："我就是你的理想型？"

温梨的指尖正准备落向屏幕里的"发送"按钮，听见他的话后却停下了动作，脸颊随之一阵发热，心脏慌乱地跳动。

明明她在一众媒体前说出这句话时都没有这么慌张，在他面前却露了怯。

"嗯？"陆敛舟提醒她自己还在等待她的答案。

"算是吧。"温梨侧过头避开他的目光，含糊道。

陆敛舟似乎不太满意她这个答案，将她的身体轻轻地扳直，说："不能回答得这么模棱两可。"

温梨看着他深沉的眼眸，像是不听到她的答案，他就不会放过她。

"是。"温梨深吸了一口气，说，"你就是。"

"那你呢？"温梨反问他。

陆敛舟没有立即回答她，只是深深地看着她那双饱含期待的眼眸。

"你为什么不说话？你犹豫了！"温梨控诉他。

"明知故问。"他温柔地说，"我的理想型是不是你，你还不懂吗？"

温梨有点儿不服气地说："那你也是明知故问！"

"哦？"陆敛舟微微挑起眉，感叹道，"我好像没听过乖乖对我说喜欢和爱。"

温梨仔细想了想，好像还真是。她只在他出差回来时，对他说过一句好想他，其余的还真没有说过。

就在她愣怔间，他的声音在她耳边低低响起："我爱你。乖乖，我爱你。"

很简单的三个字，却被他咬得很重。

温梨的眼睫毛轻颤，心尖不可抑制地悸动，脑袋一片空白，迟钝得无法继续思考，只是怔怔地望着他。

陆敛舟看她因自己失了神，转换话题说："你不是要发网上吗？"

温梨这才如梦初醒，"那我发了？"温梨重新捡起手机，羞红着脸小声地说。

"好。"

温梨微微平复呼吸，稍显郑重地点下了橙黄色的"发送"按钮。

手机界面弹出"发送成功"的提示。

她正准备舒一口气，然而，不过一两秒的时间，她的私信箱和消息页面又一次呈现火山喷发似的状态，被满满当当的新消息瞬间挤满。

铺天盖地的网友私信留言涌了进来，仿佛早就已经蹲守在她的账号前，就等着她回应，然后马上转发、评论、点赞。

"网友的评论有些都好有梗啊……"

温梨一边捏着陆敛舟的指骨把玩，一边刷着评论。

"而且大家的关注点都跑偏到你戴耳钉上面去了……"温梨扭过头看他，打趣道，"你之前给网友的形象是有多高冷，多不食人间烟火？你难道是天上的神明？"

温梨自顾自地说："不过也是，最开始我也和他们一样，完全不敢想象你戴着耳钉出席商业论坛会是什么样子。"

"现在呢？"

"现在习惯啦。"温梨莹白的指尖攀上他的耳骨，眼里是盈盈笑意，"我还很喜欢。"

第十二章

二人上午公开了关系，下午便从帝都回到了 S 市。

随着《奥·秘》这档综艺节目的杀青和落幕，温梨短暂的"跨界生涯"也就此告一段落，该回归自己的本职工作了。

因为答应温梨周日要陪她去森林主题的游乐园约会，陆敛舟周六一早就出发去陆廷了。

这天，温梨窝在书房里准备组会的课题进展汇报 PPT，没想到接到了周林的电话。

温梨轻按屏幕里的保存按钮，然后才将手机拿起，摁下接听键。

"周林老师？"温梨接通电话后问了一声，有些疑惑他怎么突然打电话给自己。

"温梨老师，我想请问你明天晚上有时间吗？"周林在电话那端停顿了一下，说，"想请你和你先生来家里吃饭。"

"请我们吃饭？"温梨不解。

周林的语气听起来有些不好意思："是，昨天和同事聊起，我才知道原来我课题的启动资金是从你原定的资金里拨过来的，很抱歉，我事先并不知道这件事，我师兄，就是系主任，他没和我提起过这件事，我之前一直以为是系里头拨的款。"

"没关系……"温梨显然没料到他会主动打电话来说这件事，但是听他的意思，这件事情他也没有责任，他不需要和她道歉。

"而且我还听说你当时一度因为资金不足导致课题无法进行下去……"

"周林老师，事情现在都解决了，我的课题现在进行得很顺利，所以你不用感到抱歉。"温梨打断了他。

"那实在是感谢你先生，这件事情真是多亏了他。我也是昨天才看到新闻，原来之前给我们 T 大捐赠了四个亿的人就是你先生。"

他的话音一落，电话两边同时安静了下来。

温梨倒也认同他的话。当时她想尽了各种替代性的方法和方案，都无济于事，最终还是陆敛舟帮了她。

"那你们明晚能赏脸来吃饭吗？就一顿便饭。"周林的声音再次响起，打断了温梨的思考。

"我是可以，但还得问问我先生，要不等我问完他，然后给你答复？"

"好的，行。"周林想了想，又补充道，"如果时间方便的话，我和我妻子都很欢迎你们来家里做客。"

"嗯，好，谢谢。"温梨又礼貌地寒暄了几句，然后挂了电话给陆敛舟发消息，询问他的意见。

陆敛舟没多久就给她回复："我可以，但我们明天不是要去游乐园约会？"

"是，但我们去游乐园也只是玩到傍晚闭园，所以时间来得及。"

陆敛舟很快回复："好，听你的。"

温梨放下手机，嘴角止不住地往上翘。

一想到明天是人生中第一次去约会，而且还是和陆敛舟，她就禁不住有些紧张和兴奋。

第二天，周日。

温梨在衣帽间里挑了好几套不同款式、颜色的衣服，试来试去都无比纠结。她干脆把陆敛舟拉到衣帽间里，指着那几套衣服问他："我穿哪一套好？"

陆敛舟的目光从那些衣服上一一扫过，最后停留在一件雾霾蓝色的短款外套上，提议道："这件。"

温梨看了一眼，有些意外。她本以为他会挑一件看起来更温柔的衣服。

"为什么？"她好奇地问他。

"这件的颜色和我的很搭。"陆敛舟的声音里带了些笑意。

温梨这才注意到他这天穿着一件藏蓝色的短款冲锋衣，搭配一条剪裁合体的棉质长裤，衬得他肩宽腰窄，修长的身材在室内暖黄的灯光下映出长长的影子。

温梨不由得笑了，原来他还会在意这些呀。

"更像情侣。"陆敛舟补充道。

"好吧。"温梨走到他身旁拉起他的手，说，"那你先出去，我要换衣服了。"

温梨把他推到门外，干脆利落地将门反锁好，然后才换衣服。

陆敛舟站在门外，听着"咔嗒"的锁门声，低声笑了一下，然后往客厅走去。

五分钟后，温梨从卧室里出来，一头蓬松的长鬈发被低低地绾起，看起来温柔又乖巧。

陆敛舟从沙发上起身，走到她身边，主动牵起了她的手。

二人十指紧扣，他的大掌完全将她的手包裹住，温梨低头看了一眼，嘴角弯起，心情瞬间因他这个小细节更好了。

二人走出别墅来到车库，这天陆敛舟打算自己开车。

他牵着她往一辆越野车走去，不是他日常出行坐的车。

温梨看了一眼，疑惑地问："怎么今天开这辆？"

"森林游乐园比较远，途中有几段山路，这车好开些。"

温梨点头应道："好。"

车从陆曳江岭出发，温梨坐在副驾驶座，将车窗微微打开，清晨新鲜的空气流淌进来，带着几许凉意。

"冷吗？"陆敛舟握着方向盘问她。

温梨摇了摇头，看着他说："不冷。"

温梨托着腮看他。她发现，他开车的模样看起来特别帅，她也总会折服于他带来的一种仿佛私奔到月球的浪漫。

陆敛舟驾车驶出市区，朝着近郊西南部的森林方向驶去。

车辆疾驰，穿过田野，逐渐进入林间小路。越往里开，便是越发茂密的树林，车轮滚滚压过路面，卷起片片落叶。

温梨透过车窗玻璃往外看去，不远处矗立着一座宏伟的城堡，米黄和慕白色的主体建筑搭配天蓝色的尖顶，无不充斥着童话色彩。

城堡前的花园一直向外延伸，直至葱葱郁郁的丛林，另一边则是园区的大门和停车场。停车场附近似乎有一处小湖，远远地反射着阳光，微风拂来，带起阵阵涟漪，就像切割均匀的钻石，闪耀着耀眼的光芒。

又继续开了五六分钟，他们才抵达园区入口。

停好车后，陆敛舟看了一眼售票处的窗口，正准备去购票，却听见温梨说："我已经提前在网上买好啦，看。"

温梨举着自己的手机，笑盈盈地把屏幕对着他晃了晃。

"好。"陆敛舟笑着点点头，在她的额上落下一个吻，然后牵着她的手往园内走去。

入园以后便是相对原始的森林，这是这所乐园的特色，园内没有什么建筑和设施，里面的工作人员也更多的是起保护作用，一方面保护游客的安全，另一方面保护园区的生态。

森林的四季轮换似乎比城市更快，此时不过一月中旬，这里却已是冬春交接之景。

二人牵着手并肩往林中走去，前方是一望无际的油然绿意，还有一路延伸的灰褐色大地，更远处是渐黄的树叶。极有层次感的色彩，仿佛油画般的质感，似乎平添了一层滤镜，引人入胜。

园区内游客不多，他们徒步踩在铺满落叶的地上，鞋底处传来不规律的咔嚓声。

"乖乖。"陆敛舟忽然顿住脚步，伸手指了指地面上的一个印迹，问，"知道这是什么吗？"

温梨顺着他指的方向看去，见那个足印就像两片分开的尖头树叶，说："像是小鹿踩过的足迹。"

"嗯，你看那边。"陆敛舟微微压低声音，示意她看向不远处。

温梨的目光顺着他的视线望去，发现不远处一头小鹿正在专心致志地嗅着半高的枝丫。

陆敛舟小声地问她："你知道鹿科动物喜欢吃什么吗？"

"我当然知道，它们喜欢吃苔藓地衣类植物！"温梨兴奋地答。

陆敛舟弯唇，宠溺地看了她一眼，然后放轻脚步朝侧边走去，在地上采了几簇新鲜的苔藓。

他把其中一小把苔藓放到她手心，然后牵起她的手腕，静静地朝小鹿的方向靠去。

他举起手里的苔藓摆了摆，以吸引小鹿。

小鹿似嗅到了食物气息，朝他一步步靠近，然后停在他身前将他手里的苔藓都吃光了。

不一会儿，它又朝着温梨的方向靠去，凑到她跟前要吃她手里的。

小鹿乖巧又温顺地吃着，温梨忍不住伸手轻柔地抚摸它的背，感叹道："这个世界上怎么会有这么可爱的动物呀。"

陆敛舟看着她兴奋的模样，微微挑眉，说："我认为有更可爱的。"

温梨认真喂着小鹿，没太在意他说了什么。抬头时，她像是想起了什么，对他说："对了，你不是想拍合影吗？我们一起和小鹿拍个照吧。"

陆敛舟点头，拿出手机，往她身旁靠了靠，试图将小鹿一块儿收进镜头里。

温梨半蹲着身子，把头轻轻地靠在小鹿的耳朵旁，眉眼弯弯如月。

等陆敛舟拍了两张后，温梨又换了一个姿势。她嘟着嘴，凑近小鹿的耳朵就要亲下去，一边还指挥着陆敛舟继续拍。

陆敛舟笑着揽住了她的腰，在摁下拍照键的同时偏头亲了她的脸颊一口。

"你——"

温梨一句话还没说完，小鹿便一溜烟逃窜回了森林深处。

温梨轻推他，委屈巴巴地说："都怪你，小鹿跑了。"

陆敛舟搂着她说："抱歉。"

"那你等一下要陪我去逛纪念品商店，买一只小鹿的玩偶赔给我。"温梨趁机撒娇道。

其实刚刚进门时她就看到了城堡里的那个纪念品商店，一直想等出园前去逛逛。

"好，想要多少个都可以。"陆敛舟答应了。

温梨得逞般一笑，直起身子摊开手掌，说："给我看看你拍的照片。"

陆敛舟依言将自己的手机递到她手里。

温梨接过手机，问他："密码是什么呀？"

陆敛舟的声音慵懒沉缓："0903。"

温梨在脑海里细细回想了一下，并没有想到什么特殊的意义，既不是他的生日，也不是自己的生日，问："为什么是 0903？"

"九月三日，就是在国际学术会议中心遇到你的那天，0903。"

温梨愣了好一会儿才想起来，那是开学之后她做的第一次学术报告，那一天确实是九月三日。

陆敛舟凑到她耳边低声说："记住了，我名下财产的密码，还有我办公室的门禁都是它。"

"录个指纹。"在她愣怔间，陆敛舟点击进入手机的设置中心，然后抓起她的小手，将她的指纹录入系统。

温梨任由指尖被他轻轻地捏着，不解地问他："怎么给我录指纹？"

"这样你以后就不用输密码了。"

"但这是你的手机呀？"

"我的就是你的。"陆敛舟的脸上满是笑意。

温梨推了推他，说："我还没看照片呢。"

陆敛舟点开相册，将手机交给温梨，说："看看满不满意。"

"嗯。"温梨莞尔接过，指尖轻触屏幕将照片放大后，惊讶地发现他的拍照技术竟然还挺好。

照片给人一种置身丛林深处的感觉，陆敛舟在这满目绿意的氛围中亲吻着她，而她亲吻着小鹿，有一种奇妙而和谐的甜蜜浪漫。

"太好看了，我也想要这张照片……"温梨的眼睛透着期待，净白细腻的小脸在阳光下闪闪发光。

"可以。"陆敛舟轻捏她柔软的脸颊。

得到他的回答，温梨满意地笑了。她点进他的手机聊天软件，正准备找他和自己的聊天框时，目光兀地顿住了。

"这——"温梨怔怔地望向陆敛舟，指尖轻轻地指在他聊天框界面最顶端。

陆敛舟挑眉看去，视线落在聊天框置顶的备注"乖乖"上。

温梨看着自己头像出现在他的置顶一栏，而且是唯一一个被置顶的聊天框，心里盈满了难以言喻的雀跃。她呆呆地问："你什么时候将我置顶的？"

陆敛舟定定地注视着她，呼吸微滞，仔细思考了一会儿，才说："你向我提离婚的那天早上。"

温梨的思绪飘回了那一天，脑海中浮现出他们在卧室里吵架，然后不欢而散的场景。

明明时间没过去多久，但那仿佛已经是很遥远的事情了。

温梨往陆敛舟怀里钻，鼻尖泛酸，眼眶泛起潮意。

她有些庆幸他们并没有因为那子虚乌有的绯闻就此错过，这一路走来幸好有他。是他不断地朝着她靠近，无论是最初主动提出结婚，还是慢慢地一步步走进她的心里。

她沉默不语，只是紧紧拥着他的腰，仿佛想通过这个拥抱将她心底的话尽数传达给他。

陆敛舟本能地把她圈进怀里，说："乖乖，那次的绯闻对于我来说是一个警示，从那天起我意识到，我之前和你的相处方式不对，我需要改变，也让我变得更加懂得尊重和爱，学会关心你，和你沟通。也是这个契机让我明白，你就是我最珍爱的人。"

温梨吸了吸鼻子，明明是一段煽情肉麻的话却被他说得那么真诚。

陆敛舟不舍得她哭，轻拍她的后背安抚道："乖乖，你要不要也给我改一个备注？"

温梨听见他转移了话题，抬起头看向他，问道："你想要什么备注？"

"陆哥哥。"陆敛舟见她鼻头红彤彤的，逗她道。

温梨想起，每次陆敛舟都会让她叫他陆哥哥，不叫一声还不放过她，脑海里鬼使神差地冒出了"坏坏"两个字。

哼，就应该给他备注"坏坏"。

他平时看起来斯文、沉稳又温柔，但在某些时候总是会让她忍不住地控诉。

"在想什么？"陆敛舟问她。

温梨回过神来，说："没什么……"

陆敛舟质疑道："嗯？"

温梨故意瞪了他一眼，说："我要把你的昵称备注改成'坏坏'！"

"为什么？"

"情侣昵称啊……"

"'坏坏'和'乖乖'刚好是一对！"

温梨凑近他的俊脸，故意眨眨眼，问："难道你不喜欢吗？"

陆敛舟看着温梨纤长的睫毛，白净细腻的脸颊上连细微的绒毛都几乎清晰可见。虽然明知道她的小心思，但他还是没有办法拒绝。

只要她那双盈盈大眼对着他眨一眨，他就愿意把世界都捧到她面前。

陆敛舟敛起眼眸里的神色，温柔的视线与温梨静静相对。

片刻后他发出浅浅的笑声："这种坏我唯独对你一个人，而且也只对你这样坏，其他我都依着你的。"

在空旷无际的原始丛林里，他的话一字一板地传入温梨的耳郭，温梨听得耳朵都红透了。

"怎么还这么容易害羞？"陆敛舟抬手理了理她耳后被风拂乱的发丝，若有似无地擦过她玫瑰色的耳尖。

温梨咬着唇，连忙转移话题："我们去纪念品商店吧！"

说着她便拉着他往园区出口的方向走去。

"嗯。"陆敛舟慵懒地应了一声，他伸手将她纤细的腰肢轻柔地揽住，陪着她一同往纪念品商店的方向走去。

二人安静地并肩走着，温梨紊乱的呼吸渐渐平复下来。走出森林，二人来到园区入口处的城堡。

城堡的地面一层便是超大的纪念品商店，里面陈列着各种玩具公仔、糖果、明信片，还有各式各样的服装。

商店内几乎每一个角落都挤满了游客，陆敛舟伸出修长的手臂，小心翼翼地护着温梨往里走。

商店内大多数的游客都在专心致志地挑选商品，但仍有少数游客注意到了他们。

虽然这些游客认出他们后并没有上前打扰，但是也会低头和同伴窃窃私语，或者掏出手机来偷偷拍几张照。

温梨扯了扯陆敛舟的衣角，小声地朝他说了一句："好像有人发现了我们……"

陆敛舟低头，凑近她的耳朵，问："那你还想逛吗？"

温梨也不知道该怎么办，但她还没好好逛逛，不舍得走。

她恋恋不舍地张望了一圈，正准备离开，却突然惊喜地发现不远处的货架上摆放着很多不同款式、类型的帽子和发箍，于是兴冲冲地拉着陆敛舟的手往那儿走去。

温梨对这些五颜六色的卡通帽子还有动物头套颇感兴趣。她兴致勃勃地挑选了一番，还给陆敛舟挑了一顶纯黑色鸭舌帽。

她将它戴到陆敛舟的头上，还顺手压低了帽檐，说："这样就低调不少了，不会有那么多人注意到我们了。"

陆敛舟的眉眼深邃，这帽子确实让他低调了不少，幽深的眼眸半隐在帽檐下，但依旧挡不住他那直击人心的帅气。

温梨勉强收回视线，抓着他的手轻轻地摇晃了一下，说："你帮我也挑一顶吧。"

"好。"

陆敛舟认真地看了一圈，最后目光落在了一个红咖色的麋鹿发箍上。

超大的鹿角可爱又立体，可以想象出温梨戴着它时的模样，陆敛舟的嘴角微微弯起，说："这个。"

温梨好看的细眉蹙起，说："挑帽子呀，挑发箍挡不住什么的。"

陆敛舟伸手搂着她，将她拥在怀里，说："就这个，好不好？"

"而且你不是喜欢小鹿吗？"陆敛舟的眼神里似乎藏着期待。

这是他第一次用这种语气和她说话，就像是撒娇一般。温梨抵不住他撒娇，头脑一热，答应了下来。

等他松开，温梨才发现这一幕全被不远处的几个游客看见了。她脸颊一红，飞快地把陆敛舟看上的那个头箍取下，然后拉着他往另一边的玩偶区走去。

玩偶区这边相对刚才的饰品区人少些，温梨顿时觉得松了一口气，放松下来后就牵着陆敛舟慢悠悠地挑毛绒公仔。

商店里堆满了各种颜色和尺寸的玩偶公仔，有树袋熊、斑马、松鼠，还有兔子等，温梨径直掠过其他的动物，直奔小鹿那一角。

各种尺寸、各种造型的毛绒小鹿公仔令人眼花缭乱，从迷你的到中等大小的，甚至还有比人还大的巨型玩偶。

温梨显得无比纠结。

陆敛舟说："都买下来。"

"你在开玩笑吗？"但问完之后，温梨就反应过来了。

也对，他可是拥有"钞能力"的霸道总裁，玩"生存者"游戏给她刷礼物都能刷上十万的人，这一点点玩具公仔实在是不值一提。

"太多了，如果你买那么多，咱们的卧室还有床都会被这些玩偶给占了，那你就睡客房去。"温梨认真道。

陆敛舟实在没想到自己还能因为送她太多玩偶而被赶出房间，只好转而建议她："那买最大的那个？"

温梨看了一眼最大的那个玩偶，可爱也确实是挺可爱的，可是搬不回去呀。她说："不行，太大了。"

"你喜欢吗？"

"喜欢是喜欢，但是我们买一个小的吧，方便带回去。"

陆敛舟沉默了几秒，然后才应她："好。"

温梨把目光投向了那片中等大小的玩偶区，最后锁定在其中一对公仔上。

这对公仔由一大一小两只毛茸茸的小鹿组成，蓝色的那只更大，绿色的那只小一些。

温梨指了指那对小鹿，说："我想要这对。"

"好。"陆敛舟说着便走过去将它们拿起，又问，"还想要什么？"

温梨思考了一下，说："我们去周林老师家做客得带一些礼物，我们再逛逛，看看可以买些什么。"

"嗯。"陆敛舟提着一对公仔跟在温梨身后，陪她一块儿去选礼物。

路过食品区时，温梨挑了很多看起来别致又好吃的饼干和零食，准备带去周林家。

随后，温梨又看到了很多外观可爱又精致的罐装糖果，不由得双眼发亮。她看了一眼陆敛舟怀里满满当当的零食和玩偶，眨着一双眼睛卖萌道："想要……"

陆敛舟一眼就看懂了她的意思，温柔道："在这里等着，我去拿个购物篮。"

"好。"温梨甜甜地笑了一下。

陆敛舟步伐沉稳地走到入口处取了购物篮，将怀里的东西放下，左手提着购物篮，右手空出来后就牵起了温梨的手。

温梨任由他牵着，心思都跑到了那些梦幻又可爱的糖果上。

果然，女孩子就是抵挡不住高颜值的东西，无论是帅哥还是糖果。

最吸引温梨的是一袋星星形状的烟花棒棒糖，远远看去，它就像是动漫里的魔法棒一样闪闪发亮，走近了看，发现它的外表如同玻璃一样透明，透过它能看见糖果内部藏着闪耀的小颗粒，像是绚烂的烟花一样。

温梨拿了好多糖果，一股脑儿地放进陆敛舟提着的篮子里。

没走两步又看到了很多动物造型的糖果，温梨又往他怀里塞了好几罐以小鹿为造型的糖果。

"好了，就这些啦。"温梨满意地拍拍手，回过头来看陆敛舟，这才发现他的购物篮里满是大包小包的零食、玩具，原来不知不觉就买了这么多。

温梨咬着唇，突然面露愧疚地问："重吗？我是不是买太多了？"

"不重，才这么一点儿东西。"陆敛舟一脸淡然。

温梨看着那被她塞得满满当当的购物篮，惊讶到了。她以前怎么没发现自己是一个购物狂？

"还想要什么？"陆敛舟问，"我给你买。"

"没有了。"温梨摇了摇头。

"好，那我去付款，你在这里等我好吗？"

"为什么？"温梨有些疑惑，说，"我陪你去呀。"

陆敛舟柔声道："需要排队结账，可能会有点儿久，你不用陪着我站着，坐在凳子上等我一会儿就好。"

"好吧。"温梨答应下来。

陆敛舟点点头，正准备转身向收银台走去，却被温梨喊住："别忘了还有你头顶上的鸭舌帽。"

"嗯。"陆敛舟挑眉，将头顶上的黑色鸭舌帽取下放进购物篮里，然后才去付款。

温梨在附近寻了一个座位坐下，掏出手机玩了没一会儿，就听见身后传来两个女生无比激动的议论声，温梨不由得被吸引了注意力。

"那个男人真的好帅呀，我怎么感觉他长得有点儿像陆廷的总裁。"

"帅是真的帅，但感觉不像是他，大总裁那么忙，怎么可能来这种地方玩，应该只是样貌长得像罢了。"

"果然，帅哥都是相似的。"

"嗯，而且那个帅哥不仅长得帅，身材也绝了！"

"对对对，那大长腿还有那宽肩，明明冲锋衣是最难驾驭的，但被他穿得好好看！"

"你说他有没有女朋友？"

"我感觉应该没有吧，毕竟也没见他有女朋友陪在身边，就是一个人在排队。"

"那我要不要去找他要联系方式？"

"去吧，万一成了呢？"

温梨背对着她们，听着两个女生紧张地讨论，仿佛下一秒就要去找陆敛舟要联系方式，顿时生出一种紧迫感。

她忽然真的有点儿害怕陆敛舟会被她们拐走。

温梨正准备站起身去找陆敛舟，却见他两只手各提着一个浅紫色的礼品袋从收银台走来。于是她又重新坐回了座位上。

这时，温梨身后的一个女生忽然站起了身。

陆敛舟还没走近，女生便握着手机走到了他身前。

"小哥哥，能不能加个微信？"那女生有些害羞地偏了偏头，但很快又看向陆敛舟，眼神放着光，显得无比期待。

陆敛舟被迫顿住了脚步，看到突然上前的女生，他愣了半晌。

听清了女生的来意后，他眉头蹙起，礼貌地回答她："不好意思，我已经结婚了。"

"结、结婚了？"女生表现得特别惊讶，连连向陆敛舟摆手道，"实在不好意思，打扰了，对不起！"

"没关系。"陆敛舟很快收回视线，转身离开了。

女生暗自嘀咕："明明看起来跟我们差不多大呀，怎么就结婚了……"

陆敛舟走到温梨身前，问她："走吗？"

"嗯。"温梨只是淡淡地应了他一声，然后往商店的出口走去。

陆敛舟察觉出温梨的态度好像突然间变得有些冷淡。

上车后，陆敛舟将东西放好，然后分别指着两个礼品袋说："这一袋是给周林老师的，这一袋是我们的。"

"嗯。"温梨漫不经心地应着。

陆敛舟并没有急着发动汽车，而是转过身看向坐在副驾驶座上的温梨，耐心地开口问她："怎么了？"

温梨没有应他，只是闷闷地望着窗外。

陆敛舟抓起温梨的小手，放在唇边吻了吻，又问了一句："不开心？"

温梨忽然坐直了身子看他，半是玩笑半是认真地说："这位先生，可以请教你一件事吗？"

陆敛舟挑了挑眉，含着笑望着她，说："什么？"

"你刚刚在收银台那儿随意一站，有多少个路过的姑娘给你抛媚眼了？"

陆敛舟微微耸肩，低笑了一声，说："哦，这个我没注意到。"

温梨轻哼，接着打趣道："那么多美人儿你都视而不见，真是可惜了……"

"是吗？"陆敛舟紧紧地盯着她气鼓鼓的小脸蛋儿，觉得像一只嘴里塞满松子的小松鼠一样可爱。他说："她们有多美？"

温梨哼了一声，没有理他，正想抽回被他握着的手，没想到他攥得更紧了。

陆敛舟凑到她面前，问："生气了？"

温梨微微后仰着头，避开他灼人的视线，口是心非地否认："才没有！"

"那就是吃醋了。我没有关注过别的女生，所以不知道有多少人给我抛过媚眼，也不知道她们有多美，我排队时都在看着你，因为我只能看见你这个美人。"

温梨双颊泛红，像是暮日天边羞怯的云团。明知道是自己理亏，但她动了动紧咬的红唇，还是没开口。

陆敛舟低头与她靠得更近，下巴抵在她的颈窝处轻轻地蹭了蹭，委屈地说："乖乖，我好冤枉。"

随着陆敛舟的贴近，温梨无意识地微微仰起头。

下一秒，陆敛舟的吻落下，停留在她的嘴角。

"不生气也不吃醋了，好不好？"陆敛舟柔声说。

温梨正要说话，唇却被他强势地堵住，她未说出口的话语被悉数吞下去。

过了好一会儿，陆敛舟才稍稍松开了她，将她搂入怀中。

有那么一瞬间，温梨觉得自己真的喜欢他喜欢得要死了，不然怎么会无缘无故吃醋呢。

而他又恰好知道应该怎么对她，明知道她理亏，却不气也不恼，一边用温柔耐心的嗓音哄着她，一边又强势且霸道地亲吻她，将她心里赌的气都一一消解，再无处着力。

"那好吧，不吃醋了。"温梨将脑袋从他的肩头移开，同时伸手勾住他的脖颈。

陆敛舟屈起修长的指骨，在她挺翘的鼻梁处轻轻地刮了一下，问："那我们出发？"

"嗯。"温梨点了点头。

陆敛舟笑着摸了摸她的头，然后微微偏过身，将她侧边头顶上的安全带扣取下，正要替她系安全带时，却被按住了手背。

"等一下。"温梨有些激动地说，"我要拿一下糖果。"

说着她转身将手伸向后座，把放在椅背后的礼品袋子拿了过来。

陆敛舟看着她那副雀跃兴奋的模样，一时有些失神。

等到温梨重新坐直后，他才抬手继续将她的安全带扣好。

趁着陆敛舟发动汽车时，温梨把手伸进袋子里拿糖果，却在底部摸到了一个特别的东西。

她伸手将它掏了出来，发现那是一个铃铛项圈。

温梨挑眉问："这是什么？"

她不记得他们买过这个东西。

陆敛舟的目光扫过来，看清她手里拿的东西时，神色稍顿。片刻后，他收回视线，不疾不徐地开口："结账时送的赠品，和那个鹿角发箍是配套的。"

"赠品？"温梨指尖轻提着项圈的带子，小铃铛随着她的动作碰撞出一串清脆的响声，在车里叮当作响。

陆敛舟握着方向盘，低低地"嗯"了一声。

"这个赠品好可爱呀！"温梨兴奋得像是获得了一个新奇的宝贝，对它爱不释手。

她将铃铛项带放在自己细直的脖颈上绕了一圈，顺手拉开了副驾驶座头顶上方的化妆镜，照着镜子将它戴好。

"好看吗？"温梨侧过身问他。

陆敛舟偏头望了她一眼，笑着回答："好看。"

温梨满意地将铃铛项带重新放回礼品袋里，转而取出了那罐星星形状的烟花棒棒糖。

"这个糖果真的好好看。"温梨将铁搭扣掰起，轻拧玻璃盖，抽出其中一根星星棒棒糖，举在半空中。

在西沉的落日余晖下，玻璃般晶莹剔透的糖果泛着细碎的光芒，像是藏着一片宇宙星河。

"这是仙女的魔法棒吧。"说着，温梨转身将手里的棒棒糖放进了陆敛舟上衣的口袋里，还慷慨地说，"送你了。"

陆敛舟淡淡地笑了一声，配合道："谢谢仙女。"

温梨讪讪地轻咳了一声，又抓起几支棒棒糖放在自己的大腿上，然后将糖果罐的玻璃盖子重新拧好，放回礼品袋中。

将袋子放回后座后，温梨拿起其中一支棒棒糖，拆开外层的透明包装纸，伸出舌头舔了舔。

"甜吗？"陆敛舟收起眼底的深情，重新看向前方。

温梨轻轻地点了点头，说："甜。"

"比甜梨还甜吗？"

温梨轻轻地哼了一声，说："不告诉你，反正你在开车，尝不到！"

陆敛舟蓦地失笑。

等温梨吃完一根棒棒糖后，陆敛舟单手扶着方向盘，用另一只手将自己口袋里的手机递给她，说："能帮我把刚刚拍的那张照片换成手机屏保吗？"

温梨答应下来，不一会儿就换好了。她盯着屏幕里的照片静静地欣赏了一会儿，心想他们真是越来越像亲密的情侣了。

相较于当初结婚时近乎陌生人的共处，现在他们相处得越来越自然，也让她越来越期待和他的以后。

也许这就是找到了灵魂契合的伴侣，情不自禁地想要和他相伴一生。

温梨和周林约定的时间是晚上六点。

陆敛舟驾车抵达周林的公寓楼下时，温梨低头看了一眼时间，正好五点五十分。

上楼时，陆敛舟一只手提着礼品袋，另一只手紧紧地牵着温梨的小手，与她十指相扣。

电梯门开启，温梨依着门牌号来到了周林的家门口，用空出来的另一只手轻轻地按了按门铃。

二人静静地等了一会儿，就听见公寓里传来一阵脚步声，同时还有一阵孩童的嬉笑打闹声。

没一会儿，大门打开，是周林抱着一个小男孩给他们开的门。

"陆总，温梨老师，快请进。"周林客气地让到一旁，以便他们进门。

温梨连忙道："不用客气，直接叫我们的名字就好了。"

"这？"周林有些迟疑地看了陆敛舟一眼。

他和温梨是同事，还好说一些，但直呼陆廷总裁的全名似乎不太好。

"叫我敛舟吧。"陆敛舟在一旁淡淡地道。

周林愣了半晌才反应过来，说："哎，好的。"

虽然陆敛舟说话的语气不算严肃，但那强大的气场还是让周林下意识地紧张起来。

就在这时，周林怀抱里的小男孩伸着胖乎乎的小手在半空中挥舞，朝着温梨喊道："美女姐姐！美女姐姐！"

温梨立刻朝他温柔地笑了一下，打招呼道："小朋友，你好呀。"

"要抱抱,要抱抱。"小男孩挣扎着就要往温梨身上凑。

陆敛舟淡淡地扫了小男孩一眼,周林连忙摁住了他的小手,一脸不好意思地说:"先进来吧。"

"好。"温梨微笑着应了一声,然后拉着陆敛舟进门。

在玄关处站定,温梨的视线朝公寓里扫视了一圈,发现客厅里还坐着一个小女孩。

周林将门关好,然后便和温梨解释道:"我和妻子有两个小孩,一男一女,是双胞胎。"

温梨闻言,惊叹了一声,问:"是龙凤胎吗?"

"是。"周林补充道,"哥哥叫安安,妹妹叫阮阮。"

"安安和阮阮,名字很好听。"温梨笑着夸道。

"谢谢。"周林边带着温梨和陆敛舟往客厅走,边说,"你们先坐,我妻子还在厨房忙活。"

温梨接过陆敛舟手里的礼品袋跟着往里走,问:"需要帮忙吗?"

"不用,哪有让客人干活的道理。"

温梨随即将手中的礼品袋递给周林,说:"我们今天出去玩,刚好买了些零食和糖果,给孩子吃。"

周林见状,连忙将安安放下,一只手接过温梨手中的礼品袋,一只手做了一个请坐的手势,道:"谢谢,太客气了,你们先坐一会儿,我们很快就好。"

"嗯。"温梨和陆敛舟一起在沙发上落座,安安见此,朝着温梨的怀里钻去。

"美女姐姐。"安安笑嘻嘻地贴着温梨,两只小手拥着温梨的腰。

周林见状,连忙过去想把他提溜起来。

温梨却搂住了安安,说:"安安好可爱。"

"美女姐姐也好可爱!"安安虽然才四岁半,却人小鬼大的。

温梨瞬间就被他俘获了,抱着他没撒手。

"安安刚刚还在闹小脾气,我哄了他好久都不行,你一来就阴转晴了,这小子。"周林摇着头无奈地说。

安安还小,刚刚闹脾气,周林也拿他没有办法,现在总算是消停了会儿。

"那你们先坐着,我去厨房看一眼。"周林说。

"好。"温梨低笑了一声,摸着安安的头答应道。

等周林走后,安安变得更加放肆起来。他颤颤巍巍地站起,踩在温梨的大腿上,仰着头张开双手嚷道:"美女姐姐,要抱抱。"

"好。"温梨点点头,将他抱起。

安安的两只小手顺势搂住温梨的后颈，一张小脸在她的下巴附近蹭了蹭。

陆敛舟沉着眼眸看他在温梨身上乱蹭，面色有些不爽。

"美女姐姐。"安安喊了温梨一声。

"嗯？"温梨低头看他，问，"怎么了，安安？"

"你好漂亮。"安安说完咯咯笑了两下。

陆敛舟低哼了一声，温梨不由得转头看向他。

就在温梨侧头的一瞬间，安安踮着小脚在温梨的侧脸上亲了一口。

温梨和陆敛舟同时怔住了。

在温梨回头的时候，安安又一连在她的脸蛋儿上亲了好几口。

陆敛舟终于忍无可忍，提着安安的衣领将他放到了自己身前，然后对他说："坐在这儿。"

温梨不由得失笑了一声。

安安被陆敛舟那张冷脸吓了一跳，但很快又恢复了天不怕地不怕的样子，坐在陆敛舟腿上问温梨："美女姐姐，你喜欢安安吗？"

"喜欢呀，安安这么可爱，没人会不喜欢的。"温梨回答他。

"那为什么这个叔叔好像不喜欢我？"

"叔叔？"

温梨被安安的话逗笑了。

她挑眉看向陆敛舟，却见他一张脸都黑了。

"没有，安安，你误会了。"温梨摸着安安的头解释道，"叔叔他如果不喜欢你就不会抱你了。"

陆敛舟无奈地望了一眼温梨。

安安似乎认真思考了一下又重新扭头，定定地看了陆敛舟一眼后，冷酷地开口："那叔叔能不能对安安笑一笑？"

听见安安天真无邪的请求，温梨没忍住笑出了声，同时眨着眼朝安安建议："你给叔叔讲个笑话，试试看能不能把他给逗笑。"

"不行。"安安摇了摇头，奶声奶气地说，"我不会讲笑话，但我会做鬼脸逗叔叔！"

他兴冲冲地说完，然后用胖嘟嘟的小手扒着脸颊两侧的下眼睑，吐着舌头朝陆敛舟扮了一个鬼脸。

"安安太厉害了吧！"温梨无比捧场地拍了拍手，转头却看见陆敛舟依旧面无表情，不为所动，于是伸出指尖轻轻地戳了戳他的腰，示意他配合笑一个。

陆敛舟反手将温梨细长的手指捏住，同时薄唇缓缓掀起一抹淡淡的弧度。

安安看见陆敛舟那张冷淡的脸终于露出一丝笑意，满意地笑了两下，说："叔叔笑了，那我再给叔叔唱歌！"

"嗯。"陆敛舟淡淡地应他，一只手扶着安安的后背，另一只手轻轻地揉捏温梨细直的手指。

他看起来像是在认认真真地听安安唱歌，谁也不知道他正偷偷捏着温梨的手指。温梨白了他一眼，这里还有小朋友在呢。随后她轻轻地抽回了手，侧头时刚好注意到了一旁乖巧安静的阮阮。

阮阮看上去小小的，独自坐在毛绒地毯上，两条马尾辫子高高扎起，一张小脸蛋儿看起来红扑扑的，特别可爱。

她原本自己坐在一旁拼拼图，现在则完全被他们吸引，停下了手头的动作，眼睛直勾勾地盯着陆敛舟。

温梨看到她这可爱的模样，连忙朝她招了招手，说："阮阮，过来一起玩好吗？"

阮阮先是没动，但看见陆敛舟也扭头朝她看了一眼后，才怯生生地起身，朝着温梨走去。

温梨略一用力，把她抱坐在大腿上，然后掏出自己口袋里的星星棒棒糖问她："阮阮要不要吃糖果？"

阮阮只是默默地摇了摇头，看了一眼糖果后又把视线落在了陆敛舟身上。

温梨看她的小眼神就知道她应该是喜欢陆敛舟，不由得暗叹了一句，以前怎么不知道陆敛舟这么讨小女生喜欢。

温梨灵机一动，伸手掏出了陆敛舟上衣口袋里的那支棒棒糖，问她："那这个呢？"

阮阮偷瞄了一眼，眼睛一亮，小幅度地点了点头，奶声奶气地回答她："要。"

温梨不由得失笑，这两兄妹的性格和脾性天差地别。哥哥活泼好动，妹妹安静乖巧，偏偏哥哥黏她，而妹妹明显更喜欢陆敛舟。

温梨摸了摸她的头发，将棒棒糖放进她的手心里，然后听见阮阮一脸认真地问："我留着明天上学时吃，可以吗？"

"当然可以。"温梨轻轻地捏了捏她的脸，说，"阮阮好乖呀。"

这时，安安也注意到了糖果，他眼睛一亮，立刻就把手伸了过来，想要抢走阮阮手上的棒棒糖，嘴上还嚷嚷着："我也要！"

温梨见状，连忙阻止了他，又掏出两根棒棒糖递过去，说："好，你也有。"

安安笑嘻嘻地接过糖，说："谢谢美女姐姐！"

温梨和陆敛舟一人抱着一个小朋友坐在沙发上，逗他们玩。

直到周林夫妇从厨房出来，招呼他们上桌吃饭。

见到父母的身影，安安立刻挣脱了陆敛舟的怀抱，一路小跑到餐桌前，高高兴兴地爬上了儿童椅，看着香喷喷的食物，咯咯地笑个不停。

周林见状，连忙按住了他蠢蠢欲动的手。

温梨和陆敛舟也抱着阮阮走到饭厅，将她放在了另一张儿童座椅上。

入座以后，周林向他们介绍了自己的妻子柯悦，说她以前和自己在同一所大学任教，而现在自己去了 T 大，两个孩子又太小，所以这段时间她就在家做起了全职太太。

温梨听闻，热情地和柯悦打了招呼，也向她介绍了自己和陆敛舟。

柯悦一头中长发低低束起，交谈中，温梨发现她有些腼腆，待人温柔和蔼，说话给人一种亲切感。

相互介绍过后，大家才正式开始吃饭。

餐桌上，两个小朋友分别坐在周林夫妇身边，周林和妻子一人照顾一个。

吃饭中途，温梨问起周林来到 T 大工作是否还习惯。

周林表示一切都挺顺利，他是一个直爽的人，没聊几句他就开门见山地跟温梨表达了自己的歉意："我来 T 大前就有关注你做的课题，我其实对于你的想法一直都很欣赏，但实在没想到我的启动资金竟然是从你的项目上抽调过来的……"

温梨连忙摇头道："这件事情现在都解决了，何况我们以后可以一起合作做项目。"

"也是。"周林因为温梨的话变得释然。

他绕开这个话题，转而问起她录制《奥·秘》节目的事。

柯悦听了，顿时来了兴趣，说："这个节目我一直在追，特别是第二期的直播，我当时是哄完两个小家伙睡觉后蹲守在电视机前看的。"

周林也想起了那晚，情不自禁地笑了起来，转头望向温梨，说："柯悦那晚守在电视机前看纪丛，后来安安中途醒来，哭着喊着要找妈妈。我就把他抱到客厅去，结果安安在电视机上看到你，马上就不哭了，还凑上前一把抱住电视机，喊了好久'美女姐姐'……"

温梨勾唇笑了笑，发自内心地说："安安很可爱！"

温梨说完，众人的注意力都落到了安安的身上。

一旁的安安似乎也知道自己无形之中成了话题的中心，他咧着嘴，伸手抹了抹嘴边的酱，笑眯眯地说："妈妈，好好吃，好好吃！"

周林瞧见他吃得脏兮兮的脸蛋儿，无奈地笑了笑，放下筷子，拿起餐巾纸把他的嘴巴和小手仔细擦干净。

擦完后，周林的语气有些无可奈何："安安就是太调皮好动了，不好管。"

这时，一直没怎么说话的陆敛舟难得发言了："确实。"

周林握筷的手顿住了。

温梨闻言连忙轻咳一声，在桌子底下踢了踢他。

"确实活泼。"陆敛舟一脸淡然地补充道。

"是呀，安安很活泼可爱。"温梨讪讪地笑了一下，然后看向安安，"而且刚刚还给我们唱歌呢，安安，是不是呀？"

安安没有注意到她的问题，见她凑了过来，便扯了扯温梨的袖子问："美女姐姐，什么时候有弟弟妹妹陪我们玩？"

温梨倏地呛了一下，之前被父母催生，什么时候连小豆丁也加入了催生大军了。

周林连忙抓住安安的手，圆场道："姐姐问你话呢，你今天唱什么歌了呀？"

"唱了《两只老虎》给叔叔听。"安安眨着眼认真回答。

"这孩子，叫什么叔叔……"柯悦偷瞄了陆敛舟一眼，连忙纠正安安，"要叫哥哥哟。"

温梨笑道："没事的，随安安怎么叫吧，反正也是当叔叔的年纪了。"

陆敛舟在一旁安静地坐着，闻言，握筷的手顿了顿，但他的表情依旧淡淡的，没有任何变化，仿佛也对温梨的话表示赞同。

吃饭的过程中，阮阮坐在柯悦旁边一直没怎么说话。相较于安安，她表现得非常乖巧安静。

温梨看着这两个性格迥异的小朋友，在餐桌上不哭也不闹，忽然觉得周林夫妇把他们教育得很好。

有这么一双可爱的儿女该是多么幸福的事情。

晚饭结束后，周林的公寓楼下。

温梨和陆敛舟坐在车里，夜色如墨般深沉，月光如水，昏暗的车内只有路灯的光线透入，依稀照亮二人的脸庞。

温梨闲逸地靠在椅背上，想起安安和阮阮，情不自禁地感慨了一句："两个小家伙太可爱了。"

陆敛舟闻言，没有着急发动车子，而是默默凑到温梨面前，静静地看了她半晌。

"怎、怎么了？"温梨被他看得浑身不自在。

陆敛舟微敛目光，缓缓开口："既然这么可爱——"

他的脸在昏暗的光线下勾勒出深邃的轮廓，薄唇掀起清晰的弧度，沉缓的嗓音在安静的车厢里响起："那我们要不要生一个？"

温梨的双颊爬过玫瑰色的红晕，声音变得有点儿小："你……你不是不喜欢小孩子吗？"

陆敛舟伸出一只大掌覆在温梨的细腰上，一本正经地问她："谁说我不喜欢小孩子？"

温梨回想起他刚刚在安安面前不时露出冷淡的神色，咬着唇说："那不然你刚刚为什么看起来冷冷的，我……我以为你不喜欢……"

"那小子偷亲我老婆，还一连偷亲好几口，你觉得我能开心吗？"

温梨细眉一挑，好笑地望着他，说："陆总怎么还跟小朋友计较呢？"

"那得看是什么了。"

"什么……嗯……"温梨话还没问完，左侧脸颊就被陆敛舟亲了一口。

直到她半张脸都几乎被他"盖过章"后，陆敛舟才得逞般放开了她。

等他坐直了身体，温梨才如梦初醒地抚过自己的脸。

所以，他刚刚是在学安安偷亲她？

"你……"温梨转过头看他，张了张嘴，好半晌不知道该说什么。

他突然这样幼稚，她反倒有点儿不习惯了。

"怎么了？"陆敛舟神色自若地拉起她的手，眼眸里藏着一抹淡淡的坏，说，"还想再亲亲吗？"

温梨被他问得有些窘迫，倏地抽回了自己的手，扭头望向车窗，避开了他的目光，嘟囔道："才不想呢！"

车里的空气微滞了半晌。

陆敛舟低低地喊了一声："乖乖。"

温梨没有理他，直直地看着窗外的树木，掩饰自己内心的羞怯。

陆敛舟屈起食指在她的耳尖处轻蹭了一下。

温梨被他的动作激起一阵细微的战栗，但依旧没有转头看他。

"耳朵都红了。"陆敛舟轻声道，同时捏住温梨小巧的尖下巴，将她的脸蛋儿轻轻地转了过来。

温梨的脸蛋儿几乎只有巴掌大，而陆敛舟那双手线条流畅、骨节分明，此时扣在她尖尖的下巴上，看起来就像是力量和娇弱的对比。

"乖乖，我们生个孩子吧，只要是你生的，我都喜欢。"陆敛舟认真地说。

温梨的视线与他的相接，能清晰地看见他眼底的情绪，透着尊重和真诚，像是很认真地在等待她的回答。

"只要是你生的，我都会好好爱护，就像爱你一样爱他们。"

他的话一字一板地敲击着她的耳膜，温梨的呼吸窒了一下，心底颤得发软，一股暖意蔓延过胸腔。

对于他的温柔，她素来没有抵抗力。

温梨点点头，很轻地答应道："好。"

她其实也有些期待。

听到她的回答，陆敛舟的眼眸在昏暗的路灯光线下一点一点亮起，略带薄茧的指腹在她的后颈处轻柔摩挲。他说："乖乖，我爱你。"

温梨的肌肤被他亲昵地蹭过，眼眸染上朦胧的潮湿雾气，眼角渐渐浮起一抹淡淡的绯红。

亲密地相依了好半晌，直至一声响亮的消息提示音在安静的车厢里响起。

陆敛舟直起身子，安抚性地摸了摸温梨的脸颊，然后才从上衣口袋里掏出了自己的手机。

屏幕亮起，陆敛舟短暂地看了一眼，嘴角满意地勾了勾，然后才把手机收起。

温梨挑起好看的细眉，疑惑地问他："怎么了？"

"没什么。"陆敛舟轻轻地蹭她的手心，准备启动车子。

"这么晚还来消息。"温梨故意揶揄道，"该不会是哪个美人儿找你吧？"

陆敛舟神色微动，侧头看她，神秘道："是什么消息你回到家就知道了。"

被他这么一说，温梨更加好奇。偏偏这一路上无论她怎么问他，他都摆出一副神秘的样子，怎么都不愿意透露。

直到二十分钟后，二人终于回到陆曳江岭。

温梨等陆敛舟停好车，然后提着浅紫色的礼品袋和他一起往别墅里走。

在玄关处换好鞋，温梨便迫不及待地抱着陆敛舟的胳膊问："是什么消息，现在能告诉我了吗？"

陆敛舟一双大手搂着温梨的后腰，说："你亲我一口，我就告诉你。"

"那算啦，我不想知道了。"温梨故意撇了撇嘴，假装毫不在意地就要丢下他一个人往楼上走去。

陆敛舟一把拉住她纤细的手腕，把她揽进自己的怀里，低声说："闭眼。"

"嗯？"温梨有些不明所以。

"把眼睛闭上。"陆敛舟低头附在她耳畔重复道。

温梨眨了眨眼，像是明白了什么，兴奋地说："你给我准备了惊喜对不对？"

陆敛舟轻轻地抬手盖住她的眼眸，低低地"嗯"了一声。

温梨的视觉被剥夺，动了动红唇说："可是闭着眼睛我看不见路。"

陆敛舟嘴角一勾，蓦地将她抱起。

双脚骤然离地，温梨吓得低呼了一声，双手紧搂陆敛舟的后颈，以稳住自己的身体，浅紫色的礼品袋随着二人的动作来回摇晃。

"乖乖，闭眼抱紧我。"陆敛舟沉声道。

在陆敛舟上楼的过程中，温梨把头伏在他的肩头，耳朵贴在他的颈侧，能清晰地感受到他炙热的体温和跳动的脉搏。

"到了吗？"温梨闭着眼问。

"再等等。"陆敛舟踏上最后一级楼梯，然后往卧室走去。

温梨既紧张又期待，紧紧地攀附在陆敛舟身上，耐心地等待着他给自己准备的惊喜。

"好了。"陆敛舟走到卧室的落地窗前站定。

温梨闻言，倏地睁开眼，微微扭头，看见卧室落地窗前的地毯上摆满了各种各样的小鹿玩偶，就是在乐园的纪念品店里看到的那些。

最大的那个玩偶摆在了他们平时睡的大床上，卧室瞬间变成了毛绒玩具的海洋！

温梨惊喜地蹬了蹬腿，说："放我下来，我要好好看看。"

陆敛舟依言俯身将她放下。

温梨将礼品袋放下，蹲下身一把拿起好几个玩具公仔，然后开始仔细清点玩偶的数量。

但她发现卧室里摆着的玩偶竟然多到数不清。

"你真的把它们全买下来了？"温梨回过身，看向陆敛舟。

"我哪敢。"陆敛舟朝她走近，说，"不然我就得睡客房了。"

温梨抿唇笑了笑，问："那么怕睡客房吗？"

"那当然。"陆敛舟搂着她的腰问，"喜欢这个惊喜吗？"

"喜欢。"温梨点点头，内心深处被欣喜和满足感充盈。

他太会制造浪漫了，每次都是。

"所以你一个人去结账就为了偷偷买这些吗？"

"嗯。"

"还有刚刚那条信息，是有人跟你汇报这里都布置好了，对吗？"

"嗯。"陆敛舟轻刮她的鼻尖。

"那我奖励你一个亲亲。"说完，温梨歪了歪头，在他的下巴处飞快地亲了一口，然后挣开他的怀抱，重新钻进了那堆小鹿玩偶里打滚。

"好多小鹿！"

陆敛舟没有应话，只是无声地走到礼品袋前，将里面的鹿角发箍和铃铛项带都取了出来。

温梨听见清脆的铃铛碰撞声，不由得转过头来看他。

陆敛舟只是勾着唇朝她走近，眼眸里似乎藏着淡淡的坏意。

温梨从他的眼神中察觉到一丝危险的气息，正想起身，却被陆敛舟按坐在那堆小鹿玩偶里。

"还差一只小鹿。"陆敛舟说着，同时将手里的鹿角发箍戴到她的发间。

下一秒，陆敛舟的长指没入了她的发间。

随着他的动作，纤细的发带被抽去，蓬松微卷的长发四散开来，柔顺地垂落在温梨的前胸后背，只剩头顶两个高高的鹿角挺立着。

那个小铃铛被悄然系在了温梨细直的脖子上，在安静的夜晚里叮叮作响。

"乖乖，你戴铃铛的样子好可爱。"

卧室内暖黄的灯光将二人笼上了一层浅浅的琥珀色。

第
十
三
章

Chapter 13

第二天天亮，叫醒二人的是一阵响亮的闹铃声。

温梨迷迷糊糊地皱了皱眉眼，睡眼惺忪地睁开双眼，就看见陆敛舟起床的身影。

闹钟被按掉，卧室重新恢复清晨的宁静。

温梨睡了一觉，昨晚的羞怯感已然完全淡去，下意识地问："几点了？"

陆敛舟俯下身亲了亲她的额角，说："还早，你再睡会儿，我要去开会。"

"去陆廷吗？"

"嗯，九点钟要开高层会议。"

再过几天就是大年三十了，马上要过春节，今天是陆廷高层的年终总结会。

而T大从今天开始就放寒假了，温梨正式进入休假模式，所以也就不着急起床。

"你不困吗？"温梨觉得眼睛都睁不开了，但面前的男人却看起来精力充沛。

"不困。"陆敛舟摸了摸她的头发，说，"你继续睡会儿，我去洗漱了。"

温梨抱着被子看向他，应道："嗯。"

陆敛舟进浴室后，温梨闭着眼睛试图重新入睡。但床上只有她一个人，翻来覆去的，睡意消了大半。

温梨抱着枕头静静躺了没一会儿，正当困意重新来袭时，床头柜处响起了手机铃声。

温梨翻了翻身子，看向声音的方向，是陆敛舟的手机。

她正准备起床将手机给他拿去，刚好看见他从浴室里出来。

"你的手机响了。"虽然铃声还没停，但温梨还是从床上半撑起身子提醒他。

"吵醒你了？"陆敛舟问。

"没有。"温梨摇了摇头道，"我还没睡着。"

陆敛舟点了点头，走到床头柜前，将手机拿起。

"是妈打来的电话。"陆敛舟跟温梨说完，才走到落地窗前接电话。

温梨坐在床上看着他的背影。他高大修长的轮廓浸在清晨柔和的日光下，脚边摆满了可爱的小鹿玩偶，与他的衬衣、西裤显得格格不入。

一想到他这天白天要上班，直到晚上才能见到他，温梨就忍不住掀开被子下床，偷偷走到他身后，从后面抱住他。

"妈妈打电话给你干什么呀？"

"让我们回老宅过新年。"

"哦……"

随着农历新年的日子渐近，街上的年味越来越浓，随处可见热闹喜庆的春节元素。

陆廷的大部分员工都已经放假了，只有少数高层还留在公司做一些年末决策的工作。陆敛舟当然也不例外，他还需要和陆廷其他分公司的高层开会，听听他们的年终汇报。

温梨虽然不用去学校，但还有一些之前观测到的户外气象数据需要处理。所以等陆敛舟上班后，她就自己安安静静地待在书房里，抱着电脑进行算法编程，一直忙到傍晚陆敛舟下班回来。

陆敛舟每天回到陆曳江岭，第一件事都是去书房抱抱温梨，然后再去小花园打理他亲手给她种下的花。

温梨特别喜欢在晚餐前跟着他来到小花园，坐在他为她架的木秋千上，一边荡着秋千一边看他浇花松土。

日暮西沉，这是一天中最惬意的时刻。落日的余晖洒在陆敛舟高大修长的身体上，树上的鸟儿也不似早晨般嘈杂，它们安静地停在树枝细丫上，似乎也在欣赏着这一幕。

直到大年三十这天，陆敛舟不用再去公司。他早早起床，和温梨一起去了一趟花市，又去置办了一些年货。

回来后，二人一起为小花园新添了不少花卉。

陆敛舟之前种下的花还只是花苗，而新买来的花卉都开得正艳，特别是其中几株名贵的路易十四花，浇过水后，深紫色的玫瑰花瓣上挂着一颗颗晶莹剔透的水珠，在阳光下折射出光彩。

二人一直忙活到中午，吃过午饭，他们稍做休息，直到下午四点，才起身出发，准备回老宅陪父母一起吃年夜饭。

罗婶早已将二人为父母准备的贺年礼品打包好，温梨换上裙子和大衣后就在玄关处等候。

陆敛舟从楼上下来，看见她手里提着围巾就要出门，一截细白的脖颈裸露在外，不由得拉住她的手腕，一把把她拽回了自己的怀里，叮嘱道："外面天冷，系好围巾再出门。"

春节前夕气温骤降，此时 S 市的天空彤云密布，这是要下雪的迹象。

温梨在他怀里蹭了蹭，撒娇道："不冷。"

她想着等一下马上就进车里了，就一小段路程，也不远，就懒得系围巾了。

"要下雪了。"陆敛舟补充道。

"是吗？"温梨眨着眼看他，故意假装不知道。

"夫人可是气象学家，怎么会不知道？"陆敛舟挑眉，食指轻刮她小巧的鼻头道，"调皮。"

这两个字从他嘴里说出来，像是在说她是小朋友似的。

温梨只好乖乖地站着，由着他亲手给自己系围巾。

暖色羊毛围巾裹在她脖子上，柔软的面料擦过肌肤，温梨低头看见陆敛舟那双好看的手，只觉得很有安全感。

温梨的脸颊微微一红，然后听见他说："系好了，走吗？"

"嗯。"温梨垂眸，点了点头。

陆敛舟低头在她额角处落下一吻，轻轻地牵住了她的手，带着她往外走。

司机把礼品都放上车，然后缓缓发动了汽车。

黑色的车子安静、平稳地开出陆曳江岭，沿着蜿蜒的道路行驶。温梨上车后就脱下了大衣和围巾，二人一起坐在车厢后座，空气静谧且带着淡淡的暖意。

"我们后天几点回 N 市呀？"温梨靠在陆敛舟的怀里，一下没一下地把玩着他宽大的手掌。

大年初二一般是回娘家的日子，这是他们结婚后过的第一个春节，所以他们计划后天回 N 市拜访温父温母。

以往温梨都会提前回家和父母过新年，而现在要带着陆敛舟一起回去，这让她有一种期待感。

陆敛舟反手扣住她的手背，回答她："上午的飞机，下午两点应该就可以到了。"

"嗯。"温梨忽然仰头问他，"你紧张吗？"

"为什么紧张？"陆敛舟目光温和。

"因为你第一次去我家过年。"温梨目光盈盈，额角轻轻地蹭过他的下巴。

陆敛舟失笑，顿了几秒，沉声道："我四个月前去你家时更紧张。"

"四个月前？"温梨挑眉。

"嗯。"陆敛舟道，"当时我去 N 市找你爸妈，和他们说想跟你相处试试，问他们支不支持。"

"啊？"温梨震惊地说，"我都不知道你去过我家。"

那天温梨刚结束小组会议，从实验楼里出来就接到了父母的电话，问她要不要和陆敛舟相处试试。她一直以为这是双方父母沟通的结果，没想到竟然是他登门拜访主动提出的。

"那我爸妈当时怎么说的？"

"他们说帮我问问你，毕竟你自己的想法最重要，他们会尊重你的想法。"

"爸妈真好。"温梨弯唇笑道，没过一会儿忽然又觉得有些好笑，说，"我当时怎么就答应跟你结婚了呢，明明跟你都不熟……"

"你自己觉得呢？"

温梨低头安静地思考了一下，然后总结道："那时候和你见面，觉得你看起来很沉稳、很绅士，感觉会很好相处，而且我们爸妈又互相认识，我觉得我爸妈应该不会骗我。"

"骗你什么？"

"就是如果他们觉得你不好，就不会问我要不要和你试一试了。"温梨轻轻地捏了捏他中指的指骨，继续说，"我相信他们的眼光。"

陆敛舟听着她的话，垂眸看她的眼神无比温柔，不自觉地伸手抚了抚她肩头柔顺的长发。

没过多久，低调奢华的车子沿着湖泊道路两旁古老的梧桐树前行了一段，缓缓停在陆家老宅的庭院前。

下车时，陆敛舟再次给温梨仔细系好了围巾，然后才揽着她的腰往里走。

司机提着礼品跟在二人身后。

刚走进庭院没两步，温梨就看见了出门来迎接他们的管家秦伯。

秦伯看见亲密相依的二人，笑着说："少爷和太太回来了。"

温梨听见这句话，总觉得这一幕似曾相识。

上一次同样的场景出现在他们吵架以后，虽然刚吵完架，但在父母面前还得扮演恩爱夫妻。

但这一次，他们是真的很恩爱。

"秦伯，新年好！"温梨笑着打招呼，"我们回来啦。"

和秦伯打过招呼后，温梨和陆敛舟并肩沿着鹅卵石铺砌的小路往里走，看到屋檐下挂了好几个喜庆的红灯笼，显得特别有年味。

老一辈更重视传统节日，老宅里的春节氛围格外浓厚，大门正中央张贴了一张红底黑色的福字，两侧则张贴着一副大红的对联：光风霁月盛世国在，美景良辰福禄荣华至。横批：万象更新。

黑金色的毛笔字舒展饱满，在落日的余晖下熠熠生辉。

这舒展的书法落笔，每一个字看起来都龙飞凤舞，一看就出自陆父之手。

陆敛舟搂着温梨走进家门时，陆母正巧从厨房出来。

陆母向来很喜欢温梨，一看到二人进门，她的脸上顿时洋溢着亲切的笑容，说："梨梨回来啦，快过来让我看看。"

温梨离开陆敛舟的臂弯朝陆母走去。

"哎呀，宝贝都瘦了。"陆母打量着温梨，想起上一次见面还是在帝都，才过去没多久，怎么瘦成这样？她心疼地问："是不是工作太忙了，或者这小子欺负你了？"

说完，她瞥了陆敛舟一眼，像是在责怪他没有好好照顾好自己的宝贝儿媳妇。

"没呢，妈妈，他对我很好。"温梨扭头看了陆敛舟一眼，连忙和陆母解释道。

陆敛舟略挑眉梢，嘴角勾起淡淡的笑意，然后转身让司机将礼品放下。

"那就好。"陆母轻轻地摁了摁温梨的手心，说，"你们先坐会儿，用人们正在准备年夜饭，马上好了。"

"嗯。"温梨点了点头，问，"需要我帮忙吗？"

"不用，不用，都准备好了。"说着她转头和陆敛舟吩咐道，"带着梨梨去沙发那儿坐会儿。"

陆敛舟微微颔首，对温梨说："妈不舍得让你干活。"

温梨只好跟着陆敛舟走到客厅里，将脱下的大衣外套和围巾放好，然后坐着看陆母指挥用人们忙忙碌碌。

没过多久，陆父也从楼上的书房下来了，招呼道："小温来了。"

温梨连忙拉着陆敛舟起身打招呼："爸爸，新年好！"

"都好，都好，大家新年都要好好的。"陆父慈祥地回应她，语气无比亲和。

刚好此时陆母端着一碟年糕从厨房出来，说："都准备好了，等放完鞭炮，就可以上桌吃饭了。"

陆母话音刚落，大门外便传来了一阵鞭炮声，是管家秦伯六点准时点燃了爆竹。

声音响起时，陆敛舟本能地把温梨护进怀里。好在有个前院做缓冲，并且也掩着大门，传来的鞭炮声并不算太大，否则这突然出现的动静可能会把温梨吓一跳。

鞭炮声停后，他们才上饭桌。桌上摆满了各种菜肴，除了鲍参刺肚，还有饺子、汤圆和年糕，看起来十分丰盛，应该是陆母和用人们忙活了一下午的成果。

四人在饭桌上碰杯后才开始动筷。

一家人其乐融融地吃着年夜饭，除了聊些家常，陆父陆母还问起了温梨和陆敛舟各自的工作近况。

吃完饭后，陆敛舟和温梨坐在客厅的沙发上，而陆父陆母则上了一趟楼。

等他们再次下来时，手里多出了一个硬本本。

"梨梨。"陆母走到温梨面前，说，"这是爸爸妈妈给你的压岁钱。"

"压岁钱？"温梨垂眸看了一眼陆母递过来的红色信封，几乎有A4纸那么大，更加疑惑了，"妈妈，怎么结婚了我还能收到压岁钱呀？"

按照当地的传统习俗，父母会给未婚子女发红包，也就是压岁钱，但一般结婚后就不会再给了，而改为子女给父母发红包，温梨看着这突然出现的"压岁钱"，有些茫然。

"先拿着，这是爸爸妈妈给你的。"陆母把硬本本放进温梨的手里，语气是不容拒绝，"就算结婚了也可以收的，这是心意，图个彩头。我们以后每一年都会给的，等你们什么时候有崽崽了，我们还会再多准备一份的。"

听到陆母说起孩子的事情，温梨微微红了脸。

温梨接过信封，突然有些疑惑，按照这个大小和手感，里面应该不是钱，但是如果这时候当场把它拆开显然是不礼貌的。

"这是我们在瑞士购置的一栋别墅。"陆父解释道。

"别墅？"温梨惊讶地挑起眉头。

陆母见她这样，笑着说："你们如果去瑞士度假，可以住那里，比起住酒店要更方便自在，我们选购的地点在苏黎世湖旁边，风景很好而且很安静。"

听着陆母的话，温梨几乎马上就猜到这栋别墅一定价值不菲。

这份"压岁钱"也太贵重了。

温梨捏着房产证，有些不知所措，转头求助似的看向陆敛舟。

陆母似乎看出了她的心思，拉起她的手，说："这栋别墅我们没有写他的名字，只写了你的名字，跟他没有关系，你不用看他眼色。而且，如果他哪天惹你生气了，你就跑去那里住，丢下他一个人，别管他。"

陆敛舟挑了挑眉。

温梨被陆母的话给逗笑了，但转瞬眼眶便开始泛红。陆父陆母真的很疼很疼她，比疼亲儿子还疼，还当着亲儿子的面给她撑腰。

她不仅在陆敛舟身上感受到了偏爱，还在他父母身上感受到了分毫不少的爱。

在陆家，她仿佛永远不会受委屈。

陆母看见温梨湿润的眼眶，伸手抚了抚她的眼角，说道："梨梨，我们喜欢你，给宝贝儿媳妇一份压岁钱怎么啦！一栋别墅不算什么，就是一份新年礼物，图个好寓意。"

确实，相比于当初结婚时的聘礼，这一栋别墅好像确实不算太贵重。

陆敛舟伸手握了握温梨的手，温柔地开口："爸妈给的，就收下吧。"

温梨敛起眼眸里的水雾，弯着嘴角点头笑道："好，谢谢爸爸妈妈。"

没有想到会收到这么特别的"压岁钱"，在回去的车里，温梨窝在陆敛舟的怀里翻着那本房产证，细细地读着里面的每一个德语词汇。

她像是想起了什么，仰头问陆敛舟："为什么比起你，你爸妈好像更喜欢我？"

陆敛舟看着她亮晶晶的眼睛一眨一眨的，嘴角勾起明显的笑意，说："那当然。"

"当然？"温梨挑起好看的细眉。

"嗯。"陆敛舟垂首凑近她温软的嘴角，没忍住亲了亲，感慨道，"你那么可爱，要是我我也更喜欢你。"

温梨伸手捂住自己泛红的脸，嘴角却抑制不住地上扬。以前怎么没发现他这么擅长说情话哄她开心呢。

车窗外适时燃起了烟花，璀璨绚烂的五彩亮光在天空绽放，将漆黑的夜空点亮。

温梨听着隐隐约约的烟花燃爆声，轻轻地戳了戳陆敛舟，鲜红的唇张了张："新年快乐，坏坏。"

"喊我什么？"陆敛舟眼眸微眯，咬了咬后槽牙。

温梨悄悄别开目光，慢慢坐直了身子，心虚地说："没什么呀……就是和你说新年快乐！"

"后两个字。"

温梨装傻："什么后两个字？"

"不承认也可以。"温梨闻言，刚悄悄舒了一口气，却听见他的声音再次响起，"和我说三个字。"

"什么三个字？"

"我爱你。"陆敛舟一字一板地说出来，每一个字都咬得很重。

"和我说这三个字，好不好？"陆敛舟伸手拥着温梨，将下巴抵在她的颈窝上，遗憾地说，"乖乖还没和我说过这三个字。"

他的语气听起来竟然有些委屈，像是在对她撒娇似的。

温梨咬了咬下唇。她确实还没和他说过"我爱你"，虽然她现在确实爱着陆敛舟，但是这三个字还是有些难说出口。

"你真的想听吗？"温梨的心跳变得急促起来。

"想听。"陆敛舟说，"很想听。"

温梨深深地吸了一口气，忽然变得紧张起来，胸腔起伏间她甚至能清晰地听见自己心脏跳动的声音。

车厢里静静的，因为实在有些难为情，她做了很久的心理建设。在最后一朵烟花落幕的瞬间，她终于对他说了那三个字——我爱你。

她的话音刚落，陆敛舟的手掌就虔诚地捧起她的脸颊，闭眼吻住了她的唇。

在除夕夜的这一晚，所有隐晦的爱意都不再藏于心头。

缠绵的吻结束，陆敛舟亲昵地在她的额鬓处轻蹭，问："乖乖有什么新年愿望？"

"嗯……"温梨认真思考了一阵，最后摇了摇头，说，"没有特别的愿望，我感觉我现在已经很幸福了，幸福得快要冒泡泡了。"

温梨说着，眼角因为笑意弯起，像是藏下了春花秋月一般。

陆敛舟没忍住，再次低头吻了吻她的眼尾。

温梨闭上眼睛，薄薄的眼皮轻轻地颤了颤。等到他的唇离开，她才睁开眼睛问他："那你的新年愿望是什么？"

"我的愿望我都能实现，所以应该说是目标。"陆敛舟自信地说。

温梨愣怔片刻，脑海里不自觉地闪过他一贯的样子：对一切事物都得心应手，任何他想要得到的东西永远都志在必得，永远都有掌控全局的魄力。

难道这就是他能执掌陆廷还这么游刃有余的原因？

而且以他的能力说出这句话，丝毫不会让人觉得这是自大的空话。

温梨忽然想起了什么，伸手捏了捏陆敛舟的手心，说："你当初说给我半年时间，如果半年后我还想离婚，你就答应，是真的吗？"

陆敛舟听到她提离婚的事情，眼眸一暗，伸手紧紧箍住她的腰，语气变得隐忍："现在还想离？"

"嗯……"温梨故意逗他，"有可能哟。"

陆敛舟没说话。

温梨弯起嘴角问他："你当初之所以让我给你半年的时间，是不是觉得这段时间内你肯定能把我追到手？"

"嗯。"

温梨笑了笑，问："那你就不怕追不到吗？"

"不怕。"

温梨看他眼眸里的坚定，好像真的不存在追不上的可能。

其实她很喜欢这样的他，永远以强者的身份掌握全局，就好像生活中无论出现什么大风大浪，他都会守在她身前，替她阻挡一切，保她安全无虞。

"那……你还没告诉我你的新年目标是什么呢。"温梨说。

"先保密。"

没得到答案，温梨委屈地哼了一声，说："你告诉我，说不定我能帮你实现呢。"

"帮我实现？"陆敛舟眼尾勾起一抹淡淡的坏笑。

温梨静静地和他四目相对，看他瞳孔里翻涌起难辨的情绪，然后听见他缓缓开口："那以后永远都不要提离婚好不好？"

"那万一你以后欺负我，让我生气了怎么办？"

陆敛舟说："那你就像爸妈说的那样，丢下我一个人。"

温梨定定地看着他，问："为什么？"

"因为我不可能会惹你生气，所以你不会有机会跑。"陆敛舟抬手将她那根纤细的手指握住，放在唇边吻了吻，说，"我辛辛苦苦追回来的夫人，怎么可能舍得让她难过生气。"

温梨的呼吸不自觉地放轻了。

她的本意只是试探，却没想到他回答得那么认真。她也知道他根本不可能会惹她生气，因为他都把她宠得要冒幸福的泡泡了。

大年初一，S市的气温降到了零下，清早五六点钟，天空渐渐飘起了雪花。

温梨醒来时，已经是早上十点钟了，街道上已经铺上了一层薄薄的积雪，窗檐上则覆了一层浅浅的水渍。

陆敛舟躺在温梨旁边，臂弯搭在她的腰肢上。即使是睡觉，他的姿势依旧呈保护状。

温梨悄悄地伸手比画了一下他那立体的眉眼，却没想到被他发现了。

陆敛舟睁开眼，按住了她的手，将她往自己怀里揽，说："醒了？"

他的嗓音带着清晨的沙哑和慵懒，平缓的呼吸喷洒到温梨的颈窝，惹得她轻轻哆嗦。

"嗯。"温梨嗓音娇软地应道，"每天晚上闭眼前和每天清晨睁眼后，都能看到你躺在我的身边，这让我觉得很幸福。"

她好像越来越习惯他的存在了。

"可是我这样依赖你，是不是不太好？"温梨问。

陆敛舟伸手摸了摸她柔顺的长发，轻柔地说："这没有什么不好，你可以一直依赖我。"

落地窗外不断有飞絮般的雪花打落在玻璃上，从室内往外看去，像是置身白皑皑的万花筒中，飘雪和树木的枝丫交错穿梭，形成洁白灰绿的瑰异景色。

卧室内的暖气很足，而且被窝和陆敛舟的怀抱都很暖和，即使知道外面的气温低到零度以下，温梨依旧觉得暖意融融。

此时此刻的氛围虽然平平淡淡，却温存得令她心动。

二人大年初一没有特别的安排，于是在床上赖了好一会儿才起床。

洗漱打扮过后，温梨下楼，发现客厅里堆满了精致的礼盒，各种大大小小的盒子几乎把整张矮几占满了。

"罗婶？"温梨踏下最后一级楼梯，轻轻地喊了一声。

罗婶闻声从厨房里出来，笑眯眯地说："太太醒了？"

"早上好，还有新年好！"温梨点点头，眨了眨眼和她打招呼，然后指了指那堆大大小小的礼盒，问，"这些是什么呀？"

"是先生定制的首饰珠宝，我看送货单，是从欧洲空运过来的，今天早上刚刚送来。"

"首饰珠宝？"

温梨挑眉，看见了礼盒上那行熟悉的复古花体英文——ONLY FOR WL, BLACKSAWAN。

就在这时，身后传来一阵脚步声。

温梨转头看去，陆敛舟正从楼上下来。他明显也注意到了桌面那些礼盒，轻笑道："寄到了？"

"你买什么了？"温梨问。

陆敛舟走到温梨身边，揽住她的腰。罗婶识趣地收回目光，同时带着欣慰的笑容自觉退开，重新回到厨房忙活。

"定制的耳夹。"陆敛舟回答她，和她一起走到矮几前。

他随手拿起其中一个礼盒，将丝带解开，打开后递给温梨，说："答应过你的，看看这些款式喜不喜欢，还有戴上试试会不会疼？"

温梨接过，低头看了一眼，那是一副设计得很别致的耳夹，一颗主钻周围镶嵌了一圈细小的黄钻，折射着斑斓细碎的光彩，低调却很璀璨。

"我和品牌方沟通，让他们一定要把耳夹的款式设计得舒适又好看，戴起来不能有任何疼痛感，所以设计的过程花费的时间比较长，现在才寄到。"陆敛舟又伸手打开了好几个礼盒，看着她说，"看看这些喜欢吗？"

温梨低头看了一眼，轻轻嗔地哼了一声："太多了，戴不完。"

真是的，这阵势，几乎都快把家里变成耳饰的展览厅了。

"挑你喜欢的戴就好。"

温梨凑近他，问："你怎么那么霸道？"

陆敛舟愣了愣，失笑道："我哄我夫人还不可以？"

窗外是整日未停的簌簌落雪声。

这个大年初一，他们没有出门，但因为有这满屋的耳夹，温梨拉着陆敛舟几乎花了整整大半天的时间拆礼盒，试戴耳夹，倒也没有闲着。

第二天，温梨带着陆敛舟早早起床，出发回娘家。

临出门前，温梨特意从那堆耳夹里挑了一对珍珠耳夹戴上，笑眯眯地转身问陆敛舟："好看吗？"

"当然。"

"你这是在夸我还是在夸你自己的眼光？"温梨故意为难他。

"都夸。你好看，耳夹也好看，这属于锦上添花。"

没想到这个问题被他回答得滴水不漏，这么轻易就化解了。温梨轻哼一声，撇了撇嘴。

陆敛舟见温梨这副样子，笑着亲了亲她，算是补偿她，然后才牵着她上车一同前往机场。

飞机在中午两点落地 N 市。

相较于 S 市飘雪的寒冷天气，N 市的气温则明显高很多，而且风和日丽，阳光明媚得让人无比惬意。

这算起来还是温梨婚后第一次回家。

这四个月来，她要不就是在忙工作，要不就是 S 市和帝都来回飞，忙着录制节目，终于回家一趟，已经是春节了。

回到家，温梨放下大衣和包，第一件事就是抱了抱温母，在她怀里撒娇。

温母脸上也露出了开心的笑容，笑着说她："都结婚了，怎么还这么黏人。"

"让女婿看笑话了。"温母抬眼看向陆敛舟，无奈地笑了笑。

陆敛舟只是淡淡地看着温梨，眼神柔和宠溺。

温梨轻轻地哼了一声，继续对着温母撒娇道："上一次见面还是在帝都，快一个月了，我想你嘛！"

陆敛舟勾唇笑了一下，想起之前在"生存者"游戏里，温梨把他当成"小可爱"和他撒娇，那时候他就在想，她在现实里撒娇是什么样子的。

原来是这般黏人的模样，又乖又软，像一只温驯的小猫咪。

"爸爸呢？"温梨问，"在茶房吗？"

"对呀，他最喜欢待在茶房给学生批论文了，你又不是不知道。"温母回答她。

"也是。"温梨笑道，"那我们先去找爸爸。"

"去吧。"温母笑盈盈地挥了挥手。

温梨不在家，温父可没少和她念叨想女儿了。

"嗯。"温梨拉起陆敛舟的手臂往茶房走去。

温父正坐在书桌前，戴着老花镜，专心致志地对着一沓论文稿纸批阅。

"爸爸。"温梨轻轻地喊了一声。

温父听见声音，摘下老花镜，露出欣喜的表情，说："回来啦？"

"嗯。"温梨点头上前。

"爸，新年好。"陆敛舟跟在她身后上前，和她一起问好。

温父点头朝他示意，从椅子上站起身，招呼他们到旁边的茶桌就座。

"小陆，新年好，最近公司还顺利吧？"

"嗯，都很顺利。"

陆敛舟刚回答完，就见温梨抢先一步拿起了桌上的紫砂茶壶，笑嘻嘻地说："我来给你们泡茶。"

因为有前一次的经历，陆敛舟面对温父倒也不会拘谨，自然地和温父聊天，话题的内容大都围绕着工作和时下新政。

这些话题温梨插不上嘴，但看到自己的丈夫和父亲相处得非常融洽，聊得很开心，自己也乐意陪着。

几人聊了一会儿天，直到温母过来喊他们吃饭。

吃过晚饭后，温梨就带着陆敛舟去自己以前住的房间。

将行李安置好后，温梨便迫不及待地躺在自己那张床上，感慨道："啊，好久没在家里睡过觉了。"

陆敛舟瞧见她那副模样，嘴角微微勾起，然后在房间内扫视了一圈，细细地打量着她的闺房。

房间虽然不大，但是布置得很温馨。窗台前的桌子上还摆着她本科时候的毕业照，照片里的她套着宽大的学士服，戴着方方正正的学士帽，一张小脸蛋儿清纯青涩得几乎可以捏出水来。

旁边还摆着两张合影，一张是集体大合照，而另一张则是双人合影，陆敛舟看见双人合照里的那个身影，眼底一沉。

那是她和纪丛的合影。

照片里的纪丛看着温梨，眼神里好像藏着脉脉深情。

而温梨笑得灿烂甜美，似乎是没注意到他眼神里的深意。

"你在看什么呀？"温梨在床上翻了个身，问他。

陆敛舟闻言，敛去眼底的情绪，转过身看向她，说："在看你以前的毕业照。"

温梨倏地撑起了身子，眨着眼睛问他："我以前和现在变化大吗？"

"不大。"陆敛舟走到她身边坐下，将她搂入怀里，手臂不自觉地收紧了力度。

温梨伸手拥着他的后腰，对他这个突如其来的拥抱有些不明所以，问："怎么啦？"

陆敛舟沉默了片刻，最后才平静又克制地开口："乖乖。"

"嗯？"

"我有点儿遗憾。"

"遗憾什么？"温梨有些蒙，重复道。

"很遗憾没能陪你长大，我们明明从小就认识。"

看到温梨和纪丛的那张合影时，陆敛舟知道自己那疯狂的占有欲又开始作祟了。偏偏他还不能直说，酸楚苦涩也只能强压在心底。

"这有什么好遗憾的。"温梨挣开他的怀抱，拽着他的双臂认真地说，"兜兜转转，我们还是相遇了呀。"

陆敛舟没说话。

温梨见他的眼中似乎藏着暗涌，像是真的很不甘。她咬了咬唇，认真而小心地捧起他的脸，半跪着凑近他的俊容，对准他的唇亲了下去。

这是她第一次主动亲吻陆敛舟，动作生疏笨拙，和他平常那般娴熟强势的吻不同。

虽然不知道他为什么这么不甘，但她不想他继续难过。

陆敛舟绷紧下颌，对于她的主动多少有些始料不及，轻声喊她："乖乖？"

温梨在他薄唇上又啄吻了几下，说："你不要难过，好不好？"

陆敛舟定定地看着她。

"你亲亲我。"温梨见他沉默不动，又拉了拉他的衣角。

陆敛舟终于忍无可忍，使劲亲了她一口，逗她叫"陆哥哥"。

温梨不记得自己到底叫了多少次"陆哥哥"才把他哄好，甚至在梦里她都觉得自己逃不掉这三个字。

半夜梦醒，迷迷糊糊间，温梨问："你为什么这么喜欢让我喊你陆哥哥呀？"

陆敛舟有些沉默，但夜深安静，没等到他回答，她很快又睡了过去。

直到最后，她都没听到他回答。

陆敛舟轻搂着熟睡的温梨，目光柔和地低头在她的额间吻了吻。

怀里的人睡得香甜，呼吸轻柔，仿佛带着笑意，他心满意足地欣赏着，但某些思绪却不可避免地在黑暗中渐渐放大，记忆随着时光倒流。

"小梨子，不要哭。"

"呜呜呜……"

"小梨子，别哭，眼睛都哭红了，他们欺负你是不是？他们坏。"

"嗯……"

"不哭，不哭，我们不要理他们了，他们欺负你就把他们赶走。"

"呜呜，哥哥，可是我想要哥哥陪我。"

"要哪一个哥哥？"

"纪哥哥。"

第二天醒来时，温梨睡眼惺忪，下意识地想要钻进那个熟悉的怀抱里，却摸了个空。

"乖乖醒了？"陆敛舟从浴室里出来。

温梨轻哼几声，似乎还没睡醒。

陆敛舟无奈地笑了："困吗？要不要再睡一会儿？"

温梨轻轻地"嗯"了一声，说："想。"

陆敛舟的拇指亲昵地在她的手背上摩挲，问："我哄你睡？"

"那你呢？"温梨仰头看他，柔软细腻的鬓发擦过他的下颌，问，"你怎么起这么早啊？"

陆敛舟已经换上衬衫、西裤，明显是要出门的打扮。

"是要出门吗？"温梨又问。

陆敛舟神色稍愣，沉默片刻后才低低地"嗯"了一声，说："出门见一个客户。"

"啊……"温梨似乎有些不满，"为什么大年初三就要去工作？什么客户那么大牌？"

陆敛舟伸手慢条斯理地整理了一下她耳侧的发丝，说："很重要的客户。"

"好吧。"温梨的嗓音闷闷的，问："那你什么时候回来呀？"

"忙完就马上回来。"陆敛舟轻轻地吻了吻她的额头，说，"我争取快一点儿。"

"好吧！"温梨立刻变得开心起来，说，"那你给我带一串冰糖葫芦回来，我想吃。"

"好，还有没有什么想吃的？我一并带回来。"

温梨摇了摇头，说："没了！"

"好，那我出发了？"

"嗯！"温梨安心地躺回被窝里，还伸手将自己的被子披好，撒娇道，"等你哟！"

看到她这副可爱的模样，陆敛舟无奈地笑了笑。明明他刚刚还有些不开心，这会儿立刻就多云转晴了。

于是他又俯下身去，盯着温梨看了半晌，又在她的嘴角亲了一口，然后才出门去。

陆敛舟走后，温梨又睡了将近一个小时才起床。

下楼后，她发现温母正在厨房里忙活，看起来像是在剁馅。

"妈妈，需要我帮忙吗？"温梨凑到温母身边问。

"不用，我只是在准备配料，咱们下午去小纪家包饺子。"

温梨家和纪丛家是邻居，所以每年大年初三，两家人都会凑在一起包饺子，年年如此，逐渐形成了一个传统。

"女婿呢？"温母停了停手上的动作，问。

"他去见客户去了。"

"大过年的还这么忙，真是太辛苦了。"温母扭头看了一眼温梨，说，"你看你呀，还在赖床呢。"

温梨撇了撇嘴，继续朝母亲撒娇道："是他让我继续睡的，不是我自己要赖床。"

温母被这句话哽住，轻哼一声，给了温梨一个略显嫌弃的眼神。

温梨吐了吐舌，又在她的肩头无比腻歪地蹭了蹭。

"那你记得跟他说一声，下午要去纪丛家吃饭。"温母叮嘱道。

"好，"温梨应声，"我现在给他发消息。"

从厨房出来后，温梨便拿起手机给陆敛舟发消息："今天下午要去纪哥哥家吃饭哟！"

不知道是不是工作太忙的原因，直到中午吃完饭，她才收到回复。

"我知道了。"

温梨想了想，问他："你还要多久才回呀？"

"可能要到下午三点后。"

温梨看到这条消息，有些失望，随后手机又振了一下："但是冰糖葫芦会提前回。"

很快，屏幕又弹出一句："怕有只小馋猫等不及。"

温梨握着手机，看到他发来的这条消息，嘴角再也抑不住上翘。

她对于他的这个"小馋猫"称呼很受用，而且她甚至能想象到他打出这几个字时的样子，肯定是一脸无奈又宠溺。

温梨抿唇笑了一下，发了一句："好吧，那你回来直接去隔壁找我们吧。"

然后她又补充了一句："我和妈妈提前过去包饺子。"

直到收到陆敛舟"好"的回复，温梨才收起手机，继续去厨房打下手。

下午两点左右，温母收拾好东西，叫上温梨一起往纪丛家走，但刚出门没几步，温母就想起来还有一样东西忘记带了，让她先过去。

温梨独自来到纪丛家。

纪家房子的结构和温家很相似，都是两层的小洋楼，进门会穿过一个小庭院，庭院中的草坪和花坛错落有致，舒适宜人。

她刚走进小庭院，一条阿拉斯加犬就兴高采烈地从房子里朝小庭院奔来。

阿拉斯加犬一边跑一边叫了两声，径自凑到温梨的身边欢快地摇着尾巴。

"飞吻。"温梨蹲下身子摸了摸它，说，"想我没有呀？好久没陪你玩了。"

这条阿拉斯加犬是纪丛家养的，名字叫"飞吻"。

"飞吻"好像听懂了她的话似的，凑到温梨的怀里转了两圈，还伸出舌头舔了她两下，看起来特别热情。

听到声音，纪父也跟着走了出来，刚好看到温梨蹲在地上摸着"飞吻"的脑袋给它顺毛。

"小梨子来了呀。"纪父笑眯眯地说。

温梨放开"飞吻",起身朝纪父打招呼:"是的,纪叔,新年好!"

"新年好,小梨子,快进来吧。"

"嗯!"温梨点了点头,跟着往里走的同时还不忘问,"纪哥哥回来了吗?"

"还没,他刚发消息说飞机落地了,可能还要半个小时才到家吧。"

"哦,那婶婶在屋里吗?"

"是,她就坐在沙发上看你们小时候的照片,一边看还一边念叨着时间过得飞快,你们现在都长大了。"

温梨笑了笑。时间确实过得挺快的,还记得她小时候经常跑过来找纪丛玩。

"你爸呢?我要找他下象棋,他怎么还没来?"

"爸爸马上就到,刚刚我妈妈落了东西,他和我妈妈一块儿回去拿了。"

"行,那你先坐坐。"

"嗯,我也想看小时候的照片,我去找婶婶。"

"好,去吧,她就在客厅。"

温梨点了点头。一进客厅,她就看到纪母坐在中央的沙发上,面前的玻璃茶几上摆放着好几本大大小小的相簿。

"婶婶!"温梨喊了她一声,顺道说了一句"新年好"。

"小梨子,快过来!"纪母朝她招招手,高兴地说,"看看我找到了一张什么样的照片!"

"照片?"温梨凑到她跟前,在她身边落座,挽起她的手臂,甜腻腻地问,"婶婶找到了什么照片?"

"你们仨小时候的照片。"

纪母将手中那本厚厚的相簿递给她,说:"你看。"

温梨接过,目光停在了左上角一张略微泛黄的照片上,上面是她和纪丛还有陆敛舟。

拍这张照片时她应该还不到四岁,纪丛虽然和她差不多大,但足足比她高了一个头,而陆敛舟则是一个小少年的模样,应该也只有不到九岁的样子,看起来很冷酷,是个十足的小帅哥。

照片里的小温梨就是一个小奶团子,穿着一条格纹小裙子,细软的长发绑成了两条小辫子,头上还夹着两个小小的星星发卡,正委屈地撇着嘴,眉眼皱起,可爱软萌的小脸蛋儿上还挂着浅浅的泪痕。

距离他们不远的地上有一块滑板和一张小板凳。

而纪丛和陆敛舟分别站在温梨的两侧,两个人都紧紧地拉着她的小手,一人拽一边，好像在争什么稀世珍宝，谁都不服谁，谁都不愿意放手。

"你看你那哭泣的模样，看得人心都要化了。"纪母指着照片，说，"我们当时还以为你们三个人在一起玩得正开心呢，所以我就举着相机拍了一张，没想到拍下了这么一幕。"

"婶婶，我们当时怎么了？"

因为当时年纪太小，温梨对于照片上的事情一点儿印象都没有。

纪母笑了笑，说："那天是丛丛四岁的生日，我们给他买了一块滑板当作生日礼物，然后他就跑去你们家找你，说什么都要带上你一起玩。但我们当时怕你太小了，会摔跤，就没同意，然后他就说自己滑，让你在旁边看着。"

"他还特意给你搬了张小板凳，你看。"纪母指着照片里的那张小板凳。

"你被拉过去以后就乖乖地坐在小板凳上看他玩，但之后小陆和他爸妈也来了，小陆看到滑板，也想玩，于是我就让他过去找你们一起玩。

"可丛丛刚玩了没一会儿，不想带他一起玩，所以就没答应，但是又看他比自己大，怕他硬来，于是拉着你就要走。小陆看见你们要走，也跑过去拉着你，不让你们走。两个小子就在那里争你，谁都不肯先放手，然后你就被他们给吓哭了。"

温梨的思绪仿佛回到了过去。

纪母继续说："我开始还不知道，以为小陆过去以后和你们玩得很开心，所以就拍了照片，按完快门，我听见你哭了才发现的。你那时候哭得可凶了，后来还是小陆的父亲走过去把你抱起来哄，你才慢慢不哭的。"

"这两个小子那时候也是真调皮。"纪母无奈地摇了摇头。

温梨听完后，觉得有些好笑，没想到他们三个小时候还有这么一段趣事。

"婶婶，我可以拍一下这张照片吗？"温梨虽然不记得那时候发生了什么事情，但是她忽然好想让陆敛舟看看，他们小时候曾留下过合影。

"可以呀，你拍吧。"纪母把照片取了出来，递给了温梨。

温梨从大衣口袋里掏出手机，对着照片拍了一张。

"那后来呢？"温梨好奇故事最后的结局。

"那时候老陆哄你，说那两个小子坏，欺负你，要把他们都赶走，然后你带着哭腔，口齿不清地说要哥哥、要哥哥。"

"他问你要哪个哥哥，你说要纪哥哥继续陪你玩。"纪母颇为感慨，"你当时很依赖丛丛的，没想到长大后竟然和小陆结婚了，命运有时候真的很神奇。"

温梨攥着手机，递还相片的同时不禁失笑，如果不是陆敛舟主动，命运也不会朝这个方向发展吧。

纪母接过照片，小心翼翼地重新塞回相簿里，说："有时候，缘分的事情谁也说不清。"

她的话音刚落，温父温母提着东西到了。

"阿梨，快来接你的糖葫芦。"温母刚到门口，就举着一串糖葫芦朝温梨喊道。

温梨扭头看去，双眼不由得一亮，喊："妈妈？"

"小陆的秘书送来的。"温母无奈地摇了摇头，说，"你这个嘴馋的哟，连他上班你都缠着他让他给你买吃的。"

"我哪有……"温梨撇了撇嘴，嘴角的笑意却藏不住。

"也就他惯着你。"

温梨走到母亲面前，将那串冰糖葫芦捧在手心里，"飞吻"刚好凑在她旁边"汪汪"了两声，看起来也很想吃。

温梨微微躬下身，摸了摸它的脑袋，说："飞吻，不可以。"

"飞吻"垂下脑袋，看起来无辜又委屈。

"我们开始包饺子吧。"温母将准备好的东西都放在客厅的饭桌上。

纪母也刚好将几本相簿都重新放好，朝着温母走去，说："好。"

温梨将冰糖葫芦放在桌面上，兴致勃勃地说："我也一起！"

温母并不打算让她一起，略显无奈道："你那水平，几斤几两我们还不知道吗，去看你爸跟你纪叔下象棋吧！"

温梨对于母亲质疑自己表示很不服，说："所以我才要跟着你们学嘛！"

纪母也笑呵呵道："那就让小梨子一起嘛。"

"那来吧。"温母将饺子馅拌好，然后取出一张饺子皮，给温梨一步步演示。

温梨看着她的动作和姿势，有模有样地跟着学，奈何天赋不佳，包出来的饺子不仅歪歪扭扭，还总是捏破皮。

温母教了两次之后就放弃了，随她自己折腾。

纪母更有耐心些，笑着说："小梨子，看，你要先捏一下这里。"

温梨照着做，却还是包不好。

最后，她将自己那只丑得别致的饺子放下，颇为无奈地叹道："唉，比我那些气象的算法模拟还难……"

在科研领域她很擅长，游刃有余，但有些事情可就不一定了。

比如当初玩"生存者"手游，又比如现在学包饺子。

温梨正准备硬着头皮继续和手里的饺子较劲到底，门口处却传来了纪丛的声音："妈！"

"阿梨！"

温梨循声看去，纪丛正进门，还朝温母打了声招呼："阿婶！"

"汪汪！"看到主人回来，"飞吻"迫不及待地扑到了纪丛的身上。

纪丛手疾眼快地将它稳稳抱住，一边摸它一边调侃道："你怎么又重了！"

"纪哥哥回来啦？"温梨放下手上的那只"半成品"，拍了拍手心里的面粉。

"嗯！"纪丛拍了拍"飞吻"的头，放下它，然后走到桌子前，问："要我帮忙吗？"

"不用，你也帮不上忙！"纪母连连摆手，表示很清楚自家儿子的水平和温梨一样半斤八两，于是补充了一句，"你和小梨子带'飞吻'去院子里玩吧。你们不常回家，刚好跟'飞吻'玩玩。"

"好。"纪丛双手撑在桌面问温梨，"走吗？"

"好吧，那妈妈，婶婶，你们辛苦了。"温梨将自己面前的残局收拾好。

"快去吧。"温母点了点头。

"纪哥哥，等我一下，我去洗个手。"

"好。"纪丛应声，顺便走到壁柜前拉开抽屉将"飞吻"的零食棒取出。

"飞吻"机敏地发现他在给自己拿零食，激动地围在他身边转圈圈，眼巴巴地看着。

温梨洗好手出来，走到饭桌前将自己的那根冰糖葫芦拿起，然后喊了纪丛一声："我好了，走吧。"

飞吻见状，兴高采烈地往庭院奔去，在一张长木椅前乖乖坐好，静静地等着投喂。

纪丛看了看她手心攥着的那根冰糖葫芦一眼，眼角微挑，问："怎么有冰糖葫芦？"

温梨和纪丛并肩往庭院走去，听见他的疑问，嘴角勾起笑意，眨了眨眼回答他："陆敛舟给我买的。"

纪丛默了默，眼底一暗，转身朝"飞吻"招了招手，沉默着将那根零食棒的外包装拆开。

温梨在"飞吻"旁边的长椅上坐下，慢吞吞地拆冰糖葫芦的塑料包装纸。

纪丛将零食棒丢给"飞吻"，"飞吻"一口咬住，然后乖乖地卧在温梨脚边的草坪上啃咬。

午后的阳光不晒，暖暖的，照在身上异常舒适惬意，温梨的嘴角含着温柔的笑意，静静地坐在暖阳下撕包装纸，浑身上下像是披了一层薄薄的光晕。

纪丛收回目光，站在一旁沉默了两秒，才开口："阿梨。"

"嗯？"温梨刚好将那层纸完全撕开，咬着糖葫芦含混不清地应了一声，"怎么啦？"

纪丛轻咳了一声，装作漫不经心地问："陆敛舟，那家伙现在对你好吗？"

"挺好的呀。"温梨眨着眼，一脸不明所以，"怎么啦？"

"你……你当时跟我说你们那个半年的离婚冷静期……"

"哦！"温梨想起来他们在 T 大那家徽菜馆吃饭时，她跟他说过这件事。"那个作废啦。"

"作废？"

"嗯。"温梨咬了一口糖葫芦，郑重地点了点头，说，"我们不离婚了。"

纪丛低着头，像是在认真沉思什么。良久，他才又开口："那你们现在应该很幸福吧？"

"嗯。"温梨一双盈盈的大眼盯着他，说，"幸福呀！以前是我们之间的相处方式不对，所以才会导致这样那样的问题出现，可是现在不会啦。"

"那你喜欢他吗？"

"喜欢呀！"

温梨说这句话时，纪丛清楚地看见她眼里掩藏不住的期待和星芒，那话语一听就是发自内心深处的真心话，没掺半点儿虚假。

"怎么啦？"温梨见他久久沉默，像是心事重重的样子，关切地问，"你是不是还担心他会闹出绯闻，而且对我不好？"

"不会的，他上一次的绯闻也只是误会，他没有对我不好，我也很喜欢他，你不用担心。"温梨觉得肯定是之前那次绯闻让纪丛误会陆敛舟了，于是不停地给他解释，想要改善一下陆敛舟在他心里的形象。

纪丛的嘴角无奈地扯了一下，伸出手摸了摸她的头顶，说："我知道了。挺好的，要跟他一直好好的，我是你哥哥，我只希望你能过得开开心心、幸幸福福，其他的都不重要。"

其他的都不重要，有没有和他在一起已经不重要了，只要她幸福。

从她喜欢上陆敛舟的那一天起，其实就已经没有转圜的余地了。

"嗯！"温梨点点头，笑眯眯地应了一下。

就在这时，陆敛舟刚好回来，一进大门就看到了这一幕：温梨乖巧地坐在椅子上吃冰糖葫芦，纪丛站在她旁边，一只大手放在她的头顶温柔地抚摸，眼神深情缱绻。

"乖乖！"

"汪汪！"

"飞吻，回来！"

"飞吻"原本安静地趴伏在温梨的脚边，听见门口的动静后，它机警地抖了抖耳朵，猛地起身扑了出去，在距离大门一两米的位置站定，朝着门口的方向大叫了好几声。

陆敛舟见状，顿住了脚步。

温梨连忙从长椅上起身，喊它："飞吻，快回来！"

但"飞吻"依旧无比激动地吠叫着，温梨只好将手里的冰糖葫芦塞给纪丛，然后小跑到"飞吻"的身边将它搂住。

"飞吻"看到温梨过来，顿时变得温顺起来，仰着头巴巴地吐着舌头看她，像是知道自己犯错了，露出无辜又可怜的眼神。

"飞吻，你不许吠他，不许欺负他，他是自己人！"温梨一边说一边轻拍"飞吻"的脑袋，假装教训它。

"飞吻"又叫了两声，才默默垂下脑袋，摇了摇尾巴，讨好似的蹭在温梨身边。

温梨摸了它一小会儿，见它终于安静下来，于是抬头对陆敛舟说："好啦，过来吧。"

陆敛舟挑了挑眉，朝着"飞吻"走去，还伸出手想摸摸它的头。但是他刚伸出手，"飞吻"便一改刚刚温顺的模样，对他龇着牙，嘴里还发出呜呜的低吼声。

陆敛舟识趣地收回了手。

就在这时，原本懒懒地站在长椅旁的纪丛忽然开腔喊了一声："飞吻。"

"飞吻"闻声，倏地从温梨身边跑回纪丛旁边，摇头摆尾地围着他转圈。

纪丛微微躬下身，伸出右手揉了揉它的脑袋。"飞吻"扑腾着想要咬他左手举在半空中的那串糖葫芦，却被他的手按了回去。

陆敛舟收回目光，两步走到温梨身边，问："狗狗叫'飞吻'？"

"嗯。"温梨站起身，拉起他的手眨着眼睛问，"这名字好听吗？是我给它起的呢！"

陆敛舟瞥了一眼不远处的纪丛，伸手搂过温梨的后腰，亲昵地凑到她的耳畔说："纪叔家的狗狗怎么是你给起的名字？"

许是他凑得太近，温梨只觉耳朵泛起一阵酥麻，赶紧偏过头朝他解释道："因为'飞吻'是我送给纪哥哥的。我高中时好喜欢阿拉斯加犬，就趁着寒假偷偷攒了钱，然后拉着纪哥带我去挑了一只，可是带回来后妈妈不同意，说我还在上学，不能养，一定要我送回去。最后还是纪哥说服了婶婶，同意把

'飞吻'放在他们家养，所以我就送给纪哥哥啦，这样我也能天天和它玩。"

陆敛舟听着她的话，神色一顿，片刻后伸出一只大掌摸了摸温梨的发顶，语气温柔地说："名字起得很好。"

温梨的嘴角不自觉地往上翘，下一瞬却听见他低沉、磁性的声音传来："那以后孩子的名字也由你起，好不好？"

孩子……

"什么孩子？"温梨的脸倏地一红，嘟囔道，"连个影儿都没有的事你怎么……"

陆敛舟笑着听温梨的声音逐渐低下去，指尖在她泛红的耳尖处轻轻捏了一下，才不紧不慢地开口："可以未雨绸缪。"

这时，不远处的"飞吻"忽然低鸣了一声。

温梨蓦地回过神来，匆匆推开他，想要从他怀里挣出来，没想到他一把握住了她的手腕，反手将她牵起。

"走吧。"陆敛舟握住她的手，与她十指相扣。

温梨只好由他牵着往里走。

二人刚走到纪丛身边，"飞吻"便凑过身子，歪着头在温梨的腿上轻蹭，像是在求关注。

温梨蹲下身摸了摸它，一边安抚一边说："'飞吻'一直都很乖的，就算有陌生人来，它也不会大喊大叫，不知道今天怎么这么凶……"

说完她还敲了敲"飞吻"的脑袋，转头看向陆敛舟，说："'飞吻'可能是害怕你。"

"我有那么吓人吗？"陆敛舟问。

听见他反问，温梨脑海里不自觉地回忆起之前那次回老宅。

那时陆敛舟一副冷淡又疏离的样子，和身旁一脸慈祥平和的陆父形成了鲜明的对比，看起来真是太像吓人的怪叔叔了。

"那气场是挺吓人的，我当初也觉得你是吓人的怪叔叔。"温梨一本正经地说。

与此同时，一直在一旁沉默的纪丛突然扯了扯嘴角，轻笑了一声，像是被温梨的话给逗乐了。

陆敛舟敛眸朝纪丛看去，纪丛也刚好转过头来，还将温梨那串没吃完的糖葫芦递给了他。

"来，帮你老婆拿好了。"纪丛虽然已经决定放手，但和陆敛舟说话的语气依旧带着高傲。

陆敛舟稍愣，眯了眯眼眸，几乎是马上就觉察到了纪丛的变化。

这不是他一贯熟悉的纪丛，往常的纪丛不可能会对他说这种话。

虽然纪丛的语气听起来又冷又踺，但没有了之前的那种敌意，不仅主动给他递来糖葫芦，而且话里话外好像也认可了他和温梨之间的关系。

"不接吗？"纪丛再次出声提醒，语气云淡风轻。

二人短暂地对了一个眼神，默契地读懂了对方的意思。

陆敛舟目光微沉，抬手接过他手上的糖葫芦，说："多谢了。"

三个字不多，却仿佛蕴含了很多。

温梨并不知道他们在进行无声的交流。她半蹲着，指尖轻轻地拉了拉陆敛舟的衣角，跟他解释"飞吻"名字的由来："你看，'飞吻'嘴巴旁边的这撮毛是一个爱心的形状，看起来就像一直在给咱们抛飞吻似的。"

陆敛舟闻言，目光从纪丛身上移开，转移到"飞吻"的身上。

"是不是很像？"温梨像孩子一般激动地给他展示。

陆敛舟微微颔首，应道："嗯。"

温梨放开"飞吻"，满意地站起身，动作自然地接过陆敛舟手上那串糖葫芦。

纪丛对他们说："进去吧，饺子应该快煮好了。"

说完，他率先转头往里走，"飞吻"也一步一顿地跟在他身后离开。

温梨和陆敛舟进门时，温父和纪父还在下象棋。

见饺子还没煮好，温梨赶紧把冰糖葫芦吃完，然后拉着陆敛舟坐在一旁观棋。

温父和纪父都是下棋的老手，他们下得很慢，每一步都会仔细斟酌，直到纪母说饺子已经煮好了，他们这盘棋还没有下完，只能先暂停。

来到饭厅，餐桌上已经摆了好几盘饺子，其中有一盘特别显眼，别的饺子都是白白嫩嫩的，非常饱满，而它们是瘪瘪的，歪七扭八，甚至还有一两个是破了的。

"妈妈，你竟然还放了我包的饺子？看起来也太丑了。"

"那能怎么办呢？"温母一脸无奈地说，"不能浪费粮食。"

"好吧。"温梨自己都有点儿嫌弃，但也只能默默地把自己包的那几个饺子端过来，却突然被陆敛舟摁住了手背。

"我想吃你亲手包的饺子。"说罢，他接过了她手中的盘子。

温梨看他神色自然地将她包的那几个饺子放进碗里，一点儿嫌弃的意思都没有，于是悄悄伸手在桌子底下轻轻地戳了戳他的膝盖，却被他反手握住了手指。

他的掌心炙热，异常暖和，如同她心里缓缓淌过的暖意。

温梨歪头看他认真地吃她包的饺子，脸颊不由得爬过一丝红晕。

她突然发现之前都是陆敛舟给她做早餐，煎牛排，还时不时地煮夜宵，而自己好像从来没有给他做过一顿饭。肯定是因为这样，他才会对着她包的那几个又歪又丑的饺子视如珍宝。

温梨用指尖轻轻挠了挠陆敛舟的掌心，能感觉到他掌心那层薄茧带着略微粗粝的触感。

陆敛舟像是察觉到了她的想法，抓着她的手背宽慰性地摩挲着，轻柔得如同在抚摸心爱的宝贝。

晚饭过后，天色逐渐暗了下来，温梨和陆敛舟来到纪丛家的天台放烟花。

夜幕低垂，万籁俱寂，天空有几颗恒星闪着光。

头顶的苍穹仿若触手可及，天台虽然不高，却足够观览 N 市的大片夜景，甚至能眺望到远处的海岸线。

仙女棒在夜色中绽放出耀眼绚烂的火花，燃烧时浅浅的烟雾朦朦胧胧的，营造出梦幻又瑰丽的夜境。

温梨捏着两根燃烧的仙女棒在夜空中晃动，笑眯眯地转头问陆敛舟："好看吗？"

"好看。"陆敛舟勾着唇站在温梨旁边，看着她手举烟花棒的样子，是真心觉得好看，仙女确实就应该玩"仙女棒"。

温梨扑哧一笑，说："那你给我拍照片。"

"好。"陆敛舟正准备掏出自己的手机，却被温梨喊住了。

"用我的手机拍，我要发网上。"温梨轻抬下巴，示意他从自己大衣的口袋里拿出手机。

陆敛舟笑着依言拿出了她的手机，打开相机里的人像模式，将镜头对准了她。

那张少女般的脸蛋儿清纯娇美，笑起来特别上镜，也难怪会吸引无数粉丝疯狂喊"老婆"。

夜空呈现出一种静谧的蓝色，萤火般的光亮忽闪忽闪，逐渐与那张娇俏的面容重叠，陆敛舟不自觉地多拍了几张。

按下快门的一瞬间，陆敛舟的内心陡升出一种欲念，如果时间能定格，他想就这么一直静静地看着她这张无忧无虑、异常治愈灵动的笑脸。

烟花棒燃尽，温梨将两根小棍子放下，来到陆敛舟身边，说："让我看看你拍得怎么样。"

陆敛舟将手机递给她，顺带抬手温柔地将她耳侧被风拂乱的几缕发丝拨好，问："满意吗？"

"嗯！"温梨笑着点头看他，然后拉着他走到天台的栏杆前认认真真挑照片。

陆敛舟随着她的步伐走去，在栏杆前站定，一只大掌覆向她纤薄的后背，将她轻轻地揽住。

两家父母在楼下的庭院里坐着闲聊，晚风习习，宁静安逸。

温梨双手搭在栏杆上，有一下没一下地翻看着照片。

"陆总怎么好像无论做什么事情都很擅长？"温梨突然偏过头，对着他用一种近似崇拜的口吻说，"拍的照片都这么好看，无师自通呀。"

每次温梨心底闪过逗弄的心思时，都会故意喊他陆总，以一种下属尊称的方式，因为她觉得这样逗他很好玩。

"陆总？"陆敛舟闻言，微微挑眉，轻掐她柔软的腰肢假装惩罚。

"陆哥哥……"温梨弱弱地喊了一声，只有他听得见。

她娇软的声音让陆敛舟很受用。他的目光扫过她戴着的那副珍珠耳夹，伸手捏了捏她羞怯的耳尖，感叹道："乖乖，你怎么那么乖？"

温梨故意不理他，继续翻照片，刚好往前翻到了下午拍下的那张照片。

"你看。"温梨举着手机给陆敛舟展示，"我们小时候有合照的！"

她的语气有些雀跃。陆敛舟顺着她的话将视线落到那张照片上，眼底的晦暗一闪而过。

那就是他一直耿耿于怀的那一幕，那时的她只要纪哥哥，不要陆哥哥。

陆敛舟没说话，只是默默从后面抱住她，将她完全搂在自己身前，掌心缓缓移至她平坦的小腹上。

他掌心炙热的温度源源不断地传向她的小腹。温梨扭头看他，对于他突然的亲昵有些不明就里，问："怎么啦？"

"嗯。"陆敛舟低应了一声，说，"照片里的一幕我记得。"

"你记得？"温梨有些惊讶。

但很快她就意识到，他那时已经是将近九岁的小少年了，记忆里有这一幕很正常。

"那你怎么看起来好像不开心？"温梨又问。

他们在小时候就有合照，不是应该感到开心和高兴吗？

陆敛舟默了默，搂紧了她柔软的腰，语气听起来有些自责："我那时把你弄哭了。"

温梨闻言，嘴角扬起笑，原来是在介意这个。

"这都多少年前的事了……"她安慰道："你应该开心呀，你看，这张照片记录下了我们当时的模样，或许那时就是我们缘分的开始。"

"嗯。"陆敛舟目光缓缓地在她那张明媚的笑脸上来回扫视，最后落在她的红唇上。

温梨被他看得不自在，正欲回头时——

突然。

"汪！汪！汪！"

"飞吻"激动的喊叫声打破了缱绻旖旎的氛围，温梨条件反射般推开了陆敛舟，紧接着，她看见"飞吻"无比热情地朝她扑来。

"飞吻。"温梨张开双臂将它接住。

陆敛舟幽怨地看了一眼"飞吻"，忍不住屈起两根手指重重地敲了敲它的脑袋，招来"飞吻"呜呜的低吼声。

过完春节，二人回了 S 市，在家休闲惬意地过了两天后，陆敛舟又开始忙陆廷的事务，每天都早出晚归。

而温梨则相对悠闲一些，时不时会缠着罗婶教她做一些普通易学的家常菜，还学着煲老火靓汤，就是专门为了让陆敛舟尝尝自己亲手做的菜。

有一次，陆敛舟加班到很晚，温梨还亲自去陆廷给他送自己亲手做的爱心晚餐。

没多久，T 大的新学期也开始了，温梨手头上的课题进入尾声，但总有新的课题和想法源源不断地冒出。

时间很快来到四月底。

经过一个凛冬的洗礼，春天万物开始复苏，草长莺飞。

《奥·秘》虽然早已收官，但节目大获成功，并且还为 T 大气象组带来了极高的关注度，温梨的社交账号粉丝也突破了五百万。不过她只在社交账号发一些宣传科普性的东西，鲜少在公众面前露面。

这天，吴槐院长找到温梨。校方为了即将到来的招生季，想让 T 大气象组开展一次线上直播活动，而温梨作为气象小组中最受欢迎的一员，无论是关注度和影响力都最高，所以校方希望她每周五能抽出一个小时给网友和粉丝做直播，在科普气象知识的同时，还能提升 T 大的知名度。

了解了院长的意思后，温梨欣然答应。她很乐意为网友们科普气象知识，而且每周只要一个小时，并不会占用她太多的时间。

直播的时间定在周五，温梨下班回到陆曳江岭后便去了书房，架起手机点开了拍摄镜头。

傍晚六点整，直播准时开始。

因为 T 大预热过，所以直播刚开始便有不少的粉丝和网友蹲守，还热情地和温梨打招呼：

"啊啊啊，好想你！"

"呜呜呜，宝贝终于开直播啦！"

"好久不见，还是那么美！"

"我搬了'小板凳'认真听课来啦！"

温梨微笑着和他们打招呼，没一会儿便看到粉丝说她的直播角度没调好，于是她又挪了挪手机支架，重新调整了角度。

但因为这是她第一次独自开直播，难免有些手忙脚乱，很多时候都是粉丝在弹幕上指导她应该怎样操作，还有怎么调整屏幕的互动设置。

她捣鼓了大概两分钟，问："现在好了吗？"

"好啦，好啦！"

"没问题，现在很 OK。"

温梨重新坐直身子，说："如果直播过程中有什么问题，你们及时告诉我好吗？"

网友齐刷刷地答应。

播了一会儿，又有大批网友陆续涌入直播间。

"报到！"

"呜呜，来晚了！"

温梨又和这一批网友问好后，才正式开始直播。

她这次整理了一些与云层相关的气象知识与网友们互动，希望他们能学会辨别日常生活中出现的不同云层。

开始时，温梨还略显拘谨，但十分钟后便逐渐进入了状态。

无论她科普什么、介绍什么，网友和粉丝都很热情地在弹幕里回应：

"这题简单，我知道！"

"我也是，姐姐看我，我来回答！"

"这些都好实用啊，我第一次知道，还有没有类似的呢？"

因为是第一次直播，温梨挑的都不是特别高深难懂的知识，都与生活息息相关，颇具趣味性，所以直播的热度一直很高。

直到直播接近尾声，温梨将准备好的内容都介绍完，还余了一些时间，于是和网友们闲聊了起来。

"陆总呢？陆总在不在呀？"

"嘿嘿，想看陆总！"

"他不在，去上班了，还没回来。"

"梨子，什么时候和陆总生小梨子呀，嘿嘿！"

"我也好期待呀，生出来的宝宝颜值肯定逆天了！"

温梨怎么都没想到会被网友和粉丝花式催生。

温梨看着弹幕，无奈地笑着回答："你们还有没有什么问题想问？"

"梨子，能不能再给我们跳一次宣传片里面的舞？"

"对对对，就是穿旗袍那次，还有眨眼，要看这个！"

"想看！"

弹幕的呼声太高，温梨实在抵不过粉丝的热情，只得答应："好吧，但是太久没跳过了，我不知道还记不记得，我试试看吧。"

"没事，就算你瞎比画，也还是仙女！"

"美女就算做广播体操也是美女！"

"好期待！"

"赶上热乎的了，没想到还能等到梨子跳舞，哭哭！"

温梨起身，站在空旷的书房中央："能看得到我吗？"

满屏的弹幕齐刷刷："可以。"

温梨又往后退了两步，伸手比画了两下，问："现在呢？能看得全吗？"

"OK！"

"能看全！"

"开始吧，我等不及了！"

温梨凭借着脑海里的印象随意比画了两下，慢慢找节奏、做动作。

与此同时，陆敛舟刚好下班回来。

他往常回家后做的第一件事都是抱抱温梨，但这天他在卧室里没找到她，便一路找到了书房来。

陆敛舟轻轻地推开书房门，便看到温梨正站在书房中央对着书桌的方向跳舞。

因为温梨是背对着他的，所以她并未察觉陆敛舟回来了。

陆敛舟挑了挑眉，嘴角一勾，悄声朝她走近，蓦地伸手从她背后将她揽入怀里，下巴抵在她的颈窝。

"乖乖怎么在跳舞？嗯？"他问。

温梨一惊，还没反应过来，就被他反手压住了腰肢，一个翻身便掉转了身子。

还不待她制止，他箍着她的细腰就要吻下去。

这突如其来的一幕令屏幕前的观众都极为震惊，同时，直播间里的弹幕瞬间沸腾。

被他这么一抱，温梨的脸瞬间变得通红。

在他低首就要吻下来时，温梨连忙用双手抵住他的胸膛，刚想开口告诉他自己正在直播，却突然感到一阵强烈的反胃，不知道是他身上的味道，还是因为什么，她恶心得想吐。

温梨忍不住发出了一声干呕，连忙推开他，转身朝书房外跑去，留下一脸蒙的陆敛舟愣在原地。

不仅陆敛舟不知道发生了什么，蹲守在直播间里的网友也都一脸问号：

"梨子怎么了？"

"梨子怎么吐了？"

"梨子怎么看到陆总就吐了？"

"梨子怎么刚被陆总亲上就吐了？"

"说好的腻腻歪歪呢？陆总竟然被嫌弃了？"

"这……梨子已经怀上了吧？"

"肯定是的，这分明是孕吐！"

"可是梨子的小腹还是好平坦，看着不像！"

"但是梨子的身材一向都那么好，估计月份不大吧，没显怀！"

"楼上的，你好懂！"

陆敛舟的神色透着疑惑，他正准备转身出去找温梨，余光却瞥见了书桌上面架着的手机。

他走近，将手机拿起，除了看到自己入镜外，还看到满屏的弹幕飘过，都在讨论刚才的事情。

陆敛舟眉头轻皱，正准备退出直播时，温梨回到了书房。

她一阵小跑来到书桌前，接过陆敛舟手里的手机，对着镜头和粉丝们摆手道："今天的直播就到这里啦，谢谢大家的捧场，咱们下次见！"

说完，温梨没等众人回应，干脆利落地退出了直播软件，然后将手机倒扣在桌面上。

陆敛舟挑眉看她心虚又紧张的模样，蓦地将她拦腰腾空抱起，放在了书桌上。

他身体往前倾，双手半撑在桌面上，问："乖乖，你怎么了？"

她的脸色看起来有些苍白，陆敛舟用略带薄茧的指腹轻抚过她的脸颊，柔声问："哪里不舒服？"

"不知道。"温梨咬着唇摇了摇头，双眸盈着水光，看起来我见犹怜，"刚刚也不知道为什么，闻到你身上的味道突然就想吐。"

陆敛舟低头嗅了嗅自己身上的味道，才抬头问她："现在呢？现在闻到还想吐吗？"

"不会了。"她的声音很弱，听起来好像还是有些不舒服。

陆敛舟伸手覆上她的后背，温柔地安抚轻拍，问："现在还难受吗？"

"没那么难受了。"温梨摇了摇头。

"乖乖。"

"嗯？"

陆敛舟想起了刚刚看到的网友弹幕，抬手将她耳鬓散落的发丝捋好，轻声问她："你是不是怀孕了？"

"怀孕……了？"温梨弱弱地重复，忽然想起自己的生理期确实推迟一周了。

"乖乖，我们去医院检查一下好不好？"

温梨本来并没有把这当回事，但陆敛舟这么一问，让她意识到自己可能要当母亲了，突然大脑一片空白，神经不自觉地紧绷起来，指尖也无意识地攥紧了他的衣角。

提到去医院，她更加紧张，找借口推托道："可是已经晚上了，现在去医院太晚了。"

"那我去趟药店？"陆敛舟看出了温梨的紧张，极有耐心地问她。

温梨深吸一口气，说："好。"

"那你一个人在家可以吗？"陆敛舟将温梨拥进怀里，问，"还是我让罗姊上来陪你？"

"不用。"温梨摇了摇头，扭头将桌上的手机拾起，说，"我想查查看怀孕早期是怎样的。"

他们都没有经验，都很紧张。

"那你等我回来？"陆敛舟问。

"嗯。"温梨攥着手机，能看到陆敛舟眼底的期待，但他表现得很克制。

"好，我先抱你回卧室。"陆敛舟将温梨稳稳当当地抱住，双手托住她的膝窝，然后才步伐沉稳地朝着卧室走去。

将温梨放在大床上，陆敛舟又抬手将丝绒被轻轻地覆在她身上，俯首在她的额头印下一个吻，说："等我回来。"

温梨点点头，听见他又补充了一句："有什么事直接打我电话，我很快就回来。"

"好。"

不知怎的，对于这个可能的好消息，二人都表现得异常平静，但又好像都只是伪装出来的平静。

直到陆敛舟离开后，温梨才打开手机搜索早孕的反应。

怀孕初期五至六周时，因为体内的人绒毛膜促性腺激素的增多，孕妇会出现恶心呕吐、乏力疲倦、嗜睡、食欲不振、乳房疼痛等一系列的症状。

温梨想了想，自己最近虽然没有觉得乏力疲惫，但是总是没什么胃口，不喜欢吃荤腥油腻的食物，总是想吃草莓和各种草莓甜品。

前几天晚上，她临睡前躺在床上说了一句"想吃草莓"，陆敛舟便特地重新穿好衣服，半夜出门，最后不知道从哪里给她买回来一大盒草莓。

至于嗜睡，她本来还以为是陆敛舟惯着自己，所以她才总想赖床。

不过因为周一到周五她都要去T大，所以即使想赖床也不得不起床去上班。

陆敛舟去得很快，五分钟左右便回来了。

他回到卧室时，温梨还抱着手机在忐忑地查询资料。

"乖乖，知道怎么用吗？"陆敛舟从袋子里取出一支验孕棒。

温梨抿着唇摇了摇头。

陆敛舟握着她的手，细致地将药店医师给他讲解的操作复述给温梨听，最后怕她记不住，还指了指包装上面的详细说明，说："这里也有解释。"

"好。"温梨接过他手中的验孕棒，起身往浴室里走去。

陆敛舟却拉住了她的手腕，问："要不要我陪着？"

"不用。"温梨怕自己将慌乱和紧张传递给他，于是摇了摇头。

"好。"陆敛舟虽然应了，但还是陪着她到了浴室，看她进去后便等在门外，叮嘱道，"乖乖，如果需要我就喊我，我就在这里。"

"嗯，知道了。"温梨将门关好，小心翼翼地拆开包装，然后根据说明操作，等了一会儿，她看到那支验孕棒上渐渐出现了两条明显的杠。

看到那鲜红的两条杠，她突然有些不知所措。良久，她呆呆地摸了摸自己的小腹，好似能感受到里面正孕育着一个小小的生命，而这个生命与自己紧密相连，就好像是自己不可分割的一部分。

她开始变得有些期待，内心深处的忐忑不安也逐渐被满满的喜悦感充盈。

陆敛舟听到里面一直没有动静，忍不住开口问："乖乖？"

温梨没有回答他，只是紧紧地攥着那支验孕棒，打开了门。

"怎么样？"陆敛舟显然和她一样紧张。

温梨在他面前摊开掌心，白色长条状物体上格外清晰地显示着两道红红的杠。

陆敛舟微微一愣，片刻后才反应过来，激动地将她抱起，又格外小心地转了一圈。

"乖乖，你是不是要当妈妈了？"陆敛舟托着温梨的胳肢窝，将她举在半空中，像是对待小孩般，高兴地问，"我是不是要当爸爸了？"

他的语气虽然很克制，但话语间的期待和喜悦之情溢于言表。

"快放我下来。"温梨微微红着脸，娇嗔了一声。

"好。"陆敛舟将她放下，又将她拥进自己怀里，说，"我们明天早上去医院检查一下，再确定一下。"

"嗯……"温梨窝在他的胸膛前，眼眶微微泛酸。

这个小生命的孕育，就好像是他们之间一路走来的爱情，终于从花开到结出了果实。

温梨轻轻地戳了戳他的腰腹，问："我能做好准妈妈吗？"

这是第一次，她感觉到自己的身份终于要升级了，而这种感觉甚至比她在科研工作领域的职称升级还要来得更加奇妙。

陆敛舟稍稍松开她，察觉到她眼角淡淡的变化后，伸手抚过她的眼尾，柔声说："乖乖，陆太太这个身份你当得很好，所以，你也一定是一个很棒很棒的准妈妈。"

"真的吗？"他说得诚挚认真，温梨再次忍不住伏进他的怀里，因为他的怀抱总是会让她感觉到安心。

"真的。"陆敛舟的手抚摸过她柔软的发顶，说，"乖乖，谢谢你。"

"谢我什么？"

"谢谢你给我带来这一份礼物。"陆敛舟的嗓音似乎有些低哑，"我爱你，很爱你。"

陆敛舟往常都很沉默寡言，现在却抱着她絮絮地说着话："只要一想到这是我和你的孩子，我就迫不及待地想见他，想让他快点儿来到这个世界，想看看他长什么样，是不是长得很像你，想要好好爱他、护他，想和你一起陪着他长大。"

温梨被他的话逗笑了，问："陆总之前谈过那么多大生意，怎么这次这么不淡定？"

陆敛舟微挑眉梢，没有反驳。他不打算压抑这种不淡定，伸手轻轻地抚上温梨平坦的小腹，说："我很开心。"

四个字听起来很稀松平常，却好像蕴藏了很多汹涌的情绪。

当天晚上睡觉时，陆敛舟一直以保护的姿势抱着温梨入睡。

但是二人默契地没睡着，几乎都是睁着眼从天黑熬到天亮。

直到凌晨五点多，天际泛起鱼肚白，温梨才在陆敛舟怀里渐渐睡去。

第二天清早，陆敛舟小心翼翼地起床，先是打电话和医生预约，然后又给徐特助打电话将当天的例会和工作安排全都往后推，最后特意嘱咐罗婶准备了一桌营养丰富的早餐。

因为昨晚实在没睡好，温梨醒来后只觉得困意十足，但一想到今天要去医院，便没有赖床，匆匆洗漱完，吃过早餐后就和陆敛舟一起出发了。

到了医院，陆敛舟牵着温梨做各种检查，不久结果出来了。

报告显示温梨确实已经怀孕了，目前是孕期第五周，而且各项指标显示孩子很健康。

随后，医生向他们嘱咐了孕期的一些注意事项，陆敛舟在一旁听得非常认真，并且还事无巨细地记了下来。

温梨站在一旁看到他这副积极的准爸爸模样，宽慰之余更多的是放心。他肯定是一个很好的父亲，真的会像他之前说的那样，就像爱她一样爱孩子。

从医院出来，陆敛舟抬手拉开车门。等温梨坐上了副驾驶座，他才替她将车门关好。

车上，温梨转头问陆敛舟："我想把这个消息告诉爸爸妈妈他们，好吗？"

"好。"陆敛舟伸手摸了摸她的手背，说，"等你说完，我再开车。"

"嗯。"温梨打开手机，先是给陆父陆母打了一个电话，然后又给自己父母打电话，最后甚至还给莫簌发了消息。

陆敛舟全程一直在一旁注视着她，温梨被他看得红了脸，忍不住问他："你为什么一直盯着我呀？"

"因为怎么看都不够。"

温梨努力压住上扬的嘴角，重新回到正题："你爸妈说下午来别墅看我们，我爸妈也说找时间过来一趟。"

陆敛舟闻言，略微一顿，轻轻地拍了拍她的手背，说："不用，我带你再回一次 N 市吧？"

"为什么呀？"

"我在那里给你准备了一个惊喜。"这一次陆敛舟没有打算瞒她，他为这个惊喜已经准备很久了。

温梨眨着眼问他："什么惊喜？"

"说了是惊喜，怎么能直接告诉你呢？"

"那你为什么要现在告诉我！"温梨佯装不满地哼了一声，娇嗔道，"陆总真是惯会勾人心呢。"

"难怪这么会做生意呢。"温梨凑近他，故意调侃。

陆敛舟失笑，蓦地伸出一只大手掌扣在她的脑后，对准她的唇吻了上去。一吻毕，才说："当然，不然怎么把你追到手呢。"

温梨贴在陆敛舟的胸膛前，几乎被他温热的气息完全包围。

良久，她像是想起了什么，戳了戳他，问："你今天不是还要去陆廷开会吗？"

陆敛舟稍稍松开她，一只大掌贴在她温软的脸颊上细细摩挲，说："会议被我推迟了。"

"可是你今天的会议不是很重要吗？"温梨记得他从春节过后就一直在忙这个跨国并购案。

"乖乖。"

"嗯？"

"一桩生意谈不成，可以继续谈下一桩，而你却是唯一的，容不得半点儿闪失。"

听着他一本正经地跟自己解释，温梨的眼底突然露出狡黠的笑意，竖起一根食指在半空中摆了摆，勾着唇笑道："我可不会吃陆廷的醋！"

她喜欢工作能力强的他，一直觉得他能四平八稳地执掌陆廷是一件有魅力的事，所以从来不会让他在自己和工作之间做一个取舍。

陆敛舟失笑，抓住她那根细直的手指，放到唇边吻了吻，说："不管你会不会吃醋，你永远都是我心中的第一位。"

听到他这么说，温梨脸颊有些微微发烫，觉得自己好像沉浸在幸福之中。

陆敛舟又继续深情地看了她一会儿，才说："现在时间还早，我们去一趟母婴用品店，挑一些你喜欢的物品。"

"好。"温梨盈盈地笑着。

陆敛舟看她点头，便伸出手动作轻柔小心地给她系安全带，系到一半，他像是忽然意识到什么似的顿住了。

"怎么啦？"温梨问他。

"安全带会不会勒到肚子里的宝宝？"

温梨看他那副小心谨慎的样子，不由得失笑，说："陆总怎么会问这么傻的问题呢？安全带是从胯骨绕过去的，不是系到肚子上的。"

"也是。"陆敛舟像是才松了一口气，重新认认真真地给她扣好安全带。

温梨想起他往常那副霸道的模样，再看看此时此刻的反差萌，真是太可爱了，于是忍不住凑过去亲了他一口。

这时，安全扣刚好插进卡槽，"吧唧"声和"咔嗒"声同时响起。

陆敛舟一愣。

"奖励你的。"温梨勾着他的后颈，轻扬下巴。

"那要不要再多奖励几口？"陆敛舟俊朗的眉眼掠过一丝温柔。

温梨认真地思考了一下，说："嗯……那得看你后面的表现。"

陆敛舟无奈地笑了笑，伸手摸了摸她的头顶，然后才发动车子。

车子汇入车流，没多久就驶到了国贸城，二人从地下车库乘坐电梯直奔母婴用品店。

店里的人不太多，都是成双成对携手逛店的新手父母。

温梨以前从没来过母婴店，这是第一次，兴奋之余还有些小激动。

她拉着陆敛舟直奔小孩子的衣服区域，入目皆是各种小小的衣服和袜子，特别可爱，软软萌萌的样式，像是能把人的心都给萌化了。

但是临到要挑时，她又犹豫了，因为她连肚子里的宝宝是男孩还是女孩都不知道，所以不确定是应该挑粉嫩一点儿的还是素净一点儿的样式。

如果是女儿的话，那要把她打扮成可可爱爱的小公主。

如果是儿子的话，那就是"冷面冰山"的缩小版。

温梨这么想着，偷偷看了一眼陆敛舟，不由得笑了起来。

"笑什么？"陆敛舟轻搂她的腰肢，问。

"没什么！"温梨笑着摇了摇头，然后伸手指了指面前样式繁多的母婴用品，"我不知道应该挑什么，都很喜欢。"

"那就都买下来。"

果然是一贯的霸气风格呢。

"也好。"温梨转念一想，这样确实可以省下很多时间，也不用再纠结了。

而且最重要的是，这些小衣服和袜子她都很喜欢，给宝宝多买些，可以每天变着花样地打扮他，想想都很有趣。

于是温梨就让陆敛舟去和店员沟通，自己则悠闲地来到了一旁的婴儿摇床区选购。

那么多款摇摇床可不能都买下来，经过千挑万选，温梨选了一张印有宇宙星河的星星形状的摇摇床。

可是等到陆敛舟过来时，她又犹豫了，问："现在买这些会不会太早了？"

"不会。"陆敛舟摇了摇头，说，"你可以先挑，我们预订下来，到时候让店员直接把它送到陆曳江岭。"

"也是哟！"

于是温梨除了婴儿摇摇床外，又陆陆续续挑了很多其他的东西，比如手推车、宝宝餐椅等，最后还被陆敛舟牵着去挑专门安装在车上用的婴儿安全座椅。

结账前，陆敛舟经过图书区域，停下了脚步。

"乖乖，我想买些书回去学习。"说完，他便从书架上拿下了好几本厚厚的育儿类书籍。

他挑得很认真，每一本书都会先将目录详细地看一遍，然后再翻开里面的内容仔细阅读。

温梨见他这么用心地挑选，不由得抱着他的手臂，笑着问他："陆总不是一向做什么事情都能无师自通吗，怎么还需要看书学习？"

陆敛舟摸了摸她的发顶，语气无奈却宠溺："我想好好照顾你和宝宝。"

除了买了一堆育儿书籍外，陆敛舟还选了几本孕妇的营养食谱，准备带回去给罗婶，让她多照顾温梨的饮食。

而温梨则挑了一本封装精美的童话故事书，笑着说等孩子出生以后，她要每天晚上睡觉前给他讲童话故事。

收银区前。

温梨挽着陆敛舟结账，总觉得周围人的目光若有似无地集中在他们身上，于是轻轻地晃了晃陆敛舟的胳膊，小声说："我怎么感觉我们好像又被认出来了。"

就和上次在森林游乐园的礼品店一样。

"没事。"陆敛舟一只手提着东西，另一只手安抚性地握了握她的手心，说，"我们结完账就离开。"

与此同时。

不远处的一位孕妈妈激动地扯了扯自己丈夫的袖子，说："那不是陆廷总裁和温梨吗！我的天，居然看到真人了，他们好般配呀！"

这位孕妈妈非常激动，立刻就发了一条推文："今天逛母婴用品店时偶遇了陆温夫妇！陆总好帅，梨子好美，两个人太般配了！都一起逛母婴用品店了，肯定是有好消息了吧！提前恭喜了呀！"

推文发出来后，因为提及了温梨和陆廷，很快就被眼尖的网友和营销号疯狂转载。

等温梨和陆敛舟回到陆曳江岭时，这个话题已经在网上掀起了很高的讨论热度了。

网友不断地提及两位当事人，清一色的都是给他们送祝福以及期待二人孩子早日出生。

陆敛舟牵着温梨进门，先是和罗婶说了温梨怀孕的消息，罗婶听后异常开心，还特地将自己过往的生育经验分享给了温梨。

等回到卧室时，温梨才发现莫簌连续给她打了好几通电话，但是因为她之前给她报完喜后就一直没看手机，所以全都错过了。

温梨拨通电话，问："簌簌？"

"梨梨！"莫簌的声音听起来尤为激动，"恭喜你要当妈妈了！我要申请当你们崽崽的干妈！"

温梨抿唇笑了一下，说："可以，你来当干妈，毕竟你可是我们的第一个CP粉呢！"

回想起之前她为了躲陆敛舟还躲到莫簌的公寓去住，一眨眼，时间已经过去这么久了，现在连孩子都有了，一路走来，就像做梦一样。

"当然！"莫簌显得特别自豪，"我看别的眼光可能不准，但'嗑'CP的眼光老准了！"

温梨笑了一下，问："你当时怎么说来着？离婚感CP？"

温梨说这句话时，陆敛舟刚好进门将买回来的东西放好。

他听见她说"离婚"两个字，便放下了手中的东西，径直走到她面前，默默搂着她的腰。

温梨的脸一红，无声地指了指耳边的手机，示意自己在打电话。

陆敛舟知道她在打电话，却还是拥着她的细腰，没打算放开。

"嘿嘿，梨梨，我可太感慨了，你们这一路先婚后爱，我可是都见证了！现在还有崽崽了，你家陆总是不是得给我发个大红包？"

温梨闻言，挑起眉头，故意调侃道："簌簌，可以，我把电话给他，你跟他说？"

"啊！什么呀！陆总在你旁边？"

"嗯，他在旁边都听得清清楚楚呢！"温梨捏了捏陆敛舟的耳朵，指腹轻轻地抚过他耳骨处那颗黑色的耳钉。

"发。"陆敛舟言简意赅地说了一声。

"嗯？"温梨一愣，没想到他会开口。

"我听到了什么？"莫簌啧啧了两声，"我听到陆总的声音了，他说发！"

"是，他说给你发大红包。"温梨笑着说，"簌簌，你真是个小财迷。"

"好，我等着！"莫簌说完，忽然"呀"了一声，"梨梨，我打电话给你，是想说你和陆总又上新闻了！"

"是不是我们逛母婴店上新闻了？"温梨现在已经能直接推测出是什么新闻了。

"是呀，现在网友都在送祝福，所以我也要给你们送祝福！"莫簌继续说，"希望你们的崽崽能平平安安出生，健健康康长大！"

"好，借你吉言！"

挂断电话后，温梨就让陆敛舟去给莫簌安排大红包，而自己则打开了社交账号。

果然，才进入账号界面，她就看到满屏红通通的未读消息，随手点开评论区或者私信箱，都能看到满屏的"恭喜"和爱心表情包。

看着网友的祝福留言，温梨觉得她肚子里的宝宝还没出生就已经收获到许许多多的爱了。

下午，陆父陆母来了陆曳江岭。

两位老人家都很开心，但更激动的还是陆母。

她拉着温梨念叨了很多养胎的事情，一边嘱咐她，一边提醒陆敛舟要多照顾和体贴妻子，不许惹温梨生气，不然就把他给赶出家门。

温梨被陆母的"警告"逗乐了。虽然陆敛舟无缘无故被数落了，但他还是安静地候在一旁耐心听着，嘴角的笑意反而渐深，没有半点儿不耐烦的迹象。

一旁的陆父虽然没怎么说话，但英武的脸庞上挂着慈祥的笑容，最后只补充了一句："怀孕是大事，这个过程是艰辛而又伟大的，半点儿马虎不得。我们作为男人，必须要有耐心和责任心，一丝不苟地对待这个过程，才对得起对方十月怀胎的艰辛。"

陆母和温梨聊完后，又跟罗婶仔仔细细地交代了一遍，让她日后要做营养均衡的孕妇餐，又另外安排了两个有经验的护理师和营养师上门看护，把方方面面都考虑周全后她才放心地和陆父回家，临走前还嘱咐有问题一定要随时给她打电话。

陆父陆母走时，温梨还想着送他们出门，但他们说什么都不准，就让她安安心心地待在卧室里，好好休息，千万不能动了胎气。

连陆敛舟要送他们下楼也都被赶了回来，还说："不用送我们了，我们自己能走，快回去陪梨梨，你可要多注意，要多花点儿时间在梨梨身上，别老往公司跑，不是什么工作都要你亲自处理的，公司有的是人，多安排他们去做。"

陆敛舟连连应好，心里却浮现一丝无奈。他可没说要放着温梨不管天天去公司，他巴不得天天黏着她。

等把父母都送走后，陆敛舟回到卧室，看到温梨正窝在落地窗前的那堆小鹿玩偶里，一只手抱着一只小鹿，另一只手对着玻璃窗外招手。

"乖乖，在那里干什么呢？"陆敛舟朝她走去。

温梨回过头看他，说："我跟爸妈挥手呀。"

陆敛舟俯身准备将她抱起，却见她手里还抓着小鹿玩偶不放，不由得笑道："怎么，这么喜欢这玩偶，连我都不管了？"

温梨眨了眨眼，问："你知道为什么这么多玩偶，我最喜欢小鹿吗？"

"为什么？"

"因为，我喜欢小陆。"

陆敛舟不解。

"这个陆，是陆敛舟的陆。"

陆敛舟这才反应过来，笑着刮了刮她的鼻尖，调侃道："玩谐音梗是要扣钱的。"

陆敛舟将她放在床上，问："陆太太喜欢小鹿，那你知道，我最喜欢什么吗？"

"什么？"

"喜欢小梨子。"

两天后，温梨和陆敛舟去了 N 市。当天 N 市的天气很好，而且因为刚进入初夏，气温不冷也不热，正是最舒服的时候。这次回家，陆敛舟全程都小心翼翼地保护着温梨，生怕她在途中出了什么差池。也许是孕期犯困，温梨一路上都安静地睡了，几乎是一闭眼一睁眼就到了家了。

温父温母早已在家等候多时，他们看到温梨进家门后，脸上的笑意就再也隐藏不住。他们连忙上前，一边观察她的肚子有没有变化，一边问她这段时间会不会不舒服，仔细问了好一通后，才招呼他们上桌吃饭。

在温梨到家前，温母特意准备了一桌子她往常最喜欢吃的菜。不过也许是孕期的胃口大变，虽然每一道菜看起来都色香味俱全，温梨却没怎么吃。

看着母亲特意为自己准备的那一桌子菜，而且每一道菜都是自己以前特别喜欢的，温梨觉得特别愧惜，于是转而在一旁督促起陆敛舟，让他替自己多尝尝。

饭后，回到房间，陆敛舟怕温梨会饿，于是问她有没有什么想吃的，比如冰糖葫芦，又或者是草莓，他去买，但都被温梨摇头拒绝了。

她躺在床上，眯着眼说要睡个午觉，一边说还一边笑着叹气："明明早上睡了一路，结果现在吃过饭又困了。"

陆敛舟只是拥着她，说："我陪你。"

于是，温梨睡到了晚饭前。

因为知道温梨不能吃油腻荤腥的菜，温母按照自己以前怀孕时的口味重新给她炖了一份补血安胎的山药乌鸡汤。而这一次，温梨没一会儿就把它喝光了。

初夏的晚上天黑得不算早，陆敛舟握着温梨的手问她是不是还想继续睡，温梨咬着唇摇摇头，一脸无奈地说："再睡下去晚上可就睡不着了。"

陆敛舟笑了笑，问："那乖乖要不要去兜兜风？"

"兜风？"温梨的眼睛亮起。在睡梦中沉闷地过了一天，她显然被他的建议勾起了兴致。

"嗯。"陆敛舟点了点头。

温梨笑着想起自己当初在帝都问他留学时是不是经常载女同学去兜风，于是连忙点头，眨着盈盈双眼，说："好哇，我们今晚就当是回到大学时候，晚上跑出学校去约会！"

陆敛舟摸了摸她的头，带着笑意问她："回到大学？"

"对呀，假如我从大学时就跟你谈恋爱，会是怎样的呢？"温梨忽然有些憧憬。

"会不会在平行时空里，我在大学时就已经和你在一起了，你是我的男朋友，每天晚上都会来学校接我出去兜风、约会，然后带我去做各种刺激又有趣的事情，我们一起去蹦迪，去户外音乐节，去潜水，去玩各种好玩的。"温梨越说越兴奋，最后却慢慢沉默了下来。

"怎么啦？"陆敛舟握了握她的手心，问，"怎么不说啦？"

"这些事我现在好像都不能做。"温梨无奈地说。

"乖乖，我答应你，等宝宝出生后，这些事我都统统带你去做。"

温梨扑哧笑了一声，说："陆总可不像是会做这些事的人。"

"为什么？"陆敛舟挑眉问。

"就是不像，你年轻时也许有可能。"温梨一本正经地说。

陆敛舟捏了捏她细白的手指，问："嫌我老？"

"嗯……"温梨仗着自己怀孕了，他不能对自己怎么样，于是天不怕地不怕地说，"你比我大五岁呢，本科四年，你毕业时我还没高考呢。"

陆敛舟也是一脸的遗憾，温梨便换了个话题说："不是说要开车载我去兜风吗？"

N市的夜色初升，陆敛舟把温梨"骗"出来后，并没有打算带她漫无目地兜风，而是沿着海边公路一路驶往目的地。

海湾公路车辆稀少，陆敛舟开得并不快，车窗微微敞开，初夏的晚风吹动着温梨的长发，有一种香港电影里的浪漫氛围。

因为紧张，他一路上都没怎么说话，只是默默地听着温梨说话。他还特意绕着海岸兜了好几圈,最后才把车停在了目的地前。

从车里下来,温梨能嗅到淡淡的海风咸味还有清甜的青草幽香。她正准备转身朝着海岸线的方向走,却蓦地被陆敛舟拉住了手腕。

温梨回头,看到陆敛舟单手按着衣兜,像是小心翼翼地攥着什么东西,看她的眼神也变得认真而深情,仿佛藏着什么还未明说的情绪。

"怎么啦?"她歪头问他。

"跟我来。"陆敛舟没有多说什么,只是默默牵着她的手穿过宽阔的空无一人的马路。

夜晚的海边只有依稀亮起的路灯,昏黄的光线明明灭灭,温梨怔怔地随着他往前走,而他却突然在马路边停了下来。

"乖乖。"陆敛舟喊了她一声,拥着她转身。

温梨顺着他的目光,看到了面前有座屹立在夜色中的建筑,设计风格很特别,独特奇妙的造型看起来就像是一座瑰丽的艺术馆。

还没等她反应过来,这座艺术馆突然亮起了灯。

原本低调地矗立于夜色中的建筑,在灯光亮起的瞬间突然变得无比耀眼,看起来如同光影盛宴般美轮美奂。

"这是?"温梨短暂地蒙了一瞬。

"气象博物馆。"陆敛舟回答她,便拉起她的手往里走。

从大门进去,首先最引人注目的是头顶的巨大天窗,通过透明的玻璃几乎可以将夜空的星光一览无余。

陆敛舟牵着她的手一边走一边介绍:"看,这里是天气画廊,这里是气象历史展区,这里是 AR 互动区,还有这……"

气象馆里灯光如昼,一切都是崭新的,像是刚刚建设好,还未对外开放。

不待陆敛舟说完,温梨扯了扯他的衣角,问:"这是你建的吗?"她从小在这里长大,知道 N 市有各种各样的博物馆,却没有气象博物馆,身为气象学家的她一直希望未来的某一天 N 市也能拥有一座自己的气象博物馆。

陆敛舟顿住脚步,回身扶着她的肩头,神色无比认真地点点头:"乖乖,这是特地为你建的,也是我能想到的最好的礼物。我知道你很喜欢你的职业,很爱气象学,我愿意支持你,也很希望能在你所擅长的领域内为你做些什么。"

温梨鼻头一下就泛酸了,眼眶也变红了。

陆敛舟轻抚过她的眼尾,语气温柔得如同头顶的月色:"要不要继续往里看看?"

"嗯……"

看到她点头，陆敛舟才又牵着她的手继续往里走，同时介绍："这里是多功能数字化地球仪，点击滚动地球仪可以探索来自 NASA 和 NOAA 等科学组织的数据集，查看全球实时气候数据。"

"这里是模拟的龙卷风旋涡。"陆敛舟又伸手指了指另一边，说，"那里是 Cloud Bowl（云碗），是整个场馆里最耗时的，光是设计就花了一个月，设计图也改了不下十次。"

温梨跟着他走到"云碗"前，看到上面的展板赫然印着：你有没有手握过一朵云？高空的云层遥不可及，这种常见的自然现象，我们只能望见却不能摸到，现在，你有机会可以亲身体验它！来开启你的互动探索！

"目前看到的这些，你喜欢吗？"陆敛舟在"云碗"前站定，看向温梨的眼神无比深情。

气氛有些微妙，温梨避开他那双满是柔情的黑眸，抿着唇皱了皱鼻子回答他："设计得很好，好用心，兼顾了科技和艺术，真的很棒。"

构思巧妙，别出心裁，从踏进这座博物馆的大门起，温梨的大脑便已被震撼填满。此刻的她根本无法思考，只能想出这些简单的词汇。

"那你大年初三那次说要见客户，就是瞒着我来这儿吗？"

"嗯，我一直都在和设计师还有建筑师对接沟通，但那次我过来是因为有很多事项需要我现场敲定。

"我们现在建的这座气象博物馆是非盈利性的，你不是一直在尝试科普气象学吗？到时候这座博物馆会向全民免费开放，还建有青少年学习科普体验区，我相信，它一定能达到你想要的效果。"

温梨听着他的话，觉得自己好像在做梦一般。她从来没想过有一天能拥有一座属于自己的气象博物馆，这份心意不是用金钱能衡量的，他为自己付出了太多的时间和心思。

毕竟这座气象馆肯定不是短短几个月就能建成的，就算加班加点也需要时间，说明他在很久以前就已经开始着手准备了。而在这段时间里，他不仅悄悄瞒着她准备这份惊喜，而且还暗中策划了很多用心的细节。

"乖乖，我们去顶楼天台。"

陆敛舟的话让温梨回过神来。她点头看向他，见他不自觉地按了按衣兜，然后才牵着她搭乘电梯上楼。

透明的观光电梯一路向上，能将整个气象馆尽收眼底，温梨的视线在每一个角落里细致地打量着，没有注意到身后的男人那貌似平静但早已紊乱的呼吸。电梯到达顶楼，门打开的一瞬间，温梨看到天台的场景，整个人直接愣住了。

夜色中的天台摆满了芳香浓烈的红玫瑰，有盆装的，有整束的，还有一朵一朵零散的，覆盖了整个天台，只留下小小的一片落脚的空地。

在略显昏暗的灯光下，这些玫瑰的红被衬托到了极致，每一片花瓣都像是在舞台上独舞，那么娇艳夺目。

在那大片的玫瑰丛中，还零星地装饰着一些气球，仿佛误入了童话里的仙境，它们飘在空中，夜风徐徐吹拂，伴随着花香一同舞动。

直到陆敛舟的一只大掌覆在她的后背，温梨才如梦初醒。

跟着他走到天台正中央，温梨转过身才发现陆敛舟的手里不知什么时候多出了一束鲜花，而另一只手则背在身后。

下一秒，陆敛舟单膝屈起，在她身前半蹲下来，另一只手从身后伸出，那只手上捧着一个深蓝色的丝绒盒子。他眼神虔诚而炙热地将盒子打开，取出了里面的一枚戒指。

那是一枚钻戒，不是传统的铂金银色，而是特别的玫瑰金色，一颗主钻被切割成如同繁星般的方菱形，周围还镶嵌着一圈细细密密的粉钻，满目的星河烂漫，如同一片银河。

"乖乖。"他说话时眼睛带着无尽的柔情，细碎的光芒掠过他的眼底，如同他手里那枚钻戒般熠熠生辉。

"我想跟你求婚，今生快乐的方式有很多，但我真正需要的只有你。

"这枚戒指带有我会忠于你的誓言，我爱你，希望你也能给予我余生爱你的机会。"

温梨的心脏怦怦跳着，张了张嘴，却一时忘了自己该说些什么。

陆敛舟久久等不到她的回应，忍不住出声提醒："乖乖，你愿意吗？"

他举着捧花，仰着头紧张无措地等待她的回应。

听到陆敛舟深情真挚的声音再次在耳边响起，温梨再也抑制不住，小声地哭了起来。眼泪一向不是她表达自己的方式，上一次还是因为科研经费被砍，在经历了各种尝试但都失败了以后，才不甘心地哭了。她以为她的人生只会因为工作和事业而落泪，没想到有一天会因为爱喜极而泣。

"乖乖，别哭。"陆敛舟还跪着，没得到她的回应也不敢起身，但是看着她那满是眼泪的脸蛋儿又心急得不行。

"乖乖？"陆敛舟又喊了温梨一声。但她只是越哭越厉害。

听到温梨这令人揪心的哭声，他实在忍不住了，径直起身将她搂进怀里，将戒指取出，不容分说地套进了她的手指，说："乖乖，就算你不答应，我也认定你了，你逃不掉了，我这一生只爱你一个。你这辈子被我套牢了。"

指尖一凉，温梨顿住了哭泣的动作，呆呆地举起手看着那枚戒指，很快就破涕为笑，问："为什么这么合适……"

陆敛舟看她终于笑了，擦了擦她的泪痕，说："我在你睡觉时偷偷量过指围。"

"什么时候，我怎么不知道？"

"都说了是偷偷量的，你怎么会知道？"陆敛舟刮了刮她的鼻子，一脸无奈。

"乖乖，那你答应了吗？这辈子就做我的陆太太。"陆敛舟还是想要她的回答，"你愿意吗？"

温梨的眼眸红红的，鼻头也红红的，连带脸颊都带着绯红，默然了片刻，她终于郑重地点头，说："我愿意。"

三个字，简单却意义深重。

陆敛舟提起的一颗心终于落下，他拥着温梨，轻轻地摸了摸她的小腹，笑着说："我们的宝宝也听见了。"

温梨也笑了，眉眼弯成月牙，仰着头下巴抵在他的胸膛，说，"宝宝是我们的见证人。"

"嗯。宝宝是我们的见证人。"

陆敛舟拥着她好半晌，等她平复情绪后才缓缓开口："乖乖。"

"嗯？"

"还记得你说过风的形状吗？"

温梨想起了圣诞夜那晚，抬手摸了摸自己脖子上的那条项链。

"你说风可以是夏日缱绻的晚风亲吻过脸颊，我第一次亲你，亲的是你的脸颊。"陆敛舟的手在她的后背摩挲着，说，"风的形状很浪漫，我还能再重温一次吗？"

温梨的脸一热，那时候的他小心翼翼地朝她靠近，连亲吻都要先征得她的同意，现在想起来，从一开始他就对她抱着最大的尊重。

初夏的晚风轻轻地吹拂着脸颊，真是风最温柔时。

"嗯，好。"温梨仰起头，闭起了双眼，等待着重温故事最开始的那份浪漫。

第一次亲吻她，陆敛舟只在她左侧的脸颊轻轻地落下一个吻，浅尝辄止。而这一次，他的唇也落在了和当初同样的位置。

夏日、海边、晚风、亲吻、鲜花，所有浪漫的氛围都在这一刻定格，如同戒托上永恒不变的钻石，所有爱意自此坚固不摧，弥落人间山野千里。

从初夏到深秋，绿叶变黄，纷纷扬扬落下，终于在深冬的一月份，众人迎来了他们的心肝宝贝。在医院的 VIP 产房里，温梨顺利诞下了一个小王子。

陆敛舟全程陪护在她身边，看着她疲惫的样子，满眼都是心疼。

温梨醒来后，就看到他通红的眼眶。她微微抬手，轻抚他那俊逸的脸容，这是她第一次见他露出这种无助的神色，歉疚又无力。

"你怎么啦？"温梨的声音还有些虚弱，"怎么看起来好像是你生的孩子呢？"

温梨唇边挂着浅浅的笑，莹白的指尖贴在他的脸颊，指缝处一枚玫瑰金钻戒泛着浅浅的光泽。

"乖乖……"陆敛舟握着她纤细的手放在自己的唇边，感叹道，"你辛苦了。"他的声音有些哽咽，因为全程目睹了她生产的过程，知道她究竟有多么不容易，而他偏偏只能在一旁无力地看着，不能替她分担丝毫，痛苦也只能让她一个人承受。

温梨躺在床上，微笑着看着他。身前的这个男人从来没有卸下过一身傲骨，但是这一刻居然红着眼睛抓着她的手。

"你亲我一口，我就不难受了。"温梨并没有在意自己有多难受，只是很满足宝宝在十月怀胎后终于平安出生。

知道她是在强装不难受，陆敛舟紧抿薄唇，沉默地看了她好半晌，还是俯首凑近她的额头，闭着眼虔诚地落下一个吻。但陆敛舟吻了一下像是还不够，又温柔而细致地吻了她一下又一下。直到父母们进来，他才稍稍松开了她。

长辈们进来后，都不约而同地先走向温梨，在确定温梨没事后，才去看一旁的宝宝。陆母笑盈盈地将小宝宝抱起，走到温梨和陆敛舟身边，说："看，你们的崽崽多可爱。"

温梨看着安静地闭着眼的宝宝，忍不住伸手摸了摸他那湿漉漉的额发。

这是她和陆敛舟的儿子，是他们期盼已久的宝贝。

"准备起什么小名呀？"温母站在一旁问。

陆敛舟看了宝宝一眼，转身望向温梨，像是在等着她的答案。

温梨笑了笑，说："网友不是都给我们起好了吗？"

"叫小小鹿。"

"那大名呢？"

"你就那么放心让我取名字呀？"温梨这会儿已经恢复了一点体力，调侃道。

"嗯，只要是你取的都好。"陆敛舟认真地看着她。

温梨柔柔地笑，随后微微抿着唇，说："那我要好好想想。"

两个星期后，宝宝的名字终于确定下来，叫陆汀宇。温梨取这个名字，是希望他能航行在无边无际的浩瀚宇宙，可以突破边界，创造属于自己的奇迹。

小小鹿一天天长大，渐渐从小不点长到了陆敛舟膝盖的高度。温梨看着他一路的变化，就像是一路见证了陆敛舟的出生和成长。

小小鹿的五官看起来冷冷的，却精致得很，简直就是陆敛舟这座冷面冰山的缩小版，而且那模样又萌又酷，完美地将这两种矛盾的特质融合，让她抱着他爱不释手。

又是一年夏天，陆曳江岭的小花园里已经栽满了陆敛舟亲手种下的花。小花园有一整个四季，陆敛舟每逢纪念日都会给温梨送上一束自己亲手栽植、亲手剪下、亲手包扎的鲜花。

这个求婚纪念日当然也不例外。

漫天的花海里，温梨倚靠在秋千上，轻嗅着烂漫的花香，抱着小冰山一样的小小鹿亲了又亲。陆敛舟在母子俩面前半蹲下来，嘴角扬起一抹浅淡的笑意，问："要不要荡秋千？"

小小鹿笑了，含混不清地嚷道："要，要，要……"

陆敛舟伸手摸了摸他那颗小小的脑袋，顺势在温梨的额头落下一个极轻的吻后，才走到他们身后轻轻地推动秋千。温梨紧紧抱着小小鹿悠闲地坐在秋千上，但小小鹿忽然开始扭动身子，看起来不安分极了。

"你怎么啦？"温梨低头问他。

"我……我要爸爸。"小小鹿往后扭转身子，朝着陆敛舟伸出手臂。

温梨轻轻地捏了捏他的小手，然后才不舍地将他递给陆敛舟。陆敛舟将小小鹿接过抱在怀里，见小小鹿的小嘴张着像是在嚷嚷着什么。他俯首侧耳认真听，才明白小小鹿说的是要跟爸爸一起给妈妈推秋千。

陆敛舟无奈地笑了，将他放在地上，说："你还太小了，推不动。"

小小鹿却很不服气地说："我可以！"

他小小的眉头皱着，双手抱臂，一本正经地看着陆敛舟，说："我还可以和你一起保护妈妈！"

温梨转身看着他们，琥珀色的眼眸里倒映着一大一小两个身影。清风拂过，树叶发出窸窣的声响，伴随着夏日特有的宁静，她能清楚地感知到自己身边满溢的幸福。

尾声

End

"未来科学大奖"的颁奖典礼，红毯铺砌堆叠，舞台上数盏聚光灯团簇。

温梨身着一袭珍珠白套裙立在演讲台上，明媚又耀眼。她缓缓地捧起了奖杯，目光向台下扫过，看向那三个熟悉的身影。

陆敛舟抱着小小的温觅坐在观众席上，眼睛直直地注视着温梨，陆汀宇则穿着一身笔挺的小西装端坐在他旁边。

陆敛舟失神了片刻，再次回想起与她重逢的那次学术报告，他第一次闪现了结婚的念头。

颁奖典礼结束，回到陆曳江岭。温梨还没将奖杯放好，就被陆敛舟拦腰抱住。

她一惊，转头看他，然后听见他磁性沉稳的嗓音响起："你抱稳奖杯，我抱稳你。"

温梨的脸一热，这句话可包含太多太多了。

他只要她，而且甘愿默默支持她。

那一刻，温梨想，美好的童话也许像梦境一样，但甜甜的故事一定是真的。

九月的 S 城，时值初秋，树叶初黄。

温觅坐在陆曳豪庭公寓的画室里，手捏一支画笔，正专心致志地给一幅画稿做最后的润色。

午后艳阳高照，天空万里无云。

阳光透过落地窗照射进来，柔和的光线洒落，将角落的绿植和画作都添了一层朦胧的光晕。

画室里的物品不多，除了画具、颜料和作品外，最引人注目的便是那整整两大柜子的手办。

温觅平时最热衷于买手办。因为本身就是搞艺术的，她喜欢收藏各种画作和手办。而她父亲是陆廷集团总裁陆敛舟，不仅有钱有颜，还对她有求必应，所以她从不缺钱。

从手游角色的动漫周边到各种品牌联名的盲盒手办，她都能毫无顾忌地入手，最后越攒越多，都快没地方放了。但她也不担心，大不了再买一套公寓专门放手办。

大概十分钟后，温觅拿起画笔蘸取水彩，终于在画纸上添上了最后一抹颜色。

她转身放下笔，将画板上夹着的牛皮纸取下，得意地欣赏起自己的作品。

跃然纸上的是一个漂亮的动漫脸美人，一头蓬松的长发包裹着精致小巧的脸，发尾微卷，令人艳羡的五官被一笔一画悉心勾勒，细眉下是一双弯弯的鹿眼，颊边挂着浅浅梨涡，小巧的鼻头漾着红，樱桃色的唇下是纤细修长的天鹅颈，一袭冰蓝渐变色旗袍将她的好身材显露无遗。

这个栩栩如生的动漫美人的原型就是她的母亲。

这是温觅专门给母亲温梨画的一幅 Q 版肖像画。

很好，将母亲的神韵都画出来了。温觅心满意足地看了一会儿，直到一阵清脆的手机铃声骤然响起，打破了画室里宁静悠然的氛围。

她小心翼翼地卷起手中的画，跨过脚边摆放着的各式颜料和画具，走到桌边接电话。

手机界面显示是父亲陆敛舟打来的电话。

电话接通，温觅举着手机，仰头喝了一口葡萄冰汽水，问："喂，爸，你不是和哥一起在欧洲出差吗，怎么有空打电话给我？"

"囡囡，我两天前交代你做的事，你没忘记吧？"

"爸，这就是你的不对了，你女儿我是这样的人吗？"温觅假装不满，语气却还是透着少女的娇俏，"不就是替你去 T 大给妈妈献花吗？我一直记着呢。"

这天是 T 大"开学启航周"开幕的日子，学校每年的这一天都会邀请很多知名教授和校友进行分享，和学生互动交流。温觅的母亲温梨是 T 大著名的气象学家，也受邀进行演讲，到时会上台分享自己的求学和科研经历。

陆敛舟每年都会出席温梨的演讲，但是这年由于工作原因，需要去欧洲出席一个跨国并购重组会议，所以没办法参加。

两天前，他让温觅代替自己去给温梨送花。

温觅放下玻璃杯，将手里卷好的画用丝带系了一个蝴蝶结，继续对着电话说："而且，爸，我也给妈妈准备了惊喜呢！"

"什么惊喜？"

"我根据妈妈录制《奥·秘》冬奥宣传短片时的那身旗袍形象画了一幅画，等一下我会把它当作包装纸包在花上，一起送给妈妈。"温觅献殷勤般解释道，"怎么样？快夸你的宝贝女儿！"

陆敛舟显然很受用，但还是调侃她："说吧，是又想买什么了？"

"哪有！"温觅轻哼了一声，却在转身时突然看到那整面墙的手办，于是改口说，"不过——你想给我买也可以！"

陆敛舟轻笑了一声。

"就是我的手办没地方摆了，我想再买一套……"温觅话只说了一半，然后就狡猾地等着电话那头的回应。

在陆敛舟出差前，她就有意无意地跟他提过，想要再买一套公寓，趁着这个机会，她机灵地提了出来。

"我就知道。"陆敛舟漫不经心地说，似乎早就看破了。

"不过也不着急啦。"温觅笑眯眯地捏着电话，识相地说，"我现在先回陆曳江岭，把你交代的任务完成！"

"嗯。"陆敛舟有些无奈，但语气还是透着宠溺，"你刚拿驾照，车技不好，又喜欢开车，开慢一点儿，提前出发。"

"知道啦，爸，我已经开得够慢了！"温觅抱着手机，撒娇道，"你就放心吧。"

温觅前段时间刚考了驾照，车技还不好，上路时胆小得要死，旁边的车都唰唰地往前开，就她把拉风的跑车开出了龟速。

即使这样，她依然爱开，俗称"人菜瘾还大，又菜又爱玩"。

不过说到底，这一切还是因为前段时间她看上了一辆超级跑车。

当然，她是学美术的，审美决定了她看中的车子肯定不是那种俗气的荧光芭比粉。

那辆车子近看是很高级的粉棕色，远看则是木质玫瑰色，在阳光下还会闪烁着细微的光晕，梦幻却不高调。温觅喜欢得很，特地为了这辆车子考了驾照，去哪儿都不肯让司机载，偏要亲自开。

挂断电话后，温觅看了一眼时间，下午一点整，距离 T 大的"开学启航周"开始还有一个小时。她划动屏幕，点开了和闺密汤婷婷的微信聊天界面。

"我的婷婷仙女！"

"等下去会堂时给我占个座！"

汤婷婷是 T 大的学生，温觅虽然是 S 大的，但这天下午的讲座是面向公众开放的，所以她也能参加。

消息发送过去后，温觅就放下了手机，从画室回到卧室旁边的衣帽间换衣服。

她在衣柜里挑挑拣拣，最后选了一条米白色的法式连衣裙，拼接修腰的款式，柔软的丝绒裙摆将她两条纤细的小腿衬得又白又直。

蓬松微卷的长发被她低低地绾起，露出一截修长匀称的脖颈，转圈时，耳边坠着系发的浅绿色丝带随风翻飞，像一只振翅欲飞的蝴蝶。

她在镜子前臭美了一番，然后才满意地走出衣帽间。

回到卧室后，温觅拿上车钥匙准备出门，刚好看到汤婷婷回复了两条消息。

"放心吧，觅宝。"

"我一直记着呢，等你。"

过了一会儿，汤婷婷又发来消息问她："觅宝，你怎么过来？有司机载你吗？"

等电梯时，温觅指尖轻敲，说："当然是我自己开车咯。"

汤婷婷显然也很清楚她的车技，发来消息说："啊，觅觅，那你可要抓紧了。"

电梯门开启，温觅恰好按下发送键："放心吧，婷婷，不会迟到的，先不说了，我回趟陆曳江岭拿花。"

二十分钟后，温觅开着粉色跑车终于回到了陆曳江岭。

她的公寓离陆曳江岭不远，原本只有十分钟的车程，但她开得慢，硬生生多花了一倍的时间。

把车子泊在停车位后，温觅往别墅里走，穿过小花园时，她看到小径周围各式的鲜花开得正盛。除了绣球花、向日葵、铃兰之外，还有各种名贵品种的玫瑰、睡莲和芍药，这些花都是她父亲陆敛舟亲自为她母亲栽种、打理的。

她出生时，这片小花园远没有现在这么繁茂，经过她父亲这么多年的悉心打理，如今已经变得精致又美观。各种绿植和花卉错落有致，一年四季繁花似锦，走过小径时还能闻到阵阵花香。

花丛深处还架着一个木秋千，藤蔓缠绕其中，看起来浪漫得就像是莫奈的花园。

"小姐回来啦？"温觅穿过小花园时，罗婶刚好从客厅出来迎她，笑容可掬。

"罗婶好。"温觅笑眯眯地跟她打招呼，"爸爸给妈妈的花都准备好了吗？"

罗婶点头道："准备好了。"

陆敛舟出差前特意交代过，罗婶半个小时前就到小花园将开得最艳的那几株路易十四花剪下，整齐地修枝剪叶并捆好后，就等着温觅来拿。

温觅进门后，抬头刚好看到摆放在客厅中央的花束。一大束娇艳欲滴的火烈红玫瑰，暗红色的花瓣上还挂着晶莹的露珠，花香沁人心脾。

"这花真好看，我爸真的好浪漫。"温觅一边感慨一边走到桌子前。

她从包里掏出自己精心准备的画，放在桌面上，说："罗婶，你用我画的这幅画重新将这束花包一下吧。"

罗婶上前拿起那张画，眼睛一亮，惊叹了一句："哇，小姐，你画得好漂亮！"

"谢谢罗婶。"温觅笑眯眯地歪了歪头。

"真好。"罗婶欣赏了好一会儿才放下来，拿起一旁的玫瑰花束包装起来。

在罗婶包装花束时，温觅注意到桌上摆着好几罐星星形状的棒棒糖，糖果的外表像玻璃般透明，内部藏着很多闪耀的小颗粒，看起来就像绚烂的烟花在这些星星里面绽开。

温觅打开盖子，手伸进玻璃罐，随手抓起了一根。

"我画的妈妈，你觉得像吗？"她一边拆开糖果外层的透明包装，一边问罗婶。

"像，很像！"罗婶的目光重新落在画上，一边欣赏一边赞叹，"画得跟仙女似的，真的好看！"

这不是写实的素描画，而是卡通的动漫画风，罗婶虽然年纪大，不一定能看得懂这种画，但还是打心底里觉得好看。

她拿起手边的玫瑰，不吝啬地夸赞："小姐，你真有才！"

温觅咬着棒棒糖，抱着罗婶的胳膊，甜甜地说："罗婶，你要是喜欢，我也给你画一幅。"

"啊，真的吗？"

"当然是真的。"

罗婶手里的动作没停，脸上满是和蔼的笑容，说："那谢谢小姐了。"

"不用谢，这么久以来，你把我们照顾得这么好，我才应该谢谢你呢。"温觅嘴甜又会哄人，罗婶被她哄得心花怒放。

二人有说有笑，等到罗婶差不多弄好时，温觅的棒棒糖也吃完了。

这棒棒糖从她出生时就有，是她父亲买来哄她母亲开心的，家里永远都不会断，每次吃完了都会及时有新的补充进来，她很爱吃，于是临走前又抓了一大把放进兜里。

抱着玫瑰花从陆曳江岭出来，温觅开着自己的跑车去了T大。

秋日的校道洒满了阳光，人来人往，新生们的脸庞青春洋溢，纷纷驻足在讲座的演讲嘉宾介绍栏前。

"你看这位气象学系的温梨教授，好漂亮啊！"

旁边的女生显然是个"颜控"，语气很激动："真的好美呀，证件照都这么美，我等下一定要听她的讲座！"

"而且你看她的履历，好优秀，被授予了'未来科学大奖'的杰出女性科学家，还有那长长的一串科研成果，各种顶刊论文和国家荣誉加身，原来真的有颜值与智慧并存的美人！"

"你没有看过一档叫《奥·秘》的节目吗？她那时候就已经火出圈了！"

"真的吗？"

人群里传出一阵阵讨论声和赞美声，温觅抱着花束穿过大礼堂，听见这些惊呼声，脸上不由得扬起一抹骄傲的笑容。

她们口中漂亮又优秀的科学家，就是她的母亲！

她挂着笑意往礼堂走去，刚进会场，就迎面感受到一股躁动的热情，讲座还未开始，是学生们在交头接耳。

礼堂内的探射灯高照，灯光明亮，璀璨夺目，温觅在门口拨通了汤婷婷的电话。

"婷婷，我到门口了，你在哪儿呢？"温觅举着手机四处张望。

"就在第十七排，你看到没？左边。"

温觅顺着左边的方向看去，刚好看到汤婷婷兴奋地朝她挥手："觅宝，在这儿！"

"哦，我看到了。"温觅朝她走去。

会场里的座位几乎都坐满了，甚至还有很多学生沿着阶梯席地而坐，温觅走过去时小心地避让着。

座位的正前方是演讲台，中央有一块巨幅的二维屏幕，正放着演讲嘉宾的资料介绍以及会程安排。

温觅在汤婷婷旁边落座，看了一眼名单，母亲温梨就是第一位演讲的教授。

没过几分钟，讲座就开始了，主持人上台，全场瞬间安静了下来。

汤婷婷埋头和温觅说着话，在主持人开口时，温觅手里的手机一振，一条消息展开："囡囡，给妈妈多拍几张照片。"

汤婷婷恰好探头过来，看到她父亲发来的消息，压低了声音说："你爸爸真的好爱你妈妈呀。"

那可不嘛，她父亲可是把她母亲当宝贝一样宠着的。

温觅坐直身子，认真听主持人介绍："温梨教授是我校气象学专业的教授，主攻方向是气候模型构建以及气象卫星遥感，她的课题成功实现了气象防灾减灾预警，荣获了'未来科学大奖'，是国内杰出的教授，曾多次在气象领域权威杂志发表核心论文，所获科研成就备受瞩目。"

主持人一口气宣读完温梨堪称完美的个人履历，然后语气激昂地说："让我们欢迎温梨教授——"

全场掌声雷动，温觅也随之鼓起了掌。

温梨今天穿了一袭珍珠白连衣裙和一双小高跟，从容地跟大家打招呼。

温觅连忙拿出手机，拍了好几张照片传给陆敛舟。不一会儿，便看到他秒回的信息："你妈妈特别美。"

温觅轻呼了一口气，好像又被塞了一嘴"狗粮"。

"爸，不跟你聊了，我要听妈妈的讲座了。"温觅把手机放好，认认真真地看着台上的母亲。

温梨的一颦一笑，和温觅记忆中的一样。她没来由地想，她妈妈好像真的永远都不会老。

"大家下午好，我是气象学系的温梨。"温梨温软的嗓音刚落，台下的掌声再一次热烈地响起。

"很高兴今天能跟大家分享和介绍我的科研项目，并做一个气象学的简单科普。"温梨握着激光演示笔，切换屏幕的幻灯片。

温觅坐得端端正正，看着台上敬业又自信的母亲，脑海里渐渐回忆起她从记事起的点点滴滴。

她五岁前的大部分事都已经忘记了，唯独深刻地记得那一天，她在床上哭闹，不愿意睡觉，母亲抱着她哄了好久好久。

那天，温梨把她搂在怀里，一遍又一遍地给她唱："一闪一闪亮晶晶，满天都是小星星。"

但她还是一直哭闹，最后还是父亲陆敛舟得知了消息，连夜从 N 市赶回来，然后陪着温梨一起哄她，终于把她哄睡着了。

第二天醒来时，她一睁开眼，就看到父亲和母亲在她床边的沙发上相互依偎着睡着了。

温觅觉得这一幕的温情，父母之间的爱意，还有父母对她的爱意，她好像能记一辈子。

时间来到八岁那一年。

那年的她还在上小学，有一天，她耍小脾气，要抢哥哥的作业本，不让哥哥做作业，要哥哥陪她玩。无论哥哥怎么劝她，她都不听，最后哥哥无奈之下跑去找母亲。

那时候，她抓着哥哥的本子怎么都不肯放手，而温梨只是温柔地半蹲在她身前，喊她"宝贝囡囡"，然后耐心地开解她："囡囡，你这是不对的行为，知道吗？哥哥要学习，等他写完作业就能陪你玩了。"

她听完，直接红了眼眶，以为只要哭就能得到自己想要的一切。母亲却拿出纸巾轻轻地给她拭去了泪水，说："囡囡，哭可以，难过和委屈时当然可以发泄情绪，但是哭并不能解决问题，你知道吗？"

这个道理，母亲在她八岁那年就教会了她。

四年之后的十二岁。

每年她过生日，母亲都会拉着父亲去烘焙房给她做慕斯蛋糕，但是那一年例外。

那几天温梨刚好在美国洛杉矶出席一个学术会议，做课题汇报。

温觅清楚地记得，过生日那天，她待在房间里特别难过。因为那是母亲第一次不在她身边陪她过生日。

但是那一晚，父亲陆敛舟看出了她的伤心难过，连夜和她一起飞往美国找母亲。

到洛杉矶的那晚，恰好遇到了龙卷风，母亲得知消息，担心得不得了，见到他们平安出现的那一刻，瞬间哭成了泪人儿。

那好像是她第一次见到母亲哭。

她的母亲好像从来都没有特别难过的时候，每次遇到一点儿不开心的事，父亲都会宠溺又耐心地哄她，她难过的情绪还没来得及发酵，就已经被温柔地遏制了，所以她母亲至今连一条皱纹都没有。

又过了三年，她十五岁。

那一年，她初中毕业升高中。高一时，她面临文理分科，当时父母都给了她十足的自由，让她自己选择自己喜欢的学科。

但是她的内心其实很迷茫，因为一方面她很喜欢画画，想要继续学美术，但另一方面，她又犹豫着想要学理科，和母亲一样，成为一名对社会有贡献的科学家。

这种想法困扰了她很久，但是她一直偷偷地藏在心里。

有一天，她在书房里对着那张文理分科的表格发呆时，母亲进来给父亲拿文件，刚好发现了她的犹豫，便伏下身子温柔地问她怎么了。

她最初并没有说出自己内心真实的想法，但那么爱她的母亲又怎么会看不出来。

母亲只是摸了摸她耳后的长发，温柔地开导她："囡囡，这辈子你只需要做你真正热爱的事情，每个人擅长的领域不一样，有些人文艺且感性，而有些人则清醒又理智，每个人性格的底色不同，所以做出的选择也不同。"

她说："囡囡，你不需要像我，也不需要成为第二个我，你就是你，你可以有自己的思想，而我能做的，就是爱你，支持你，永远站在你身后，看你绽放出属于自己的光芒。"

图书在版编目（CIP）数据

心跳之上 / 木梨灯著 . -- 北京：台海出版社，
2024.4
  ISBN 978-7-5168-3620-0

  Ⅰ . ①心… Ⅱ . ①木… Ⅲ . ①长篇小说－中国－当代
Ⅳ . ① I247.5

  中国国家版本馆 CIP 数据核字 (2023) 第 147293 号

心跳之上

著者：木梨灯

出 版 人：蔡 旭　　　　　策划编辑：阿 迟
责任编辑：魏 敏 李 媚　　封面设计：苏 荼

出版发行：台海出版社
地址：北京市东城区景山东街 20 号　　邮政编码：100009
电话：010-64041652（发行，邮购）
传真：010-84045799（总编室）
网址：www.taimeng.org.cn/thcbs/default.htm
E－m a i l：thcbs@126.com

经销：全国各地新华书店
印刷：长沙鸿发印务实业有限公司
本书如有破损、缺页、装订错误，请与本社联系调换

开本：880 毫米 ×1230 毫米　　　1/32
字数：400 千字　　　　　　　　印张：11
版次：2024 年 4 月第 1 版　　　印次：2024 年 4 月第 1 次印刷
书号：ISBN 978-7-5168-3620-0

定价：52.80 元